逆风

乌云冉冉 著

江苏凤凰文艺出版社
JIANGSU PHOENIX LITERATURE AND
ART PUBLISHING

图书在版编目（CIP）数据

逆风 / 乌云冉冉著. — 南京：江苏凤凰文艺出版社，2020.9
ISBN 978-7-5594-4302-1

Ⅰ. ①逆… Ⅱ. ①乌… Ⅲ. ①长篇小说 – 中国 – 当代
Ⅳ. ①I247.5

中国版本图书馆CIP数据核字(2019)第281664号

逆风 NIFENG

乌云冉冉 著

责任编辑 李龙姣
监　　制 邓　理
策划编辑 李高雯
封面设计 罗静颖
内文设计 罗晓芸
封面绘制 苏　记
出版发行 江苏凤凰文艺出版社
　　　　 南京市中央路165号，邮编：210009
网　　址 http://www.jswenyi.com
印　　刷 湖南天闻新华印务有限公司
开　　本 880毫米 × 1230毫米 1/32
印　　张 10
字　　数 340千字
版　　次 2020年9月第1版
印　　次 2020年9月第1次印刷
书　　号 ISBN 978-7-5594-4302-1
定　　价 35.00元

目录

Contents

楔子

波士顿的夏季非常炎热，到了傍晚才有些许凉意。

从俱乐部里出来，钟铭信步走向不远处的一个小广场。太阳西斜，将他闲散的身影长长地投在了余热未退的地面上。三三两两的美国男孩时不时从他身边路过，说笑声清澈响亮。

现在是六月，一年一度的毕业季。他想起三年前，也是这样的时刻，他选择了加入VBN成为一名职业电竞选手。

他找了张长椅，懒懒地坐下，空掉的可乐易拉罐在他手里咔咔作响。他轻轻吐出一口气，已经不记得多久没有像现在这样放空自己了。

“铭哥！”

有人在喊他的名字，他回过头，看到陈宇气喘吁吁地从远处小跑了过来：“铭哥，你真想好了？”

钟铭笑了笑，抬手将手中的易拉罐准确无误地投入几米外的一个垃圾桶里。

“国际赛快到了，你这时候离开岂不是要错过了？”

“去年不是也没参加吗？无所谓的。”

陈宇顿了顿说：“就算你不在乎国际赛，但你的合约还有两个月就到期了，再撑两个月就可以省一百万了！”

陈宇说的一百万，是美金。五十万签字费要原数返还，还要赔偿五十万违约金。

钟铭入行三年，大三那年因参加了全美LOTK高校联盟比赛而一战成名，被VBN的老板艾伦看中并签了下来，顺理成章地踏入了职业电竞圈。这几年他带着VBN东征西讨，出战各类比赛，可以说是一手将VBN缔造成北美电竞第一豪门。

战队渐渐扩大，和富得流油的艾伦相比，作为拿过世界冠军的“TK教主”钟铭却因为很少参加商业活动显得清贫了些。一百万美金，对他来说不是个小数目。

陈宇看着钟铭，不知道该说些什么。面前的这个男人是自己少年时的偶像，因为他，自己才走上了职业电竞选手的道路。最初也想着要一起捧起世界冠军的奖杯的，可是后来一切都在变，包括俱乐部，也包括他们自己。

良久，陈宇问：“那你以后打算怎么办？”

钟铭深吸一口气，抬头望着远处亮起的灯塔，过了半晌说：“回国。”

第一章 秘密

— 01 —

六月的波士顿已经非常炎热，好在周彦兮即将从某野鸡大学学成回国。不过回国前，她还想再痛痛快快地打几局游戏，毕竟回国后，好朋友小熊不在身边，再想组织多人排位就难了。

行李已经打包好立在门口，周彦兮蹲在电脑前，电脑画面停留在游戏组队的界面，己方五人早已准备就绪，只是迟迟没有人来应战。

他们玩的这款游戏名叫LOTK（League of The Kings），是美国LIN公司开发的一款5V5英雄对战MOBA竞技网游。这款游戏在世界各地拥有大量玩家，在每年举办的各种世界级电竞大赛中，LOTK国际赛始终是最受关注的。

周彦兮等得有点不耐烦了，跟网络对面的小熊抱怨道：“这些人怎么搞的？进来看一眼就走，浪费时间！”

这种情况也不是一次两次了，小熊早就习惯了：“进来看到你还有胆留下的，全服也没几个。”

周彦兮乐了：“我有那么厉害吗？”

小熊对着空气翻了个白眼：“人家为什么怕你，你自己心里没点数吗？”

平台上的玩家千千万，能被人记住的有两种。一种是像小熊这种，操作好，在天梯榜上占有一席之地的，还有一种，目前只有周彦兮做到了。

周彦兮的游戏水平在普通玩家里算是好的，但是真正让人对她闻风丧胆的原因，说来却有点可笑。

打游戏嘛，有输有赢很正常，有的人输了会丧气，有的人输了会生气，但周彦兮跟所有人都不一样，她输了总会莫名其妙地生出几分“棋逢对手”的快意。一旦遇上高手，她就会没完没了地追着人家“讨教”。

一开始也没人把她当回事，直到一张据说是她本人的照片被曝光后，她就在一夜之间成了平台名人——一般男人见了“她”的第一反应都是直接避开。

不过今天运气还不错，他们又等了一会儿，对面的五人也终于齐了。

周彦兮正琢磨着一会儿用什么英雄，忽然听到耳机里小熊说：“对面应该也是个黑店[1]，以前见过他们。”

她看了一眼对面几个人的ID，貌似是有些印象：“他们几人开黑？”

“好像是四人，还有一个是路人。”

“那我们五打四，稳赢！”

游戏很快开始，周彦兮首选了自己还算熟练的英雄白牛。小熊想着这是周彦兮在波士顿的最后一晚了，得让她开心才行，于是说：“一会儿给你个优势路，你随便farm（刷金币）一下，不指望你gank（有预谋的击杀对手）了，别送人头就可以。”

“嗯嗯，懂。”

周彦兮一看对面战队的“路人”选了个小脆皮宙斯，立刻就乐了——宙斯这点生存能力跟皮糙肉厚的白牛对线，吃亏是注定的。

游戏前几分钟，周彦兮按照小熊嘱咐的认真地farm。她的farm能力一直不错，而且白牛又是她用顺手的英雄，没几分钟就更新了一次装备。

从商店出来时，她意外地发现与自己对线的宙斯只有半血，而且对方的站位

<1>黑店：黑店是游戏中的组队行为，指的是一群互相认识、交流方便的人组成一队进行游戏。由于他们能够方便地进行交流，而且会默契地选择一些很占优势的英雄组合，因此能够打出较好的配合。

实在有点风骚……团队里“一血”[1]还没出现，难道这是送她的毕业大礼吗？

周彦兮暗搓搓地点了个“冲”技能，就见屏幕上她的那只白牛原地刨了几步，然后直接冲向了对面塔下正兢兢业业补兵的宙斯。然而在白牛快要撞到宙斯的那一刹那，宙斯就像是有预感似的，迅速放出一个“雷击”技能打断了白牛的“冲”技能。还没等周彦兮反应过来，她的白牛就直接被对方宙斯的一串连招放倒了。

系统提示音立刻响起：“First blood（第一次击杀）！”

耳机里传来小熊的惨叫：“大姐！这才几分钟，你就开始送了？！”

周彦兮正想解释一下，突然发现屏幕上出现了一行字：这么急着来送烤猪？可惜神仙吃素。

发信息的人叫Shadow，正是那个路人的ID！

周彦兮一口气堵在胸口：“谁说我是猪，这分明就是牛！”

“噗……”

笑声此起彼伏地从耳机里传来，是小熊和其他几个队友。

受此奇耻大辱，周彦兮当即咬牙切齿地说：“看来今天不是毕业局，这分明就是恩怨局！兄弟们，给我杀！”

小熊无比同情地叹了口气：“这家伙完了……”

小熊的技术不俗，请来的兄弟也都是游戏平台上响当当的人物。本来就是为了给周彦兮践行开的局，听周彦兮说要杀宙斯，几人立刻配合起来，展开了全场针对宙斯的gank（有预谋的击杀对手）。

可这个叫Shadow的家伙，就像是开了图[2]一样。他们组团去抓他，他就立刻从地图上消失，甚至有几次还带领着队友反埋伏，搞得小熊他们无比被动。

游戏才进行二十分钟，小熊率先打出了“GG”[3]。

第一局结束，双方似乎都意犹未尽，很快进入第二局。

<1>一血：first blood，通常指在游戏中的第一次击杀。
<2>开图：开图是LOTK中最令人不齿的情况之一，指通过外挂拥有全地图视野。
<3>GG：Good Game，称赞对手的意思，游戏一方率先打出GG则表示认输。

起初，小熊他们还抱有幻想，认为对方赢了第一局是己方太过冲动，可是第二局、第三局、第四局玩下来，他们渐渐发现，不管他们如何更换战术，如何小心谨慎，结局都是一样。对方那个四人黑店倒也正常，可那个Shadow一个路人，居然能带领着队友疯狂gank他们，几乎不给他们任何喘息的机会……

就这样一晚上过去了，周彦兮一局都没有赢。看着窗外渐渐泛白的天空，她绝望地退出游戏——再不走，飞机都要赶不上了。

她刚关上电脑，小熊的电话就打了过来："要撤了？"

"嗯。"周彦兮没精打采地应了一声。

"游戏而已，别放在心上。"

"刚才你也看出来了，他专门追着我杀！分明就是针对我！"

小熊心不在焉地听着她的抱怨，打开游戏里的好友界面，试图添加Shadow为好友。申请发出去后，他这才笑着回应周彦兮："究竟是谁针对谁啊？"

还有一句他没有说——那个Shadow并没有专门追着谁杀，而是追着他们所有人杀！那操作，真是好得没话说。"叮咚"一声，系统显示有新邮件，他连忙点开——那个Shadow拒绝了他的好友申请，而且理由竟然只有一个"菜"字！

什么？！他可是被北美第一俱乐部VBN邀请过的！Shadow竟然说他菜？

一向"温文尔雅"的小熊顿时深吸一口气，对着电话大声吐槽道："这个死变态，自以为很了不起是不是？小爷我还没有使出全力呢！他得意个屁呀！自大狂！变态！心理缺陷！"

周彦兮愣了愣，然后稍稍把手机拿远了些。看来这一晚上，被虐的不止她一个人。她安慰好友："好啦，别气了。我记住他的ID了，以后我们再找机会赢回来！"

— 02 —

退出游戏，钟铭起身去前台结账。赢了一下午，却没什么成就感——对方水平太低，让他提不起任何兴致。不过没办法，他原来的账号一上线肯定会立刻引来路人围观，所以只能登录小号来玩。

结完账，网吧外的天还很亮。钟铭推开门走出去，迎面吹来温热的微风。有那么一刹那，他以为自己还在波士顿。他动了动有点僵硬的脖子，朝着对面酒店的方向走去。

“那个……等一等！”

好像是在叫他。他不明所以地回过头，就见一个清瘦的少年站在他身后不远的地方。见他回头，少年朝他尴尬地笑了笑。

钟铭想起来了，这孩子是刚才在网吧里坐在他旁边的那个。

他微微挑眉：“有事？”

少年走上前：“大哥，你LOTK玩得真好，能不能教教我？”

钟铭扫了他一眼，少年也就十七八岁的样子，模样干干净净，看穿着打扮，应该是还在读书的学生。

钟铭没打算多停留，转身继续走：“好好学习，少打点游戏。”

可这少年却一直跟着他：“这不是暑假嘛，大学暑假又没作业。我很喜欢打LOTK，最崇拜你这种操作很神的人，拜托你教教我吧！”

钟铭背对着他摆摆手：“你的操作我看到了，你还是好好学习吧。”

“我现在菜不代表以后菜啊！TK教主说过一句话，‘不到最后一刻，都有翻盘的机会’。”

听到这话，钟铭停下脚步，回头看了一眼：“你喜欢TK？”

“当然！打LOTK的人谁不喜欢他？我就是因为看了一场他的比赛才开始打LOTK的。他是我长这么大唯一的偶像，早晚有一天我也要成为他那样的人！”

打了一下午游戏，钟铭觉得有点疲倦。他习惯性地伸手到裤子口袋里摸了一下，这才想起来，烟应该是落在网吧了。

“有烟吗？”他随口问道。

少年愣了一下，随即眉开眼笑地掏出烟来双手奉上。

钟铭接过烟盒，拈出一根含在嘴里点上，又看了少年一眼，然后将剩下的半包烟连带打火机直接揣进自己的口袋，含含糊糊地回了句：“就当学费了。”

一秒、两秒、三秒……少年脸上绽放出笑容：“这么说你答应教我了？”

钟铭冷笑：“就你这反应速度……自求多福吧。”

少年挠了挠头笑道：“能留个电话给我吗？”

钟铭看了他一眼，伸出手：“手机。”

周俊递上自己的手机，看着他修长的手指飞快地在手机上点了几下，心中不禁感慨——就是这双手，敏捷灵活，把把超神（连杀十人以上）！

目送着钟铭离开，周俊才低头看手机，刚才他在手机里输入的名字是：Shadow。

周彦兮刚回国就被父母安排进了一家事业单位，日常除了上班，就是叫上正在放暑假的弟弟周俊去网吧打游戏，日子过得还算悠闲。

姐弟俩虽然玩同一款游戏，却各玩各的。周俊的想法很简单——每次跟周彦兮双排必输，所以能不双排就不双排。当然，周彦兮也不太瞧得上弟弟的技术。

又一次团战被秒杀，等着英雄复活的空当，周彦兮瞄了一眼隔壁弟弟的操作，发现他水平见长，在一堆菜鸟里也能混个MVP。

“运气不错。”

“什么叫‘运气不错’？我最近可是得到大神指点了。”

周彦兮没接这一茬，几秒之后她的英雄也复活了。

周俊瞟了一眼她的屏幕：“呦，怎么玩起宙斯了？”

要知道，他姐的英雄池实在是浅得可怜，LOTK一共一百零八个英雄，他姐会玩的一只手都数得过来。宙斯，他还是第一次见她玩。

周俊这随口一问，让周彦兮又想起回国前的恐怖一夜，十几局里那家伙竟然有六次都是用的宙斯，所以宙斯这个英雄让她印象深刻。一开始她以为是这个英雄版本强势，可是真轮到自己操作才发现根本不是那么回事儿。

周俊说：“我说的那个大神，宙斯玩得特别好！”

周彦兮心不在焉地应付着：“什么大神啊，平台天梯榜上有他吗？”

“他不玩国内平台。”

“瞧不起国内玩家啊？”

周俊立刻替他家大神辩解道：“应该就是个人习惯吧。”

“这是理由吗？也就忽悠你这种小孩。”

这话成功激怒了周俊。第一，她质疑他家大神的水平，第二，她又叫他小孩。

“不信回头我约上他，我们打一局。”

“Solo吗？”

LOTK一般都是5V5，在这种规则下，除了玩家本身的操作，意识和团队配合也十分重要。但是solo不一样，是一对一的挑战。而周彦兮缺少团战时的意识，solo对她而言赢面更大。

可在周俊看来，即便是solo，周彦兮在他家大神面前也是不堪一击。周俊笑说：“Solo没意思，还是让他带着咱们打一局吧，厉不厉害你自己看。”

周彦兮闲着也是闲着，就说：“你约吧，我随时奉陪。”

钟铭刚刚洗完澡从卫生间出来，就看到桌上的手机屏幕亮了一下。他拿起来看了一眼，是那个小孩发来的信息：影神，有空没，开黑啊？

钟铭在VBN时每天下午都要训练，回国后虽然没有比赛压力，但是多年养成的习惯却一时半会儿改不掉，下午不打几局游戏总觉得少了点什么。

他不喜欢打字，直接拨了个电话过去。

周俊没想到他竟然会打电话给自己，受宠若惊地接通了电话。抱着对周彦兮炫耀的心态，他按了免提。

电话里，钟铭的声音依旧是冷冷的：“哪个平台？”

“哪个都行。”周俊刚说完，又想到刚才周彦兮的质疑，于是问道，“影神，翻墙去国外平台应该很容易掉线吧？你怎么不在国内平台玩啊？”

周彦兮听了周俊的问话，也不由得竖起耳朵等着听对方怎么回答。

过了一会儿，钟铭“哦”了一声说：“我没账号。”

“扑哧”一声，周彦兮笑着看向周俊，仿佛在问他怎么大神连个账号都没有。

周俊怕电话那边的钟铭听到，立刻按住话筒，回头瞪了周彦兮一眼，才又对电话笑着说：“这好办，我有，一会儿发你手机上。”

“好。”

“对了，一会儿我带个人一起，你不介意吧？”

“无所谓。”

对方答应得这么爽快，倒是让周俊有点不好意思，他犹豫了一下还是决定把丑话说在前头：“这个人……有点菜，也没关系吗？”

周俊身后立刻飞来无数眼刀。

而电话那边的人也沉默了下来，周俊以为钟铭不高兴了，没想到过了片刻，他还是那句话："无所谓。"

周俊明显松了口气："那好，我这就把账号发给你。"

周俊混迹VV平台多年，大号只有一个Jun，小号无数，从Jun2排到不知道Jun几。挂了电话，他把战绩还看得过去的Jun2发给了钟铭，然后连忙开了个语音房间，邀请了YAN和Jun2。

不一会儿，就见到Jun2进入了房间。

周俊介绍道："影神你来了，房间里那个叫'YAN'的就是有点菜的那位，不过是我姐，你多多关照哈。"

如果目光能杀人，周俊已经不知道死了多少次了。出于对钟铭的尊重，周彦兮发了个微笑的表情，算是打过招呼。

谁知钟铭根本没注意，他随手点开Jun2的战绩看了一眼，心想这真是菜得可以，又听周俊说这位YAN更菜，心里已经做好了一打九的准备。

— 03 —

游戏开局几分钟，钟铭发现酒店网速实在卡得够呛，碍于用了周俊的号，也不好秒退，只好勉强打一局。好在对方水平也不高，开局几分钟，他顶着四百多毫秒的延迟，竟然也收获了两个人头，一下子成了全场最富有的人。

这时候，桌上的手机响了。他扫了一眼来电显示，突然有点心不在焉，犹豫了几秒，最终摘掉耳机，接通了电话。

"钟铭啊，怎么回国也不跟妈妈说一声？"

"也是刚回来。"钟铭顿了顿说，"再说，我不说您不是也知道了吗？"

"你这孩子……"钟母叹了口气，"你回来住在哪儿？我今天去你那公寓看过了，也没见你回去。"

钟铭在B市有一套自己的房子，是加入VBN的第一年买的，有时候回国他就住在那儿，但大部分时间那房子都空置着。

"嗯，那房子太久没人住了，暂时住不了。"

“既然如此，那就回家来住吧？”

“不了，我还是一个人住方便点儿。”

钟母沉默了片刻，原本不愿意提起的话题还是不得不提：“还在跟你爸爸斗气呢？之前那些话都是他在气头上说的，你们好歹也是亲父子，你就认个错，当什么事都没发生过好不好？”

钟铭还是和三年前一样，并不认为自己有什么错。他打断母亲：“妈，您还有别的事儿吗？”

钟母叹了口气，想了想还是问道：“我听说你和原来那家俱乐部解约了？”

钟铭早就习惯了父母这样神通广大，对于母亲知悉解约一事，他也没表现出太多的意外，只是“嗯”了一声，算作回应。

钟母又问：“那你回来打算做什么？”

钟铭随手晃了晃鼠标，电脑屏幕里一个穿着斗篷的小老头立刻转了一圈。

游戏里刚刚经历了第一轮团战，除了在泉水边挂机的他和没来得及参加团战的YAN以外，其他几人全部阵亡。YAN用的是宙斯，队友阵亡了还在忙着打野，眼见着自己被敌人发现，几招减速技能之后，血量一点点在减少……

“做我想做的。”他边回话，边腾出一只手来打了一个字。

周彦兮看到屏幕上那个“大”字没明白是什么意思，还是周俊提醒她：“让你放大招呢！”

周彦兮这才发现宙斯最后一个大招的冷却时间刚刚结束，连忙按下F键，全地图应时亮起五道闪电。

系统提示音响起：“Double Kill（双杀）！Triple Kill（三杀）！”

一个大招收了三个人头，周彦兮乐了——她终于找到了适合自己的英雄。

周彦兮说：“他说话的时候我的大招还在冷却中，他怎么知道好了？”

周俊有点得意：“要不怎么人家是大神，你是菜鸟呢？高手知悉场上每一个英雄是否有大招，这是起码的。”

周彦兮不信：“我看他就是蒙的。”

另一边，钟铭还在和母亲通话，钟母还在说让他回家接班的事，但他还是那句话：“我不会回去的，至少现在不会。”

钟母似乎还想再说什么，钟铭抢在她开口前说：“妈，我这会儿有点忙，先挂了吧。”

钟母愣了一下，也知道这时候说什么都没用，于是说了声“好”挂断了电话。

见到妻子对着电话愣怔的神情，钟启山一巴掌拍在了身旁的沙发扶手上，说道：“MIT毕业，去设计游戏还差不多！他倒好，玩物丧志！”

一招三杀，周彦兮有点得意忘形，血条回满后又立刻出了门。结果可想而知，不到半分钟，她的头像变成了黑白色。再看那个Jun2还在泉水旁站着，她有点不爽：“不打了！”

周俊一听周彦兮要退游戏，有点不理解：“为什么？”

周彦兮点开数据栏，扫了一眼钟铭的经济[1]，直接退出了游戏：“为什么？我在他身上看不到希望！”

钟铭挂了电话重新回到语音房间，正听到这句。

他说：“网有点卡。”

周俊尴尬地打圆场：“没事没事，等下次网速正常了我们再打。”

然后众人一起退出了游戏。

此时国际邀请赛的总决赛刚刚结束，这一次，没有TK的VBN拿到了亚军。这让很多人认为，TK统治北美电竞圈的时代已经过去了。而在新人大放光彩的同时，越来越多的人相信，TK或许真的为了自己在团队里的地位，卑鄙地打压有资质的后辈，因而遭到团队的孤立，最终无奈解约。

一夜之间，原来的LOTK大神TK教主，光辉形象全然被颠覆。而那些爱TK的粉丝，也因为负面声音越来越响亮而不敢发声。

言论向一边倾倒，TK教主的时代已然成了过去式。

<1>经济：游戏中的经济是指通过补兵、打野或者拿人头所得到的钱，用来买装备的，只有经济打的多，装备才能出的快出的好，才能打过对方英雄。

钟铭看到朋友圈里陈宇晒出的庆功宴照片，随手点了个赞。

下一秒钟，手机提示音响起，是陈宇发来的微信：回国怎么样?

钟铭对着手机屏幕勾了勾嘴角，回复说：还行，闲着。

陈宇：铭哥，难道你真的要退役吗?

他对陈宇说过，离开了VBN，他哪个俱乐部都不会去，因为哪儿都一样。

钟铭沉默了半晌，缓缓打出一行字：我想要一支真正属于自己的战队。

过了一会儿，陈宇回复：这个想法不错，不过运营一支战队的成本不低。

钟铭随手掏出一根烟点上，其实他早就想到了，钱的确是他目前需要面对的最大的问题。他没有立刻回话，对方一直是“正在输入”的状态，过了好一会儿，电话响了，是陈宇打来的。

“哥，我觉得组建战队这个想法不错。如果开销方面你有困难，我……”

钟铭没有让他把话说完，直接打断了他：“行了，你那边挺吵的，还在吃饭吧？”

“是，刚打完比赛，吃个便饭。”

陈宇把“庆功宴”说成“便饭”，大概是怕刺痛他。

钟铭笑了笑：“我也饿了，先挂了。”

陈宇愣了愣，“哦”了一声：“那改天再聊。”

挂了电话，陈宇对着手机出了会儿神。他刚才真是一时脑热，还好钟铭没有让自己继续说下去，否则以后怕是连朋友都没得做了。他收起手机回到队友身边，他立刻被人拉着喝酒，说要替他庆祝……没错，陈宇是这比赛的大功臣，是钟铭走后代替钟铭打一号位的人，也就是外面传说中被钟铭疯狂打压的潜力后辈……

— 04 —

酒店的网速显然不适合钟铭久住，第二天一早他就联系了房屋中介，一来是卖掉之前的房子，二来是需要另外租一套房子。

中介小伙子的效率很高，当天下午就按照钟铭的要求筛选了几套小别墅带他去看。第二天，钟铭就租下了一套近三百平米的别墅，他找人打扫了房间，安装了宽带，然后就拎着简单的行李搬了进去。

刚收拾好房间，他就收到了周俊发来的信息：影神，忙吗？什么时候排位？再带带我呗。

钟铭看了下时间，不算太晚，于是回复：现在吧。

钟铭打开电脑，刚登录VV平台就见到Jun的邀请。点击“同意”进入到语音房间后，他才发现除了他和Jun，还有上次那个菜鸟YAN。

有了上次不愉快的经历，这次周彦兮懒得多说话，直接进入游戏。她选了个有控制技能的冰女，是她最近玩过几次的英雄。钟铭则是选了蓝猫直奔中路。

出门前，钟铭随便看了一眼冰女的出门装，立刻就觉得这局势有点微妙了。

“冰女。”钟铭叫周彦兮。

周彦兮正手忙脚乱地买着装备，心不在焉地“嗯”了一声，就听那个清冷的声音问道：“解释一下你的出门装。”

周彦兮纳闷，她对冰女这个英雄不熟悉，所以出装是按照网友的攻略选的。

“有问题吗？”

“有问题吗？”重复完她的话，钟铭似乎笑了一声，“没问题，就是想给你这套装备起个名字。”

周彦兮心说原来这出装还有名字，于是随口问道：“什么名字？”

“就叫‘我已躺好，你们加油’。”

“噗……”周俊差点被自己的口水呛到，他立刻去看周彦兮的出装，果然有点诡异，说道，“姐，你这是哪个坑货提供的攻略啊？”

难道真的有问题？周彦兮连忙切出游戏去找网上那帖子，原来不是人家坑她，是她看串行了。她尴尬地咳了一声：“其实，我就是想有多种尝试……”

周俊唉声叹气：“看来又要输了……”

周彦兮自知理亏不敢吭声，好在钟铭没继续说什么，安安静静地打着游戏。

开局才几分钟，钟铭就强势压制了对方的中单英雄火女，不到一分钟就拿下了一血，搞得对方只敢躲在塔后，直到把火女养到了六级。

“冰女来中路，杀一下。”钟铭说。

周彦兮一看自己才四级，而火女被杀过之后很谨慎，她贸然冲上去，不等于去送人头吗？所以到了中路，她也不上前，就躲在河道旁边蹭中路的经验。

蹭经验也就算了，但钟铭看到她用技能补兵就有点无法忍受了：“NPC都懂得把技能往对方英雄身上甩吧……”

这话什么意思？不主动上去卖血送人头还不如一个电脑了？周彦兮有点不高兴了，他要是真那么厉害用得着让她来中路帮忙吗？

“大家水平都差不多，用得着说话这么刻薄吗？”

周俊暗自擦汗，心说你可拉倒吧，你们俩的水平一个天上一个地下，有个词儿怎么说的？那是云泥之别！

周彦兮噼里啪啦地敲着键盘，口中念念有词：“我这就上去收了火女给他看看！”

而就在这时，火女的走位出现了破绽，周彦兮立刻按下E键释放冰冻技能。钟铭见状，刚要上前接技能，却发现情况好像不对……

“呵。”看到人群中被冰封住的一个小兵，钟铭不禁笑了一声，“行了，那个冰女，你随便去哪儿逛一下吧，收掉火女这事儿还是我来吧。”

原来他都听见了……周彦兮羞愤得手抖。她想，如果她的冰女会做表情，那一定是捂着脸跑回下路。

此时，火女也升到了七级，刚才被周彦兮那过于迷惑的冰冻技能吓到了，但最终没有掉一滴血，又发现钟铭的蓝猫只有半血，于是跃跃欲试，想一雪前耻。

钟铭看出对方的动机，又看了一眼身上的补给，很快评估了一下，可以打这一架，于是在躲掉火女一个技能后直接越过河道，上前攻击。

周俊和周彦兮留意着中路的情况，看到蓝猫的走位，他们都有点意外。这是要越塔杀人？周彦兮几乎要敲锣打鼓地呐喊了，这才是送人头的教科书典范啊！

可是讥讽的话刚到嘴边，就见蓝猫用飘逸的走位顺利躲过了对方防御塔以及火女的攻击，在补充血和魔力值的同时完成了一次漂亮的单杀！

周俊率先反应过来：“看见没！这就是大神的操作！”

周彦兮悻悻地撇了撇嘴，但心里不得不承认，这一套操作的确有些技术含量。

而接下来的团战打得也很轻松，不到一刻钟，钟铭的蓝猫直接接管了比赛，轻巧地带着周家姐弟成功“躺赢”。

一局游戏结束，周俊发现耳机有一边突然没了声音，于是去找网吧老板换耳机。周彦兮则打开网页查看冰女的正确出装，网上关于冰女的出装各有各的说法。

“那个……你觉得冰女该怎么出装？”

钟铭正在看国际赛的回放视频，反应了一下才知道周彦兮是在跟自己说话。钟铭想了一下说：“没有固定的出装，得结合队友英雄、敌方英雄，还有比赛形式来看。顺风局基本怎么出都ok，逆风的话就要多出一些过渡装备撑撑血量。”

听上去句句在理，却没一句实在的东西。周彦兮听完，还是不知道怎么出装，小声嘀咕了一句：“等于没说。”

她以为自己的声音够小，可钟铭还是听到了。他似乎也不生气，笑着说：“你不理解？那很正常，因为你菜啊。”

刚对某人产生的那么一点点好感瞬间又没了！

周彦兮气不打一处来：“你厉害，怎么不见你去打职业？”

“打得好就一定要打职业吗？”

“如果只是纯娱乐那菜不菜又有什么关系，反正自己高兴就好。”

“好像有点道理，那你肯定是纯娱乐型。”

“才不是。”

这一次，钟铭是真的感到意外了：“你想打职业？”

他这口气差不多就是说：你这么差的水平还是不要抹黑中国LOTK了。

不过这一次周彦兮没有回嘴。她一直认为，能把兴趣爱好和人生规划相结合是最幸运的事情。她幻想过自己成为一名职业选手，可是她也知道自己距离那个目标还差很远……

大概是觉得周彦兮这样的人打职业太魔幻了，钟铭只好往别的方向猜：“还是你想找个打职业的男朋友？”

听到这话，周彦兮几乎被气笑了：“算了吧，我虽然很喜欢打LOTK，但是对网瘾少年没有任何兴趣。”

说这话时，周彦兮不厚道地想象了一下钟铭的形象，突然就不那么生气了。

没想到钟铭却悠悠地来了一句：“放过中国LOTK界的少年们，也算你功德一件。”

周俊回来时，见周彦兮气冲冲地摘下耳机走向前台。

他愣了愣：“干吗啊，姐？不打了？”

回头再看语音房间里，钟铭也不知什么时候下线了。

前台旁，周彦兮没好气地说：“打什么打？回家睡觉！”

这天以后，周彦兮说什么也不愿意再跟钟铭一起玩儿了，周俊也乐得这样。

这天，周俊刚和钟铭打完一局排位，就看到平台的论坛上又在刷平台大赛的消息。他突然冒出一个想法——玩了这么多局路人赛，不如试一试团队比赛。

他撺掇钟铭：“影神，VV平台的夏季赛要不我们也组个队参加吧？VV财大气粗，奖金池很可观，就算不是冠军，随便玩玩也能赚点奖金。”说到这里，周俊尴尬地笑了笑，“不过我们肯定不是为了钱，就是历练自己……”

“冠军多少？”

周俊愣了愣：“什么？”

“如果拿到冠军，奖金有多少？”

周俊仔细看了看论坛上的通知帖：“团队有一百万，拿到赛季最佳选手的还有额外奖励。”

“参加吧。”

钟铭算了下，卖掉房子能有八百多万，但运营一支战队究竟需要花多少钱，他心里还真没有底。眼下有一百多万奖金摆在眼前，自然是不拿白不拿。正好，他可以顺便探探国内LOTK的水平。

周俊不敢相信自己的耳朵，他还准备了一大堆话等着说服钟铭，没想到钟铭这么快就同意了。

“太好了！”周俊说，“可是现在问题是，组队需要五个人，我们只有两个……你那儿还有别的人选吗？”

这倒是把钟铭难住了，一时半会儿到哪儿去找三个合适的人选？

周俊犹犹豫豫地说：“不过我这儿倒是有个人。”

钟铭突然有种不好的预感：“你姐？”

“嘿嘿，其实我姐挺厉害的，farm能力超强。”

“只是farm强有什么用？又不是开心农场。”

“呃……她资质还不错，就是团战的意识一般。”

“那是一般吗？那叫没有。”

大神就是大神，补刀一绝。虽然钟铭的每一句话周俊都恨不得举双手双脚赞成，但是这种时候凑够人手参加比赛才是最重要的，于是他昧着良心继续吹他姐：“我姐真的不错！这不是还有十来天吗？我们突击训练一下，专门训练她的逃生意识，只要她不送人头，有你在的话那不是稳赢吗？”

钟铭拿过桌上的打火机点了根烟：“我不跟她训练，累。”

周俊突然想到那天晚上的不欢而散，于是小心翼翼地问：“那天我去换耳机了，我姐是不是说了什么不中听的话？你可别听她的，她这人一向口是心非。”

“是吗？”钟铭笑道，“我倒觉得她是心直口快。”

“不不不，她其实特别崇拜像你这样会打游戏的男生，不然她那种操作打什么游戏！”

钟铭想到那天的对话，难怪她反应有点过激，原来是心思被他说中了……想到这里，他笑了笑。其实周彦兮究竟怎么想，钟铭并不在意，不过他对人选也有些犯愁，所以本着“解决一个是一个”的原则，他不再拒绝周彦兮的加入。

“那还需要两个人。”

“我这边再找找，不过影神，你那边能不能再找个水平高点的……毕竟带着我姐打比赛，我还是有点怵……”

“嗯，我想想。除了这些还需要准备什么？”

周俊想了一下：“还需要一个响当当的队名……不过我已经有个备选了。”

“叫什么？”

“GD！”

“什么意思？”

“掘墓人！Grave Digger！”

钟铭微微皱眉：“怎么想到叫这个名字？”

“致敬我的偶像TK啊！”

钟铭沉默了。

古墓守护者，Tombkeeper，TK教主。

见周俊兴高采烈地进了家门，正在敷面膜的周彦兮随口问道："捡钱了？"

"嘿嘿，差不多吧。对了姐，平台那个比赛通知你看到了吧？"

"嗯，怎么了？"

"咱俩打这游戏打这么久了，还没参加过比赛，这次机会难得，要不我们也试试？重在参与嘛！"

不过……她有点犹豫："得凑够五个人吧？"

"影神答应跟我们一起组队了，有他在不至于淘汰得那么快。怎么样？惊喜不惊喜？开心不开心？"

周彦兮倏地掀掉面膜："惊喜个屁！我不跟他一队！"

周俊想了想，立刻换上一副笑脸问："你是不是还在为上次的事情不高兴？今天他还跟我说来着，说你好像生气了。"

周彦兮不屑地"哼"了一声，心说那自大狂还能看出她生气了，真是不容易。

见周彦兮这反应，周俊心里有了数："唉，其实影神他也很后悔啊，只是想逗逗你，没想到你不经逗。"

周彦兮挑眉："他跟你说的？"

"不然呢？"

周彦兮撇了撇嘴："神经病！"

周俊笑："对对对，神经病！那组队的事情……"

"不是还差俩吗？"

姐弟俩正说着话，周彦兮的手机突然响了。她拿起来一看，是小熊的微信：宝贝儿，我到B市啦！明天约起！

周彦兮乐了："第四个人找到了。"

— 05 —

说服小熊参加比赛的过程很顺利。这边周彦兮刚和小熊说好，那边周俊就给钟铭报了信："影神，我们这边的人都说好了，新加入的大哥水平很高的，曾经还被VBN邀请过。现在就差一个人了，你那儿想想办法啊！"

刚刚完成了一次双杀，钟铭的手机屏幕突然亮了起来，他低头看了一眼，也顾不上回复，带着自家小兵推掉了对方一座塔。

【所有人】Conqueror：哥，我到底做错了什么？

【所有人】路人：？？？

【所有人】Tyuiop：你好好想想。

Tyuiop是钟铭的小号，别人不清楚，陈宇却知道。

陈宇愁眉苦脸，他只是想打个排位赛而已，可是从前一天开始钟铭就像住在网上一样，他一上线，钟铭就追来，连着打了十几局。这感觉就像钟铭还在波士顿一样，完全没有时差，只不过以前是他们哥俩一起打别人，现在换成钟铭联合别人来打他。被TK教主针对是什么样的感觉，陈宇终于体会了一次。

一局游戏结束，他立刻私聊钟铭：铭哥，就算你不介意那帮黑子怎么写，也拜托你考虑下兄弟我的承受能力好不好，我就想问一下，到底怎么样才能放过我？

看到这句话，钟铭不易察觉地勾了勾嘴角。他随手拈出一根烟点上，吸了一口，才不紧不慢地回复道：你最近没比赛吧？

Conqueror：嗯，最近算是休假了。

Tyuiop：那好，反正你闲着也是闲着，陪我打几局。

陈宇哭笑不得，遇到这样的情况，多数人应该是不想再碰游戏了吧？不过看样子，钟铭应该是有求于他，只是这求人的方式实在是有点特别。

陈宇稍稍松了口气：不是你打我，那是？

Tyuiop：带着三个菜鸟，去打别的菜鸟。

Conqueror：……

见陈宇这反应，钟铭问：不愿意？那我们继续……

陈宇连忙回复：不不不，什么时候？我随叫随到。

看到这句话，钟铭满意地拿起手机回复周俊：正好，人刚刚凑齐，这几天就练几把吧。

周俊兴冲冲地回复：好嘞！那我通知其他人，明天一早开始！

在家里打游戏没有氛围，第二天一早，周家姐弟和小熊就早早地来到网吧找了个包间，等着钟铭和另外一个人上线。

约定的时间刚到，钟铭的头像亮起，周俊立刻拉他进了语音房间。

周俊问：“影神，房间里的XiongBa就是我说的那位很厉害的大哥，对了，你说的另一位什么时候到？”

“马上。”

不一会儿，就见房间里多了一个名叫CC的。

周俊兴奋地打招呼：“大神好，请问怎么称呼啊？”

陈宇看到钟铭用了“Jun2”这种小号，估计其他人也不知道他们的身份，于是只回了个“CC”。

游戏开始匹配，小熊问：“一会儿怎么分工？”

没有人回答，似乎都等着钟铭发话。过了一会儿，那个清冷的声音响起：“我打后期，CC走中路，XiongBa三号位，周俊你们俩打辅助。”

钟铭说的后期就是一号位，队伍中最大资源占有者，全队的重点保护对象，初期能力较弱，需要一定装备才能形成战斗力，发育得好的话后期可以直接接管比赛。二号位是仅次于一号位的核心人物，主要负责前中期带领队友gank，掌控比赛节奏，因为也很吃资源，一般是中单。三号位是队伍中的主要支援者，在经济资源分配上必须要对二号位做出让步，出门位置一般是上单，或者游走。至于两个辅助，俗称“酱油”，听名字就知道在队伍中扮演什么样的角色了。

小熊一听到这个分工，脸色立刻就不怎么好看了。毕竟他之前都是打一二号位的，听周家姐弟说那个影神是个大神要打一号位也就算了，可那个CC又是什么来头？难道也比他操作好？

周彦兮猜到小熊会不高兴，安抚性地拍了拍小熊的手臂。

小熊没好气地看了她一眼：“这也就是为了你！”

一二三号位的人都确定了，但是团队里的“酱油”也有差别。一般情况下，四号位是半辅助，而五号位则是纯辅助，几乎不占用任何团队资源，还要负责购买信使，全场包视野，就是俗称的“包鸡包眼”。因为没钱没等级，在团战中，打五号位的人肯定也是第一个“炮灰”。这么一比较，明显四号位更有尊严。

周俊立刻追问：“那我和我姐怎么分？”

听到这话，周彦兮觉得自家弟弟实在没点儿自觉，拉她来打比赛，连个四号位都要跟她争，还有没有点儿诚意？

钟铭似乎想了一下，然后回答周俊说：“你打五号位。”

“为什么啊？”周俊一向觉得他姐的水平不如自己，更何况这段时间得到钟铭的指导，他的技术突飞猛进，让他当个纯“酱油”，他不甘心。

周彦兮还没来得及高兴，就听到耳机里那清冷的声音再度响起：“视野做得好不好直接关系到比赛的结果，所以五号位还是需要有大局观的人来打。”

正笑嘻嘻地看着周俊哭的某人听到这句话，脸上立刻晴转多云。周彦兮打开话筒，轻咳了一声，不爽地问：“我是空气吗？”

突然有人笑了，不是钟铭的声音，应该是那个CC，他说：“好了好了，对面人齐了，我们先开始吧，具体的定位还会根据每局具体情况的不同有变化的。”

周俊拍马屁道：“对对对，姐你好好打，一会儿少送几个人头。”

“管好你自己吧！”

首先进入B/P环节[1]，根据对方的阵容，钟铭选了幽鬼，陈宇选了影魔，小熊用流浪，到周彦兮时，钟铭犹豫了一下问道：“你会用什么辅助？”

周彦兮正要开口，又听他说：“别跟我说冰女。”

周彦兮无语，事实上她会用的那几个英雄里没什么适合打辅助的。

过了一会儿，钟铭说：“你用ES吧，团战的时候出个跳刀跳进人群甩技能就行了。”

“ES是什么？”

“噗……”耳机里响起几人的笑声。

陈宇忍不住私信钟铭：哥，你就算退役当教练也完全可以指导职业选手啊……

钟铭没有理会他，一字一顿地回复周彦兮说：“撼地神牛。”

— 06 —

这局游戏打得异常顺利，那个CC果然是个高手，才十四分钟就已经“大杀

[1]B/P环节：BAN/PICK的简称，BAN意为选择禁用英雄，PICK为挑选英雄。

特杀”，迫使对方打出了“GG”。

周彦兮还意犹未尽，她觉得自己对这局游戏的胜利好像一点贡献都没有。

周俊像是知道她的想法，笑呵呵地说：“姐，我们能顺利把这一局拿下，你可是做了巨大的贡献。”

周彦兮意兴阑珊，以为他在安慰自己，随口回道：“什么贡献？”

“就送了一次人头，这还不是巨大的贡献啊……”

耳机里传来此起彼伏的笑声，除了那个爱笑的CC和小熊外，好像也有钟铭的声音。周彦兮恶狠狠地看向周俊，真是太丢脸了！

接下来，语音房间里的气氛活跃了不少，就连刚才还因为位置分配不高兴的小熊，也开始认真地和钟铭探讨战略分工。

没一会儿，排位房间里一下子进来了五个人。不用想也知道，对方的情况和他们一样，是五人排位，俗称“黑店”。不过周彦兮在意的倒不是这个，她发现对方有一个人的ID好像有点眼熟。

她正想去问身边的周俊，就听周俊嘀咕道：“那个‘ww_Lee’是李煜城大神本尊吗？”

周彦兮讶异道：“你是说他是那个拿过世界冠军的职业选手？和TK关系也不错的那个？”

周俊说：“对啊，是我超喜欢的选手。”

周彦兮问：“你不是只喜欢TK吗？”

周俊嘿嘿一笑：“爱屋及乌嘛！Lee神操作也很牛的，不过这人真的是他吗？”

钟铭听着姐弟俩你一言我一语的对话，不禁勾了勾嘴角。

他们口中的这个李煜城是WAWA战队的队长，世界顶级carry。在上一届的国际邀请赛中带领WAWA战队拿下了世界冠军，不过这一届的比赛他们却没有参加。

因为李煜城的突然出现，不用多说，这一局注定是个质量局。

这一局他们几人选的英雄和上一局差不多，但是周彦兮发现Jun2的幽鬼要比上一局谨慎很多。所以周彦兮也很紧张，乍一听到小熊说话时，她吓得手一哆嗦空放了个技能。小熊嫌恶地瞪了她一眼，然后手指了指麦的方向。

周彦兮明白过来，立刻关掉麦，这才问小熊：“你刚才说什么？”

“我说这货果真是个高手。”

“谁？”

“用你弟小号的那个。”

周彦兮想起上一次他用蓝猫越塔杀人时的操作的确很惊艳，但这么精彩的操作仿佛只是昙花一现，后来他的打法都中规中矩。

周彦兮一边补兵一边说：“你才跟他打了一局就知道了？而且刚才那局可是CC carry（掌控）全场的。”

小熊冷笑一声说：“只有你这种菜鸟才会看不出来，刚才那一局他根本就没有尽全力。这一局开局才三分钟，他二十五刀一刀没落，还有七八个反补，对方还是个带着补刀斧的远程英雄……而且你看他满屏发信号，让周俊去插眼排眼，插眼的地方必然是对方后期英雄常出现的地方，而且每次排眼都能排准。这开挂般的意识只有高手才有。”

周彦兮听得云里雾里的：“真有这么厉害？”

小熊冷哼了一声：“你看不出来很正常，你就没有‘意识’这种东西。”

这时小地图上又亮起感叹号，正好是周彦兮刷野的位置。

耳机里钟铭的声音传来：“对方来送人头了，你过来。”

周彦兮还没反应过来怎么回事，多亏了小熊提醒她：“叫你呢！”

闻言，她迅速收了几只小野怪，躲到了下路的草丛里，等着对方送上门来。

就这样等了半分钟，等来的却是一声悠长的叹息。周彦兮的心立刻提了起来：“他们看到我了吗？”

钟铭有点不耐烦地说：“你躲得那么远，他们就算长了千里眼也看不到！”

周彦兮松了口气：“那就好。”

“好什么好？”男人似乎是咬着牙说道，“你躲在那儿是想看我跟他们打架吗？出来啊！”

“现在出去吗？可是对方有两个人，我这不是去送死吗？”

钟铭最后一丝耐心被耗光了，冷着声音命令道：“出来，吃技能！”

周彦兮这人典型的“吃软不吃硬”，虽然知道对方在游戏方面比自己专业，但是此时钟铭的态度正巧戳中了她的那根反骨。“我不。”她回答得言简意赅。

语音房间里的几个人都不约而同地沉默了。

钟铭深吸了一口气，强压着火气解释道："对方两个人的魔量加起来不超过四百，只够放两个技能，二百八十五点伤害你死不了。不过我说的是现在，再磨蹭下去就不好说了。"

这么短的时间计算得这么精准？

"那还有眩晕，还有普通攻击呢？"她依旧不从。

"我是在一旁看戏的吗？"钟铭深吸一口气说，"你还没死，他们先死，信我。"

或许是这句"信我"颇有力度，鬼使神差地，蠢蠢的撼地神牛扛着大棒子走出了草丛。果不其然，她一出现，对方两个人都吓了一跳，几乎把能甩的技能都甩在了她身上。她的血量骤减，因为处于眩晕状态只能任人打杀。这时幽鬼突然从天而降，一串技能将对方两个人双双送上了西天。

周彦兮还没看清他的操作，耳机里已经响起了"Double Kill（双杀）"的提示音。她连忙动了动鼠标，自己还活着……

正庆幸着，却听钟铭又说："下次就算是要死也记得把技能放出来再死。"

周彦兮对着幽鬼飘逸的背影无话可说，身旁的小熊朝着她的屏幕扬了扬下巴说："看到了吧？我没猜错，他是专业的！"

今天的几场游戏周彦兮他们几乎是战无不胜，众人斗志昂扬地一直打到了中午，钟铭估摸着陈宇该去睡觉了，这才喊停。

其实陈宇在今天之前完全不知道钟铭找他打的究竟是什么比赛，今天上了VV平台，看到广告猜出应该是这个平台的夏季赛。所以只剩下他和钟铭两个人的时候，他问钟铭："哥，你和一帮路人打游戏是为了奖金吗？"

钟铭回他："不行吗？"

陈宇笑了："行是行，就是有点骗钱的感觉。"

听到这话，钟铭冷着脸敲出一行字：哥不开图不开挂本，本本分分打个游戏怎么就成骗钱的了？

陈宇几乎能够想象得到钟铭的臭脸，避免惹怒他，陈宇立刻回了个ok的表情，可心里想的却是——如果那帮人知道自己的对手是TK教主，那他们还会浪费那么多时间和精力在这场胜负已分的比赛中吗?

临下线前，钟铭想了一下又多说了一句：“别说的跟你没关系一样，赚了奖金一样分你。”

不光要分给陈宇，还有周俊、XiongBa，以及那个菜鸟YAN。

不间断地训练了十来天，等到夏季赛真正开始的时候，周彦兮终于没那么菜了，撼地神牛这个英雄在她手上多少也能发挥出作用。正式比赛那天，她还是有点紧张，一紧张就眼花，完全没注意到有人换了ID。

“那个……是我看错了吗？”小熊的声音带着几分戒备。

周彦兮心不在焉地回道：“怎么了？”

“你没发现‘Jun2’不见了吗？换成了一个莫名其妙的东西……”

周彦兮这才注意到，钟铭的ID竟然换成了Shadow,他什么时候注册的新号?

等等！Shadow？Shadow!

不怪小熊紧张，这个名字对她来说也是抹不去的梦魇！她永远都不会忘记回国前的那一晚，他们是何等的惨烈，而那一切都是拜一个叫Shadow的人所赐!

难怪总听周俊叫他影神，原来是这么个由来……

周彦兮说：“不会这么巧吧？”

小熊的脸色有点难看：“有几个人能徒手拆黑，一局赢的机会都不给对方，还好巧不巧也叫‘Shadow’？而且，他这局又用宙斯……”

不用多说，答案已经摆在那里了。

因为是比赛，小熊和周彦兮都没有关话筒，虽然是小声议论，但早被语音房间里的其他人听得清清楚楚。

周俊神色不明，心思千回百转。陈宇直接给钟铭发了个问号过去。

钟铭这才想起来，大约在一个多月前，他“翻墙”去国外平台打路人局，曾经徒手拆黑，把对方打得一整晚气势萎靡，而其中有个蠢蠢的白牛，被他的宙斯杀了无数次……这么水的路人，他完全不记得对方的ID，但是此时听到这两个人的对话，再结合周彦兮的实际操作，一切似乎就水落石出了。

号角声已经吹响，双方开始出兵。钟铭的宙斯踏上征程，临出门前丢给正在发呆的某人一句话：“没事，被我虐，不丢人。”

— 07 —

或许是回国前那一晚的事对周彦兮造成的打击实在不小，以至于在这局比赛中她看到Shadow就条件反射地朝着他的反方向跑，搞得钟铭每次刚要大开杀戒，就发现自家辅助跑得比对方英雄还快。

几次击杀失败，局势变得有些尴尬，语音房间里的气氛也凝重起来。谁也不敢说话，只有钟铭的呼吸声无比清晰，有规律地压迫着周彦兮的神经，不断提醒着她：他好像快要炸了……

尤其是当她又一次落荒而逃，害得他被群殴致死之后……

耳机里传来“啪嗒啪嗒”的声音，是有人在按打火机。周彦兮觉得自己的心脏也随着那声音一下又一下地重重地撞击着自己的身体。片刻后，钟铭的英雄复活，上路之前，他几乎用商量的口吻问她：“能不能不跑了？”

钟铭说话一向冷冰冰的，像这样跟她说话还是头一次。她这种吃软不吃硬的人哪受得了这个，正想着干脆认个错吧，就听身边的小熊阴阳怪气地来了一句：“还不是你把她杀怕了。”

耳机里的男人似乎无奈地叹了口气：“这和之前有可比性吗？真把自己当对方的人了？”

小熊也没再说什么，因为从钟铭选择宙斯这个英雄就可以看出，他不打算打后期。所以越往后拖，局势对他们越不利。

周彦兮也知道不能再这样下去了，连忙说：“好的，我会注意的。”

众人听到这话，稍稍安下心来。

可钟铭却残忍地补充了一句：“不要怕死，我会替你报仇的。毕竟现在本场最不值钱的就是你，所以无论你和对方哪个换都是我们赚，明白吗？”

“噗……”有人没忍住，不小心笑出了声。

周彦兮则愤恨地对着屏幕竖了个中指。

平台的比赛对参赛队伍的要求并不高，队伍的水平参差不齐，但比赛越往后，对手的实力也就越强。不过庆幸的是，经过前期的磨合，周彦兮他们几个也打出了点默契来，配合度很高，整体实力比赛前有了很大幅度的提升。当然，最重要的是他们队里的“大腿”够粗，GD就这样一路打到了决赛。

经过这么多场比赛之后，Shadow的实力大家有目共睹。周彦兮因为波士顿那一晚对他产生的怨念，也随着他一次又一次带领他们点爆敌方水晶而渐渐变成了崇拜。

小熊对她的转变很是不屑，经常泼她冷水。这样的次数多了，周彦兮倒是觉得有点奇怪了，问道：“我记得之前训练的时候你夸他就像夸自己一样，怎么现在变了个人？”

小熊当然不会把自己曾经加Shadow好友结果被对方以“菜”为理由拒绝的事情告诉周彦兮，只是一再地提醒她：“回国前那晚你忘了？”

“没忘。”周彦兮想了想说，“但我也想明白了，我这样的操作都想赢，何况是他呢。排位时遇到一只‘菜鸡’，不杀难道要当宠物养着吗？”

小熊还处于对“菜”这个字极度敏感的阶段，一点也不客观地评价说：“那也只能说明他没爱心！”

此时距离平台决赛还有不到一周的时间。

GD决赛的对手是一个叫作WIN的战队。听说WIN的几个人都是现实生活中的朋友，以前就常在一起打游戏，这几个人在相互配合上要比GD强。钟铭通过之前的比赛视频还发现，WIN的那个中单，操作和意识都不俗，gank（有预谋的击杀对手）节奏掌握得也不错。所以他特意留意了一下，对方的ID叫“明月归”。

这时，手机突然响了，是陈宇打来的电话：“晚上不训练吗？”

钟铭不紧不慢地回道：“在看视频。”

“那个WIN的比赛视频？”没等钟铭回话，陈宇心里已经有了答案，“那是个临时组起来的队伍，水平一般，哥你是不是太谨慎了？”

“都到这一步了，阴沟里翻船不值得。”

“也是。那你研究出什么了吗？”

“没什么，不过，他们那个中单不错。”

“再不错也就是个粉丝的水平……”

说到这儿，陈宇突然发现，一向自视甚高的TK教主竟然夸别人水平不错，而且对方还是个普通玩家。

想到这里，陈宇揶揄地笑了："哥。"

"嗯？"

"你怕了。"

电话里沉默了，片刻后钟铭无奈地承认道："是啊，但我不是怕对手，我是怕队友。"

周彦兮连着打了几个喷嚏，缓过劲儿来时，担忧地问她弟："你说，我不会感冒了吧？一个礼拜能不能好？会不会影响我比赛发挥？"

周俊正在玩手游，闻言连眼皮都没舍得抬一下："得了吧，你那水平还谈不上发挥……"

"啧，你每天跟着外人挤对你姐很有成就感吗？"

"哪个外人？影神吗？人家又没说错，还不准我附议了？"

周母打完麻将刚回来，就听到姐弟俩又在吵嘴，看到女儿红着鼻头，不管三七二十一就朝儿子"开火"："怎么跟你姐说话呢？没大没小！"

周俊无语地翻了个白眼："又来一个……"

他慢腾腾地收起手机朝楼上走去，临走时看到他姐幸灾乐祸的表情，脑子里只有一个想法——他这辈子找女朋友，一定不能找他姐或者他妈这种类型！

周彦兮哼着歌回到房间，刚登录游戏平台，就收到一条私信：来，solo（单挑）一局。再一看发信人ID，竟然是Shadow。她立刻敛起了笑容，大神怎么突然想起找她solo（单挑）？是心情很好想提点她，还是心情很差只想虐菜鸟？

周彦兮最近跟着大家一起打比赛，技术进步了很多。不管输赢，她只想让对面的男人看到她的进步。说不定对方还会考虑到她的赛前状态，给她放点水，让她不至于输得太惨。

然而周彦兮不知道，钟铭的职业生涯中就没有"放水"这两个字。

所以这局solo没什么好期待的，无非是周彦兮被追着打，然后被打死；周彦兮被包抄，然后被打死；周彦兮守塔，还是被打死……不到十分钟，周彦兮已经连续送出了三个人头，胜负已分。到了这一刻，周彦兮可以肯定，大神今天的心情很不好，是来找她发泄的。

她默默退出游戏，本想就这样灰溜溜地下线，耳机里那个清冷的声音突然响起：“不总结一下吗？”

周彦兮悻悻地说：“总结什么？你很强，我很菜？”

“听说solo（单挑）是你的强项，可是刚才这局，你漏洞百出。”

周彦兮无话可说，钟铭继续说：“首先你走位太随意了，在视野里没有对手的时候一定要保持高度的警惕，少补一个兵也就是几十块钱的事情，但因为补兵送了人头就得不偿失了。其次是你的打钱速度，只要对方干预你，你就没办法正常补兵，每个英雄在不同等级不同装备下的攻击力是可以估算的，你什么时候能算到这些，就不怕杀不到人，更不怕打不到钱了。

“还有，其实刚才你有一次反杀我的机会。我追你你就只知道跑吗？优秀的选手遇到这种情况通常会权衡双方的血量和魔量，看看有多少胜算，而且也会分析对手的心态，你还手他究竟怕不怕。捡漏算什么本事，逆风反杀才是一个选手的基本操作。”

周彦兮听得目瞪口呆：“这是基本操作吗？”

钟铭沉默了一下说：“早点休息吧，周六正常发挥就行。”

什么是周彦兮的正常发挥？和WIN的这场决赛，她知道了自己的水平。

对方好像知道他们的弱点，全场针对周彦兮展开了各种gank（有预谋的击杀），以她作为突破口，打得他们措手不及。而周彦兮看到自己一次又一次地连累队友，心态早已被打崩了。

在钟铭的幽鬼第二次被那个“明月归”击杀后，周俊欲哭无泪地问：“难道我们要止步亚军了吗？”

要止步亚军了吗？不应该啊，不可以啊！如果这个队伍里没有她，或许GD早就夺冠了。周彦兮想到比赛前钟铭对她说的那些话，突然觉得自己很对不住他。在头像再一次亮起时，她一边整装出门一边回应周俊那句话：“亚军什么亚军？你那什么偶像不是说过吗？不到最后一刻就还有翻盘的机会。现在开始力保幽鬼！”

— 08 —

“幽鬼我替你挡一下！

“幽鬼我跟他们一换一！

“幽鬼你先走！

“幽鬼我来卖，你收割！”

……

接下来的半场比赛，语音房间里都是周彦兮牺牲前的豪言壮语。好在大哥幽鬼不负众望，从比赛的第五十二分钟开始，终于带领着队友走上逆袭之路。

推掉对方水晶的那一刻，周俊感慨道：“我TK教主说得果然没错！”

小熊瞥了一眼正一脸喜色查看自己战绩的周彦兮说：“我看是每个成功男人的背后都有一个越挫越勇的傻子吧。”

“噗……”陈宇正在喝水，一时没忍住，搞得电脑遭了殃。

周彦兮也不生气，相反，经过刚才的背水一战，她和Shadow之间好像真的产生了革命的友谊。众人说笑了一会儿，周俊突然问了一个问题：“比赛打完了，这是不是意味着我们GD要解散了……”

原本热闹的语音房间里突然安静了下来，周彦兮和小熊彼此对视了一眼，似乎都有些不舍。最后还是周俊打破沉默，他问钟铭：“影神，这次比赛之后肯定会有职业队看上你的，你之后打算怎么办？考虑加入哪支队伍吗？”

房间里又静默了片刻，过了一会儿，钟铭不紧不慢地说：“不加入。”

“你不想打职业吗？那真是可惜了。”周俊的语气满是遗憾。在他看来，他的影神就是为LOTK而生的啊，这还是继TK和李煜城之后，又一个让他崇拜的人。

可没想到钟铭却说：“不加入别的队伍，并不代表不打职业。”

周俊愣了愣：“什么意思？难道说你想自己组一支队伍吗？”

“嗯。”

听到他的回答，小熊和周彦兮也感到很意外，但意外之余还有点小激动——如果他想组建战队，那会考虑刚刚跟他一起拿下VV平台夏季赛冠军的队友们吗？

周俊已经等不及先问出口了：“那影神你看我能打职业吗？我好歹也是你的关门弟子吧？”

钟铭想了想，周俊这孩子的资质的确不错，反应和手速都很快，最可贵的是学习能力强，如果好好培养一下应该是个不错的苗子。他笑了一下说：“打职业不是儿戏，你还在上学，这事儿得跟你父母商量一下才行。”

周俊一听这话就知道有戏，正想说父母那边没问题，就感觉到有人在扯他的袖子，回头一看，是他姐一副欲言又止的模样。

周彦兮指了指话筒，周俊这才明白她的意思，不情不愿地关掉了自己的麦。

周彦兮这才恶狠狠地问他：“你是不是想甩掉我？”

“别闹了姐，就你那水准，真够不上职业选手的标准。如果熊哥说要跟着影神还差不多，你就算了吧。”

周彦兮又看向小熊，后者眼神闪烁地轻咳了一声说：“反正我刚回国也还没找工作，如果有机会做自己喜欢的事情那正好。”

周彦兮的目光冷冷地在“闺蜜”和弟弟之间扫了个来回：“你们俩都想甩掉我？”

周俊还是觉得他姐打职业是件很可笑的事，继续劝道：“我记得你和影神不大对付啊，你还是别冲动。”

提到这个，周彦兮的神色有点不自然：“那是以前，刚才那局你也看到了，我们还是很有默契的。”

周俊见实在劝不了她，只好说：“这事还得看影神的意思。”

三个人再回到语音房间时，钟铭还在线。周俊轻声咳嗽了一下说：“影神，你看我们经过这段时间的磨合也算有默契了，要不干脆就我们五个组队吧？”

陈宇连忙说：“抱歉啊，我不行，我人在国外，只能在精神上支持你们了。”

“啊……”周俊愣了愣说，“那就我们四个，回头你再好好找找，找个像C神这么强的，GD还是GD！”

钟铭问：“哪四个？”

“呃，就是……你、我、熊哥，还有……我姐……”他的声音越来越低，底气也越来越不足，就连周彦兮听到后半句都忍不住缩了缩脖子。

语音房间里静得可怕，时间也像是在配合着她的心情而刻意放慢了速度，仿佛过了很久，才听到钟铭说：“从这一次看，小熊确实够得上职业选手的水平了，完全可以去更强的战队。”

钟铭这么说，隐隐有为之前的事情道歉的意思，这样一来，小熊倒是对钟铭有些佩服了。

小熊说：“战队强不强那还是要看战队的选手强不强。”

这话说得有几分狂妄，但也是大实话。只要一个人够强，那么他在哪支战队，哪支战队就是强队。

钟铭不置可否地笑了一下，没再说什么。这样一来，众人都明白，钟铭不愿意接受的其实就只有周彦兮了。

周彦兮知道人家没有明确地拒绝已经是在给她台阶下了，她叹了口气直接关掉话筒，退出了语音房间。

怪他吗？不怪。她的操作和意识比其他几个人差太多，在专业的比赛里必然会成为敌方进攻的突破口。这些她都明白，可是不甘心。

见周彦兮这样离开，周俊和小熊也不再像平时一样落井下石，立刻下了线。

周俊试图安慰她：“女孩子打什么职业，你现在的工作又清闲又舒服，以后再找个男朋友谈谈恋爱，日子过得多好啊。”

工作清闲、衣食无忧，或许在很多人眼里都是不错的生活，可这不是周彦兮想要的。她一直想去做一件自己真正喜欢的事，并在为做这件事而努力的日日夜夜中，看到自己存在的价值。现在她找到了这件事，自己却没有为它奋斗的资格。

见周彦兮只是叹气，周俊求助地看了看小熊。

小熊深吸一口气说：“算了，那人真没劲，我也不跟他打了。”

听到这话，周彦兮终于开口了：“你别因为我意气用事，我知道你之前是因为要回国才拒绝VBN的。那个Shadow我也看出来了，他不是一般的路人玩家，他想组建战队肯定也不是一天两天的事了，这是个挺不错的机会。”

小熊没有说话，因为周彦兮说得没错，他欣赏钟铭的技术，也看好他队伍的前途。

周彦兮见两个人沉默，反而安抚起他们：“其实我也不是一点收获都没有，我进步了啊！而且有人陪我玩了半个月游戏，带我各种虐人，以后就靠你们带我起飞了。”

周俊见他姐终于想开了，欣慰地点了点头：“这么想就对了！”

GD拿了冠军，按照协议，奖金会按比例分别打到五个人的银行账户上，而钟铭是本赛季的最佳carry（核心角色），会多一笔奖金。可钟铭却前后收到了三笔奖金，于是他发了个微信给处理这事的周俊。

Shadow：？

周俊回了个冒汗的表情。

Jun：我姐逼我的……再说她也不缺钱，影神你就安心收着吧！

Shadow：怎么，我看上去就很缺钱吗?

周俊想起当初自己一提奖金，钟铭二话不说就同意组队的情形，搓了搓手指回复道：当然不是，主要这事儿对她来说就是重在参与，钱不钱的无所谓。

这条微信发过去之后，周俊的手机安静了许久。就在他以为钟铭已经接受这笔钱的时候，手机又振动了几下。

Shadow：没有任何一场比赛可以一挑五。

看到这句话，周俊差点感动哭。在钟铭这种熠熠生辉的大神面前，他们就像是黯淡无光的路人甲。而且不管是什么样的比赛，所有人都只会记住像钟铭这种carry全场的大神，不会有人在意他们这些默默无闻的小辅助。可是此刻钟铭这么说，那无疑是对他，还有对周彦兮最大的肯定了。

周俊无言以对，只能回复一个抱大腿哭的表情。

Shadow：所以我把钱打到哪张卡上?

周俊咬了咬下唇，怎么这一个两个都视金钱如粪土啊? 那可是真金白银啊!

Jun：这事儿我做不了主，要不你还是直接联系我姐吧，她的电话号码我倒是可以提供。

钟铭看着周俊发来的那个电话号码，不禁有点犹豫。

第二章

有点苦

— 01 —

其实拒绝人的话钟铭在过去二十几年里没少说，他一直认为直接一点并不是什么坏事。可是这一次不知道为什么，面对周彦兮，他却觉得有些难以启齿。

他百无聊赖地登录游戏平台，平台页面上还挂着这次比赛的结果，“GD”在页面顶端最醒目的位置。他不由得回想起这些天的比赛，突然发现周彦兮好像也不是一无是处，甚至有的时候，还让他有点意外……

点开游戏好友列表，周彦兮正好在线，而且还是在游戏中。

平台有个功能，开局时可以设定游戏是否可以被围观。而周彦兮的这局游戏刚好有空出来的观众席，鬼使神差地，钟铭点了进去。

周彦兮已经输了一整晚，遇上的路人队友都非常不专业。这一局又输了，退出游戏前她发现房间里多了一个人，是在观众席的Shadow。

他什么时候来的？看了多久了？看到她这么菜肯定更加坚定不接收她了。周彦兮无比郁闷地退出了游戏。好友列表中钟铭的头像亮着，她就那样看着他的头像，仿佛能通过网络看到他漠然的脸。

就在这时，对方像是有感应似的给她发了条私信。他说：打得不错。

打得不错？他是看错了？还是在嘲讽她？她无比沮丧地发了个省略号来诠

释自己此刻复杂的心情。

过了一会儿，他却回复说：我给你打电话吧。

什么意思？周彦兮连着打了几个问号，对方却没有再回复。不一会儿，她的手机响了，是一个陌生号码。

周彦兮的心跳开始加速，犹豫了一会儿后，她接通了电话。

电话里有一瞬间的沉默，沉默过后，响起了那个清冷熟悉的声音，他说："我是钟铭。"

认识了这么久，这还是她第一次听到他的名字，但不知道为什么，她一点都不怀疑，这就是他的名字，Shadow的名字。

"嗯。"她也不知道该说些什么，"你怎么会有我的电话号码？"

"周俊给我的。"

"哦……"周彦兮想了一下说，"是要还钱吗？不用了，你们分了或者你留着都可以，这很公平。"

又是一瞬的沉默，周彦兮想，她和他之间已经没什么好聊的了。

忽然，又听对方问："很喜欢打LOTK？"

这还用说吗？

"嗯，很喜欢。"她说。

"那有点奇怪。一般喜欢游戏都是因为能在游戏中得到快感，这个……让你很愉快吗？"

周彦兮想了想说："你喜欢一个女孩子，难道一定要你们各方面都很般配，才可以喜欢她吗？其实并不是。我对LOTK也是这样。"

男女之间的事，钟铭没什么经验，不过听她这么说好像也有点道理……

他又问："那你对职业选手了解多少？"

周彦兮想了想，她了解得不多，不过他问她这些干什么？

钟铭似乎早就料到她不会回答，自问自答道："真正的职业选手并没有外界看上去的那么风光，每天的训练强度很大，有时候选手们每天只能睡四五个小时。你想睡个懒觉再起来打打游戏？那太天真了。而且真正的职业选手收入也不高，奖金也要看战绩。同时为了俱乐部的生存，你可能还要做很多自己不愿意做的事，比如参与赞助商要求出席的垃圾活动，还有，要承受很大的压力……你可以吗？”

一开始周彦兮还以为钟铭只是希望她能接受他的拒绝，可听到后面，她发现他好像不是在拒绝她，而是有种“丑话说在前头”的感觉。是她的错觉吗？

她压抑着内心隐隐的激动，小心翼翼地回答：“如果真的喜欢一件事，就算再辛苦也愿意坚持吧。”

“那你……愿意继续留在GD吗？”

听到这句话时，周彦兮简直不敢相信自己的耳朵。她再一次确认道：“你愿意接受我？！”

钟铭似乎有点无奈：“没办法，拿人手短。”

周彦兮才不管他什么理由，只要能让她留在队伍里就够她开心好久！

“那你要说话算话！”

钟铭似乎能够感受到电话另一端那家伙的喜悦，不经意间脸上也有了笑容。他轻咳了一声说：“剩下的事情见面谈吧。”

“见面？”

之前光听周俊吹他如何英俊帅气英明神武，突然要见面，她的心情立刻从雀跃变得有点忐忑。

钟铭倒是没留意到这些，只是说：“我们好歹拿了冠军，怎么着也该有个庆功宴吧。”

周彦兮挂上电话的第一件事，就是跑去父母房间，告诉他们自己要辞职。

周父愣了一下，立刻问她是不是在单位遇到了不开心的事。周母倒像是早预料到了似的，丝毫不觉得惊讶。

周彦兮回她爸：“没有不开心，就是不喜欢！”

然后也不等父母再说什么，周彦兮就从他们房间里跑了出去。

— 02 —

这次除了办庆功宴，还要谈合约，所以钟铭决定把大家请到别墅来。快到中午时，周彦兮开着车带着小熊和周俊奔赴钟铭给的地址。

周俊一路上就像打了鸡血似的，不停地通过微信向钟铭汇报着他们的位置，收到钟铭的回信后又兴高采烈地告诉车上另外两个人：“影神怕咱们找不着，一会儿到小区门口接咱们。”

一想到一会儿就要见到钟铭，周彦兮刚平复下来的心情又忐忑起来：“不就是吃个饭吗？为什么一定要在他家啊，多不方便……”

周俊忙着回信息，没顾得上理她，小熊却话里有话地说：“没看出来你不方便，见人父母，你这身行头没问题啊。”

周彦兮出门前特意敷了个面膜，化了个淡妆，还挑了件低调但又显身材的裙子，乍一看不觉得怎么样，但胜在细节迷人。她完全把今天这次见面当成工作面试了，和老板第一次见面，要给对方留下个好印象才行。

被小熊这么一说，周彦兮一时间红了脸：“我这完全是出于对人家的尊重好不好！再说，你那香水味都呛得我嗓子疼了，你好意思说我吗？”

周俊不知道这两个人去吃个饭怎么会扯到见家长和香水，傻乎乎地问：“啥情况啊？”

小熊没理他，继续对周彦兮说：“我劝你还是别抱什么想法，你也知道游戏打得好的男人形象都好不到哪儿去，你又那么外貌协会，肯定会失望的！”

周彦兮反击道：“哎哎哎，怎么把自己都说进去了？”

“你哥我能一样吗？像我这种操作好又帅得人神共愤的男人，今天之前电竞圈一个都没有，今天之后，也就只有我一个！”

玩笑间，车子已经开到了钟铭说的那片别墅区，周彦兮一边找地方停车，一边紧张地搜索钟铭的身影。

此时正是一天中最热的时候，整片停车区一个人都没有。她只扫了一眼，就看到了小区大门旁的一块阴凉地上站着的男人。

他个子很高，属于挺拔修长的一类，身上松松垮垮地穿着简单的白色T恤和黑色休闲裤。很简单的款式，但穿在他的身上却有种说不出的气质。可能是等人实在无聊，他正低头看着手机，略长的刘海恰好遮住了眼睛，露出的半张脸棱角分明。

周彦兮还在出神，周俊已经下了车朝着钟铭的方向跑了过去：“影神！”

钟铭听到声音抬起头，目光朝他们这边扫来。周彦兮去开车门的手不由得顿了一下，但好在那目光最后停在了周俊的身上，而那张原本淡漠的脸上也随之露出了笑容。就是这一笑，让周遭的一切都成了背景。

周彦兮像是被定在了原地，手脚不听使唤，半晌，在小熊的催促下才下了车。

见到其他俩人，钟铭礼貌性地朝他们笑了笑：“是小熊和YAN吧，我是钟铭。”

“你……你好。”周彦兮还处于一切反应都不听使唤的状态，而刚才还活蹦乱跳的小熊此刻看清钟铭的样子后，也被“传染”上了和周彦兮同样的“病”，见钟铭跟他打招呼，反应还不如周彦兮自若。

钟铭显然没料到这两个人是这种反应，有些不解地看向周俊，周俊只说：“天气太热，哈哈，太热……”

钟铭点头道：“那就先进去再说吧。”

说完，钟铭就带着周俊在前面领路。他这一转身，身后的周彦兮和小熊都不约而同地松了口气。

几个人穿过大片的绿植，在小区角落的一栋小别墅前停了下来。阿姨早就等在门前，见众人来，忙张罗着迎人。

周俊像个没见过世面的傻孩子一样，上上下下把这栋房子的陈设扫视了一遍，然后问钟铭：“影神，你父母不和你一起住吗？”

“嗯，他们不住这儿，这是刚租的，目前就我一个人。还有，叫我钟铭就行。”

“好的铭哥……不过，既然是你一个人住，怎么租这么大的房子？”

钟铭笑了笑说：“其实这次叫你们大老远跑一趟，不光是为了吃顿饭，还可以顺便看看以后的生活环境，尝尝阿姨的手艺合不合胃口。”

“你是说……”周俊这傻孩子像是回过味儿来了，惊喜地看着钟铭。

钟铭点了点头：“这就是咱们的基地，以后吃住训练都在这里。”

这栋别墅分为两层，一楼的餐厅和客厅是连通的，一边放着餐桌，另一边靠窗的位置摆放着几张电脑桌。七八台新电脑堆在桌上，有的已经安装好，有的还没拆封。另外，除了开放式厨房和卫生间，一楼还有两间卧室，卧室都很大，而且全部朝南。二楼则全部是卧室，两间朝南，一间朝北，正好五间。

众人跟着钟铭看完楼下又看楼上，钟铭带着大家一边看一边说：“这都是房东出国前装修好的，回头你们有什么别的要求也可以提。”

周彦兮注意到，其中一间朝南的房间色调很暖，布置温馨，想必之前住在这里的也是个女孩子。

她走进房里仔细看了看，落地的推拉玻璃门外还有个大阳台，站在阳台上，正好可以看到来时路过的那一大片绿油油的草坪，视野很不错。

正在这时，身后突然传来关门的声音。她转头一看，这才注意到自己所在的阳台还连着隔壁房间的阳台，刚才关门的声音应该就是来自隔壁。

她刚从房间里出来，就见钟铭也从隔壁房间里出来了，手上还拿着份文件。

“决定好谁住哪间了吗？”他问周俊。

周俊说：“那个女孩子的房间肯定是给我姐，至于朝北这间，熊哥离不开我姐，给他吧。”

周俊随口一说，但是不了解情况的人听了多半会误会。小熊本来还想解释一下，但话到嘴边他却什么也没说。钟铭听了这话，若有所思地点了点头。而此时周彦兮关注的重点则是住在她隔壁的人——是钟铭。

— 03 —

再下楼时，阿姨已经将热腾腾的饭菜端上了桌。

众人围桌吃饭，边吃边聊，周俊对钟铭的事情很感兴趣。

“铭哥，听说你刚回国，那你之前在哪个国家？”

“美国。”

“哪个城市？”

“波士顿。怎么了？”

“这么巧啊，我姐也在波士顿，熊哥之前在华盛顿。”

还真是有点巧，钟铭不由得抬头多看了周彦兮一眼，正巧碰上周彦兮也抬头看向他。两道视线相触的一刹那，周彦兮却不动声色地移开了目光。钟铭觉得有点好笑，后来又听到周俊问他以前是不是职业选手，他只是含糊地回应：“以后是了。”

周俊点了点头：“对，以后咱们都是了。那铭哥你在波士顿的时候有没有去现场看过职业选手比赛？”

“没有。”

钟铭说的是实话，他从来没有去“看过”比赛，因为每一次，他都是去参赛的。

周俊说：“太可惜了。我还去看过几次，只可惜没能看到我TK的脸。”

小熊笑道：“那位的脸，怕是只有他队友见过吧。”

TK的故事之所以具有传奇色彩，除了他两次夺得世界冠军又因为“代打”被禁赛外，还有一个原因就是粉丝们谁也不知道他究竟长什么样。

倒不是他打比赛时会刻意遮住脸，而是因为他打职业以来参加的都是大型比赛，而大型比赛现场的观众和选手离得很远，没有摄像头给特写，观众根本看不清选手的脸。TK从没有在镜头前露过脸，哪怕是国际赛的颁奖仪式，他也没有到场露脸过。渐渐地，就传出了他其实患有“镜头恐惧症”。

周俊感慨：“要不是我姐也有这毛病，我真难相信这世界上还有‘镜头恐惧症’这种病。”

“咯咯咯……”钟铭正在喝水，听到周俊的话差点把自己呛出毛病。

周俊担忧地问他：“铭哥你没事吧？”

他摆了摆手，看向周彦兮，感到有些难以置信：“你有‘镜头恐惧症’？”

他的“镜头恐惧症”是怎么来的，他比谁都清楚。

当初他不愿意在镜头前曝光自己，是因为父母不同意自己进入电竞行业。正好第一次打职业赛时的大赛主办方中有熟人，他就请对方帮了个忙，让镜头不要在自己身上停留。后来他打出成绩有了影响力，又不希望被粉丝打扰生活，就向主办方提出不在镜头前露脸的要求。久而久之，就传出了他有“镜头恐惧症”的传闻。

但是他怎么也想不到，还真有这种“病”！

周彦兮以为钟铭是怕她影响线下比赛，连忙否认道：“其实也不是，只是我一想到有人在拍我，就有点焦虑。不过没关系，不会影响线下比赛的。”

钟铭了然地点了点头。

周俊也意识到自己可能说多了，连忙岔开话题：“对了铭哥，你是VBN的粉丝吗？”

在北美，在波士顿，只要提到电竞，连不打游戏的人都知道VBN这个俱乐部。钟铭一直生活在波士顿，又喜欢LOTK，照理说不可能不喜欢VBN。

不过钟铭只是笑了笑，没有说是或者不是。

周彦兮倒是想起了之前看到的关于国际赛的报道——这一次VBN是亚军，比上一次的成绩好很多，并没有像外界猜测的那样没了TK会一蹶不振。

想到这里，她说："不过VBN的实力确实很强，大哥出走还能拿到亚军也挺难得的，尤其是他们那个新carry，Conqueror，表现不错。他以前是TK的替补吧？没想到他们连替补都这么厉害。"

周彦兮实话实说，却遭到弟弟的不满反驳："Conqueror怎么能跟TK比？你没看他们这次亚军拿得多吃力吗？半决赛时差点'阴沟翻船'。如果TK在，那必然是轻松拿冠军！"

"你说这些也没意义，他又没参加比赛，而且也没人知道他现在在做什么。"

这话成功让周俊闭了嘴。这种情况在电竞圈里还是头一遭，这么一个大神就这样消失了，既没有转会消息，也没有退役消息，就这样从众人的视线里消失了！

大家你一言我一语，只有钟铭垂着眼安静地吃着菜。

片刻后，小熊说："不过这一次中国战队中好像只有80Gaming拿了个第五的成绩吧？去年夺得冠军的WAWA也不知道什么原因没有参赛。"

周彦兮扫了一眼桌上的众人，小声问道："下一届我们会参加吗？"

话音刚落，她就感受到来自弟弟和小熊的古怪目光，沉默许久的钟铭说道："为什么不会？"

说着，他就拿出刚才带下楼的几份文件递给大家："这是合同，你们看一下。如果三个月后大家还留在这里，那一年后必然会出现在国际赛的赛场上。"

周彦兮迅速扫了一遍合同，很快就注意到了"试训期三个月"的字样，心也随之凉了一半。她不死心地问钟铭："试训期结束有审核吗？如果没有通过是不是就像找工作没有通过试用期？"

钟铭点了点头："可以这么理解。"

周彦兮欲哭无泪。

不过除了试训期这一条以外，钟铭开出的其他条件都很不错，有工资，还有奖金，根据战绩来发。

只是……周彦兮又想到一个问题："可是铭哥，我们现在只有四个人。"

钟铭说："第五个人选我已经想好了。"

"谁？"

"王月明。"

— 04 —

"铭哥，你说的是决赛那场杀了你两次的WIN战队的carry吗？"周俊问。

钟铭轻咳了一声，点了点头。

周俊皱眉道："铭哥，你怎么会想到他？你不会是想报复吧，放在身边好好虐他？"

钟铭无语："把他请来供他吃住还给他发工资，有这么个虐法吗？"

"他虽然杀了你两次，但我真没觉得他打得多好，看他那路子，一点不懂战术，也就是路人水平。"

"路人？我们这里谁不是路人？"

钟铭这么一说，周俊和周彦兮立刻有点不好意思，尤其是周彦兮，恨不得自己是隐形人。

钟铭抬头扫了她一眼，像是看穿了她的心思，似笑非笑地说："其实路人也没什么不好，很多优秀的职业选手曾经都是路人王。"

"那倒是，那倒是。"周俊一边点头称是，一边拿起笔在合同的最后一页签上了自己的名字，"那我明天是不是就可以搬过来了？"

钟铭说："随时可以。"

"太好了，那每天都可以跟铭哥线下开黑了！姐，熊哥，咱们明天一起搬过来吧？"

小熊表示没意见，倒是周彦兮犹豫了一下说："我东西太多了，过两天吧。"

其实周彦兮顾虑的是自己的父母。周俊可以说是回学校，借机搬出来，可她就没有这么好的借口了。辞职可以，但要搬出来住，他们肯定不会同意的……她突然有点担心，万一她脑子一热签了合同，父母却不答应该怎么办？

王月明正和几个队友坐在一起聊天，说起最后那场比赛，队友一致认为是对方运气太好。

“你看他们那个辅助，专门送‘人头’。我当时就乐了，现在平台的玩家水平这么低吗？”

“那个叫Shadow的幽鬼也很一般嘛，还不是被月月按在地上打！”

“是啊！是啊！”众人附和。

只有王月明低着头吃饭，一声不吭。那场比赛，前期在他们强势的时候，他杀了幽鬼两次，但幽鬼杀了他六次。后期幽鬼发育起来以后，他差点连家门都不敢出。不敢对线就打野，但往往没打一会儿就被抓，以至于之后几天，他打路人局遇到幽鬼都忍不住害怕。不过后来他很快意识到，能把幽鬼用得像那个Shadow一样好的人，其实没几个。所以他真正害怕的是Shadow，而不是幽鬼这个英雄。

心里正郁闷着，桌上的手机突然振动了两下，王月明随手拿起来看了一眼，是一条来自陌生号码的短信：有空吗？聊两句。

这年头神经病越来越多了，他没好气地回复：你谁啊？

回复完又“咣当”一声把手机随手丢在桌上。

这一举动让周围的人意识到，王月明心情不怎么好。众人都不再说话，桌上难得安静了片刻，而就在这时，手机又振动了两下。他没好气地抓过来，正要发作，却看到对方的回复是：Shadow。

就像烈焰被浇了一盆冷水，王月明所有的脾气瞬间消失不见，只是看着那条短信若有所思。

联系王月明之前，钟铭找人打听过他。他年纪不大，大专毕业二十出头，在一家私人工厂替人装配电路板，平时下班没事干就找之前一起读书的几个同学打游戏。钟铭给他开的条件可比他在车间好多了，而且打职业一直都是他的梦想，兴趣爱好是一方面，钱和名的诱惑是另一方面。所以这次机会，他没理由放过。

至此，GD最初的阵容诞生了。一号位钟铭，ID：GD.Shadow；二号位熊志强，ID：GD.XiongBa；三号位王月明，ID：GD.Moon；四号位周彦兮，ID：GD.YAN；五号位周俊，ID：GD.Jun。

与父母周旋了半天，周彦兮最后选择了下下策——跑路。出走前，她留了一封信给父母，洋洋洒洒几千字，希望获得他们的支持，就算不支持，谅解也可以。最后，她还说自己是和小熊一起加入的俱乐部，希望他们放心。

小熊和周彦兮从小一起长大，两家父母的关系不错。周家父母对小熊的能力和人品都十分放心，知道自家女儿和他在一起，至少不会担心她的安全。这样双方都留点余地，后面的事情才好商量。

因为策划跑路的事情耽误了点时间，所以周彦兮是最后一个到基地的人。

这天王月明出门去买烟，正巧碰到小区门口有一个开着宝蓝色卡宴的美女在和保安交涉把车子开进小区的事。他忍不住多看了两眼，心里感慨，这姑娘长得真是养眼，粗略估计，没有一米七也有一米六八，高高瘦瘦却也凹凸有致，一头乌黑柔顺的长发披在肩后，衬得她的皮肤更加白皙。再看那张脸，五官明媚，眼角稍稍上翘，透着几分妩媚，但并不妨碍她整个人冷艳的气质，尤其是她说起话来也不见笑容，一看就是冰美人。

王月明看得心神荡漾，不禁开始畅想美好的未来——等他拿到世界冠军，年收入几百万，也要找一个这么美的姑娘做女朋友，然后给她买辆这么亮眼的车。

等他买完烟从外面回来，发现之前那辆卡宴竟然就停在他们基地门口，后备厢开着，里面还有几个行李箱，而基地的大门大敞着。

难道是刚才那个美女?

他顿时有点兴奋，加快脚步走进门，见美女正从楼上下来，见到他先是一愣，然后樱唇微启，露出一个让周遭一切都黯然失色的笑容:“你好，我是周彦兮。”

王月明乐呵呵地记下美女的名字，心里猜测着她是队里的经理还是俱乐部的其他工作人员。直到听见周彦兮的下一句话，他那荡漾的心神立刻回归了原位。

“我是GD的辅助YAN，之前我们交过手的。”

竟然是她？他前队友口中那位“专门送人头”的酱油？他们是队友，那他的夺冠之路岂不是会困难重重？王月明的心凉了半截，抬头再看眼前的美女，也只觉得红颜祸水了。

这时候钟铭慢悠悠地从楼上下来，站在了周彦兮的身后。

王月明抬头叫了声“铭哥”，然后悻悻地说：“我去排位了。”

钟铭点了点头，看着他走远。

周彦兮回头看他，有点尴尬地没话找话说：“新队友有点腼腆啊！”

他笑了一下，径直从她面前走过：“也可能是你太热情了。”

有吗？她刚才就说了两句话而已！

周彦兮忍不住朝着钟铭的背影翻了个白眼，谁知钟铭突然转身，看到她的表情后愣了愣：“你眼睛怎么了？”

周彦兮低头掩饰：“没，没事，我继续搬行李去了。”

钟铭似笑非笑地看着她低着头像鹌鹑一样从自己面前走过：“需要帮忙吗？”

“不，不用了。”

周彦兮收拾好房间，下午正式加入训练。只不过她发现钟铭给她的训练内容和别人不太一样。其他人只限制了训练时间——每天打够八小时，而她除此之外还要背熟常用英雄的技能属性和装备的属性，加练两个小时的单机，以及看比赛视频。

周彦兮美好的职业设想彻底破灭——背东西也不是她的强项，人机大战太无聊，多训练两个小时她没意见，但看比赛视频写观后感这事儿，小学生都不屑于干了啊！

于是这样过了几天之后，周彦兮决定找她家队长聊聊。

她这人不喜欢绕弯子，开门见山地问：“你说实话，你是不是想让我打替补？”

钟铭微微挑眉：“不是。”

周彦兮将信将疑：“真的？”

“嗯，不是替补，替补也是正式选手，而你现在还在试训期。”

什么？就是说她连做替补都还不够格呗？

周彦兮努力压下翻涌的火气，技不如人没办法，只能认命。

“三个月的试训期已经过去好几天了，”钟铭像模像样地指了指电脑屏幕上的电子日历，“有的人好像一点进步都没有。”

周彦兮垂头丧气道：“我这就去训练……”

完成了一天的规定训练内容后，周彦兮总算可以打一局排位了，但小熊他们几个开车出去吃夜宵了，所以她只能单排。既然是打路人局，周彦兮就没有选她熟练的那几个辅助英雄，而是选了宙斯走中路。对方和她对线的是影魔。

影魔这英雄对操作要求比较高，打路人局时经常能看到有些菜鸟放空炮，不过就算是高手也不是每次都能把握好释放技能的位置和方向。所谓“十个影魔九个菜”，就是因为这个原因。可是好巧不巧，周彦兮今天遇到的却是那十分之一。

头像再一次变灰后，周彦兮开始怀疑人生——或许钟铭说得对，她真的没打职业的天赋。

心里正郁闷着，突然听到身后传来一声叹息，她吓了一跳，转身一看，竟然是钟铭。她第一反应就是去找快捷键，手忙脚乱地想退出游戏，奈何几次都没按准。正好此时比赛结束，她1-12-2（击杀-死亡-助攻）的“超鬼”成绩赫然挂在屏幕的顶端。

终于退出了游戏界面，周彦兮小心翼翼地回头看钟铭：“你看到了什么？”

钟铭无比淡定地坐到自己的位置上：“也没什么，就是看到了某人感人的操作，还有……”

他转过头看了她一眼，像是同情又像是嘲讽：“还有惊人的战绩。”

周彦兮的心彻底凉了，看来她离转正更遥远了……

她心灰意冷，但嘴上还在试图为自己辩解：“你不知道，主要是刚才那个影魔太厉害了，我前期被他压制得很惨。”

钟铭笑了笑：“那样的影魔算厉害吗？看来你是没遇到过真正厉害的。”

说话间，周彦兮的电脑屏幕上突然弹出一个对话框：您的好友GD.Shadow邀请您加入游戏，是否接受？

周彦兮还没反应过来，就听身边的钟铭说：“进游戏，让你看看什么叫影魔。”

这一局钟铭选影魔，周彦兮老老实实地选了撼地神牛。

影魔走中路，对线的是蓝猫。看到这个搭配，周彦兮没留在中路辅助他，而是直接去了下路。

因为蓝猫虽然厉害，但是钟铭的蓝猫是周彦兮见过的最厉害的，他这么了解这个英雄，想必对付起来也容易很多。

果然，游戏刚进行一分钟，钟铭就完成了一次漂亮的单杀，拿到了一血。可是还不等周彦兮高兴,下一秒屏幕上就显示影魔被对方的辅助恶魔巫师击杀。

周彦兮以为是钟铭太轻敌,偶尔有个失误也正常,就没放在心上。可是没过多久,她注意到对方的两个辅助,恶魔巫师和冰女,就像住在中路一样,不停地配合他家蓝猫gank,疯狂压制着钟铭的影魔,最后影魔被连续击杀了两次。

虽然有点意外,但周彦兮还算淡定,不过其他几个路人队友就表现得没那么淡定了。

"不会玩就不要选影魔啊!"

"又来个装蒜的。"

"预感会输得很难看……"

……

而此时钟铭也从中路退了下来,转战野区。周彦兮只好帮他做好视野,免得被对方抓到。

这期间线上倒是还算安静,几次对局双方也是各有死伤。周彦兮的神牛中途死了一次,等着英雄复活的空当,她看了眼数据,惊讶地发现影魔的经济竟然追了上来,再看地图上的他,刷野的效率非常之高。

这家伙是开挂了吗?

钟铭的影魔刷完最后一次野怪时,正好是河道出符的时间,于是他往河道走去。而就在此时,地图上一个敌方英雄的身影一闪而过——对方的恶魔巫师竟然早一步到了隐身符旁边。

双方人马显然都看到了这一幕,知道势必会有一场恶战要打,所以离得近的队友都不由得向河道发起支援。可是影魔还是慢了半拍——恶魔巫师抢先吃下隐身符,紧接着就消失在了地图上。

周彦兮长叹一声,这下完了,对方占尽天时地利人和,影魔只能自求多福了。其他队友显然也是这个想法,本来向着河道支援的那两个人就近打起野来。也是,知道影魔必死,团战必输,何必还去送死,倒不如只牺牲影魔一个。

可就在这千钧一发之际,只见影魔对着空气连放两个影压,屏幕上立刻显示,恶魔巫师被击杀。还没等这边的众人反应过来是怎么一回事,对方已经开骂:"影魔开图了吧!"

己方没有人敢吱声，因为拥有这样开图般意识的人的确没有几个。

然而周彦兮知道，这才是真正的开始。

游戏进行到第十二分钟，对方推掉了他们的二塔，双方在中路展开了一次惨烈的团战。周彦兮他们死了两个人，对方死了四人，钟铭成功拿下了三个人头，系统响起“Triple Kill”的提示音。

周彦兮忍不住叫了声“好”，但身边的钟铭却没什么反应。此时他正从另外一条路包抄野区，追杀对方幸存的最后一名英雄。

周彦兮刚想说野区没视野应该追不到了，就见钟铭像是早有感知似的，在野区小道与河道的交叉口连放两次盲压（凭自身判断，对已经隐身的英雄释放影压技能）。地图上没有立刻看到人，系统提示音却第一时间响起：“Dominating！”

他已然主宰了比赛！

后面的比赛，只要有钟铭在就有收割。他数次盲压，几乎百发百中，血条即将耗尽也敢与对方一较高下，就是这么自信的操作，展示了什么叫极限。最后当他们推上对方高地时，周彦兮跟着他，看他大步往前，面对敌方众英雄毫不畏惧，抬手一个“魂之挽歌”，让她的电脑屏幕里充斥着最斑斓的色彩……

这一刻，周彦兮知道，这才是真正的影魔。

周彦兮眼巴巴地望着钟铭说：“我想学影魔……”

“你学不了。”

“为什么？”

“你没听说过吗？‘团战可以输，影魔必须死’。”

“这又是什么意思？”

钟铭又开了一局游戏，一边邀请周彦兮加入，一边解释说：“一开始他们骂我，是因为选影魔很冒险。影魔这个英雄虽然厉害，但操作也很难，全世界能用好这个英雄的选手，一只手都数得过来，而发育不好的影魔就是团队的噩梦。所以你得顶着队友和对手的双重压力撑到自己发育起来，否则你只能等着被收割。”

听他解释这么多，周彦兮却只捕捉到一句话——全世界能用好这个英雄的选手，一只手都数得过来。那么，他究竟是谁？

— 05 —

第二天上午训练时，钟铭难得地迟到了。

周俊随口问了句："谁看见铭哥了？"

周彦兮打着哈欠说："昨晚我俩打游戏打得太晚了，他大概起晚了吧。"

前一天晚上，周俊他们吃完夜宵回来就都去睡觉了，当时钟铭正带着周彦兮打排位，本来说好打完那局就去睡的，结果状态来了就又打了几局。

周彦兮回想了一下昨晚的战绩，打了三局，全胜，忍不住感慨："铭哥的影魔真的太厉害了。"

小熊听后说道："这些年很少看到有人用影魔了，除了TK。"

周俊听到有人提自己的偶像，立刻说："对对对，TK的影魔真是一绝！尤其是影魔冠名之战，那叫一个精彩！"

王月明点头："世界第一影魔嘛，这名号不是白给的。不过近两年他不怎么能用到影魔了，每次对手必定首ban（禁止）影魔，真是可惜。"

周俊说："那有什么，我们TK的英雄池深不可测，ban（禁止）掉影魔，用其他英雄照样能虐别人。不过话说回来，影魔的确是他所有英雄中用得最好的一个。"

这时，钟铭睡眼惺忪地从楼上走了下来，先去厨房倒了杯咖啡，出来时听到众人聊天，随口问道："不用训练？"

周彦兮在一旁听得云里雾里，又不好意思再开口问，便点开对话小窗问小熊：冠名之战是哪一场？

小熊看到她的问题，对着电脑屏幕就是一个白眼。

GD.XiongBa：拜托，你能不能不要像个新人一样问一些很蠢的问题？好歹也是半个职业选手了，圈里的故事该补课就去补一下嘛。有个被转载几万次、浏览量上百万的视频你没看过吗？

GD.YAN：没。

很快，周彦兮收到了一个视频链接，打开一看，题目赫然是"世界第一影魔还有谁"，再看浏览量，已经奔千万去了。

这并不是一场完整的比赛，而是TK在不同的比赛中使用影魔的经典瞬间剪辑视频。从视频中可以看出，无论是走位还是技能释放，他都处理得恰到好处，就好像屏幕中的那团影子就是他本人的影子一样，在他的操控下举手投足都如行云流水，潇洒自若。

周彦兮看完后不禁感慨：“哇，好厉害……”

钟铭瞥了一眼她的电脑屏幕——视频已经接近尾声，黑色的背景上只有“Tombkeeper”这个ID在渐渐放大，而周彦兮那张具有欺骗性的脸上此时还挂着一副被震撼到的表情。

看完了视频，周彦兮还是不知道哪一场才是冠名之战，于是她又把问题丢给小熊，然而小熊刚进排位，没工夫理她。

不过这个问题却被身边的某人在无意中窥到，也就顺便解释给她听：“其实没有什么真正的冠名之战，不过是TK在几年前VBN拿下世界冠军的那场决赛上用了影魔。其实那次他状态一般，发挥算不上多好，只不过大家都只看结果，那次比赛也就被当作了冠名之战。”

周彦兮听到他说话，立刻警惕地回头看他：“这么远你都能看到？”

钟铭像看白痴一样看着她：“你用那么大的字体还红色加粗，我想不看到都难。”

那她岂不是一点隐私都没有？周彦兮立刻手忙脚乱地重新设置字体。

钟铭无所谓地勾了勾嘴角：“还有什么问题？一起问了吧。”

难得有人愿意当百度百科，周彦兮也不怕他笑话了，继续问：“那冠名之战的冠名是什么意思？”

对面的小熊听到这个问题，手一抖漏掉了一个兵：“我说大姐，你看了半天视频竟然连冠名是什么意思都还没搞清楚啊？”

周俊在一旁说风凉话：“熊哥，你又不是第一天认识我姐。”

钟铭耐心地解释说：“LOTK的地图制作者内森为了致敬TK，从某个版本的地图开始，只要你选择影魔，就有十分之一的概率让你的ID变成金色的Tombkeeper，这就是冠名。这样的冠名英雄除了TK的影魔还有几个，比如WAWA战队的那个carry，李煜城的敌法师。”

王月明忍不住感慨道：“什么时候我也能有个冠名英雄啊！”

周俊叹气：“我觉得自己这辈子是没办法超过我偶像了。”

钟铭冷冷一笑：“没事少废话比什么都强。TK的影魔练了一千六百多局才有那样的操作，既然你们这么上进，那从今天开始，你们俩每天再加训两个小时。”

“铭哥手下留情！”

“不是吧铭哥？我们究竟做错了什么？”

周彦兮乐了：“终于有人陪我了。”

下午的时候，钟铭发现陈宇上线了，于是招呼几人：“陪练的来了，来3V3对黑。”

陈宇接到钟铭的邀请，很快进入了他们的语音房间，听说要3V3，就问：“怎么分组？”

钟铭回复说：“我和YAN一组，平衡两队实力，其他人随意。”

周彦兮郁闷地撇了撇嘴，这已经不是第一次了，她发现钟铭好像很喜欢让她来陪衬他，难道大神还需要通过这种方式来显示自己有多强吗？欺人太甚！

最后的分队结果是钟铭、周彦兮还有小熊一队，剩下的人在另一队。

B/P环节，陈宇首先ban掉了影魔，周俊立刻问：“首ban影魔，C神是不是也知道铭哥影魔用得好？”

陈宇：“还有人不知道吗？”

周俊：“我们都是刚知道啊……”

陈宇：“无知真可怕……”

钟铭：“少废话，快点选。”

最后钟铭拿手的英雄几乎都被ban掉了，他只能选了一个小小，然后替周彦兮选到了撼地神牛。

出门前，钟铭提醒周彦兮：“记得买眼，你做视野。”

周彦兮叫苦不迭，虽然她打钱很快，但是每局都死很多次，所以经济上从来算不上富裕，这回还要买眼，真是雪上加霜。

周彦兮还想讨价还价一番，却听钟铭继续说：“游戏打起来，就没有固定的几号位了，有时候一号位起不来，二号位、三号位就要见机崛起，后期接管比赛。辅助也是一样，以后周俊做不了视野的时候，你要分担一下，现在正好学学怎么插眼。”

周彦兮不情不愿地“哦”了一声，只好留了钱买鸡买眼，学着周俊的样子出门先把眼插在河道附近。

“还有……”钟铭说。

“什么？”

“有情况发信号或者打字。”

“为什么？”

“隔墙有耳。”

王月明差点笑岔气：“我看没必要了吧，铭哥。”

周俊也趁机打击周彦兮：“是啊，我姐那操作，顾得上打字就顾不上打架了。”

周彦兮愤愤地说：“你们两个少废话，一会儿等着受死吧！”

游戏很快开始，起初双方互有死伤，局势还算平衡，直到中期钟铭在野区被陈宇和王月明两个人抓到两次，局势开始有利于陈宇所在的一方。

钟铭在地图上的某个位置打了个感叹号，然后打字说：我在这里被抓了两次，这里有眼。

周彦兮回复：我这就去排掉。

钟铭：等我一起。

于是钟铭复活后，就开始带着周彦兮一边排眼，一边做视野。钟铭在地图上打个感叹号，周彦兮就把眼插在那里。有时候怕她不明白，他还会多解释几句，不过这些插眼的基本技巧，他倒是不怕别人听到。

他说：“插眼要计算眼的覆盖范围，还有地图上的阴影区域。你插高了可能会被对方的塔反掉，插低了覆盖的视野又不够。”

周俊听到钟铭这么说，嘿嘿地笑了：“铭哥，我可猜到你们在哪儿了。”

钟铭没有理他，此时陈宇出现在了野区，正好在他们刚做好的视野范围内。

钟铭立刻发了信号，带着周彦兮去抓人。杀掉陈宇后，两个人又顺手排掉了周俊插的两个眼。王月明和周俊远远地看着这一切，因为顾忌他们是两个人，所以不敢贸然上前，更何况线上还有小熊牵制着他们。

在泉水里等着复活的陈宇看着钟铭和周彦兮自如地在他们的野区穿行，不禁感慨："哎，铭哥什么时候这么有耐心教人插眼了？"

钟铭："你是不是不想出来了？"

周俊："铭哥偏心，教我都没这么认真。"

钟铭："说话时记得摸着良心说。"

打了三局，钟铭和周彦兮就输了三局。不过钟铭似乎一点也不意外，还难得地夸她进步了。周彦兮这种顺毛驴脾气，越被人夸就越听话，于是打完训练赛就乖乖去人机大战了。

退出游戏，陈宇发私信给钟铭：你真的打算让她继续留在队里？

钟铭瞥了一眼在一旁兢兢业业练习补兵的周彦兮，没有回话。

陈宇又说：据我观察，小熊和王月明的技术都还不错，周俊也很有潜力，打个辅助没什么问题，就是这个周彦兮……放在路人中可能算中上水平，但是在高水平的职业比赛里，她的弱势就凸显出来了。将来她必然会成为队里的短板，到时候你怎么办？

到时候怎么办？说实话，这种情况钟铭还没想过。

见钟铭不回话，陈宇不确定地问：你不会看上她了吧？

钟铭正端起水杯喝水，冷不防看到屏幕上这句话，差点呛到。

他不禁狂咳起来，引得周彦兮看了过来："铭哥你没事吧？"

他若无其事地回了句"打你的游戏"，然后回复陈宇：试训期三个月，三个月以后再说吧。

陈宇说：我就怕你到时候狠不下心，就像当初接受她入队一样。

看到这句话，钟铭沉默了，他没有再回复陈宇，而是直接结束了对话。

训练结束回到房间已经是夜半，周彦兮洗完澡坐在梳妆镜前吹头发，吹到一半，突然从镜子里看到后面的墙壁上有一条黑乎乎的东西，仔细一看，竟然是只壁虎。紧接着，就是一声刺破长空的惊叫声……

周彦兮从小到大最怕这类小动物，大热的天，她瞬间从头凉到脚趾，打电话给周俊，无奈周俊的电话已经关机。想来想去，只能去对面求助小熊了。

小熊刚洗完澡就听到周彦兮的尖叫声，正好她找来，一问才知道是因为一只壁虎。等他们再回到房间时，那只壁虎早已不知去向。

这下好了，周彦兮是绝对不敢留在这个房间里了。最后商量了半天，小熊同意暂时跟她换房间睡一晚。

第二天一早，除了周彦兮和小熊，其他几个人都早早地下楼训练。不过这几人的精神状态，似乎都不怎么好。

周俊问王月明："月哥，你昨晚听见什么动静没有？"

王月明打着哈欠努力回忆："好像听到了，大半夜的一声惨叫，怪瘆人的。"

周俊又说："那一嗓子之后，我一晚上都没睡好……"

钟铭无奈地揉了揉太阳穴，他应该才是最大的受害者，因为他离那声音最近……当时他刚睡着就被吵醒，以为周彦兮出了什么事，直接从床上弹了起来。可等他准备出门去看看的时候，又听到周彦兮在走廊里和小熊说话，这才又回去睡觉。不过经过这一折腾，他昨晚就再也没怎么睡熟。

钟铭想抽支烟提提神，想起烟落在卧室了，只好返回楼上。他刚走到房门口，就看到周彦兮穿着吊带睡衣从小熊的房间里走出来。

钟铭的脸色一下就变了。

周彦兮抬眼见是他，迷迷糊糊地跟他打了个招呼："早啊铭哥。"

"还早？"口气相当的不客气。

周彦兮一下子愣在原地，她做错什么了吗？

钟铭抬手指了指手腕上的表："给你三分钟，收拾好自己，下楼训练。"

显然，拿不拿烟已经不重要了，钟铭搁下这句话后也没回房间，而是直接转身下了楼。

周彦兮这才意识到队长大人好像生气了。

这时小熊洗漱完从她房间里出来，见她站在门口发呆，不禁问："怎么了？"

周彦兮皱着眉望了一眼楼梯的方向："又没迟到，生哪门子的气？"

小熊也是一头雾水，但转身看见自己房间半开着的门时，好像明白了什么。半晌，他若有所思地笑了笑，信步朝楼下走去。

— 06 —

队长大人脸色不佳，整个基地都笼罩在一股低气压中。众人以眼神询问最后出现的周彦兮和小熊。周彦兮耸耸肩表示不知道什么情况，倒是小熊带着一脸神秘莫测的笑容。

天色渐渐暗了下来，众人一直训练到晚上，早已饥肠辘辘，奈何队长大人依旧热情十足，好像忘了吃饭这一茬。

最后还是陈宇提醒了一句："你们那儿都快八点了吧？不吃晚饭了？"

钟铭这才让大家休息。众人悄悄松了一口气。

王月明提议："都在屋里闷了一天了，出去吃吧，铭哥？"

周俊立刻附和道："对对，小区对面开了家串儿吧，咱们去试试吧，我请客。"

这种时候，喝点啤酒撸撸串儿，想想都觉得惬意。周俊这么一说，其他人都纷纷响应，只有钟铭坐在位置上一动不动："你们去吧，我不去了。另外，不许喝酒，早点回来。"

"哦，好吧。"周俊乖巧地应了一声，朝着其他人使了个眼色。

那意思就是在说，趁着老大还没改主意赶紧撤啊！

见周彦兮不紧不慢的，他不耐烦地催了一句："姐，你快点儿。"

这时钟铭突然说："她也不去。"

周彦兮刚要起身，听到钟铭的话，一时间有点不知所措。

小熊还当是周彦兮的意思，随口问了句："彦兮怎么不去？"

他不问还好，他一问，钟铭好像更生气了，指着电脑屏幕上刚才那局的战绩，直接对周彦兮发难："你告诉我，你刚才那局打的什么？一个辅助不拿人头可以，连助攻都没有吗？你觉得你还有时间去撸串儿？"

从今天早上开始，周彦兮的训练就一直不在状态，想到钟铭因为自己而心情不好，她便更觉得心慌。此时听他这么说，她一时也不知道该说些什么。

钟铭难得发这么大脾气，周俊不由得替他姐捏了把汗，但毕竟是亲姐，还是小心翼翼地问了句："那饭总得吃吧？"

"一会儿你们回来的时候给她随便打包个炒饭。"

看来队长大人没有完全丧失人性，周俊这就放心了："没问题，那我们走了。"

周俊倒是走得痛快，可是周彦兮却好像还有话要说，只是碍于钟铭在身边，有些犹豫。眼看着周俊已经走到门口，她也管不了那么多了，朝着门口的方向对周俊大喊："我不想吃炒饭，我想吃炒面！"

这话似乎成了压死骆驼的最后一根稻草，让钟铭仅剩的一点好脾气也没了。

他不解地皱眉看着她。

她一脸无辜地说："可我真的很想吃炒面……"

钟铭无语地冷笑一声，后来两个人一起排位时他也没和她说一句话。

接下来的这局排位，周彦兮也不知道是被饿得手抖，还是被吓得手抖，总之发挥得奇烂无比。当她的头像第六次变灰时，她甚至不敢去看钟铭的脸色……

身边响起"啪嗒啪嗒"的声音，她回头看，是他在点烟，偏偏打火机也跟他较劲似的，按了几下才蹿出火苗来。总算点着了，周彦兮高高提起的心也渐渐落回了原处。

"你把打职业当什么？"他突然开口。

"嗯？"周彦兮没听明白他的话。

钟铭夹着烟的手指了指屏幕："别人管LOTK叫游戏，但是从我们开始打职业的那一天起，它就不只是游戏了。"

周彦兮垂下眼："我明白。从我来这里开始，我就再没有把它只当成游戏。"

"是吗？"钟铭冷笑着看她，"可你说的和你做的好像是两回事。现在都什么时候了，你操作成这样竟然还有闲工夫想别的事？"

"什么别的事？"周彦兮不明所以地问。

钟铭却从她脸上收回视线重新看向自己的电脑屏幕，似乎并不打算回答她。

周彦兮想到这一天来他的反应，也觉得委屈。她承认自己操作很菜，这段时间她虽然算不上进步飞速，但也有了很大的成长，怎么他反而更不满意了？

周彦兮从来就不是那种逆来顺受任人挑剌的人，她以前听他的话，除了敬重他，更多是觉得他说得对。可是今天，他真的有点莫名其妙了！

"的确，当初是我求着要来的，我也知道自己的水平离一名职业选手还差很远。可你明明知道，我每一局都尽力了，刚才几局状态低迷是因为这已经是今天的第十个小时了。你不能要求所有人都像你一样。"

“说完了吗？”钟铭问。

周彦兮没好气地“嗯”了一声。

“我也不知道我当时做得对不对。”他稍微转身，将剩下的半支烟掐灭在桌上的烟灰缸里，然后转头看向她，“但我钟铭做事从来不后悔。我希望你明白，这是打职业，你得足够强，才能留在这个队伍里。上一次的平台赛是因为参赛队伍都不是正规的职业队，所以我们侥幸拿了冠军。LOTK是五人游戏，在高水平的局中，没有哪个人能独自carry全场，都要有队友给力的配合，所以一旦有人成为全队的短板，那么其他人再强也没有用。你难道愿意看到因为自己弱而葬送掉其他队友拿奖杯的梦想吗？你不能，我更不能。”

钟铭知道周彦兮并不是不努力，只是他觉得她应该更努力。他不想看到三个月后大家都留下，只有她一个人离开，更不想真被陈宇说中，因为他一时的心软，葬送掉GD的未来。

今天的这些话，他早晚都会对她说，只是没有今天早上的事，他或许会换一种方式，一种更加委婉，她更能接受的方式。不过现在这样……他也说不上来究竟是哪里出了错。

周彦兮怔怔地看着他，之前的委屈全部化成了恐惧。她其实一直都知道什么是她最不敢面对的，不是输比赛，不是被嘲笑，而是因为她，周俊、小熊，甚至是钟铭和王月明的梦想会化为泡影……

“所以你知道自己现在的目标是什么吗？”钟铭问。

周彦兮吸了吸鼻子说：“是不久后的全国公开赛？”

钟铭面无表情地看着她：“距离全国公开赛还有五个月的时间，你以为自己有五个月的时间？”

周彦兮突然有点不敢接话了。

钟铭说：“我只给你三个月的时间，这三个月的试训期内，我会尽我所能帮助你。如果三个月后你不能达到我要求的水平，你可能更适合回去做公务员。”

周彦兮看着他，努力看进那双漆黑如墨的眼睛里，而那双眼眸深处好像有火光闪动。她的心中好像也被人放了一把火，这火烧得她患得患失、迫不及待……这是她短短二十年的人生中，第一次那么想要去完成一件事，去做好一件事，只为不让有些人失望。

— 07 —

等周俊他们回来，周彦兮连炒面都没顾上吃，立刻又跟着大家一起排位。

众人很快就发现，一顿饭的工夫，周彦兮好像又满血复活了，而且她很执着的每局都只选撼地神牛这一个英雄。

周俊忍不住问："姐，你每局都选这一个英雄，玩着不腻吗？"

周彦兮说："TK的影魔都练了一千六百多局，我的资质肯定不如他，那更要多练，我发现神牛最适合我。"

王月明闻言，毫不客气地泼冷水："我看适合你的英雄还没出生呢。"说话时周彦兮正打算去上路配合他打个埋伏，听他这么说干脆改道去了中路。

王月明在后面叫："哎哎别走啊！"

没人理他。

周俊欲言又止地看了看钟铭："铭哥，我能问你一个问题吗？"

钟铭手上操作不停："说。"

"你是不是认识TK？"

钟铭手一抖，漏掉了一个兵。他抬头瞥了一眼周俊："为什么这么问？"

"我可是TK的资深粉丝啊，你上次说TK练习影魔打了一千六百多局那事儿，我一点印象都没有，后来还专门回顾了他所有的视频和有关他的帖子，都没看到这个数据。那你知道，除非你们认识嘛。"

听周俊这么一说，其他人也都好奇地看向钟铭。毕竟TK是圈里顶级的大神，又那么神秘，如果谁和他熟悉，那确实是件挺酷的事情。

然而，在众人期待的目光下，钟铭只是无所谓地说："我随便说的。"

"哎……"原本像只斗鸡一样斗志满满的周彦兮在听到这句话时，瞬间像被抽了骨头一样，"我的信仰倒塌了……"

钟铭不屑地笑了笑："TK什么时候成你的信仰了，那可真是他的不幸。"

这一天的训练强度很大，但是听了钟铭的那一番话后，周彦兮却突然不觉得累了。训练结束，众人都已经回房休息，只有她还留在电脑前。

等着下一局排位的空隙，她百无聊赖地伸了个懒腰，突然听到身边传来椅子滚轮声。她一个激灵坐正身子，看到去而复返的钟铭重新打开了电脑。

钟铭拉着她打双排，夜越来越深，电脑前的两个人却浑然不觉。三局游戏打了将近四个小时，游戏结束后，他们谁也没说离开。

周彦兮出声道："铭哥，你当初把我留在队伍里，是因为拿了我那份奖金觉得拿人手短，还是觉得我也是个可造的苗子？"

钟铭笑："这不重要，重要的是你要证明给我看你究竟是什么。"

"我来证明？"

钟铭没有继续这个话题，而是关掉电脑站起身来："天都快亮了，回房休息吧，上午十点开始训练，不许迟到。"说完，他便自顾自地往楼上走去。

看着他离开的背影，周彦兮撇了撇嘴："不敢正面回答，肯定是拿人手短！"

究竟是什么原因让钟铭决定留下周彦兮呢？

平台赛最后那场决赛，其实当时有那么一瞬间，钟铭的脑子里也闪过与周俊同样的问题——他们是不是要止步于亚军了？他TK竟然也会输给一支名不见经传的临时队伍？可是，周彦兮的话让他清醒过来。

后来他时常想起她说要替他"挨刀"的情形，有时候觉得挺有意思，但仔细想想，意外地发现在他所认识的人中，对LOTK最执着的是她。

事实上，每个游戏都有它的寿命。当新的游戏不断出现在大众的视野中时，就连职业选手也会有新的选择，这只是为了生存。然而，他对LOTK的感情却很微妙。他不知道LOTK能存活多久，但是他知道是它成就了TK，也是它诠释了一代人完全不一样的青春。

周彦兮关掉电脑，上楼时突然又想起一件事，于是连忙去敲小熊的房门。

小熊睡得正香时被吵醒，开门见是她，都快哭了："又怎么了啊，大姐？"

周彦兮怕吵到对面的钟铭，连忙把他推进房间关上门："昨晚那只壁虎还没找到呢……"

于是倒霉的小熊大半夜的又被赶出了房间。

因为睡得晚，周彦兮起晚了。她冲回房间匆匆忙忙洗漱时，小熊还在对着镜子整理他的刘海。她赶时间，也顾不了许多，最后两个人同时搞定，一起出了门。

结果刚一出门，正好遇到钟铭也从房间里出来，他先是扫了一眼周彦兮，又扫了一眼她身后的小熊，脸上没有任何表情。

周彦兮咧嘴一笑：“铭哥早。”

可钟铭却像没看见一样，直接转身下了楼。

周彦兮不解，回头问小熊：“没迟到吧？”

小熊用看白痴的眼神怜悯地看着她：“这不是迟到不迟到的问题啊！”

两个人说话间，训练时间已经到了，周彦兮怕再惹怒钟铭，坐到位置上后二话不说就开始人机大战。对面的小熊却不安分地一会儿动动肩膀，一会儿动动腰。

周俊问：“熊哥，闪到腰了？”

“不是。”小熊正想说什么，又瞥了眼对面黑着脸的钟铭，话锋一转说，“你姐的床太软。”

周彦兮还沉浸在钟铭若即若离的态度中困惑得不可自拔，完全没注意到小熊和周俊的对话。钟铭听了小熊的话，皱了皱眉头。

王月明正在喝咖啡，听到这句话，动作不由得停了下来，但看在场的几个人，除了钟铭脸色不大好以外，其他人好像对这猛料都没什么反应。难道小熊和周彦兮是一对儿的事除了他自己其他人早就知道了？

这时候却听周俊问：“你怎么睡我姐的床？”

王月明松了口气，原来大家也不知道，同时把耳朵竖了起来，等着听八卦。

周俊这句话周彦兮是听到了的，所以就随口回了一句：“前天晚上有一只壁虎跑到我屋里了，现在还没找到呢。我最怕那玩意儿，所以和他换房睡了。”

原来是这样，王月明意兴阑珊地继续喝咖啡。

周俊说：“真是难为熊哥了。”

小熊本想再观察观察某人的反应，没想到被周彦兮捅破了误会，于是没好气地瞪了她一眼：“你怎么话那么多？”

再看向钟铭，他倒是端得住，脸上一丝破绽都没有，还真会“故作淡定”。

可这个“故作淡定”在周彦兮看来却是“冷漠”。她想了一天也想不明白，明明昨晚她和钟铭都说开了，怎么今天又变样了？

就这样一直到晚上训练结束，路过钟铭的房间时，她犹豫了一会儿，最终决定再和他谈谈。

钟铭知道自己错怪了周彦兮，也开始后悔今天的态度，不过想到她那大大咧咧的性格多半早就忘了，也就没当回事儿。以至于当他看到深夜出现在他房门外的某人时，心里生出一种不好的预感——她不会是扛不住压力，想提前退出吧？

他垂眼看了她片刻，侧身让她进门："随便坐吧。"

她摇了摇头："我说两句就走。"

钟铭心里那种不好的预感更加强烈了，他转身去拿茶几上的烟盒——他每次烦躁或者不安的时候都习惯点支烟。

"其实我今天想了一天，觉得你说得一点都没错。我是笨，又不勤奋，潜意识里觉得自己技术不如王月明和小熊他们是很正常的事，一点急迫感都没有，一而再再而三地拖团队的后腿，说我无药可救也不过分……"

钟铭打断她："所以，你是打算……"

他"放弃"两个字还没有说出口，就见周彦兮很认真地点了点头道："我打算再努力一点！不管你究竟为了什么收下了我，既然我留下来了，就要证明自己的实力。所以，我以后训练再也不会迟到了！"

原来她以为他是为她迟到的事而生气啊……

钟铭避开她的视线，低头咳了一声："好，我知道了。"

然后他想了想，破天荒地又补充了一句："那你加油。"

他本以为她一腔热情遭到冷遇，又是女孩子，多少会觉得没面子，扛不住压力要退缩。可是他差点忘了，她是周彦兮，总是在不经意间给人惊喜的周彦兮。

第三章

信仰

— 01 —

周彦兮刚离开，钟铭的手机就进来了一条微信。

他打开一看，来自李某人：需不需要我帮你检验一下新队的水平？

钟铭勾着嘴角暗骂了一句，快速打了几个字回复过去：我怕你后悔。

李某人回了个怕怕的表情：口气很嚣张嘛！

Shadow：实话实说而已。

李某人：那就明天下午两点？训练赛约起！

Shadow：不见不散。

国内电竞圈的局势一向变化莫测，多半是你方唱罢我登场，冠军奖杯由你家递到我家，再由我家递到他家，很少有哪一支队伍能久坐冠军宝座。然而一支叫WAWA的战队，这几年势头却很凶猛，接连两次拿到全国联赛的冠军，更是在上一届国际赛中，出人意料地横扫VBN、NONO等国际强队，捧回冠军神盾。WAWA的第一carry李煜城功不可没，一时间风头无两。与钟铭联系的李某人，就是这个李煜城，游戏ID：ww_Lee。

他和钟铭的渊源要从四年前说起，那时候两个人都还没加入职业队。有一次钟铭在国内平台打路人局，竟然在一天内遇到李煜城五次，四次对手，最后一次是队友。前四次两个人打得不分胜负，最后一次二十分钟就带领另外三名队友推上了对方高地。两个人不打不相识，自那以后便经常约着solo。再后来，钟铭没等毕业就直接加入了刚起步的VBN，李煜城则加入了WAWA。

这次钟铭和VBN解约回国的事情，圈里除了陈宇，另一个知情人就是李煜城。

听说要和其他线下队伍打训练赛，GD众人早就跃跃欲试，迫不及待了。

周彦兮好奇："铭哥，对方到底什么来头？"

钟铭回答道："没什么来头，一帮水货。"

王月明顿时没了兴致："看来一会儿可以拿出我新练的卡尔了。"

钟铭冷笑："你可以试试，不过丑话说在前面，如果输了，从明天开始全队训练时间再加两个小时。"

下午，当GD众人看到对面那帮"水货"的ID时，脑子里不约而同地冒出了类似的问题：平台什么时候也能重名了？对方难道是WAWA的脑残粉吗？

周俊不确定地问："铭哥，确定没进错房间吗？"

然而那个一直挂在天梯榜前五名，ID叫"ww_Lee"的人回答了他的问题。

ww_Lee：铭哥，不介绍一下你的队员吗？

GD.Shadow：没什么好介绍的，游戏里认识吧。

ww_Lee：@所有人，好好表现，让铭哥认识认识。

GD.Shadow：……

李煜城这是要给他下马威？钟铭笑了笑，对自家几人说："想让对方记住你们的ID，要么超神，要么超鬼，你们几个看着办吧。"

对方可是WAWA啊！国内风头正劲的WAWA！这是他们几个平生第一次跟众所周知的大神交手，千载难逢的机会，无论是谁都想交出最完美的战绩，明知会输，那也要输得漂亮！

等着进游戏的短暂时间里，周彦兮明显觉得自己的手心在慢慢变湿。她越想越觉得钟铭那句话可能意有所指——他们这帮人里，除了钟铭自己，其他人想超神并不容易，但论"超鬼"，她居第二，没人能居第一。

其实WAWA队内对于这次训练赛也是争议颇多，他们不知道队长为什么要找这支名不见经传的队伍打训练赛，也不知道对方那位Shadow究竟是什么来头，竟然能让他们队长这么看重。

第一局比赛的B/P环节里，李煜城问他家的中单小飞要什么英雄，小飞说：“随便啊，要不用剑圣？”

李煜城立刻就意识到这帮傻孩子还没搞清楚状况。他ban掉钟铭擅长的影魔，又直接抢了他爱用的幽鬼，然后对小飞说：“一会儿打稳点，免得被人虐哭的时候怪我没提醒你。”

GD这边因为对手是WAWA，从气势上就输了一半，再加上周俊和周彦兮操作不算上乘，又没见过什么大世面，打得很是拘谨，所以不管钟铭如何厉害，第一局还是输了。

这个情况倒是在钟铭的意料之内，第二局开始之前，钟铭对周彦兮他们说：“对方既然是国内一流的强队，那输给他们也不丢人，所以随便打吧。”

然而就是这一句“随便打”，好像一剂灵药，让原本畏首畏尾的GD众人仿佛一下子被松了绑，打得那叫一个行云流水、天衣无缝，甚至比平时训练时发挥得还要好。配合上没问题，钟铭的娜迦发育得也不错，差不多二十分钟的时候，他就已经是一身“毕业装”了，而每一次团战里GD其他人的表现也是可圈可点，所以GD的优势像滚雪球一样渐渐变大。

这边小熊和王月明杀红了眼，钟铭的眉头却渐渐皱紧——这是什么情况？这确定是国内强队的水平吗？

这时，钟铭的手机振动了两下，他随手打开看了一眼，是李某人：我的哥啊！手下留情啊！明天我们还有比赛，心态被打崩明天没法打了！

Shadow：所以，你是打算来找自信的？

李某人：不敢不敢……

其实李煜城约GD的目的有二——一方面GD刚拿了平台赛冠军，也算是名声在外，可是GD内部除了钟铭以外又没一个正经的职业选手，那水平可想而知，而WAWA又太需要赢几场比赛来提高士气了，所以GD是不二之选。另一方面，李煜城也的确想和钟铭切磋切磋，毕竟能和TK过招的机会不多，他不愿意错过。

谁知人算不如天算，他没想到GD在这短短的一个月内进步这么大，本来以为只有钟铭一个棘手的，可没想到小熊和王月明也很难搞，就连那两个酱油辅助，也比平台夏季赛那会儿强了很多。

李煜城只好说：我错了，求哥高抬贵手。

钟铭犹豫了一下，回了句：下局吧。

把手机丢到一旁，他又投入到了团战中，先是毫不留情地击杀了对方的中单小飞，然后趁李煜城忙着回信息的空当，带着自家几人推上了对方的高地。

等李煜城回过味儿来时，WAWA的其他人已经无一幸存，只剩他一人守着水晶，犹如螳臂当车。而且混战中，他堂堂一个神级carry竟然被那个Jun给杀了……

GD竟然赢了WAWA，这结果显然出乎了所有人的意料。

周俊感到难以置信："我刚才竟然杀了李煜城！"

王月明搓手懊悔："早知道选卡尔了。"

小熊默默地把最后的战绩截了个屏。

周彦兮几乎喜极而泣："不用再加练两小时了……"

不过这一片祥和的气氛很快就被钟铭的一盆冷水改变了。

"刚才对方放水那么明显你们没看出来吗？"

正回味着胜利滋味的众人闻言不约而同地愣了愣。

周俊问钟铭："他们为什么要放水？"

钟铭不自在地咳了一声，但什么也没说——这一时间，实在想不到太合适的理由。

周彦兮像是想到了什么，了然道："我刚才看见铭哥跟李煜城发信息了，好像说什么高抬贵手。"

周俊感到难以置信，对钟铭道："铭哥，你怎么能让人家给我们放水呢？就算我们水平差，但我们还是有作为职业选手的尊严啊！以后让我们在圈里怎么混？"

说着，他像想起什么似的又愤愤不平地嘟囔了一句："我说刚才李煜城怎么一直在泉水挂机呢，到最后才出来……"

钟铭显然没想到大家的想象力这么丰富，不过正好也不用他去想理由了。

"你们那水平跟我谈什么尊严？"

说完，他笑着看向周彦兮："眼神挺好啊？"

周彦兮只觉得有一阵凉风吹过后脖颈。她有点不自在地说："你的手机屏幕那么大，想不看到有点难。"

钟铭挑眉："还看到什么了？"

周彦兮连忙摇了摇头。

第三局，GD明显打得更谨慎了。王月明和小熊的前期操作专业又细致，周俊的视野也做得很到位，就连周彦兮都打得很稳健。开局五分钟，他们竟然拿到了七个人头。

WAWA的水平虽然没有想象中那么厉害，但毕竟瘦死的骆驼比马大，钟铭又刻意打得没有之前那么认真，所以WAWA在李煜城的带领下，发起了针对周彦兮的几次gank之后，周彦兮成了对方的提款机，导致GD的劣势一再扩大。

啪嗒一声，王月明扔了鼠标："能不能别送了？"

周彦兮这边的头像又灰了："我在自家野区打野啊，对方三个人来抓，跑不掉……"

王月明气急败坏地在刚才周彦兮死掉的附近打了几个感叹号："这地方有眼不知道去排吗？人家的'酱油'都快把视野做到我们高地了，我们的'酱油'除了送还会干什么？"

周俊解释说："后期不停地死，没时间排眼也没钱做视野。"

王月明："你也知道你不停地死？"

小熊说："差不多行了。"

王月明："什么差不多？刚才河道里，你把大招放出来他们必然死两个人！"

小熊："我大招CD（冷却）。"

王月明："你大招怎么总在CD啊？没状态打什么团？"

小熊抬起眼皮扫了他一眼，语气已经很不好："我说了，但你已经跳到对方人堆里去了，带着队友送死你还有理？"

王月明冷笑："行，都是我的锅。"

说着，就见系统提示"GD.Moon离开了游戏"。

钟铭从始至终什么都没说，现在也只能打出"GG"跟着退出比赛。

李煜城很快发来信息：谢谢哥。

钟铭问：你们队一直这样吗？

李煜城知道钟铭已经看出队里的配合问题，但也不知从何说起，只好说：一言难尽啊，实在撑不下去，我就退役了。

钟铭对着这信息愣了半晌，看来WAWA内部确实存在不小的问题。

这天晚上的训练，王月明没有和大家一起排位，而是自己闷声单排。被他骂得最惨的周俊和周彦兮倒是不在意，一方面确实自己做得不够好拖了后腿，另一方面打比赛嘛肯定都想赢，王月明那样也是为了赢，所以都理解。

不过今天的事情还是挺让大家意外的，谁都没想到平日里看着很和气的王月明发起脾气来竟然那么可怕。

有人说打游戏就像喝酒，一不小心容易上头，看来不假。

— 02 —

钟铭一向是基地里起得最早的，今天他下楼时发现王月明已经在楼下了。

听到了响声，王月明回头看，见是钟铭，打了个招呼："铭哥早。"

"早。"

钟铭从冰箱里拿出一盒酸奶，撕开喝了几口，再一回头看到王月明已经走到他身边。他拉开冰箱门，也拿了盒酸奶，似乎是不经意地问道："铭哥，你不会真的打算让她留在队伍里吧？"

"谁？"

"周彦兮啊。"王月明顿了一下说，"其实留在队里也没什么，我们队没有经理，她一个女孩子做这些也挺好，而且队里有女孩子还能活跃活跃气氛。"

钟铭沉默了片刻，将空掉的酸奶盒扔进垃圾桶："你想说什么？"

"不是我想说什么，我觉得大家跟我的想法差不多。"

钟铭似笑非笑地看着他："是吗？那就说说'大家'的想法。"

"我不认为周彦兮有继续打比赛的资格，你也看到了，她的水平距离一名职业选手还差很多。大家来GD，是奔着拿世界冠军来的，你不认为把这种人留在队伍里是对其他人的不公平吗？我没办法跟她成为队友。"

钟铭认真地听完他的话，片刻后问他："那你觉得一名合格的职业选手应该具备哪些基本的素质？”

王月明想了想说：“操作，意识。”

“还有呢？”

“还有？”

钟铭点头：“你说的那都是最基本的，也是可以经过训练提升的素质，而除此之外还要有团队协作的精神和胸怀。正式比赛中，队员的心态很重要，心态一旦被打崩，任你技术再好，也注定是败局。你说不愿意和她成为队友，这也不用很担心，三个月的试训期还没到，到时候你们同时留下的概率也不是百分之百。”

钟铭的话说得再明显不过，虽然昨天的最后一局训练赛输了，但是在那之前王月明的心态就已经崩了，并且这种负能量明显影响到了其他队友。而且没有人比钟铭更清楚，昨天为什么会输。不过他也庆幸，如果不输，有些已经存在的问题到现在都不会暴露出来。他昨天一言不发，除了自己对比赛的失败有直接责任外，还有就是希望王月明经过一晚上的冷静能够明白些什么，可是王月明还是让他失望了。

不过好在王月明是个聪明人，一点就透，听到钟铭这么说，他虽然有点意外，但很快就接受了：“我知道了。”

说话间，他朝钟铭的身后看了一眼，然后转身走向了自己的位置。

钟铭意识到什么，回过头正见周彦兮站在楼梯上看着他。周彦兮见他回头，朝他咧嘴一笑：“铭哥早，月月早。”

周彦兮手绘了一张大大的日历贴在墙上，每过一天，就在日历上面打个大大的“×”。训练的日子过得飞快，眼看着试训期就要结束，她开始不安起来。在试训期的后半段日子里，她每天起得比别人早，睡得比别人晚，把钟铭的每一句话当成圣旨来执行。每场排位赛她都会录像，等到训练结束再回房间慢慢看，边看边总结自己的问题。

渐渐地，她发现自己也可以在比赛中预判到什么时候会有团战，哪里会有埋伏了。原来那些所谓的“开图般的意识”都是从一局一局的比赛中练就的，不同的是有些人悟性高一点，可能几十局就让他们摸到了套路，而有些人悟性差一点，比如她，要几百局的锤炼才能有一点点的进步……

转眼就到了试训期的最后一天，这天周彦兮下楼时发现众人已经各就各位开始训练。她最后一个打开电脑，刚登录游戏平台就收到了Shadow的邀请。

钟铭说：“今天约了另一支队伍打训练赛。”

周彦兮问：“哪支？”

周俊兴奋地抢话道：“这一届大学生联盟赛的冠军队DCT。”

钟铭：“虽然是大学生联盟赛的冠军队，但是毕竟不是职业队。所以，如果输了，该怎么做自己看着办。”

周俊：“懂，加训两个小时，我们懂！”

钟铭笑了笑，没再说什么。

大学生联盟赛很容易涌现出操作优秀的选手，但很少有整体实力过硬的队伍。就像DCT，除了中单小强和carry阿杰的技术不错外，其他人的操作只能算一般。

比赛毫无意外是GD胜了。

对方的carry阿杰是个大二的孩子，被钟铭打得垂头丧气。钟铭不得已安慰了那孩子两句，那孩子才又打起精神。

临走前，阿杰说：“铭哥，你们真的很强，如果我以后要打职业，肯定也要加入你们这种强队。”

钟铭笑了笑：“如果你真想打职业，我这里随时欢迎。”

阿杰喜出望外：“你说真的？”

钟铭：“真的。”

周彦兮注意到身旁男人的情绪变化，不明所以地看向他的电脑屏幕，却突然听到一个冷冷的声音飘来：“我是不是该考虑给我的电脑装个防窥屏了？”

周彦兮讪讪地收回目光。

这时，阿姨通知大家开饭了。钟铭起身往楼上走，对身后的队员们说：“休息吧，下午继续。”

老大一走，众人开始闲聊。周俊抱怨：“以后训练时长变成十个小时了，符不符合劳动法啊？”

小熊：“有人不是一直十个小时吗？”

被提到的某人立刻抓住了重点：“以后？十个小时？什么情况？”

周俊问：“合同上写的啊，你没看到吗？”

周彦兮这才注意到原来大家的桌上都有一份合同，只有她没有……看来自己还是没能达到钟铭的要求。

周彦兮垂头丧气地回到房间开始收拾行李。她边收拾行李边想着这三个月里经历的一切，渐渐地委屈起来……

有人敲门，她以为是小熊，她疲惫地抚了一下脸，说了声“进来”。

怕小熊看出她的沮丧，她没有回头。

“一会儿我就直接走了，不和大家道别了，免得尴尬。你也别怪铭哥，他这么做是对你们每一个人负责。这三个月接触下来，我发现他那人虽然很毒舌，但是对大家都不错，你们跟着他挺好的。以后有比赛记得通知我，我去给你们加油。”

周彦兮正想努力酝酿出一个笑容来，却听到一个清冷的声音问：“直接走了？去哪？另外……你说谁毒舌？”

“铭哥？！”周彦兮吓了一跳，立刻回过头，“你什么时候进来的？”

钟铭莫名其妙地看了一眼房门：“你让我进来的。”

她看见他的视线落到了床边那个敞开着的粉红色行李箱上，她纠结了一下也就坦然了——都已经要离开了，还怕什么呢？

可是她没想到这种时候钟铭还笑出来了。

她有点不高兴：“有那么好笑吗？”

原本就是一句不需要回答的气话，没想到钟铭竟然很认真地“嗯”了一声。

周彦兮瞪着眼睛看他，努力不让眼泪掉下来，却看见他把两份文件随手丢在了两个人之间的大床上：“抽空看完签了。”

周彦兮眨了眨眼，酝酿好的情绪一瞬间不见了：“什么情况？”

钟铭双手插在裤子口袋里，似乎是懒得多解释：“自己看。”

峰回路转，周彦兮有点不敢相信。她立刻连滚带爬地上了床，拿过那两份文件，也顾不了许多，直接站在床上翻开来看：“续约合同？你决定让我留下来了？”

钟铭扫了一眼她床头上那个被打了很多“×”的日历，又看着她像孩子一样瞬息万变的脸，心情也莫名其妙地好起来：“暂时是这样。”

幸福来得太突然，周彦兮差点就喜极而泣了：“谢谢你，铭哥……”

然而话音未落，她一不小心踩到自己的裙子，整个人失去平衡，朝前倒去。

钟铭还没反应过来是怎么一回事，就见眼前光线一暗，某人惊慌失措地朝他扑了过来。还好他反应够快，伸手一捞，将她接在怀里。

虽然是“安全着陆”，可是周彦兮受了惊的小心脏还在扑通扑通地跳个不停，脑子里的思绪也在一瞬间千回百转，原来男人的胸膛真的可以像铁板一样坚硬！

他的心跳怎么这么有力，是不是也像她一样紧张？她身高一米六八，体重九十六斤啊，他刚才却像夹小鸡崽一样一只手臂就夹住了她，看来他有健身……

过了好一会儿，头顶上方传来一声不自在的咳嗽声，周彦兮立刻收敛思绪朝后退了一步，和他稍稍拉开了距离。

“那你抽空看完签了吧。”钟铭说。

她立刻转身在书桌上找笔：“我这就签。”

钟铭看到她的动作有点意外：“你不看看？”

周彦兮刚才只看了第一页，后面几页洋洋洒洒十几条条款她还没来得及仔细看，不过她认为这问题不大，或者说潜意识里她相信钟铭。

“之前都谈过了，不用看了。”

钟铭笑了笑：“真不看了？被卖了可别哭。”

周彦兮无所谓地说：“我这样的谁敢要啊。”

钟铭若有所思地点了点头：“好像是这么回事儿。”

钟铭和周彦兮下楼时，周俊他们三人早就开始吃了，见他俩一前一后从楼上下来，周俊不明所以地问：“铭哥，你去叫我姐怎么叫了这么久？哎，姐，你的脸怎么这么红啊？”

他这么一说，众人都向周彦兮看过来。周彦兮面不改色道：“可能是太热了吧？”说罢还用手当扇子扇了扇。

周俊那傻孩子还很认真地回头看了眼柜机空调上的室温显示：“二十六摄氏度，还好吧？哎，你的头发也有点乱啊。”

他这么一说，小熊和王月明的脸色突然就变了。

周彦兮不知道怎么堵这白痴弟弟的嘴，好在钟铭在她开口前冷冷地丢给了周俊一句：“废什么话？吃饭也堵不住你的嘴？”

周俊眨巴着大眼睛，摸不着头绪。他说的是他姐，怎么好像惹到了老大？

小熊替他盛了碗汤："周俊啊，你有没有发现一个规律。"

周俊："什么？"

"一般在电视剧里活得久的，都是话少的。"

周俊皱眉想了一会儿："是吗？"

小熊"嗯"了一声，抬眼看向钟铭。钟铭只勾着嘴角笑了笑，什么也没说。

— 03 —

饭吃到一半，钟铭的手机响了，他看了一眼来电显示，便拿着手机起身去了二楼。

他一离开，饭桌上的气氛就又活跃了起来。

周俊问小熊："熊哥，你打算什么时候开始播？"

小熊："随便吧，早晚都一样。"

周俊叹气："其实我挺怕在公众面前露脸的……没想到铭哥也要搞这一套。"

小熊倒是很理解："运营一个俱乐部哪有那么容易，日常生活的开销只有比赛奖金哪里够。"

王月明翻着合同说："可每个月的指标不低，差不多每天都得播。"

小熊："据我所知，这和其他俱乐部相比已经很低了。"

周彦兮听得一头雾水："你们在说什么？"

周俊无语地瞪了她一眼："游戏直播啊，你没看合同吗？最后一页有个和直播平台的三方协议，要求我们每人每月播够四十小时。"

直播？四十小时？周彦兮如遭雷劈，她可是有镜头恐惧症的人啊！虽然这毛病是她自己给自己诊断的，但是被人拍照录像，她确实会焦虑啊！

王月明见她这反应，冷笑一声："这对你来说或许是件好事呢，现在干什么都得看脸，以前骂你菜的那些人说不定还会就此对你改观。"

小熊闻言不由得皱了皱眉。

周彦兮只当王月明还因为之前和WAWA的那场训练赛生气，于是就顺着他的话说："我看未必吧，不然你也不至于到现在还在生我的气。"

王月明没想到她会这么说，意外之余依旧没什么好气地说："我可不敢。"

周俊完全没感受到气氛不对，只是替周彦兮解释道：“月月你不知道，我姐有个小毛病，从小就怕面对镜头，怕被人围观。”

小熊说：“我觉得这不是什么大问题。人长得好看走到哪儿都是焦点，难免遇到几个喜欢偷拍的，你就是被那些不尊重别人隐私的人刺激了。不过以后要打职业就是公众人物了，你是该好好调整一下心态。”

周彦兮点了点头，这确实是她必须要克服的事情。

钟铭这个电话已经打了快半个小时了，李煜城还在苦口婆心地游说着：“我们老板开的条件不差啦，你只要来就是半个老板，一号位给你，我让贤。你别以为你那几个虾兵蟹将能成什么气候。WAWA今年换了好几个人，所以团队实力不如之前了，但瘦死的骆驼比马大这个道理还用我说？”

钟铭心不在焉地听着，他身后房门没关，能听到楼下那帮孩子叽叽喳喳的说话声。

“晚了。”

“什么？”李煜城不明白钟铭说这话的意思，“什么晚了？”

“跟他们的合同已经签好了。”

“什么？！他们是谁？也包括那个YAN吗？”

“嗯。”

“大哥，你就算是再有钱也不能这么挥霍啊！”

钟铭笑了：“我没钱，所以还得指望他们拿世界冠军。”

李煜城嗤笑：“那你还不如指望我呢！”

“是啊，回头遇上了，指着你高抬贵手。”

“你少来吧。”李煜城犹豫了一下又说，“干脆这样吧，我跟我们老板商量一下，把你签的那几个人全接收了，就当是WAWA的二队了，怎么样？”

要挖自己，钟铭可以理解，但是要让WAWA为了他接收周彦兮他们，他就有点意外了：“你到底跟你老板说了什么？”

“也没说什么……无非就是说，只有你才能拯救现在的WAWA。”

沉默了片刻后，钟铭说：“看来真要让你失望了。不过都说铁打的战队，流水的兵，我没想到你对WAWA倒是情深义重。”

李煜城叹了口气：“那是你没见过当年的WAWA，我是实在不忍心看着这支队伍就这样下去……”

钟铭不再说话，李煜城的想法他能够理解。虽说职业选手转会是常见的事，但每个职业选手对自己曾经效力过的战队也都会有感情。大概是因为WAWA成就了李煜城，所以WAWA对于他来说会更特别，就像自己对VBN，毕竟那是他梦想起航的地方。

电话那边，李煜城几乎是带着哭腔地问了最后一句：“你真的见死不救？”

钟铭也不好再说什么狠话，想了想说：“你不是说GD不如现在的WAWA吗？这样吧，如果你们WAWA赢了GD，我就好好考虑你的提议。”

“你说的！”李煜城的声音一瞬间变得很亢奋，可很快又像是想到了什么，犹豫了一下说，“不过比赛规则得我定。”

钟铭不跟他计较这些细节，在钟铭看来，之前那三场比赛就足以证明两队的实力，只要GD全力以赴，也不是没有赢的希望。

“如果我们赢了呢？”钟铭问。

“那我就再也不提让你来WAWA的事，而且还可以答应你一个要求，只要不是让我给你暖床，其他随便。”

钟铭笑了笑说：“那就给GD当陪练吧。”

钟铭下楼时，众人还围在餐桌旁聊着天。

他刚走过去坐下，就听周俊问：“铭哥，我们接下来是不是要备战年底的全国公开赛了？”

钟铭点了点头说：“我正要说这事，这应该是国内含金量最高的比赛，所以我们要全力以赴。”

LOTK的全国公开赛是由某数字娱乐产业园主办，体育总会支持的一个高规格比赛，每年一次，云集国内最顶尖的队伍。在全国公开赛中获得冠亚军的队伍可以直接拿到国际邀请赛的门票，这也就意味着离世界冠军的宝座更近了一步。

周彦兮说：“全国几百支队伍呢，不知道我们能不能顺利拿到正赛名额。”

全国公开赛的赛制每年都在变化，一般参加正赛的队伍是十支，其中八支由主办方直接邀请，另外两支会从海选中诞生。

GD没有线下大赛的经验，多半要通过海选和几百支队伍争夺那两个名额。周彦兮说的正赛名额就是指这两个名额。

王月明讥笑道："小姐姐，你就这点出息？参加海选的都是些水货，我们连他们都打不过就不用打职业了。"

周俊赞同道："我也觉得我们进正赛是没问题的，就是不知道能在正赛拿个什么样的名次。"

王月明思忖了片刻说："就我知道的那些职业队的水平，我们差不多能排个第四第五吧。"

钟铭直接打断他："准备大半年，你们只想随随便便拿个第四第五的名次回来？"

众人闻言不由得面面相觑。

钟铭无所谓地说："听说下一届国际邀请赛还是在西雅图举行，我们这次既然参加了全国公开赛，怎么也得拿一张国际邀请赛的门票回来。而且我不喜欢淘汰赛，最好两天结束比赛。"

全国公开赛正赛一般采取积分循环赛加淘汰赛的赛制。积分循环赛的第一名是公开赛的冠军，直接拿到国际赛的门票，而剩下的四支队伍要参加第三天的淘汰赛。

钟铭这话的意思，明显就是要去争这次全国公开赛的冠军。一时间基地静悄悄的，大家心里大多是持怀疑的态度，只有小熊笑了笑。

小熊是队伍中水平仅次于钟铭的选手，他选择加入GD，一方面是因为机缘巧合，另一方面就是他清楚钟铭的水平。所以眼下钟铭说要拿全国冠军，他知道，去拼一下，他们不是没有机会。

周彦兮拿起桌上的饮料，默默地喝了一口："看来每天要加练四小时了。"

王月明瞥了她一眼："你整天人机大战，加练八个小时都没用。"

周俊："要多打几场有质量的训练赛才能提高水平啊，那我再跟DCT约几场？"

钟铭却说:“他们早就不是我们的对手了,要约还得约实力相当的强队。”

正在这时，钟铭的手机振动了几下，他打开微信扫了一眼。

李某人：游戏规则你看一下，比赛时间定在一周后，没问题吧?

钟铭看了一眼他发来的规则——竟然是solo,还是BO3(游戏总场次为三场，三局两胜),而且双方可以指定一名对方必须上场的队员,GD先报参赛人员顺序。

钟铭看到“双方可以指定一名对方必须上场的队员”这一条时，眼皮不由得动了动，这分明就是针对周彦兮的。再结合“GD先报参赛人员顺序”这一条，钟铭用手指都能想得到李煜城的如意算盘是怎么打的。

李煜城必点周彦兮上场，在李煜城看来，无论谁对战周彦兮，都能轻松应对，而他只要避开钟铭，打谁都可以赢。只要稳赢这两场solo，WAWA就可以赢下比赛。不得不说，李煜城为了挖他过去，还真是花了不少心思。

钟铭回复李煜城：你心虚得厉害。

李某人：少废话，说好我制定规则，这就是规则!

钟铭扫了一眼就没再搭理李煜城，抬头发现众人都在看着他，于是淡淡地“哦”一声：“没事，就是联系个训练赛。”

周俊一听，乐呵呵地问：“铭哥，你这么快就约好了？”

“嗯，专业陪练。”

“谁？”周彦兮无比好奇。

钟铭看着周彦兮，说：“WAWA啊，你的噩梦。”

周彦兮：“……”

一听到要和WAWA打比赛，除了周彦兮，其他人都兴奋起来，毕竟上次打过几局，大家都意犹未尽。不过后来听钟铭说还要先赢了一周后的三局solo才可以打训练赛，好心情就被冲散了一半，等知悉李煜城给的那几条规则后，他们最后一点好心情也彻底没了。

周俊垂头丧气：“我就知道没那种好事。”

王月明意有所指地说：“要是不点某人，估计还有赢面儿。”

周彦兮又开始低头喝饮料。

周俊叹气：“算了，我还是去联系DCT吧。”

众人正唉声叹气，却听钟铭说：“也不是没有赢的机会。”

他说：“除了周彦兮那场，剩下的两场由我和小熊来打。以我对李煜城的了解，他肯定会自己来对付小熊，然后剩下的一个人来对付我。”

周俊皱眉想了想说：“铭哥那场稳赢不用担心，我姐那场稳输也不用担心，好像关键就看熊哥了……”

小熊显然也想到了这一点，神色不由得凝重起来：“李煜城挺强的……不过，我尽力吧。”

越是高手，越是很难在短期内将水平大幅度提升，而且还是solo，发挥空间本来就小。所以想让小熊在短期内打赢李煜城，几乎没什么可能。

钟铭看了小熊一眼说：“但是这场比赛不是尽力就可以的。”

见大家不解，他解释说：“虽然这场比赛连训练赛都算不上，但是因为赌注有点大，所以我们必须赢。”

这话一出，所有人的脸色都变了。

他顿了顿，目光落在周彦兮身上：“也就是说，彦兮那局必须要赢。”

“啊?”正在低头喝饮料的周彦兮听到自己被点了名，还以为是钟铭说错了，连忙摆手说，“铭哥，你是不是搞错了?我现在这样连WAWA队里最弱的都打不过。”

钟铭点头：“我知道，所以选人的时候我会选一个最适合你的对手。”

周俊觉得适合他姐的对手应该还没出生，所以也不是很关心这个问题，而是问钟铭：“铭哥，你们究竟赌了什么？”

钟铭尴尬地笑了笑：“总之是我输不起的。”

— 04 —

没过多久，钟铭和李煜城就指定了在几天后的训练赛上必须上场的队员。

正如钟铭所料，这场赌注很大的solo，李煜城果然点了周彦兮。但是让众人意外的是，钟铭竟然点了小飞。小飞可是WAWA的二号位，虽然很年轻，但是在WAWA内部算是水平仅次于李煜城的选手了。

周彦兮听说钟铭点了小飞，死的心都有了：“铭哥你是不是点错人了？小飞可是上次打中单的那个！”

钟铭刚登录游戏平台，听到周彦兮抱怨，眼皮都不抬一下："就是他，没错。"

周彦兮欲哭无泪，她越想这件事越觉得可疑——李煜城制定的这个规则明显对GD不利，这种不平等条约钟铭没必要接受，接受了就等于找输，可他偏偏还说输不起……

正想着，突然听到身旁的人说："进游戏。"

她连忙收回思绪接受了游戏邀请，进去一看，只有她和钟铭两个人。

"上次我说的你还记得吗？"钟铭问。

她想了一下，在平台赛决赛前夕，钟铭曾拉她打过一局solo，当时他很快就赢了她，赢了之后还总结了一下她的漏洞。

"记得。"她说。

"那就好，该怎么打应该不用我再说一遍了。"

周彦兮选了火枪。火枪是个远程英雄，攻击力不错，但是生存能力很弱，可以躲在塔后补兵，算是比较适合solo的英雄。不过对上钟铭选择的火女，同样是爆发力很强的远程英雄，胜负就难说了。

游戏刚进行两分钟，火女就跃跃欲试想越塔杀人，不过被周彦兮躲掉了一次。很快火女升到三级，这一次周彦兮就没上次那么幸运了，中了火女的埋伏，被火女两个技能收掉了人头，双方经济开始拉开差距。再后来，不止经济上，就连等级上，火女也压了火枪一级半……不到十分钟，钟铭就率先拿下三个人头结束了比赛。

"看来我上次说的你还是不明白。"

上次他说她走位随意，打钱速度不稳，被追杀的时候只顾着跑……周彦兮想了想，自己距离那时候已经进步不少了，至少在走位和打钱上已经比之前好太多了，可能还没有达到他的要求吧……

"再来。"钟铭说。

很快进入了第二局，和上一局一样，周彦兮的火枪在钟铭的火女那里讨不到任何一点好处，而且钟铭第二局比第一局打得更狠更猛，第八分钟的时候就已经拿下了三个人头。接下来的几局情况都差不多，周彦兮感受到了来自队长大人的深深的不满。

和钟铭打了一整天的solo，周彦兮发现，今天他的打法好像和平时不太一样。最初她以为他是在生气，可后来又发现他明明没有生气，但是打得却一直很冲动……难道他是故意的？

周彦兮想到钟铭曾说过要给她选一个最适合她的对手，难道他觉得小飞很容易冲动，容易出错，所以更适合她吗？想到这些，她开始调整战术，不只是躲在塔后和对方撑后期，有时候还会从塔下出来，引对方越塔杀她，再找准机会反杀。

终于，周彦兮拿下了今天solo的第一个人头！

虽然最后还是输了，但是她明显感觉到钟铭的心情似乎不错，对她刚才的表现好像还算认可。

此时已将近深夜，周俊和王月明不需要和WAWA打比赛早就去睡了，就连小熊也在刚刚结束了最后一局游戏后回了房间。

基地的一楼只有周彦兮和钟铭两个人。

退出游戏，周彦兮问钟铭："铭哥，你是不是看出小飞那人冒失了？"

钟铭懒懒地靠在椅子上，说："他不是冒失，只是打法激进。年纪轻轻就一战成名，那种张狂劲儿我很理解。但我选他的原因并不只是这个。"

"那是什么？"

钟铭侧过头来，橘色的灯光从他的头顶上倾泻下来，在高挺的鼻梁和垂下的眼帘上留下淡淡的阴影。他动了动嘴角，似乎在笑："他很瞧不起你。"

周彦兮愣了一下，脸唰地就红了。轻敌是小飞的弱点，但这也足以说明周彦兮的弱。她突然有点难受，就算明知道自己技不如人，但是听到钟铭这样赤裸裸地说出真相时，她的自尊心还是很受挫。

钟铭像是看出了她的想法，笑了笑说："所以我们得给他一次打脸的机会。"

她抬起头来看着他，看着面前的这个男人……他说，他瞧不起你，所以我们要给他一次打脸的机会……

他说得那么笃定，那么无畏，让她那颗刚才还如坠冰窟的心渐渐暖了起来。

输比赛时她没想哭，被队友嫌弃时她也没想哭，可是此刻，不知道为什么，她觉得自己就快要哭了。

"铭哥。"

"嗯？"钟铭看向她。

“谢谢你，一直以来。”

他沉默了片刻，半开玩笑地说：“不用谢我，不过我以后过得怎么样就看你的了。”

— 05 —

周彦兮想了很久钟铭说的最后一句话，再一次确定她真的输不起。

第二天天才刚亮，周彦兮就醒了，早早地爬起来洗漱好。楼下还没人，她给自己煮了杯麦片，吃完就坐到电脑前开始新一天的solo练习。

一个小时以后，其他人才陆陆续续出现。

小熊端着一杯咖啡坐到她对面，她匆匆抬头看了他一眼，他明显是睡眠不足的样子。

“没睡好？”

小熊点了点头。马上就要跟李煜城打比赛了，钟铭虽然说让他尽力就好，但是他心里的压力并没有因此而减少一丝一毫。

周彦兮和小熊一直solo到下午，后来小熊想起直播时间还没混够，干脆一边不露脸地开着直播，一边和周彦兮solo。

周俊起身上厕所的时候站在小熊身后围观了一会儿，意外发现即便是和小熊对线，周彦兮也没让对方讨到什么好。周俊心里不由得感慨，钟铭训练人真有一套，嘴上又忍不住夸了他姐两句：“我姐终于有个职业选手的样子了。”

说话间，小熊直播间里的弹幕突然就多了起来。

“谁在说话？”

“谁姐是职业选手？”

“什么？GD队里有妹子？”

GD在平台赛拿到冠军后本来就已经小有名气，加上这段时间的直播，拥有的粉丝量非常可观。但粉丝们渐渐发现，GD开直播的只有小熊、周俊和王月明。其中小熊人长得帅操作又好，在他们几个人当中直播人气最高，而GD的另外两个人，一号位大哥和辅助却从来没有开过直播，身份成谜。此时听到周俊的话，小熊的直播间里立刻炸开了锅。

“我去，真的有妹子在认真打LOTK吗？还是职业的！”

“是不是GD的辅助啊，队里她的水平最差，如果是妹子那就说得通了。”

“打个游戏搞什么性别歧视。”

“妹子快来直播啊！哥哥给你刷礼物！”

“我就关心一点，你们是不是住在一起嘿嘿嘿……”

……

小熊关掉麦，瞥了周俊一眼：“我这儿直播呢。”

周俊后知后觉地拍了拍自己的嘴：“他们说什么了？”

小熊顾不上他，丢下一句“自己看”。

不过经粉丝这么一提醒，小熊才想起来，这个月没几天了，周彦兮那四十个小时的直播任务好像还没开始。

一轮对线过后，他抬头问周彦兮：“你打算㞞到什么时候？”

算算这个月也就剩下几天了，每天从起床直播到睡觉都不够四十小时，她正愁怎么办，想来想去都没有什么好办法。她回头看了看身旁的男人，后者正在推敌方高地。她不情不愿地叫了声“铭哥”。

钟铭看都没看她，一招击杀了对面的carry，随口问道：“不想播？”

“……可以吗？”

“可以啊。”说完他丢掉鼠标，从桌上的烟盒里拈出一支烟来点上，然后继续游戏。可是还不等周彦兮高兴，就听他又说：“不过，如果连续两个月不达标，就得麻烦我找人来替你了。”

“什么时候说的？”

“合同上白纸黑字。”

到了此刻，周彦兮再回想起那天签合同时钟铭的表情，才觉得他当初笑得有点不够真诚，还不知道有多少奇奇怪怪的合同条款等着她呢！

关于直播这事，周彦兮纠结了好久，后来她突然想到了一招——谁说直播必须露脸了？甚至可以不出声啊！做一个安静的电竞主播多美好啊！

想到这里，下午她就登录了之前钟铭给她的直播账号。本来以为不会有什么人看的，可是她一进直播间，观看人数就过万了。她一开始还有点紧张，后来发现大家对她都挺友好的，也就渐渐放松下来。这一放松不要紧，一不小心就说了句话。

直播间里有一瞬的安静，但很快，弹幕就疯狂地刷了起来。

“GD的辅助果然是个妹子！”

“声音这么萌！”

“妹子打LOTK？了不起！”

“作为妹子你打得的确不错，不过我觉得你的走位可以再细致一点，出装也可以再讲究一点，具体的我们可以切磋一下，我QQ是xxxxxx。”

“楼上QQ错了，应该是xxxxxxxx。”

“楼上几人臭不要脸，把妹把到这里来了！”

……

看到突然有这么多人留言，周彦兮有点惊慌，后来她留心看了一下大家的留言内容，有的还挺有意思的。这样播了小半天，她也就习惯了直播间里的氛围。

到了晚上，钟铭召集大家五人排位。

排位时，周彦兮也没有关弹幕，因为这小半天下来，她发现有这么多人看她打游戏其实是一件挺有意思的事情，而且她也喜欢跟粉丝们互动，像和朋友聊天一样。

有人问：“影神怎么不开直播？”

钟铭可以说是在平台赛上一战成名，尤其是有心人将他所有的比赛视频做了个集锦并被广大游戏爱好者争相转载的时候，他的人气更是水涨船高。人们也渐渐意识到，这个凭空出世的Shadow，可能远比他们想象中厉害。不过更让广大粉丝对他感兴趣的原因是，他实在太低调了，似乎在刻意跟粉丝们保持着距离。

周彦兮瞥了一眼钟铭，见他正戴着耳机应该听不到她说话，于是压低声音对着话筒说：“资本家啊，玩得一手好双标……”

立刻有人反应过来：“原来影神是GD的老板啊！”

“老板都这样！”

“是的是的！哪的老板都一样！”

“你说他坏话小心别被他听见啊！”

周彦兮看着大家的弹幕不禁笑了。身边突然传来一阵响动，她只当钟铭是在找烟，就没当回事。可就在这时，一条弹幕突然进入她的视线。

“我去！我没看错吧！影神开直播了！”

“有生之年……”

然后下面一群人问在哪。

有人说：“主页看到的。”

紧接着，周彦兮看见自己直播间的观看人数直线下降。她立刻看向隔壁某人的电脑屏幕，没想到钟铭真的开了直播，还是有摄像头的那种！不过很快证实他只是误开了摄像头，有他头像的那个小框只出现了一下，就消失了。

“还打不打了？”他说完，转过头正对上她的视线。

她愣了一下，连忙把注意力放在了游戏中。

此时河道符出现在了下路，是个“双倍符”。河道对岸的对方英雄也在这儿守了很久，不过动作还是没有钟铭快。钟铭迅速吃下双倍符，发现冲上来吃符的敌人正要跑路，一个控制技能将对方留下。周彦兮也迅速找回状态，技能接得恰到好处，就这样，钟铭轻轻松松地拿下了第一滴血。

一场团战结束，周彦兮和钟铭双双回到了下路的塔下。节奏重新慢了下来，周彦兮注意到她直播间的人数比刚才多了一些。

显然，有从钟铭那边回来的人。

“刚才是不是我眼花了，好像看到了影神的真容。”

“你没眼花，大家都看到了。”

“谁说的？我没看到，长什么样？”

“帅得很……”

“没道理啊，钱多活儿好长得帅，我们的存在难道就是为了衬托他吗？”

“算了，还是妹子这里舒服点。”

“老婆YAN答应我，不要被影神搞定好吗？他那样的人什么都有了，你还是继续做我们的YAN吧！”

“我怀疑YAN已经被影神搞定了。”

“心疼自己……”

……

什么？这帮人不是在夸钟铭吗？怎么又说到她了？

似乎发现她分神，钟铭在小地图上敲了个感叹号：“过来！”

“哦。”周彦兮乖乖地跑过去，藏在钟铭附近的草丛中。

这边弹幕又开始刷了：“我好像听到了一个男人的声音。”

“不是你，大家都听到了。”

“影神？”

“声音也这么好听？没天理啊！”

周彦兮突然有点烦躁，好不容易熬到游戏结束，她问钟铭：“铭哥，你也和平台签合约了？”

“没有。”

“那你还开直播？”

“免得你说我双标……”

“呃……”原来他都听到了。

对周彦兮而言，和小飞的solo显然是目前最重要的事，所以这几天她大多数时间都是在和小熊solo。就这样，终于到了比赛这天，李煜城提议，为了防止有人代打，双方最好都开视频直播。

钟铭冷笑：“小人。”

李煜城不以为然：“先小人后君子嘛！”

接下来的solo，根据之前安排好的顺序，第一局是钟铭对战WAWA的菜菜。开局不到八分钟，钟铭就拿下三个人头结束了比赛。

第二局是小熊对战李煜城。这一局耗时比较长，进入第二十分钟的时候才2：1。后来小熊被李煜城隐身埋伏，最后输掉了比赛。不过比赛结束时李煜城还是很诚恳地说：“你很强，我差点以为自己就要输了。”

小熊虽然觉得遗憾，但他能做的也只是让自己输得不那么难看。

很快到了第三局，周彦兮对战小飞。

小飞的直播间一直开着，进游戏前他一直在和粉丝们聊天。粉丝当中有不少人是从李煜城和小熊的直播间过来的，也大概猜到今天这几局solo是GD和

WAWA两队之间的比赛。

当小飞被问到他的对手是谁时，他只是浑不在意地说："一个妹子。"

小飞很早就出来打职业，而且形象也不错，虽然这款游戏的粉丝大多都是男粉，但是不妨碍小飞有很多女粉，"飞神""飞神"地一路叫了他几年。

粉丝们一听是妹子，就知道是GD的YAN了。

有小飞的女粉跳出来说："飞神你完蛋了，我好像已经看到你被她纠缠不休的可怕画面了……"

小飞看到这条有点不明所以："什么意思？"

那女粉继续说："前几天我听说YAN是个妹子，就很好奇什么样的妹子能打职业，于是在网上搜了一下，发现她还挺有名的。尤其是在国外平台，YAN这个名字恐怕无人不知！"

小飞也好奇起来："为什么？"

"据说如果她惦记上谁，那人就别想消停，只要上线，就会被她追杀，缠着人跟她打。友情提示：一般被她惦记上的都是游戏里虐过她的。"

小飞失笑："这么凶啊？"

有人说："这是好事啊，我也想被妹子纠缠！"

那女粉又说："呵呵，你要是看了她的照片大概就不会这么想了。"

另一个女粉也说："对对对，有图有真相。"

紧接着，直播间的留言区就被一张大大的照片占满，就是那张两年前不知道被什么人发到网上的，号称是YAN本人的照片。

小飞被突然出现的大脸吓了一跳，咽了一口口水说："还真是……一言难尽啊……"

其他人又开始调侃他："飞神，你一会儿自求多福吧，哈哈哈！"

也有人说："原来YAN长这样啊，听声音还以为是美女。"

小飞又随便扫了几眼弹幕，突然有点意兴阑珊："也不知道对方队长为什么非要我上场，没什么意思，我赶紧打完回来带你们上分啊。"

那边小熊刚打完，这边周彦兮进入游戏房间的同时也打开了直播。怕一会儿分神，所以她没开弹幕。周彦兮和之前训练时一样，选了火枪，而小飞则选择了毒龙。

毒龙的招式主要就是通过毒液使敌方英雄减速并且在几秒内持续掉血。

周彦兮看到毒龙被选出来时就松了口气。虽然对方没有用他惯用的火女，但是毒龙也是打路人局时常会出现的英雄，周彦兮对它的技能并不陌生。

选好了英雄，周彦兮立刻去买装备，却冷不防地看到公屏出现了一行字。

ww_fly：打个商量……

比赛时和对手隔空喊话是什么骚操作？

GD.YAN：？

ww_fly：我们队长很可怕……

GD.YAN：？

ww_fly：压力山大，我不敢不赢……

ww_fly：所以，就算我赢了，可不可以放我一马，要怪就怪我们队长……

看到这行字，站在周彦兮身后观战的王月明一时没忍住，直接把刚喝进嘴里的咖啡喷在了身旁的小熊身上。

小熊"啊"的一声跳开，一边骂骂咧咧，一边找纸巾擦。

如果之前大家还不明白小飞的意思，那看到最后一句话任谁都明白了。作为队友，大家对周彦兮的过去都有所了解，但是好像没人当真——就连最喜欢黑她的王月明也没当真过——毕竟照片都是假的，那关于她缠人的传闻想必也真不到哪去。不过看小飞怕成这样，大家也觉得挺滑稽的。

可周彦兮只觉得生气！他就这么笃定自己会赢吗？

"别搭理他。"身后传来钟铭没什么温度的声音，周彦兮的心绪渐渐又平静了下来。

她点了点头，努力调整好状态，全身心地投入到比赛当中。

她想安安静静先补几个兵提升一下装备，可是小飞却只想着杀人，二级的时候就试图越塔杀她。好在她反应够快，逃过一劫。她预感对方三级的时候可能还会再发起一次进攻。

想到这些，她突然意识到，这套路好熟悉啊，不正是钟铭这些天陪她训练时的节奏吗？周彦兮豁然开朗，原来他早就摸透了小飞的打法。

果然，小飞在升到三级的时候把兵线推向了她的塔下。她不动声色后撤的同时，也在消耗着他的血量。此时她的火枪也正好升到了三级，于是她看准时机对小飞的毒龙释放了“爆头”技能。

这个技能升至三级时，会有四十点的额外伤害和零点二五秒的眩晕效果，毒龙不但失去了最好的杀人时机，还因为那零点二五秒的眩晕生生多挨了一下塔的攻击，本来就已经残血，又被塔打到，不可避免地送出了一血。

这个状况让除了钟铭以外的所有人都很意外。

周俊正偷偷摸摸用平板电脑登录账号进了小飞的直播间窥屏，一血送出的同时，李煜城暴躁的声音也从他的平板电脑里传了出来：“你搞什么？很膨胀啊！打比赛还有工夫打那么多字！”

小飞声音不大，只连说“意外”。

GD几人笑得前仰后合，只有钟铭和周彦兮知道，这并不是一个意外。

送出一血后的小飞变得谨慎了很多，并且凭借着他不错的操作，成功将周彦兮击杀了两次。

比分变成了2：1，周彦兮开始紧张了，因为再死一次，比赛就结束了。

GD的其他人也都不再说话，只默默地等着周彦兮的火枪复活。

还有三秒钟，在这三秒里，周彦兮终究还是没忍住回头看了一眼。

钟铭就站在她的身后，在她回过头时，和她视线相对，然后用只有他们两个人才能听见的声音说了句：“没关系。”

周彦兮没再说什么，又迅速投入到比赛当中。

双方对线了一会儿，最终还是小飞先忍不住，又上前来试图杀人。周彦兮放了两个技能，把人拦在塔外。小飞没讨到好处，血量被塔打得掉了一大半，本来他还没太在意，但就在这时，周彦兮突然升到了六级。

火枪的六级大招是“暗杀”，一级伤害就高达三百三十五点，作用范围几乎是半张地图，而且只要被这个技能锁定，目标就无法躲避。

毒龙此时的血量只剩三百点左右，周彦兮迅速释放大招，毒龙还没来得及后退就被火枪一枪狙杀。

周俊的平板电脑里又传来李煜城杀猪般的叫声：“WAWA的明天啊！你城哥的明天啊！你怎么就这么随意？你要是输了只能自裁谢罪了！你自己看着办吧！”

弹幕里还有一群吃瓜群众非常乐观地说着："合理怀疑，飞神是故意送了俩人头，别问我怎么知道的，毕竟是男人就不想被她纠缠不休啊！"

这边周彦兮并没有放松，趁着小飞还没从泉水出来，她已经带着自家小兵上去推对方的一塔了。要知道火枪可是推塔一绝，如果真的无法顺利拿下第三个人头，通过推掉对方一座防御塔而取得胜利也是一样的。

周彦兮争分夺秒地点塔，眼见着小飞复活，传送直接甩在她脸上。她一边往回撤，一边一枪一枪地回头点，以至于小飞一落地就少了小半管血。周彦兮见状停止了撤退，又释放了爆头技能。小飞的操作还是很稳的，一边回血一边把一二技能齐齐甩给了周彦兮。

火枪最致命的弱点就是太脆，毒龙的攻击力又高，这一串技能下来火枪的血量立刻少了一半，而且还处于被减速状态。周彦兮知道这样下去肯定会被对方消耗死。她突然想起钟铭之前跟她说过的，被敌人追杀时不仅要分析双方的血量和魔量，还要分析对方的心态。

周彦兮很快评估了一下当前局势。如果她只顾着跑肯定是死路一条，拼一下鹿死谁手还不一定，而且如果小飞心态不好先退缩的话，她还有时间放大招，好的情况是将对方直接狙杀，差一点也能让自己逃过一劫。

想清楚这些，她开始反攻。

很明显，小飞没想到她会反攻。刚好他的技能都在CD（冷却），他开始害怕，犹豫了一下还是决定先回泉水调整状态。

周彦兮见他后撤，不自觉地露出了笑意，可是让她没想到的是，小飞在后撤的同时释放出了大招。这个大招能让人持续掉血，每秒六十点，持续五秒。

周彦兮眼看着血量一点点减少，心知五秒内自己必死无疑。但好在她的大招也已经冷却结束，她立刻瞄准释放。小飞的血量不足三百点，被狙中也是必死无疑。

小飞见状还想直接回城，可惜还是晚了。一击爆头，周彦兮拿下第三个人头，而几乎是同时，她的火枪也因为毒龙的大招耗光了血量。

双方两个英雄差不多同时挂掉，这情况着实少见。GD众人正屏气凝神不确定是谁先拿下第三个人头时，周俊平板电脑里的李煜城率先反应了过来："你竟然输给了一个新人妹子！还不自裁谢罪在等什么！"

周彦兮意识到自己赢了比赛时的第一反应就是回头看钟铭，可还不等她站稳，周俊那小孩突然冲了过来抓着她的肩膀开始摇：“姐！我们有陪练了！我们有陪练了！”

周彦兮被周俊晃得头晕，等她站定后，越过周俊的肩膀，看向他身后的男人。

男人正垂目看着她，眼里有隐隐的笑意。

— 06 —

这场始料未及的胜仗让整个GD乐翻了天，大家吵着要去吃庆功宴。

钟铭说：“我埋单，地方你们挑。”

于是大家约好出发时间，就各自回房间准备去了。

钟铭刚回到房间，就收到了李煜城的微信。

李某人：唉，注定是没办法跟你成为队友了。

钟铭笑了笑，回复说：承让了。

李某人：我真没想到她进步这么大……不过一想到这种基础的人都能被你训练成这样，我更遗憾没把你挖过来了。

Shadow：不用遗憾，当好陪练就行。

李某人：……

自打开始备战这场solo，周彦兮就没有出过门，所以今天她特意打扮了一下。天气已经转凉，但她依然选择穿裙子，是一条裙摆有不规则拼接欧根纱的白色长款连衣裙，外面搭了一件同色的外搭，看似随意，却更显出层次感来。

为了配合这身隆重的行头，她还不得不给自己化了个妆，再把头发散开披在身后，最后对着镜子照了又照，满意后才出门。

钟铭他们早就收拾好在楼下等她了，等了好一会儿，还不见她出现。周俊正要上楼去叫她，就见她下来了。

周俊无语：“你们女人真麻烦！”

众人听到他的话不由得朝楼上看去，这一看所有人都愣住了。

还是那张完美却冷漠的脸，不过因为化了妆，眼角眉梢全染上了风情。此时她正穿着一袭白裙袅袅婷婷地从楼上走下来。虽然是素净的白色，但不规则的裙摆下隐约看得到白皙修长的小腿，还有上半身修身的剪裁，让她的好身材一览无遗。

哪怕是朝夕相处的人，在看到这样的周彦兮时，也忍不住被惊艳到。

当然，周俊早就对此“审美疲劳”了，不停地催促着：“快点！快点！”

被他这么一吵，其他人这才纷纷从沙发上起身，张罗着出门。

钟铭不动声色地收回视线对周俊说：“一个车坐不下，我们分两车走。”

周俊说：“好，那铭哥你也开车的话就分一两个人跟你去地下车库，其他人跟我走，我开我姐的车。”

王月明立刻表态：“我要坐卡宴。”

小熊的目光在钟铭和周彦兮的脸上扫了个来回后，也说：“我跟周俊走。”

周彦兮见状，也不能让钟铭一个人开车过去，只好说：“那我坐铭哥的车吧。”

这是周彦兮第一次坐钟铭的车，坐上那辆保时捷时，饶是周彦兮也不禁感慨一句：“有钱人。”

钟铭却笑了笑没说话，辛辛苦苦打了这么多年职业，所有家当现在只剩下这辆车了，如果战队两年内没有起色，距离卖车也不远了。不过他既不后悔也不担心，钱没了可以再赚，但有些事却是要趁着年轻的时候去完成。

出了小区没多久，钟铭和周彦兮两个人就看到卡宴在路前方晃悠，好像对路线不是很熟悉。钟铭在后面跟了一小会儿，见着一个机会就开上去与卡宴并列行驶。

他降下车窗对坐在副驾驶位置上的小熊交代了一句：“跟着我。”

说着就开到了卡宴的前面。

坐在后排的王月明趴在车窗上怔怔地看着保时捷“嗖”地一下消失在眼前，不确定地问：“那是铭哥的车吗？是不是比我们这辆好？”

小熊懒懒地朝椅背靠了靠，闭上眼睛说：“大概值两辆我们这车吧。”

王月明伸着脖子看着前面的车：“铭哥以前是干什么的啊？这么有钱。”

小熊闻言不由得皱了皱眉——是啊，钟铭到底是做什么的？爱好LOTK的普通富二代？还是某个隐退的LOTK大神？他突然想到一个人，圈里唯一没露过脸的那位，难道是他？

不过很快，小熊就否定了自己的这个猜测——如果是TK那样的选手，别说让他签下周彦兮这种“手残”了，就连他们几个他都不一定看得上。

他们选的是一家新派系菜的音乐餐厅，菜色倒还好，最重要的是环境不错。因为钟铭他们到得早，餐厅里还没什么客人，他们选了张挨着窗的桌子坐下。

从坐下开始，周彦兮的目光就忍不住停留在钟铭的身上，看着他微微侧着头和身后服务员说话的模样，看着他屈起手指边敲桌子边思考的模样。有那么一瞬间，周彦兮惊讶地发现，不知从什么时候起，她竟然越看他越觉得顺眼了。

夜幕低垂，夜风卷着湖面上的凉意穿堂而过，餐厅里放着梁静茹的《天灯》：“秒针追逐感动的可能，时间渲染感情的气氛，两个倒影在溪水浮沉，一个忘形就难以辨认……”

周彦兮明知道自己有点不正常，不该再这样下去，可是她却有点移不开眼，直到视线里的人回过头来，皱着眉头问她：“冷吗？”

她回过神来，摇了摇头：“不冷。”

周俊适时调侃他姐：“真不懂你们这些女人，有时候特别脆弱，有时候又特别强悍，这大冷天竟然还穿裙子！”

周彦兮没好气地瞪了弟弟一眼。

小熊则是看着钟铭意有所指地说：“有人懂就行。”

这时突然有人叫钟铭，众人回头看，就见一个高个子的年轻男人走了过来，他身后还跟着一帮年轻人。

那为首的年轻男人笑着对钟铭说：“好巧啊，吃个饭都能遇到！”

钟铭没有起身，回头懒懒地看了他一眼，对他口中的这个“好巧”更是不屑一顾，因为就在半小时前，这人在微信里问他在哪吃饭呢！

那人好像并不在意钟铭的态度，回头招呼他身后的几个人：“被人虐傻了？快过来认识一下，咱们的兄弟战队GD。”

听到这话，周俊第一个跳了起来：“是WAWA吗？真是Lee神？！”

GD几个人这才搞清楚，眼前这个高高瘦瘦的年轻男人就是李煜城。

钟铭站起来，和WAWA其他几人打完招呼，然后就把自家的几名队员一一介绍给他们。最后说到周彦兮时，他稍微顿了顿，只说：“这是我们队的辅助。”

众人刚才就看到这边坐着个女生，但是她坐的地方光线很暗，因此众人并没有看清模样，此时她被钟铭点到名字，站起来跟大家打招呼。之前看过周彦兮“照片”的WAWA几人都是一愣，就连李煜城都有点意外。不过很快，他就恢复如常，朝周彦兮笑了笑说：“今天的solo很精彩。”

周彦兮笑道：“谢谢。”

大家都是年轻人，又是不打不相识，彼此介绍完，就熟络地聊了起来。只有小飞还愣在原地，不知道在想些什么。

聊了一会儿后，李煜城便招呼着WAWA的人回自己那桌，临走前他趴在钟铭耳边嘀咕了一句：“我算是知道你为什么签她了。”

钟铭闻言头也没回，只是眉梢不自觉地扬了扬。

李煜城一脸惋惜地在他肩膀上拍了拍：“英雄难过美人关啊，看来我们TK教主也不能免俗。”

— 07 —

饭吃到一半，周彦兮总觉得有人在看她，她循着那感觉看过去，看到的正好是WAWA的那些人，而离她最近的就是小飞。

突然有人站起来挡住了她的视线，她抬起头，只见钟铭正往外走：“我去抽支烟。”

众人应了一声，继续聊着比赛和八卦。周彦兮心不在焉地听了一会儿，见钟铭还没回来，就想出去找找。然而有个词叫作“冤家路窄”，好巧不巧让她在卫生间门口遇到了小飞。

卫生间外的走廊很窄，两个人擦肩而过的时候，小飞叫住了她。

周彦兮停下脚步。她虽然是笑着的，但给人一种很冷漠疏离的感觉。

小飞不由得愣了愣，一向天不怕地不怕的他此时有点无措。

周彦兮等了一会儿，才听到他说：“今天那场solo，你打得很好。”

周彦兮客气地说：“谢谢。”

“还有……我开局说的那几句话……是我错了。”

这倒是让她有点意外，毕竟眼前这人的狂妄劲儿她不久前才见识过。不过看他道歉的态度，倒并不像在敷衍。

周彦兮的气也消了一半，于是她很大度地说：“没关系，我本来就没当回事。”

小飞闻言如释重负地笑了笑："那就好，那……方不方便加个微信？"

刚才已经故作大方了，现在再拒绝好像有点说不过去，周彦兮只好把自己的电话号码报给了小飞："微信也是这个。"

钟铭从卫生间里出来时正好看到周彦兮和小飞交换联系方式，他的眉头不易察觉地皱了皱，但很快就恢复如常。

周彦兮没想到钟铭会在这个时候突然出现，没来由地有点紧张，而小飞更是像做贼一样，看到钟铭的一刹那，手机差点掉在地上。两个人齐齐叫了声"铭哥"。

钟铭"嗯"了一声，什么也没说，从两个人中间走了过去。

周彦兮在内心叹气，以她的经验来看，刚才她家铭哥那表情绝对算不上友好，虽然不知道是为什么，但她不敢怠慢，拔腿就想去追钟铭。

小飞连忙拉住她："卫生间在那边。"

她尴尬地笑了笑，只好转身朝着卫生间的方向走去。

看着那个白色的身影消失在走廊尽头，小飞才往回走。走了几步，他发现钟铭并没有走太远，他的脚步不快，像是刻意放慢了速度在等人。

虽然不情愿，小飞还是深吸一口气，快走几步赶上了他。

"铭哥。"他小声叫了一声。

其实他和钟铭并不熟悉，在平台赛前，他甚至没有听说过这个人。但这人在平台赛上一战成名，每一局比赛都有很亮眼的操作。作为职业选手，他能看出来钟铭非常老到，绝非新人，更何况他家队长李煜城对钟铭是那种又亲近又敬重的态度。是以，面对钟铭时，他的态度就不自觉地恭敬了许多。

钟铭瞥他一眼问："输了比赛很郁闷？"

小飞想了一下实话实说道："还好吧，打游戏本来也是有输有赢。"

钟铭点头："那就是输给了自己瞧不上的对手，所以郁闷。"

小飞正想反驳自己没有瞧不上周彦兮，但是回想起今天的比赛，他对她确实很轻视，甚至有些不屑……想到这些，他无言以对。

钟铭勾了勾嘴角，像是在笑："现在就这样了，以后怎么办？"

小飞不解地看向他："什么意思？"

钟铭说："毕竟这才只是个开始。"

小飞闻言脚步一滞，钟铭也停下脚步回头看他：“GD的实力你也看到了，所以千万别再掉以轻心。另外，多把心思放在打比赛上。”说完也不等小飞回应，就转身走向餐厅的方向。

钟铭结完账再回来时，周彦兮已经在座位上了。见他回来，她扬起脸朝他讨好地笑了笑。钟铭扫了她一眼，假装没看见，然后招呼其他人：“吃好了吧？那就早点回去吧。”

众人和WAWA那群人打过招呼后，浩浩荡荡地出了饭店。钟铭走在前面不远处，从始至终没看周彦兮一眼。

他这是什么态度？她难道不是大战告捷的功臣吗？凭什么要这样对她！都说“女人心海底针”，可是在认识钟铭以后，周彦兮觉得没什么人比她家队长更配这句话了！

车子快开到基地时，周彦兮注意到外面竟然下雨了，这个时节一下雨，气温就会降得很低。车内静悄悄的，只有暖风在呼呼地吹着，周彦兮不自觉地摸了摸自己的小腿。可能就是因为这个小动作，片刻后，钟铭将空调的暖风又开大了一些。

车内很温暖，她的心里也是。她忍不住看向身旁的这个人，那张隐没在夜色中的脸让人看不清神情，只能看到那棱角分明的下颌曲线，还有那双透着光亮，如黑曜石般深邃的眼眸。

她有片刻的失神，片刻之后，她叫了声“铭哥”。

钟铭听到声音，轻轻“嗯”了一声。

周彦兮犹豫了一下，还是鼓起勇气问道：“WAWA输给我们，要给我们当陪练，可是如果我们输了呢？你会付出什么？”

她话音刚落，就见那双黑亮的眼睛朝她看了一眼。

好一会儿，他笑了笑说：“他希望我能加入WAWA。”

这是周彦兮完全没有想到的，毕竟加入WAWA就等于放弃现在的GD，也就意味着他将拥有完全不同的人生。在她看来，加入WAWA才是更好的选择。难道莫测的未来还不如近在眼前的世界巅峰吗？

她想了很久，想起钟铭带着她solo的那天晚上，他说要给小飞一次被打脸的机会。或许他真正想证明的并不只是她没他们想的那么糟糕，他还想证明给

WAWA看，GD没有别人想的那么弱，相反，他的GD才是真正光明的未来。然而这一切却要通过她来实现……

想通这些，周彦兮的心里除了感动，还有另一种她说不清楚的感觉，久违又新鲜。

车子不知不觉已经驶入了地下车库，就着地下车库中惨淡的白色灯光，她终于看清了他的脸，依旧是英俊的，却并不冷漠。

“铭哥。”

“嗯？”

“我们真的可以吗？全国公开赛的冠军……我们真的可以吗？”

钟铭不紧不慢地停好车，这才转过头看向她，在昏暗的光线中与她对视。

良久，她听到他说：“既然总有人会赢，那为什么不能是我们？”

第二天下午，李煜城履行了之前的约定，带着WAWA众人上线和GD打训练赛。

职业选手一般都和各家直播平台有合约，所以平时只要是不涉及核心战术的比赛，大家都会开着直播混时间，今天也不例外。

不过破天荒的，钟铭竟然也开了直播。一时间，直播间的人气迅速突破了百万，弹幕就没有停下来过。

不难看出，经过昨天的比赛，双方选手的心态都已经有了微妙的变化。GD众人虽然士气高涨，但是也如履薄冰，而WAWA无疑是想从今天这几场训练赛中找回点世界冠军的颜面来，所以比之前打得更急更狠。

周俊偷偷用平板电脑登录小号，混进了李煜城的直播间。此时B/P环节刚结束，只听李煜城扯着嗓子喊道：“百万粉丝都看着呢！昨天那种辣眼睛的操作今天就别拿出来丢人现眼了！”

周俊听到这句，不由得嘿嘿笑了几声，再一抬头，正对上他家队长不太友善的眼神。他犹豫了一下，不情愿地退出了李煜城的直播间。

周彦兮昨晚听了钟铭那席话，回到房间后就怎么也睡不着，她越想越亢奋，干脆爬起来又看了几场大赛的视频。这样一来，再有睡意时已经是后半夜了。

所以此时，她的精神状态并不算好，但是想到今天WAWA一定是奔着报仇雪恨来的，也不敢掉以轻心。不知不觉中，她握着鼠标的手都有些汗湿了。

钟铭见周俊乖乖地关掉了平板电脑，这才收回视线。屏幕上，那个蠢蠢的撼地神牛正紧紧跟着他往河道走去。

“放轻松。”他说。

身旁的女孩闻言，不由得看向他。他却没有回头，一边操作着自己的英雄一边说：“一场训练赛而已，输赢无所谓。”

“可是……”

钟铭知道她想说什么，直接打断她：“对面好歹是个世界冠军，当着这么多人的面暴打世界冠军，这像话吗？”

“啊？”

钟铭这话一出，弹幕迅速沸腾了起来，刷得钟铭几乎看不到弹幕下面的游戏地图。

“不知道昨天是谁当众暴打了世界冠军……”

“前方高能预警：城哥要炸……”

“‘城’惶‘城’恐，瑟瑟发抖……”

— 08 —

周彦兮听了钟铭的话，稍稍放松了一些，努力调整状态，奈何一直打得有些拘谨。开局才几分钟他们就发现，WAWA可能是受了前一天输掉比赛的刺激，尤其是李煜城，发疯一样带着他家的中单小飞和辅助抓了下路的钟铭和周彦兮。

开局形势不好，GD在经济和人头上都和WAWA有不小的差距。照这样打下去，用不了二十分钟就可以结束的比赛，没想到第十六分钟时小飞走位失误，导致WAWA迎来一次团灭，让GD有了喘息发育的机会。

更离奇的是，当GD趁着WAWA的大部分英雄还没有复活，想顺便推掉WAWA中路的二塔时，刚吃下一个加速符的小飞原本完全可以切后（攻击敌人阵型后方的英雄）杀掉与队伍脱节的周彦兮，再与他家相继复活的其他人将钟铭他们包抄在自家二塔之下。可是他却只是在周彦兮身边晃了一圈，一个技能没放就走了……

小飞的直播间里立刻被问号刷了屏，他烦躁地关掉了弹幕。

此时，从团灭就开始坐不住的李煜城，只想不管不顾打烂小飞的“狗头”。

“一个妹子就让你闻风丧胆了吗？”

守在电脑屏幕前看直播的众人听到这句话，瞬间都变成了预言帝。

“要开始了……”

“正片终于来了！”

“喷喷城，走起！”

“正片只会迟到，从不缺席！”

事实也正如大家所预料的那样，在接下来的比赛中，直播间里李煜城冲着小飞咆哮的声音就没有停过。

“你知道你现在是什么样吗？脆弱得像个孩子！”

“你怎么那么‘弱鸡’？电竞林黛玉？”

“我的队友呢？”

众人对李煜城的脾气都有所了解，很快GD几人的直播间里就被“你们这样，城哥要炸”的弹幕刷了屏。

虽然小飞失误不断，但周彦兮的状态不好，钟铭也是真的“随便打”，而李煜城暴走后的爆发力不可小觑，最后WAWA在第五十分钟的时候，连破GD两路高地，拿下了这场训练赛。

钟铭对输了训练赛这事倒是没放在心上，不过想到刚才小飞的表现，就连他都有点意外。小飞这人虽然偶尔会膨胀，但是操作和意识都算是一流的，河道那次收掉周彦兮只需两个技能，如果是那样的话，比赛早在那时候就能结束了，可是当时他却犹豫了。想到这里，他不由得看了一眼身旁的女孩，大概是因为刚刚输掉一场训练赛，她的情绪有点低落，正没精打采地看着刚才的比赛数据。

周彦兮觉得GD今天输了训练赛完全就是她的错，昨天solo赢了小飞的喜悦也荡然无存。

晚上周彦兮一边直播一边单排，这次她选了一个没用过的复仇之魂，正想去查一下这个英雄的出装，就见屏幕上突然出现了一条红字弹幕。

阿飞不会飞：主升一技能，第二、四级，以及八到十级的时候加属性。出门正常属性装即可，队友法术控制技能比较多，后面可以出秘法瓶子。

周彦兮看了一眼，也没怀疑，就按照这个人说的买了装备出门。

但是弹幕却突然多了起来。

“我没记错的话楼上的ID好像是小飞的平台ID！”

“打架打出感情来了？这个操作厉害了！”

众人你一言我一语，但更多的是猜测小飞和周彦兮之间究竟发生了什么事。然而紧接着，小飞的举动就给了众人答案。指点完周彦兮的出装，他豪爽地在周彦兮的直播间刷了十个火箭炮后就潇洒地离开了房间。

周彦兮的电脑屏幕里立刻放起了烟花，她的第一反应是小飞是不是点错了？毕竟一个火箭炮折合人民币一千块，十个就是一万块！

“飞神牛，一场solo定终身！”

“什么情况？我被我老婆绿了吗？”

“爱上一匹野马，头顶长成了草原……”

一万块对周彦兮来说不算多，却像个烫手山芋一样让她无心游戏。她退出游戏，看了一眼时间，已经晚上十点了。

训练了一整天也输了一整天，周彦兮确实觉得累了，只想回房早点休息。然而刚回到房间，她就收到了一条微信，是小飞。

自从昨天小飞加了她的微信后，这还是两个人第一次联系。

阿飞不会飞：休息了？

周彦兮随意回了个“马上”，她以为小飞想要回礼物不好意思开口，想到这里，她决定主动把礼物退还给他。

YAN：今天那个礼物你是不是点错了？可惜平台会抽掉一半，要不我把剩下的钱转给你吧，减少一下你的损失。

阿飞不会飞：……

阿飞不会飞：你以为我送错了？就是送给你的，没错。

阿飞不会飞：算了，你早点休息吧。

周彦兮看着这几条信息只觉得莫名其妙，想了一会儿，还是没想明白对方什么意图，又恰好困意袭来，索性就不想了。

这一晚周彦兮睡得不错，直到第二天闹钟响了才起床。她洗漱完打着哈欠下楼时，小熊已经坐在电脑前了。见到她出现，小熊露出一个不怀好意的笑容。

周彦兮的睡意立刻没了一半：“你那表情是怎么回事？”

“看来你还不知道啊。”

“什么？”

小熊丢了个手机在她面前道：“恭喜你，被带了节奏。”

周彦兮拿起手机，点进去一看，是小飞的微博，发于凌晨两点钟。

WAWA小飞：你们信不信，有一种相遇叫一见钟情。

这条微博从发出到现在，转发和评论都已经过千，除了回答信与不信的，还有一些知道内幕的人，都在问小飞什么眼神。

周彦兮也想知道小飞看上谁了，就去翻评论区，正好看到热门评论里有一张图片，立刻八卦地点进去看，是个妹子的照片。

周彦兮嘿嘿地笑着：“没想到小飞喜欢这种类型的，我还以为他会喜欢大美女呢。”

小熊像看白痴一样看着她：“你不觉得这张照片有点眼熟吗？”

经小熊这么一提醒，周彦兮发现还真是有点眼熟。

此时周俊正好从她身后路过，扫了一眼手机屏幕，无波无澜地说：“这不是你吗？”

周彦兮嘶的一声正想反驳，却突然想起了什么。这不就是她在国外时，别人发在网上非说是她“本人”的那张照片吗？

她好久没看到了，竟然一眼没认出来……

周彦兮终于认识到问题的严重性：“难道大家误以为小飞看上我了？我说这几天直播间里怎么总出现一些奇奇怪怪的人阴阳怪气地骂我呢。”

小熊白了她一眼：“什么叫‘误以为’？”

周彦兮还想再说些什么，突然感觉到身边光线一暗。钟铭已经坐在电脑前了。

八卦三人组立刻作鸟兽散，准备开始新一天的训练。

然而刚刚安静了片刻，那边周俊却突然大叫一声：“飞神发飙了！”

王月明不嫌事大地问他：“在哪？在哪？”

周彦兮也伸着脖子好奇地等着周俊指路。

周俊说：“他刚才又发了条微博。”

周彦兮连忙拿出手机来看。果然，就在一分钟前，小飞又发了一条微博。

WAWA小飞：一、我喜欢她暂时还是我自己的事，因为她不知道，所以你们不要去打扰她；二、既然喜欢当然要去追，所以以后无论你们看到什么都不要觉得意外；三、我喜欢什么样的人是我的事，感谢你们曾经对我的支持，如果再诋毁她，小飞的黑名单你们可以了解一下；四、发她照片黑她的那个，你也别自我感觉良好了，很负责任地告诉你，她本人比你那张多重滤镜美化后的头像好看百倍。

周彦兮看着这条微博心里五味杂陈。小飞说的真的是她吗？她好像也没做什么，怎么就让这人喜欢上了呢？

周俊“啧啧”道：“飞神真man啊，姐，你要不好好考虑……”

然而周俊还没把话说完，就感受到了他家队长不太友善的眼神。

“都很闲是不是？”

周俊连忙闭嘴，其他几人也不好再说什么。

此时李煜城正好上线，见钟铭在线，跟他打了个招呼。

钟铭冷冷地看了一眼那个笑脸，迅速地敲了一行字回过去。

GD.Shadow：昨天赢了一局训练赛很膨胀是不是？

ww_Lee：？

GD.Shadow：那下次是不是可以不用手下留情了。

ww_Lee：？

此时的李煜城正一头雾水，他们强大而不可战胜的TK教主什么时候变得这么……玻璃心了，他出于礼貌发了个笑脸而已，这都能被他认为是膨胀？

李煜城百思不得其解，一回头就看到身边的队友正聚在一起窃窃私语。他突然有一种不好的预感，拿过那人的手机扫了一眼，顿时火冒三丈，对着对面正打着哈欠的小飞就是一阵咆哮：“你是不是嫌我过得太舒服了，每天想着法gank我？！”

小飞被吼得一个激灵，睡意也没了，一脸茫然地看着他家队长。

此时早起跑来看直播的粉丝们听到这一声响彻天际的咆哮也都是一脸问号，今天的正片来得有点早啊……

— 09 —

训完小飞，李煜城冷静下来，仔细想了想事情的来龙去脉，还专门把小飞发的那两条微博翻出来看了看，突然会心一笑。

小飞还处于神经紧张状态，看到自家队长这笑容，只觉得无比瘆人。

小飞小声叫了一声：“城哥。”

李煜城冷冷地扫了他一眼。

小飞说：“您老人家消消气，我知道错了。”

李煜城挑眉：“那你说说你错在哪了？”

其实真要小飞说，他并不觉得自己有什么不对，进俱乐部时也没说不能谈恋爱，职业选手只要有成绩就行了，至于私生活，没那么多限制。但是奔着让李煜城消气的想法，他还是违心地说：“不该把事情搞大。”

没想到他家队长却高深莫测地摇了摇头：“年轻人嘛，有点心事憋不住很正常。”

小飞一愣：“你不怪我发微博？”

李煜城看了看他，叹了口气说：“我不是怪你，我是担心你啊。”

小飞抽了抽嘴角：“担心我什么？”

“GD那位队长多护犊子你应该感受到了吧？你这么一搞，连累人家姑娘备受困扰啊，本来水平就不怎么样，现在估计更没心思好好训练了。我就是担心钟铭迁怒于你，毕竟你又打不过他，对吧……”

不知道是不是小飞的错觉，他总觉得钟铭和周彦兮之间并不是简单的队友关系，以至于他一想到钟铭，心里就莫名其妙有点不舒服，此时听李煜城这么说，更加不舒服了。

他不屑地“嗤”了一声：“不就拿了个平台赛冠军吗？我还拿过世界冠军呢！真论实力，我也不一定输给他！”

李煜城看着眼前意气风发的大男孩只想说句“傻孩子”，但是面上依旧不动声色。他拍了拍小飞的肩膀：“今非昔比啊，今年我们为什么没去国际赛，别人不知道我们自己最清楚了，就是丢不起那人！不过，如果明年还是这样，我看我也该退役了，你的话就自求多福吧。”

或许是李煜城的话真的刺激到了小飞，在那之后他整个人都变了。原来还仗着自己天赋好，有点狂妄不肯下苦功，可自那之后，他变得低调又勤奋。

连续几天，他家的三号位菜菜见到这架势都忍不住问李煜城：“城哥，你给他下什么药了？”

李煜城高深莫测地丢下一句话：“人家都说红颜祸水，我看未必。”

GD这边，虽然钟铭没有明确表现出什么不满，但是碍于某些说不清的原因，大家都很自觉地不去提小飞的名字。当然，也有为了八卦不怕死的。

比如周俊，趁着钟铭还没出现，悄悄问他姐：“飞神最近联系你了吗？”

周彦兮摇摇头：“大概是我们误会他了。”

周俊却一脸怅惘：“难怪呢……”

周彦兮问：“怎么了？”

“我看飞神这几天的微博，感觉他好可怜。”

周彦兮闻言也有点好奇小飞到底发了什么，于是登录了微博去看。

十一月七日，WAWA小飞：没有你就像没有咖啡的早晨。

十一月六日，WAWA小飞：得之我幸，失之我命，但在那之前，我想再努力一下。

十一月五日，WAWA小飞：从你面前路过，明知道你看不见我，但我也忍不住多看你一眼。

周彦兮没再往下看了，她自觉自己和小飞没什么接触，实在想不明白究竟是哪个点触发了他这么可怕的技能……

身后传来脚步声，周彦兮一个激灵，连忙关掉网页。

钟铭沉默地走到他的位置上坐下，并没有看她，直接打开电脑戴上了耳机。

周彦兮暗自叹了口气，正想打开游戏，却听身旁的人突然说：“了不起啊，拜你所赐，出了位电竞徐志摩。”

“噗……”笑声此起彼伏地从周俊和小熊那边传来。

周彦兮一脸无辜：“关我什么事啊？我可什么也没做……”

“不关你的事？”钟铭问。

周彦兮硬着头皮说：“对啊，他爱发什么发什么，也不影响我们，对吧？”

“是吗？”男人转过头来悠悠地看了她一眼，不紧不慢地说，“据说小飞现在每天训练十四个小时，用李煜城的原话说，他现在就等着用国际赛的冠军神盾向你求婚了。你成功激励了对方的主力选手，为我们培养了最棘手的对手，你可以的。”

周彦兮还想反驳一下，但很快意识到这话说不通啊。

“等等，这是什么逻辑？用冠军神盾向我求婚？他要是真喜欢我，正常逻辑不是应该把冠军让给我吗？”

小熊“嗤”地笑出声来：“钢铁般的直男。”

周俊：“大家都是各凭本事单身。”

王月明微笑：“我看他可能是把谁当情敌了吧？”

钟铭：“神盾我们自己拿，还轮不到他来让。”

周彦兮：“生什么气？我就是打个比方而已……”

钟铭：“那也不行。”

周彦兮：“……”

这天训练结束后，周俊突然跑来找周彦兮，说打职业的事情被爸妈知道了。周俊抬起双眼，可怜巴巴地看着他姐：“姐，这种时候只能靠你了。爸妈就听你的。”

周彦兮最后挨不过弟弟央求，只好答应休息日的时候回家一趟，和父母好好谈一谈。

周末时，周彦兮早早地就起床洗漱，想着早点和父母谈妥早点回来。一出房门，发现钟铭也穿戴整齐，似乎是要出门。周彦兮扫了一眼他身上的衣服，敞着怀的黑色休闲夹克里只穿着一件白色的棉布衬衫。

“开车吗？”她问他。

钟铭不明所以地回头看她：“怎么了？”

“不开车的话，你穿得有点少吧……天气预报说今天降温了。”

钟铭的脚步顿了顿，片刻后说：“开车出去，不过我不习惯穿太多。”

“哦。”周彦兮点点头，不知怎么就想到签正式入队合同那天，她手掌之下，他身体的触感……嗯，身体好，火气旺。

钟铭看了她一眼问：“你这是去哪？”

周彦兮："回家，和我爸妈摊牌。"

"摊牌？"

"我和周俊来打职业这件事，爸妈的态度一直很含糊，这次想回去好好跟他们沟通一下，希望得到他们的理解和支持。"周彦兮自说自话，突然发现原本跟她并排下楼的人并没有跟上来。

她回头看了钟铭一眼，发现他一副若有所思的样子。

"怎么了，铭哥？"

"这事是我没考虑周全，当初签你们的时候就该跟你们的父母谈好的。"说到这里，他似乎犹豫了一下，抬起手看了一眼时间，"不过我今天有点事，要不晚点我跟你一起去？"

周彦兮一听钟铭要见自己爸妈，第一反应就是拒绝："不用不用，他们也没说不同意。因为我和我弟都是先斩后奏，伤害到他们作为家长的颜面了，所以需要我回去哄一哄，没有很严重。"

这话让钟铭有些意外，他看了周彦兮片刻后，问："你确定？"

"确定，没有谁比我更了解他们了。"

钟铭又犹豫了一会儿，最终才说："那好吧，不过如果真的有困难可以告诉我，毕竟你们的事也是GD的事。"

"嗯，好。"

两个人出了基地大门就分道扬镳，各自上了自己的车。

后来的事情跟周彦兮预料的差不多。她又是耍赖又是撒娇，最后总算得到了父母的谅解，他们也同意让周俊先休学一年，看他这一年发展如何。这个结果自然再好不过，不过周彦兮也为此付出了代价。

周妈妈说："你爱干什么我不管你，合法就行，但不能把正事耽误了。"

周彦兮问："什么正事？"

周妈妈瞪她一眼："女孩子当然要正经找个男朋友。"

周彦兮长叹一口气："您这都是上个世纪的老观念了。再说了，我每天在基地训练，哪有机会谈恋爱啊。您看我们队，虽然异性不少，但是您也知道的，其中两个，一个是我亲弟，一个是我‘闺蜜’，至于另外两个，虽然是单身吧，但一个长相不是我喜欢的那类，而另外一个……”

周彦兮想了想，不知道该怎么描述她和她家队长之间的关系，干脆说：“反正另外一个也不可能。”

周妈妈闻言倒松了一口气：“正好我也不喜欢你找个打游戏的男朋友，这事你听我和你爸的话就行。”

周彦兮随口敷衍着母亲，见事情搞定，吃过午饭就想早点回基地训练。周妈妈却说让她帮忙去第一医院拿个体检报告回来。

周彦兮纳闷儿，这种跑腿的事儿不是一向都是爸爸的司机去做吗？但本着安抚好母上大人，不留后顾之忧的想法，她只好答应下来。

周妈妈递了一张字条给周彦兮：“这是林医生的联系方式，到了联系他就行。”

周彦兮麻溜地把字条揣进口袋，拿起车钥匙就出了门，可到了车库刚发动车子，就发现仪表盘上的胎压报警标识在不停地闪啊闪。她下车仔细检查了一下，果然有一个轮胎上扎着一根铁钉。她只好给保险公司打电话，处理完车子，自己再打车去医院。

等真正见到那位林医生时，周彦兮才明白自己走进了母上大人的圈套。

那位林医生见到周彦兮，并没有急着帮周彦兮拿周妈妈的体检报告，而是先来了一个冗长的自我介绍，最后更是意味深长地说了句：“既然长辈们关系不错，我们也可以加深一下了解。”

周彦兮只能皮笑肉不笑地应付几句，等拿到体检报告，赶紧找了个借口离开。

离开时林医生提出要送她出去，她婉转而坚决地拒绝了对方的好意。但从林医生的办公室出来以后，她才意识到一个很严重的问题——她来时没记路，出了几道带门禁的玻璃门后，就迷路了。这层楼都是VIP病房，走廊里此时静悄悄的。

她正犯愁时，突然听到有人在说话。声音来自一间半掩着门的病房。

一阵噼里啪啦瓷器被摔碎的声音响起，紧接着，一个中年男人怒不可遏地骂道：“冥顽不灵！玩物丧志！别跟我唱什么高调说什么梦想，我只知道你从早到晚就是在打游戏！可笑！荒唐！什么时候打游戏也能变成梦想了？！”

本来没打算多做停留的周彦兮在听到最后一句话时，突然有点好奇了。她停下脚步朝病房里望去，只见单人沙发上坐着一个中年女人，女人身边不远处，一个高大修长的身影正靠在一个矮柜上。因为背着光，那男人展现给周彦兮的只是一个剪影，而且还是侧面。

但是他身上的那件夹克以及里面的棉布衬衫，是她早上见过的。

— 10 —

中年男人的声音再度响起："你小时候成绩好，随随便便都能拿个第一第二，后来出国读书，奖学金也拿得轻轻松松。你听话、懂事、上进，没什么可挑剔的，可谁知道你会突然像着了魔一样爱上打游戏！"

说着说着中年男人突然猛烈地咳嗽了起来，中年女人连忙走到床前安抚他："消消气吧，老钟……钟铭你也说句话啊！亲父子哪有隔夜仇？"

钟铭依旧站着不动，中年男人却哑着声音，语带嘲讽地继续说："父子？从他几年前决定作践自己开始，我和他就没什么关系了！"

中年女人苦口婆心道："都这时候了还说什么气话？再说你也听听儿子的想法，别总是一言堂。其实我也大概了解了一下，现在和前几年不一样了，那不叫打游戏，叫电竞，也是正经的职业，也能有不错的收入。"

中年男人似乎轻笑了一声："我只知道他刚卖了房子，他那俱乐部这半年来也一直是花钱的状态。所以，卖房子的钱花完了，你下一步打算怎么办？"

听到这里，周彦兮清楚地感觉到胸口一阵憋闷。她当初以为钟铭只是个游戏打得不错的富二代，谁知道他在这条路上赌上了自己的一切。

周彦兮的心情突然复杂起来。原本她对他是钦佩和信赖，可现在感觉到自己很愧疚。毕竟如果队里没有她，他实现梦想的路可能会走得更轻松一些。

周彦兮正乱七八糟地想着这些，没有注意到之前一直沉默着的钟铭正朝门口走来："下一次如果只是为了再训我一顿，不必大费周章地住到医院里来，叫我去家里也是一样，我会去的。今天训完了，我就先走了。"

眼见着钟铭就要出来了，周彦兮还没想好往哪里躲，就感觉眼前一亮，紧接着又是一暗——钟铭已经站在了她面前，而他身后，是那扇关上的病房门。

半晌，她战战兢兢地抬起头，尴尬地笑了笑：“嗨，铭哥，好巧。”

钟铭垂眼看她，正想说什么，却突然听到病房里有脚步声响起，还是向门口这边走来的。他顾不上再说什么，直接拉起她躲进旁边的病房里。

周彦兮吓了一跳，还好隔壁病房没有人，她略微松了口气。

门外钟妈妈的脚步声渐近，最后在与他们一门之隔的地方停了下来。

周彦兮屏住呼吸，不知不觉中，她的双手紧紧地攥着钟铭的衬衫前襟，而她整个人也被钟铭圈在了一个角落里。

时间被无限拉长，像是等了一个世纪，那脚步声终于再度响起，渐渐远去，最后随着隔壁的关门声，彻底消失。

钟铭低头看面前的人，慢慢地又将目光移到她攥着自己衣服的那双细白的小手上。

“你手心出汗了……”他说。

周彦兮被他的声音吓了一跳，回过神来时才注意到两个人离得这么近，一时间让她有点心猿意马。

“我是不是可以要求你替我洗衬衫了？”

周彦兮这才连忙松开手，果然见那白色的棉布上有被汗洇湿的痕迹，而且还皱巴巴的。

她下意识就想把那上面的褶子抚平，而手掌再次贴上去时，却是与之前无意中的触碰完全不同的感觉。他身上的温度，还有那铁板一样的胸膛，以及胸膛下强有力的心跳……统统都让她意识到，面前的人是与她性别不同的男人。

有那么一瞬间，世界是安静的，除了他和她的心跳声。

最后还是钟铭先打破了沉默：“你怎么在这？”

周彦兮回过神来说：“帮我妈拿体检报告。”

钟铭不动声色地往后稍稍退了半步，好像刚才的事情没有发生过一样：“那走吧。”说着他拉开了病房的门走了出去。

周彦兮看着他漠然的背影，想到刚才在走廊里听到的那些，也不知道他是因早就习惯了这一切而麻木，还是刻意装出一副无所谓的样子。她轻轻叹了口气，跟上了他。

两个人也算顺路，钟铭决定开车先送周彦兮回周家，等周彦兮把体检报告给周妈妈，两个人再一道回基地。

到了丽景小区门前，钟铭本想送周彦兮进小区，两个人正说着话，就见一个四十岁上下的美妇人牵着狗从不远处往这边走来。

周彦兮丢给他一句“我妈”就下了车。

周彦兮怕钟铭等太久，把体检报告交给妈妈后就打算离开，可刚一回头，却见本该坐在车里的男人已经下了车，朝她们母女俩走了过来。

休闲款的黑色夹克搭配牛仔裤和运动鞋的装扮让他看上去就像一个高校研究生，不过看他的车就知道，他并没有那么简单。

走到她们面前，钟铭客气有礼地道：“阿姨您好，我是彦兮的同事，钟铭。”

周妈妈这才意识到，这就是和周彦兮朝夕相处的另外两个人之一，于是很客气地回了个“你好”。而当她抬起头看清钟铭的长相时，脑子里唯一的念头却是——看来她下午那场相亲是白安排了。

之前周妈妈还觉得小林医生样貌好，就算她女儿再不开窍，见到好看的男孩多少也会动心吧。可是见到这位，周妈妈才知道什么叫“没有对比就没有伤害”。

周妈妈想到周彦兮之前描述另外两个人的话，一个是长相她不喜欢，另一个……她好像也没说出个所以然来。如今想来，倒有点故意遮掩的嫌疑。

周妈妈瞪了周彦兮一眼：“都到家门口了，也不请人家进去喝杯茶。”

周彦兮想说不用了，周妈妈却已经牵起狗往小区里走，边走边不忘和钟铭说话：“小钟是吧？彦兮平时给你添了不少麻烦吧？”

“不会，她很优秀。”

周彦兮看着两个人的背影悲从中来，这是什么情况啊？

到了家，周彦兮才知道爸爸晚上有应酬不在家，不由得松了一口气，不然场面只会更尴尬。周妈妈亲自给钟铭泡了茶，三个人围在茶几旁聊天。茶香袅袅，氛围静得有些诡异。

钟铭端起茶杯喝了一口，将茶杯放回桌上后才开口：“其实我早就想来拜访您，只是一直没有机会。关于周俊和彦兮打职业的事情，之前是我疏忽了，应该提早和您沟通。”

周彦兮这才明白，钟铭是为了这事才要来见自己妈妈的。

听他这么说，周妈妈才想起来，之前好像听周彦兮说过，她的队长和老板是同一个人，只是没想到是这么出类拔萃的一个人。最难得的是，周家姐弟先斩后奏这事跟他没关系，但他还专门来跟家长道歉。

“这事儿哪能怪你？他们姐弟俩也不是小孩子，要怪就怪他们做事没分寸。”

周彦兮闻言嘟了嘟嘴，但知道母亲是彻底妥协了，心里也高兴。

三人又聊了一会儿，周彦兮见最重要的事情已经搞定，怕母亲和钟铭两个人再聊出什么不该聊的，连忙嚷嚷着要回基地，周妈妈只好放人。

将女儿和钟铭送出家门时，周妈妈看着两个人高挑的背影，脑中突然升起一个念头——如果这俩是一对儿倒是不错。

— 11 —

从周家出来，天色已晚，钟铭看时间差不多该吃晚饭了，就问周彦兮晚上想吃什么。

周彦兮愣了一下：“要在外面吃饭吗？”

钟铭也不发动车子，低头快速浏览着手机里的美食地图：“难不成基地阿姨的手艺你还没吃腻？”

无论是阿姨做的饭，还是外卖，周彦兮早就吃腻了，听钟铭说要在外面吃饭，还只有他们两个人，她心里十分激动，不过面上还努力保持一副淡定的模样，说：“这不是怕你觉得耽误时间吗？”

“反正在哪都要吃饭。”说完，他抬头看向周彦兮，“想好吃什么了吗？”

周彦兮想了想说：“前面不远就是大学城，那边有家烤鱼特别好吃！”

钟铭点头，收起手机发动车子：“那你指路吧。”

可到了店门前，周彦兮就傻眼了。才刚到饭点，里面等位的人就已经将门口围得水泄不通。她一直知道这家店生意好，但是也没遇到过这么好的时候。

她连忙去看身旁钟铭的脸色，还好队长大人脸色和缓。周彦兮立马说：“要不换一家吧？随便吃什么都行。”

“来都来了，进去吧。”钟铭说着就将烤鱼店的玻璃门拉开，让周彦兮先进去，自己随后跟上。

周彦兮走到走廊尽头的取号机上按下两人位，排号单打出来后一看，前面竟然还有三十二桌……

钟铭提议出去走走，两个人便朝着对面的大学城走去。此时学生们也刚刚吃完晚饭，三三两两的，不是背着书包去图书馆，就是在往宿舍走。

周彦兮突然开口问道：“铭哥，你为什么会选择打职业？”

钟铭看了她一眼，并没有直接回答她：“那你又是因为什么？”

周彦兮当初决定去打职业电竞也就是一瞬间的事情，父母的态度也是随她喜欢。她说：“我这样的人，做什么都差不多，所以不如选一样自己喜欢的事情做。”说这话时，她其实有点自卑，钟铭是顶级学校的学霸，而自己是野鸡大学的学渣。

钟铭笑了笑说：“那我们情况一样，我也是做什么都差不多，所以就选自己更喜欢的。”

周彦兮闻言先是一愣，明白过来后，忍不住有点生气：“能一样吗？你是做什么都能做好，我是做什么都做不好。”

钟铭做这样的选择，别说电竞圈外的人不理解，就算是身在其中的她，都会替他惋惜。他明明可以去做一些社会认可度更高、回报更高的工作，可是偏要顶着这么大的压力，选择成为一名电竞职业选手。这份勇气，绝对不是一般人能拥有的。

周彦兮抬头看着身旁的男人，夜色中，他神色平静，就和平时一样。如果不是经历了下午那次意外“偷听”，她几乎就要以为不专业的自己才是他人生中最大的麻烦。可如今看来，这个男人心中一定装着很多事，多到她想不到。

“铭哥？”

“嗯？”

“很累吧？”

钟铭回过头看她，她顿了顿说：“他们不支持你，你压力很大吧？”

钟铭笑了笑：“还好，不过有时候也很羡慕你和周俊。”

周彦兮很想安慰他一下，但是想来想去，只纠结出一句话：“他们总有一天会理解你的。”

钟铭无所谓地笑了笑："可能是我之前给他们的印象太根深蒂固了吧，所以他们后来反应才那么大。"

"什么意思？"

钟铭说："在我最初十几年的人生中，我一直循规蹈矩，不让任何人失望。父母满意，老师满意，但我发现自己不满意。我渐渐意识到，我好像是在用自己的人生一步步去完成别人的人生规划。"

"也就是那时候，我意外接触到LOTK。LOTK让我觉得有挑战性，同时也让我感到快乐。这种感觉，我考年级第一时没有感受到，拿到大学录取通知书时没有感受到，可是在简单的一局LOTK中，我感受到了。

"前些年电竞环境远不如现在，在父母和老师眼中'沉迷游戏'和'自甘堕落'就是电竞选手的标签。我曾经一度也觉得自己堕落了，心里感到羞愧想停下来。可是后来，当我取得一点成绩的时候，我才真正认识到——判断一件事情好坏的标准不是多数人的看法，而是你自己的看法。你抱着游戏的态度去做任何一件事都不一定能做好，而你认真去对待的事情，哪怕被所有人称之为'游戏'，那也可以是你的信仰。"

说到这里，钟铭顿了顿，回头看着专注听自己说话的女孩，他嘴角不自觉地微微弯起："从那之后，我有了信仰。"

周彦兮不由得停下脚步，看着面前的男人的身影，心口莫名其妙有些酸涩。不自觉地，她将心里突然冒出的那句话说了出来。

"不久的将来也许你会成为别人的信仰，但在那之前，你是我的信仰。"

钟铭缓缓转过身来，在夜色中凝视着她。周遭的一切也都随之静止，静得只剩呼呼的风声。月光温润如水，地上她的影子长发飞舞。

良久，钟铭忽然抬起手来，双手绕过她的肩膀。

周彦兮感受着自己越来越快的心跳，就当她以为自己会被他揽入怀中时，那双手却只是将她大衣上的帽子立了起来，替她戴好。

"走吧，"他抬手看了眼时间，"应该快轮到我们了。"

第四章

有点甜

— 01 —

回到烤鱼店时，距离他们的排号还有两三桌，于是他们在等待区的位置坐下来。服务员小姐姐笑眯眯地将菜单递到钟铭面前道：“今天是我们的店庆，参加活动的话买一斤送半斤，就是说一条三斤的鱼只需要付两斤的钱。”

周彦兮问：“怎么参加活动？”

“很简单的，两位在我们店里拍张照片，然后把照片留在后面的照片墙上就可以了。”

周彦兮和钟铭顺着服务员指的方向回头看了一眼，身后的一整面墙上都是客人的留影。

周彦兮本身是抗拒拍照的，但一想到是和钟铭一起，她的内心有些动摇。再一想，为了省几十块钱让钟铭把照片留在这里，他大概不愿意……正犹豫间，她听到身旁的钟铭说：“那就拍吧。”

服务员小姐姐立刻兴奋地去前台拿相机。

像是突然又想起什么，钟铭转头问周彦兮：“对了，你会不会焦虑？要不还是算了。”

周彦兮连忙摆手说：“我没事，就是……唉，算了，随便拍一下就省六十八，为什么不拍？”

服务员小姐姐拿着拍立得回来，半蹲在两个人前方找了半天角度，无奈地对他们说：“两位能不能靠近点？我这都快退到店外去了。”

周彦兮别别扭扭地朝着钟铭那边挪了挪凳子，突然手臂上一紧，她整个人几乎被他带进了怀中。快门声响起，周彦兮还没反应过来怎么回事，小姐姐就已经将照片打印了出来。

周彦兮伸着脖子看了一眼，脸不自觉地红了。因为钟铭的突然“出手”，她整个人差不多是靠在他肩膀上的，快门按下的时候，他正看向她，而她之前早就摆出的笑脸还僵在脸上。所以这张照片就成了她在笑，他在看的样子。

她悄悄瞥了一眼钟铭，发现他也正从那张照片上收回视线，重新看向菜单：“你喝什么？”

“哦。”周彦兮愣了一下说，“北冰洋有没有？没有就雪碧。”

点好了菜，正好也排到了他们的号，服务员领着他们往餐厅里走。临走前，周彦兮瞥了一眼身后的照片墙，不知是位置好，还是因为某人的那张脸，总之那张照片在一众照片中显得格外醒目，以至于周彦兮走出很远都还能看得清清楚楚……

等上菜的时候，周彦兮无意间听到旁边一桌的几个大学生在讨论公开赛的事情，突然就有点紧张。她抬头看向对面的男人，他却好像没听见一样，只是专注地低头玩着手机。

“铭哥。”

钟铭抬头瞥了她一眼，周彦兮小声问：“后天海选就开始了，我们要不要集中训练一下？”

“有必要吗？”

周彦兮撇了撇嘴，但还是劝道：“知道你厉害，但是海选是单败淘汰制啊，要和两百多支队伍打，最后只留下两支队伍。差不多是输了就要被淘汰，经不起失误啊！”

钟铭却不以为然：“你也说了，要打两百多场，有的是练的机会。再说国内稍微像点样子的队伍都已经直接被邀请进正赛了，其他的都是业余队伍，如果我们连这些队伍都打不过，我看我也可以早点回去跟我爸认错了。”

周彦兮听他这么一说，也觉得有点道理。

此时他们点的烤鱼正好被端了上来，烤盘下的火烧得正旺，烤盘上的鱼被烤得滋滋作响，泡椒和青笋等蔬菜配合着鱼的鲜味散发着诱人的香气。周彦兮早就饿了，见上了菜就把海选的事情全都抛在了脑后，说了声“我开动了”就不再客气，拿起筷子吃了起来。

对面的男人却突然笑了一声说：“不过我忘了，队伍里有你，一切就不好说了。”

周彦兮正夹着一块鱼肉往嘴里送，听到钟铭这句话，不自觉地咽了口口水，好心情也去了一大半。钟铭却不再看她，夹起一块鱼肉送入口中，他眉头微微皱了一下，但什么也没说。

周彦兮一边想着事情一边吃鱼，不知不觉就发现整条鱼几乎都被自己吃掉了，而钟铭基本上没怎么动筷子。她反应过来时有点不好意思：“铭哥，你都没怎么吃啊？”

“嗯，不太饿。”

周彦兮见状，不好意思地放下了筷子。

钟铭挑眉看她：“吃饱了？”

“嗯。”

钟铭扫了一眼她盘子里小山一样的鱼骨头和烤盘上的鱼头：“确定？”

“嗯。”周彦兮也顺着他的目光扫了眼自己的盘子，笑了笑说，“其实早就吃饱了，就是觉得浪费不好。”

钟铭似笑非笑地点了点头，叫来服务员埋单。

两个人回到基地时，已经快十点了。因为是休息日，训练区此时没有人。周彦兮惦记着比赛的事情，回去的第一件事就是打开电脑登录游戏，开始单排。钟铭则是直接上了楼，没再出来。

周彦兮连排两局，一直打到半夜。其间周俊出来上卫生间，得知她遇到海选就这副如临大敌的样子还嘲笑了她半天。周彦兮懒得理他，一边补着兵一边不屑地回了一句：“输的人，在输之前都是你这样。”

周俊愣了一下，没好气地“哼”了一声，又回了房间。

周彦兮打到关键时刻，听到身后又有脚步声响起，拖鞋的声音踢踢踏踏的，似乎在厨房附近徘徊。

想到厨房，周彦兮突然觉得又有点饿了，心里想着今晚那条鱼一定不够三斤，一会儿要找点什么再垫垫肚子。可能是因为走神，有一个技能她没有放出来，导致输了团战。

厨房里一个颀长高大的身影立在灶台旁，他微微低着头，一手插在裤子口袋里，另一只手握着筷子，在面前的一口小锅里搅动。好像在煮面?

正好一局游戏结束，周彦兮扔掉鼠标跑去厨房，趴在吧台上看钟铭把煮好的面盛进碗里。她这才想起来，钟铭晚饭时好像没吃多少。

“铭哥，你饿了？”

“嗯。”钟铭头也不抬，将一个形状完好的荷包蛋放在面碗中。

荧荧灯光下，碗中的面条根根可见，面汤泛着诱人的光泽，再加一个荷包蛋，让人看了很有食欲。钟铭抬头看了一眼周彦兮，将那碗面推到了她的面前。

周彦兮愣了一下，随即有点不好意思：“其实我晚上吃得挺饱的，一点都不饿。”

钟铭把剩下的面和荷包蛋倒入另一只碗中说：“我煮多了。”

原来他煮了两碗。

周彦兮闻言，只稍稍犹豫了一下就不再客气，和钟铭面对面坐下开始吃面。

周彦兮吃了一口，觉得味道的确不错，不过好像少了点什么，于是跑去打开冰箱，拿出一袋辣白菜倒在一个小碟子里，把小碟子放在她和钟铭中间。

钟铭扫了一眼那碟辣白菜没说话，也没动筷子，但周彦兮却胃口大开，就着辣白菜，很快把一大碗面吃得干干净净。

放下碗筷，周彦兮发现钟铭不知道什么时候已经点上了一根烟，此时正抽着烟看着她。她警惕地抹了抹嘴角：“怎么了？”

“也没怎么，就是……”说话间，钟铭上下扫了她一眼，“你好像胖了点。”

周彦兮闻言，低头去看比自己的脸还干净的碗，突然就悲从中来——早知道就不吃这碗面了……

钟铭却似笑非笑地说：“别后悔了，比起那三斤鱼，这一碗面算什么？”

周彦兮正想给自己辩解两句，没想到一张嘴就打了一个饱嗝。

钟铭脸上的笑容越来越清晰，夹着烟的那只手将他面前的那只碗推到她面前。

周彦兮这辈子都没这么丢脸过，有点恼羞成怒地问：“干什么？”

“在我这儿没有白吃白喝的道理，去把碗洗了。”

基地有阿姨，大家晚上吃过夜宵都是把碗筷直接放在水槽里，第二天阿姨来了自然会洗干净。可是钟铭既然发话了，周彦兮也不好再说什么，慢腾腾地端了碗去洗。

她洗碗时，钟铭就一直靠坐在她身后不远处的椅子上看着她。

厨房里，橘红色的灯光打在她莹白的皮肤上，有一层淡淡的光晕。她的头发简单地绾在脑后，有几根碎发调皮地挡在眼前，衬得她脸上的线条更加柔和，倒是营造出一副恬静贤惠的假象来。

钟铭笑了一声说：“不知道明天阿姨发现少了半瓶洗涤灵会怎么想。”

“啊？”周彦兮看了看满手的泡沫，回头再看钟铭，发现他已经掐掉烟，上了楼。

好不容易把碗上的泡沫冲洗干净，周彦兮拿起水池旁的那瓶洗涤灵犹豫了一下，最终还是打开盖子，灌了点自来水进去。

— 02 —

回房间前，周彦兮突然想起有件事忘了问钟铭，于是去他房间找他。敲门没人应，周彦兮推开门探头进去，刚叫了声“铭哥”，就见某人只穿着一条系带居家长裤，上身一丝不挂地从卫生间里走了出来。

应该是刚刚洗过脸，他手上还拿着一条茶色的毛巾，在脸上略微擦了一下就丢到旁边的椅背上，他顺手拿起床上的白色T恤，这才朝她走来：“什么事？”

周彦兮怎么也没想到，自己竟然看见这么香艳的一幕，男人光滑的皮肤和结实的肌肉都散发着荷尔蒙的味道……

片刻失神后，周彦兮努力将目光从他的身上移到他的脸上，试图让自己看上去更加真诚一点，却又冷不防被他下巴上还未擦尽的那滴水珠吸引了注意力。她的视线不由得顺着那水珠滑过他的脖颈、喉头，最后落在那片坚实的胸膛上。

脑子里不知怎么的就想到了那种温热而结实的触感。周彦兮觉得自己再多看一眼就要流鼻血了，干脆硬生生地把视线挪向他身后的房间，假模假样地皱着眉头问：“铭哥，怎么你房间里的暖气这么热啊？”

钟铭将她这一系列的小动作尽收眼底，不动声色地将T恤套上：“你大晚上跑过来就是要问这个？”

“不是。”余光瞥见钟铭已经穿好衣服，周彦兮这才把视线移了回来，开始说起正事，“我今天早上听周俊说，海选结束之后我们要去拍团队宣传照？”

钟铭点头：“进入正赛的队伍都需要，这是主办方要求的，怎么了？”

周彦兮有点为难：“商量一下，我可以不露脸吗？”

拍海报可跟两个人之前在小饭馆里拍照的感觉完全不同，小饭馆里没人认识他们，那是属于他们两个人的小秘密，可海报就不一样了……

钟铭想到了她那毛病，但还是说：“不行。”

“为什么啊？”

“就算这次可以，可是你有没有想过，你早晚要克服这一点。”

周彦兮算是知道了，钟铭是铁了心不打算照顾她这毛病了，只好不情不愿地说了句“好吧”。

刚要离开时，又听到钟铭说：“哦，对了，记得早点睡。据说那家摄影工作室以写实风格闻名，修图应该是不存在的。”

周彦兮不由得“啊”了一声，心里忍不住质疑，这都什么年代了，竟然还有不会修图的照相馆？

全国公开赛的海选两天之后在线上开赛。正如钟铭所说，像WAWA这种有点实力的队伍都是被直接邀请参加正赛，无须再参加海选。GD虽然拿过平台赛冠军，平台直播人气也高，可就是因为没有过线下比赛的经验，不符合被直接邀请进入正赛的条件，所以只能参加海选。

好在参加海选的队伍虽然多，但是水平都停留在业余阶段。毫无悬念地，GD一路过关斩将赢到最后，以第一名的成绩，和第二名一支叫作POI的队伍一起进入了正赛。

赢了比赛应该是件很高兴的事情，但是周彦兮发现，除了自己，队伍中的其他人像是早有预料一样，完全没把这个阶段性的成果当回事。倒是WAWA的小飞，还专门发了信息恭喜她。

周彦兮刚回到房间，正要去洗澡，看到微信也只是客气地回了个“谢谢”。

然而等她从卫生间里出来时，却发现满屏都是小飞的信息。他在帮她分析最后几场比赛中她哪里做得不够好，一开始还是在规规矩矩地打字，后来可能因为要说的内容太多，干脆就直接发了语音。

周彦兮边看比赛的回放视频，边一条条地去听，发现他说的大部分都很在理。为了听得清楚，她把音量调到最大，正当她听得专注时，房门却突然被人推开了。她吓了一跳，手机不小心就掉在了地板上。

小飞的声音从床底下传来，周彦兮连忙去捞手机，然而微信并没有办法将语音暂停。她试图把手机调成静音，可静音似乎也没有用，最后她一点一点地把音量调到最低，世界才终于安静下来……

钟铭脸上没什么表情，看着她手忙脚乱地跟手机较完劲，才无波无澜地说：“我敲过门了，是你没听见。”

“哦。”周彦兮指了指手机尴尬地说，“其实刚才只是……只是……”

钟铭打断她：“我是来提醒你，明天上午队服就到了，下午去拍照。”

通知完周彦兮，钟铭便转身出了房间，从始至终没给她解释的机会。

其实她也不知道自己该解释什么，但一想到钟铭知道自己在和小飞联系，她就有些郁闷。所以周彦兮再拿起手机看到小飞发来的一串问号后，觉得更心烦了。

— 03 —

第二天上午，有人把GD的战队队服送到了基地。队服是很简单的黑灰搭配的棒球服款式，左胸和右手手臂上分别印有战队logo，背面则是经过设计的每个人的战队ID。

拍照的地方不远，小区出去几百米，步行几分钟就到。选的地方这么近，看起来还真像是随便选的，那么不会修图的事可能也不假。

周彦兮心里一阵郁闷，既然不能指望后期修片，那就只能前期好好化个妆了。

拍照前，男生们基本没怎么化妆，简单修整了一下头发就直接拍了，所以周彦兮这个全队唯一的女生立刻就成了化妆师重点关照的对象。

当她终于磨磨蹭蹭地从化妆间里出来时，其他人的单人照和组合照都已经拍好了。

今天的大浓妆让她很不自在，出了化妆室的门她不自觉地低着头，结果一不小心差点撞到一个人。她习惯性地道歉，一抬头却看到钟铭居高临下的一张脸。

他愣了一下，很快又皱了皱眉。

见他这表情，周彦兮心里不由得咯噔一下：“很难看吗？”

钟铭的嘴唇动了动，似乎有点为难，好半天才说：“无所谓。”

看来真的很难看……周彦兮欲哭无泪，彻底放弃了最后一点偶像包袱，在后来的拍摄过程中也任由摄影师指挥她摆出各种造型。

照片拍了几十张，因为大赛主办方催得急，所以下午就得从这几十张中选出一张宣传用的合影来做后期。周彦兮听说要做后期，想到一般战队的那种宣传照也完全没有任何期待，可当她看到最后的成品时，才彻底明白钟铭为什么会说无所谓了——她的确出现在了照片上，但是又可以说没有出现。

钟铭选的那张照片小熊站在前排中间，他的左右两边分别是周俊和王月明，后排则是周彦兮和钟铭背靠着背。然而经过后期处理，后排的周彦兮和钟铭直接变成了两个剪影……不过虽说只是剪影，但还是能看出两个人身材修长，侧面的五官立体。没有露脸，但比露脸更让人遐思无限。

周彦兮看到这张照片时喜欢得不得了，对钟铭这样的举动，也感动得不得了。

“谢谢铭哥！”

钟铭面上依旧没什么表情，可嘴角却不自觉地弯了弯：“谢什么？是我自己怕麻烦。”

周彦兮才不管他出于什么原因，捧着照片左看右看，爱不释手：“那我可不可以要一张海报？我要挂在床头！”

周俊说：“这个好！这个好！我也要！”

王月明拿出手机拍了张照片，然后立刻发了朋友圈。

小熊悠悠地来了一句：“人家床头都挂结婚照，谁挂这东西？”然后又像发现了什么新大陆似的说，“咦，把我们三个修掉，不正好就像结婚照吗？”

周彦兮闻言脸立刻红了，恶狠狠地瞪着小熊，小熊却只是朝她意味深长地一笑。她没好气地跟小熊对骂了几句，骂完才敢去看钟铭。他从刚才就一直在接电话，似乎没有听到他们说的话。

钟铭听着电话里的男人一会儿撒泼耍赖，一会儿威胁恐吓，用尽十八般武艺竟然只是想来他们基地看看，无奈之下只好答应。

李煜城嘿嘿一笑："这就对了嘛，到时候我们再打两局，促进一下双方友谊，有助于日后互帮互助。"

听到自家队长挂了电话，一直假装专心打游戏，实际上竖着耳朵偷听的小飞悄悄勾起了嘴角。

三号位的菜菜却有点不理解自家队长的做法："老大，我们是不是太卑微了？对方充其量也就是匹没成年的黑马驹，您老人家至于这样低三下四吗？"

李煜城差点将手里的鼠标丢过去："上次是谁被人家打得屁滚尿流找不着北的？"

想到和钟铭的几次交手，菜菜不由得倒吸一口凉气，但面上还在强撑："LOTK是五人游戏，他一个人厉害有什么用啊？我看GD的整体实力和我们还是有不小差距。"

"是吗？希望正赛结束时你还能说出这种话。"

菜菜没敢再接话，辅助大树却说："可是老大，我们死皮赖脸地去对方基地搞联谊是什么骚操作？一帮大老爷们儿能有什么意思？"

李煜城闻言瞥了眼一直默不作声的小飞，不怀好意地笑道："不是还有不是老爷们儿的吗？更何况一想到某人口是心非被打脸的样子，我就觉得痛快，嘿嘿嘿……"

WAWA众人看着自家老大脸上诡异的笑容，不由得面面相觑。

— 04 —

周末时，李煜城早早就带着他家的首发阵容造访GD基地。一帮血气方刚的家伙来势汹汹，导致保安直接将这群人拦在了小区外，后来还是钟铭打电话去保安室，才将李煜城他们几人放了进来。

不过这个小插曲并没有影响两队的联谊活动。WAWA的辅助大树和小鱼儿跟周俊早就混熟了，一见面就勾肩搭背，称兄道弟。菜菜虽然私底下觉得GD和他们还不是一个梯次的队伍，但是他这人一向自来熟，很快就和大家打成一片。李煜城自然不用说，来了GD比在自家基地还随意……唯独小飞，自打进门就不怎么说话，周俊招呼他两次，他的态度也是不冷不热的，只自己坐在沙发上默默地玩手机。

钟铭在厨房准备做饭，无意间扫了一眼客厅，不由得笑了笑。回头再看某人，正如临大敌地端着一盘洗好的莜麦菜注视着油锅，嘴里还念念有词。

钟铭仔细听了一下，周彦兮在说："莜麦菜准备就绪……花生油加热正常……警报！油温提升异常！油温提升异常！淡定，按原计划进行……莜麦菜即将入锅……啊！"

伴随着莜麦菜被扔进锅中时发出的刺啦一声，周彦兮也"啊"的一声尖叫着跳到了老远。

钟铭无语地看着她："这就是你说的能下厨？"

因为休息日阿姨休息，李煜城又点名要来基地而不是去外面的饭店聚餐，这种时候，周彦兮作为队里唯一的女队员，觉得自己有责任担起大厨的重任，于是主动请缨负责做饭。

然而她还是把做饭想得太容易了，以为照着网上那些菜谱做不会差太多，没想到第一道简简单单的清炒莜麦菜就把她难住了。

她欲哭无泪地看着钟铭，嘴里念念有词道："请求上级支援……"

油锅里还在噼里啪啦地往外溅油，钟铭没好气地说："让开吧！"

周彦兮立刻乖乖退到一旁，看着钟铭打开抽油烟机，拿起锅铲随意地翻炒了几下，成功挽救了那盘清炒莜麦菜。

有钟铭在，周彦兮的心里立刻安定下来，但是瞥到他身上那件白色的休闲款毛衣，她又有点于心不忍，于是摘下身上的围裙叫了声"铭哥"。

钟铭回头就见周彦兮正举着围裙看着他，犹豫了一下，也就没拒绝，微微弯下腰低下头。周彦兮立刻很"狗腿"地踮起脚将围裙套在他身上，再转到他身后替他把带子系好。

只是这一系列举动看在外面那群人的眼里就完全不是那么回事了。

李煜城嘿嘿地笑着坐到小飞旁边，目光始终没有离开厨房：“这两个人关系看着不一般啊。”

小飞虽然还在低着头打游戏，但脸色却不怎么好看。

周俊和大树还有小鱼儿一起打了局游戏，边玩儿边直播，打累了干脆就停下来开着直播跟粉丝们聊天。

他把摄像头慢慢转了一圈，先是转到大树和小鱼儿，然后是王月明和小熊，一边拍一边笑呵呵地给粉丝介绍。镜头紧接着转到沙发上的李煜城和小飞，李煜城看到镜头对着自己，很大方地挥了挥手。

弹幕立刻多了起来：“哇，城哥！想不到两队关系这么好，你们经常在一起聚会吗？”

周俊只觉得面上有光，但仍努力维持着无所谓的神情说：“反正两家基地离得很近，偶尔会聚聚。”

随后，镜头扫到了厨房，但就是这么一扫，弹幕立刻就炸了。

“俊哥，那女孩是谁？”

“是我老婆大人吗？”

周俊早就习惯了自家姐姐的影响力，颇有点自豪地说：“没发现她跟你们俊哥我有八成像吗？”

“果然是我老婆大人！大舅子你能不能再给个镜头？刚才只有一个侧脸啊！”

周俊又把镜头转向厨房，远远地只看到女孩仰着脸，脸上隐隐有笑意，正看着身旁低着头的男人，不过男人背对着镜头，只能看得到一个背影。

“那男人是谁？是我影神吗？”

“想不到影神不仅有钱、颜好、声音好，而且连身材都这么棒！”

“所以我女神看他的眼神可以说是痴迷吗？”

“心疼飞神了……”

“楼上还是心疼心疼你自己吧！”

周俊一开始还只是乐呵呵地看着弹幕，但看到大家讨论周彦兮看钟铭的眼神时，也不禁一愣，转头看向了厨房。

厨房里，其他的菜都已经洗好切好，只剩下一条蠢蠢的胖头鱼让周彦兮有些束手无策。

钟铭问她：“你想怎么吃？”

周彦兮想了想，这种鱼大概只能炖吧。然而还没等她回话，钟铭就说了句“算了”，然后直接把鱼捞起来剁下鱼头，鱼身重新扔回桶里，只将鱼头用盐擦着好好洗了洗。

周彦兮在一旁看着他麻利的动作，佩服不已：“铭哥，真没看出来你这么厉害。”

钟铭一边用调料将鱼头腌好，一边头也不抬地说：“真不知道你之前在国外怎么活下来的。”

周彦兮不好意思地摸了摸鼻子：“快餐，泡面，或者蹭饭，总之没饿死。铭哥，你以前都是自己做饭吗？”

钟铭顿了一下说：“这道菜我今天是第一次做。”

“啊？”

周彦兮不再说话，想着万一这几道菜都失败了怎么办，叫外卖最快也要半小时，不知道这些人是否等得及。

钟铭没留意她脸上的表情变化，继续将葱姜蒜切片，掐着时间将腌制好的鱼头捞出来放进已经沸腾的蒸锅中。

客厅里，小飞和李煜城的目光也停留在俩人身上——男人垂眸浅笑，女孩看着男人，有时娇羞，有时又一副崇拜的样子。小飞只觉得胸口闷闷的，像有什么东西卡在里面，一口气总也喘不顺。

“你别说，他俩这么看着还真挺配。”李煜城看着钟铭和周彦兮的背影，忍不住感慨了一句。然而就是这么一句，让小飞再也坐不住，直接起身朝着厨房走去。

可一走近厨房他又后悔起来，要说些什么呢？打扰他们说话，她会不会生气？这个突然冒出来的想法吓了他一跳。想他小飞打职业这几年，压力虽然有，但也是风光无限，喜欢他、为他痴迷的女生不在少数，其中不乏漂亮可爱的。可是没有哪个人能像周彦兮这样，让他为之着迷，甚至变得如此卑微。

钟铭转身去冰箱里拿剁椒酱，正好看到小飞阴沉着脸走了过来。他不由得眯了眯眼睛，但嘴角却挂着笑意。

周彦兮注意到他的神情变化，顺着他的目光看过去，就看到小飞站在开放式厨房的吧台旁边。

“需要帮忙吗？”小飞问。

周彦兮扫了一眼厨房说：“不用了，马上就可以开饭了。”

小飞却没有要离开的意思，他朝着钟铭和周彦兮身后的灶台看了一眼说：“那些菜不是都还没炒吗？我闲着也是闲着，不如帮铭哥打打下手。”话刚说完，也不等钟铭回话，他就直接进了厨房。

厨房的空间本就不大，他一进来，周彦兮就开始觉得局促。

钟铭倒是没说什么，只对周彦兮说：“你去把餐桌布置一下。”

周彦兮如蒙大赦，说了声“好”就转身去顶柜上拿碗筷。

顶柜有些高，她踮起脚努力伸手去够碗却始终够不着。突然，有人从她身后伸出双手，几乎将她整个人圈在怀中。她条件反射地回头，额头的皮肤轻轻地擦过了他有些粗糙的下巴。

钟铭只垂头扫了她一眼，然后就把手伸进橱柜，端出一摞碗放在她手上：“去吧。”

周彦兮连忙端着碗跑出了厨房。

小飞的脸色比刚才更难看了。

等周彦兮离开，他直截了当地问钟铭：“铭哥，你们在交往吗？”

钟铭将蒸好的鱼头端出锅，热了油浇到鱼头上，厨房里立刻充满了剁椒的香味。

“没有。不过，那也轮不到你。”

钟铭对自己的这第一次尝试很满意，将那盘剁椒鱼头递给正在愣怔中的小飞：“送出去吧，那家伙爱吃。”

— 05 —

小飞低头看了一眼手上的鱼，嘲讽地笑了笑，转身出了厨房。

不一会儿，李煜城也不甘寂寞地进了厨房，他边找能垫肚子的东西，边问钟铭：“你和小飞说什么了？”

“没什么，叫他不要把精力浪费在没有前途的事情上。”

李煜城拿起一个西红柿，笑着点了点头，正要送进嘴里，却突然被人拿走了。

钟铭拿过西红柿，麻利地切成块，边切边说：“这不就是你此行的目的吗？让我提点提点他，也算我对你们这段时间陪练的答谢。”

李煜城也不生气，从菜板上捏了一小块西红柿放进嘴里：“没前途吗？我看未必吧，据我所知这两个人私下关系还不错，今天因为你在，他们都不敢表现出来。”

说完李煜城就仔细观察着钟铭的神情，见他明显脸色不好，心里都乐得开花了，但面上还是一本正经地说：“不是我说你，平时别那么严肃，像我一样平易近人不好吗？这样大家有事才会找你分享，不然你看看，人家孩子见了你像老鼠见了猫一样，有什么心事也不会对你说。”

哐当一声，是钟铭放下菜刀的声音。

李煜城吓了一跳，夸张地拍着胸脯埋怨他说：“我说你不能轻点吗？”

钟铭笑道：“既然你这队伍带得这么好，那今年的国际赛冠军是不是也十拿九稳了？”

李煜城瞪他一眼：“跟你这人说话真没劲。”

钟铭无所谓地说：“可你偏偏喜欢，我是不是可以理解为你这个人就喜欢找不痛快？”

周彦兮摆好碗筷，招呼大家上桌吃饭。钟铭也炒好最后一道菜，和李煜城一起出了厨房。李煜城刚在位置上坐定，扫了一眼满桌的菜，不由得“啊”了一声。

众人看向他，他只是看着菜说：“真想不到这一桌子菜是一个从来不吃辣的人做的。”

众人又纷纷看向钟铭，尤其是周彦兮，想到之前那次吃烤鱼的经历，还有这次他说自己是第一次尝试做剁椒鱼头……既然吃不了辣，为什么还要点，还要做？

钟铭却仿佛没有看到众人或困惑或意外的表情，只凉凉地回了李煜城一句：“吃饭都堵不住你的嘴吗？”

李煜城无所谓地笑了笑，目光却瞥向周彦兮，见周彦兮吃得香，他嘴角的笑意更浓。再一回头却对上了钟铭不太友好的目光，他也不闪避，而是回以一个挑衅的微笑。

钟铭喝了口水，提议道：“吃完饭不如solo几局。”

众人闻言纷纷说好，而李煜城却突然有种很不好的预感。

果然后面solo时，钟铭直接点名叫李煜城来。他是WAWA的队长，技术又好，一直被队员们当神一样膜拜，所以WAWA众人虽然知道钟铭厉害，但是心里并不认为自家老大会输给他，倒是更期待这场高手之间的对决。只有李煜城心里一直在打鼓。

早几年他们俩的水平是不分伯仲，开始打职业以后，两个人虽然都很勤奋，但是钟铭的天资显现更有优势。他对英雄出装的理解，对敌人战术乃至心理的分析都不是一般选手能达到的。所以李煜城知道，现在的自己很有可能会被钟铭吊打。

经过钟铭身边时，李煜城小声嘀咕了一句：“小的们都看着呢，可不能让我输得太惨。”

钟铭闻言只是勾唇笑了笑，并没有回答他。

第一局钟铭先选英雄，他选了上次小飞输给周彦兮时用的毒龙。毒龙从技能上看的确是很适合solo的英雄，但是据李煜城所知，钟铭用这个英雄的次数并不多。不过很快他就想明白了，这是要秀给小飞看吗？

站在李煜城身后的小飞看到钟铭选这个英雄，也想到了什么，脸色瞬间变得很难看。他之前用这个英雄输给了“菜鸟”周彦兮，此时钟铭却想用这个英雄打败世界级选手李煜城。这是想当众打他的脸。

不过李煜城倒是心情不错，暗笑堂堂TK吃起醋来竟然这么疯狂，不过疯狂才好，疯狂才显得更加真实。

最后，李煜城选了公认最适合solo的英雄，黑鸟。

英雄是否适合solo无非看三点，正反补能力、回血能力，还有单杀能力。黑鸟这个英雄无论是正反补能力，还是耗血回血的能力都要比毒龙强，要说哪里不如毒龙，大概就是单杀能力吧。但毕竟是高手过招，谁也不会给对方留太多破绽。然而，就在李煜城以为自己做得足够好的情况下，他还是以1∶3输给了钟铭。

基地里有一瞬的静默，WAWA众人意外自己老大输得这么惨烈，GD众人暗骂钟铭对客人都这么不客气。

后来还是李煜城自己先打破沉默：“哈哈，毒龙用得不错啊！那个……我先去喝口水。”

众人这才又活跃了起来，开始讨论起刚才那一局solo，说得最多的就是没想到钟铭会用毒龙，还用得这么好。

李煜城从厨房端了一杯苏打水回来，路过钟铭时问他：“说好的手下留情呢？”

钟铭微微挑眉看向他：“什么时候说好的？我以为你敢带着人来，就是做好了准备的。”

李煜城愣了一下，恨恨地点了点头：“行，算你狠。”

第二局的时候，李煜城直接选了敌法师，众人一见他祭出自己的绝活儿就知道上一局是被打怕了。

钟铭选了单杀能力很强的蝙蝠骑士。不过李煜城毕竟是李煜城，一手敌法师用得出神入化，不超过一刻钟，钟铭就输给了李煜城。

钟铭无所谓地笑了笑：“世界第一敌法师嘛，我也没办法。”

李煜城只道“承让”，很快两个人就开始了第三局。

第三局李煜城选了爆发力很强的暗影恶魔，虽然在正式比赛中常常是用来打辅助的酱油英雄，但是贵在三个技能的爆发都很强，而且射程和攻击力也都不俗，所以是solo时比较常用的英雄。

钟铭也不跟他客气，直接选了影魔。

李煜城见状却笑了：“朋友，别怪我没提醒你，影魔这个英雄已经不适合现在的版本了。”

“是吗？”钟铭只是笑，“那是其他人的影魔。”

这话一出，WAWA众人只觉得他狂妄，可只有GD的人知道钟铭的影魔有多厉害。

一直沉默着的小熊此时却皱起眉来。外界传言TK和李煜城关系匪浅，而钟铭和李煜城的关系，明显也不像是刚认识的，并且他也曾在波士顿住过，也会用影魔，这一切未免太巧合了。

只是，如果他真的是TK，那他为什么一声不响地回来，又为什么会和他们这群水平参差不齐的人组队打职业呢？

要知道职业选手的黄金期也就十八岁到二十六岁，如果百度百科的简介无误，那么TK今年已经二十四岁了，还有两年就要退役了。他这样的选手难道不该把最耀眼的一幕留在退役前吗？和他们这群人在一起什么时候才能重回世界巅峰？

这一局，李煜城的暗影恶魔打得很强势，靠着无脑三连招杀了钟铭两次，证明了这个版本的影魔的确被削弱了很多。然而钟铭不愧是钟铭，靠着对彼此英雄属性的了解和神级的操作，也向众人证明了，即便是被削弱了的影魔，在他的手里依旧可以称霸一方。最终钟铭率先拿下三个人头取得了第三局solo的胜利。

李煜城输得心服口服："还好LOTK是五人游戏，不然我今年就该退役了。"

众人看了三场精彩的solo，对输了的李煜城没觉得失望，但对赢了的钟铭则是更加崇拜。尤其是周彦兮，难掩一脸的兴奋和自豪。对方可是世界冠军李煜城啊，竟然就这么输给了她铭哥，这么一看，几天后的全国公开赛，他们GD进四强应该是不成问题了！

自始至终都黑着脸的小飞看到周彦兮崇拜的目光，脸色更难看了。李煜城见状只是拍了拍小飞的肩膀，意有所指地说道："看见了吗？你哥我都不是他的对手，想从他手上抢人，你任重而道远啊。"

小飞的心事被说中，但还是强撑着回道："什么年代了，谈个恋爱还要比武招亲吗？"

李煜城一副过来人的口吻："可是不管什么年代，女孩子都喜欢强者啊，更何况是打职业的女孩子。你看看她看钟铭的眼神就知道了。"

不说还好，说了小飞更觉得心烦意乱。李煜城也只是拍了拍他的肩膀没再说其他的，朝着厨房走去。

钟铭正在给自己倒水，一回头就看到坐在吧台边的李煜城。

李煜城问："她知道吗？"

钟铭微微挑眉："什么？"

"你喜欢她，她知道吗？"

钟铭端着杯子的手明显顿了顿，但也只是那么一瞬，就又恢复如常。

他不回答李煜城的话，而是问他："你什么时候走？都赖一天了。"

"啧啧，不是我说你，你这脾气她受得了吗？"

"走的时候把门口那些垃圾带出去。"

这一次李煜城没有说话，只是露出意味深长地微笑看着钟铭。

钟铭把剩下的半杯苏打水喝完，冷笑了一声，没什么耐心地问："看什么？"

“想不到我们TK也有怕的时候。”

钟铭依旧无所谓地笑着，可那笑容却不见温度。

李煜城继续不怕死地说：“表白怕她拒绝，也怕她不拒绝又因为恋爱耽误了训练。但是不表白吧，以她那大条的神经，又怕她不知道你的心思喜欢上别人。说来说去都是怕……啧啧。”

钟铭静静地听完李煜城的话，只是说：“我现在倒不是怕她，而是怕你。”

李煜城想都没想就问：“怕我什么？”

“几天后的比赛，”钟铭顿了顿，缓缓说道，“怕你输得太惨。”

— 06 —

提到比赛，李煜城的心情也没那么轻松了，也就不再打趣钟铭。

“说点正经的，过几天那比赛可是线下的，少不了媒体，你那‘毛病’治好了？”

钟铭知道，李煜城是在问他，这一次他是否打算以Shadow的身份继续当个不露脸的职业选手。

钟铭摇头：“在这个信息化的时代，TK只是个意外。”

李煜城：“你的意思是说，你已经想好了，要做一个公众人物了？”

钟铭：“嗯，不过为了避免麻烦，还需要等一个合适的时机。在那之前还是得过且过地做一只鸵鸟吧。”

“什么合适的时机？”

钟铭看他：“你觉得Shadow就是TK这事还能瞒多久？”

李煜城沉默了。的确瞒不了多久，电竞圈就这么大，随着GD越来越强，早晚有一天钟铭会遇到老对手、老熟人，到时候一切就揭晓了。

李煜城问：“在那之前怎么办？”

钟铭无奈：“还是老办法，找老熟人帮帮忙吧。”

LOTK这款游戏是美国一家叫LIN的公司开发的，LIN的董事长有个年纪和钟铭相仿的孙子，麦肯。在波士顿时，钟铭和麦肯“不打不相识”，后来两个人就成了关系不错的朋友。那两年TK因“镜头恐惧症”备受关照，也多半是靠麦肯帮忙。不过这一次，应该是最后一次了。

几天之后，全国公开赛的正赛拉开了帷幕。根据规则，之前被主办方直接邀请的八支队伍和海选获得一二名的两支队伍直接进行BO1积分循环赛。最终积分排名第一的队伍直接获得来年国际邀请赛的小组赛名额，第二至第五名的战队将进行为期一天的淘汰赛。

GD在大赛前一天收到了会务组发来的赛程安排——全部比赛要在三天内完成，前两天是积分循环赛，最后一天留给淘汰赛。

按照钟铭的意思，两天内就结束比赛，也就是说，每一场比赛都要做到最好，保证总积分最高，直接拿到去西雅图的门票，也就不用参加后面的淘汰赛了。

到了这一刻，众人才真真切切地感觉到了压力。

第一天最早的一场比赛是十点钟。会展中心安排了三个厅，届时会有三场比赛同时进行。

早上出发前，钟铭先给李煜城打了个电话，两个人约好出发时间。钟铭看了一眼墙上的挂钟，此时是北京时间早上八点钟，也就是西雅图下午四点左右。

挂了李煜城的电话，他犹豫了一会儿，终究还是拨出了麦肯的号码……

送GD众人去赛场的车子早就等在了基地门前，等人都上了车，车子便驶出了基地。然而很快，有人就发现这条路并不是去赛场的那一条。

周俊搞不清状况，问司机："师傅，怎么不走青年路啊？那条应该更近吧？"

坐在副驾驶位置上的钟铭替司机回答说："那条路有点堵。"

不一会儿，车子经过了一个别墅区，老远就能看到小区门口停着一辆大巴车。七八个年轻人正依次上车，其中几个还穿着WAWA的队服，最末尾的那个人正是李煜城。

王月明眼尖，也看到了李煜城："这么巧，他们也刚走。"

钟铭扫了一眼窗外，吩咐司机："您不是对路线不熟悉吗？正好，跟着他们就行。"

司机点头应下，在路边停了片刻，等WAWA的车启动，便跟了上去。

车子再度发动，小熊从包里拿出一沓资料递给钟铭，钟铭边翻边侧头问身后的小熊：“你怎么看？”

小熊沉吟了一下说：“这几年国内电竞圈差不多是三足鼎立的状态，除了我们熟悉的WAWA，还有两支老牌战队EW和80Gaming。这两家俱乐部的规模很大，各分部的成绩也不错，可能就是因为这样，LOTK分部没有必须拿冠军的压力，所以虽然他们实力不俗，这些年却没有拿过一次世界冠军，反而是富二代投资的规模不大的WAWA在前年拿到世界冠军，风头一下子盖过了这两家。”

钟铭微微点了点头。小熊又说：“不过除了这几支队伍，我听说一支叫FNL的队伍今年可能会成为除我们之外的另一匹黑马。”

钟铭低头翻到资料后面，就看到了FNL的战绩。这支队伍很新，前年才开始参加职业联赛。当时他们也像GD一样拿下过平台赛的夏季赛冠军，但之后的全国公开赛却只拿到第五名的成绩，无缘国际邀请赛。不过第二年，也就是去年，他们取得了全国公开赛的第三名，曾有机会参加国际赛的外卡赛。

平心而论，这样的成绩并不怎么样，却听小熊又说：“我听说他们今年换了个新中单，叫小武，团队的整体水平因此提升不少。曾经有疑似他们和EW的训练赛结果流出过，据说EW已经不是他们的对手了。”

周俊听到钟铭和小熊在讨论其他队伍的事情，从最后一排探出头来看钟铭手里的东西。钟铭回头瞥见，干脆把那沓资料递给他。

周俊翻了几页不禁感慨：“哇，熊哥你真厉害，准备得这么周全，连对方的惯用战术都写得这么详细。”

小熊只是说：“铭哥让准备的。”

周俊匆匆忙忙地看着文件里的内容，有点郁闷：“之前我们只看了选手们的惯用英雄，没想到还有这么多资料，怕是一时半会儿看不完啊。”

周彦兮也说：“是啊，怎么没早点给大家？”

王月明听了不屑地一笑：“早点给你就有用了？”

钟铭也回过头来，但是说的话却和王月明截然不同：“你懂得研究别人的战术，别人难道不知道吗？所以看看就好，别太当真，否则被套路了都不知道。”

说着他又看了眼王月明：“电子竞技，万变不离其宗，强就是强，保持平常心。

我让小熊准备这个，并不是让你们学习别人的战术，只是让你们知道哪些人需要当心。当然了，任何人都可能成为我们最强劲的对手，对谁都不能掉以轻心。”

周俊闻言愣了愣，低头看了眼手上的资料：“那这东西岂不是没什么用？”

钟铭“嗯”了一声说：“差不多吧。”

其实钟铭说的这些话也不完全对，虽说战术是可以变化的，但职业选手的惯用打法一时半会儿却是改不了的。只是GD的选手都是新人，让他们一下子掌握太多对手信息，免不了打起比赛来会畏首畏尾，反而对实力发挥毫无益处。

说话间，车子已经到了赛场门外，跟钟铭预想的一样，早有粉丝和媒体守在那里。不过，在他们到之前，WAWA的车子先停在了门口。

WAWA本来就是今年的夺冠热门，他们的车子高调地印着大大的战队logo，所以车子刚停下，立刻围得水泄不通，倒是没有人注意到大巴车后的商务车。

钟铭对司机说：“我们从侧门进去。”

车子很快就开到了侧门，或许是因为所有人都去堵WAWA了，侧门没什么粉丝和媒体。周彦兮特意戴了口罩，因为她是唯一的女选手，料定会引来不少人围观，而她那“小毛病”，至今尚未完全克服。

周彦兮像做贼一样低着头往选手休息室走去。无意间一回头，看到钟铭也是全副武装的样子，不由得愣了愣。

钟铭垂眼看她，她脸上的口罩虽说也是黑色的，但是上面却印有一排夸张的骷髅牙齿，老远看着就像是在窃笑。也不知道她戴这口罩是不想引人注意，还是太想引人注意。

“看什么看？”钟铭挑了挑眉问。

“铭哥，你怎么也……”

“有点感冒。”

周彦兮立刻紧张起来，一双大眼睛忽闪忽闪的，和口罩上那一口窃笑的白牙很是不搭：“要不要紧？会不会影响比赛的状态？”

“不严重。”钟铭顿了顿说，“一会儿你别气我就行。”

周彦兮为难地回以一个假笑：“我尽量吧。”

第五章 喜欢你

— 01 —

参加比赛的一共有十支队伍，大赛的第一天，每支队伍都要打够五场比赛。GD这边是小熊去抽的签，白天的四场要对战的都不是什么厉害的队伍，就是晚上那一场，要对战老牌强队EW。所以白天的四场比赛基本没什么悬念，GD全部胜出。

晚上这局是八点开始，GD众人早早地吃完饭回到赛场，这期间还把EW近年的比赛资料又看了一遍。如果非要给EW一个定位，那他们应该是典型的“佛系”战队——每次都打得中规中矩，所以成绩始终不好不坏。

不过不管面对什么样的队伍，周彦兮始终不敢掉以轻心，因为她知道自己很可能会成为对方的突破口，为了不让自己的队友四打六，她每一局比赛都会打起十二分的精神应战。

那沓资料不知道被她翻了多少遍了，抬头正巧对上王月明扫过来的目光，于是她随口问了句：“月月你要看吗？”

王月明笑：“不用了，感觉你更需要。”

周彦兮早就习惯了他这种说话方式，也不在意，低头继续看。钟铭凉凉地扫了王月明一眼，但是王月明并没有察觉，打着哈欠有点不耐烦地说：“怎么还不开始？早点打完早点回去睡觉。”

正说着话，工作人员就来通知他们可以入场了。

小熊他们陆续出了休息室，周彦兮深吸一口气起身，出门时她听到身后有人说：“别紧张。”

她回头看，是钟铭，但他却仿佛什么都没说过一样，一脸淡漠地往门外走去。

比赛很快开始，在B/P环节，EW首选灵魂守卫。这个情况早在众人的预料之中，因为EW的一号位锤子哥最擅长的英雄就是灵魂守卫。接下来，EW的中单选了骨法，辅助分别选了赏金和小精灵，三号位选了兽王。

针对这个情况，GD最终的阵容是钟铭的幽鬼、小熊的电魂、王月明的军团、周俊的巫医还有周彦兮的撼地神牛。

双方势均力敌，但是开局三分钟，EW的小精灵就配合赏金进行了多次gank，在上路击杀了一次王月明，又在中路、下路成功击杀了小熊和钟铭。

这样的开局导致上路王月明的军团完全被兽王压制。可能就是因为这样，EW认为王月明即将成为比赛的突破口，所以开始更过分地压制王月明。但是他们团队内部的配合又不够紧凑，每次都被中路赶来支援的小熊打断，让GD及时止损。几次gank之后，EW并没有太大的收获，GD这才稍稍扳回一点局势。

进入比赛中期，双方都开始把重心放在打钱上。经济没能碾压其他人的灵魂守卫威力不够，没有能力推上GD的高地，而钟铭的幽鬼发育环境很好，从前期的经济劣势慢慢刷到了第一。

第四十四分钟的时候，GD推掉了EW的一路防御塔，而EW的骨法没有回家守塔，也推掉了GD的下路高地。此时钟铭想直接一把推过去，但因为王月明的犹豫错失了良机。EW趁机拿下了复活盾，在接下来的团战中，王月明和周彦兮被击杀，GD减员没办法抵抗EW五人强推基地，钟铭无奈打出GG。

至此，GD迎来了全国公开赛的首败。直到比赛结束，王月明还是不敢相信，明明以他们的实力打赢EW不算困难，可是刚才怎么就输了呢?

EW的队员们已经上来握手，王月明却还呆呆地坐在座位上。周彦兮看了有点不忍心，劝了一句：“算了月月，我们还有机会。”

王月明抬头看她，却并没有因为她的这句安慰而给她好脸色。

虽然知道这种高规格的比赛不会赢得很轻松，但是GD大多数人都认为今天是会全胜而归的。谁也没想到，最后一局就这样输了。

回去的路上，小熊突然对钟铭说：“今年的EW有点不正常。”

钟铭点头：“不‘佛系’了，打得有点猛。”

周俊这才想起来，自己去卫生间的时候好像听到了什么，现在一想，那大概就是EW变化这么大的原因：“我今天在洗手间听到有人说，如果EW这次不能参加国际邀请赛，他们就会解散LOTK分部……估计是因为这个原因吧？”

这个消息倒是让众人有些意外，不过谁也没有再围绕着这个讨论下去。说到底他们会输并不是因为对方的变化，而是因为自己的队伍在配合上明显还有问题，团战执行力也明显不够。就比如双方互推高地的那一次，如果王月明肯听话，局面或许就不是最后那样了，但是众人谁也没有说破。

众人回到基地，时间已经不早，上楼前，钟铭说：“还好是积分制，本来也没指望一局不败，所以不要影响后面比赛的心情，正常发挥就行。”

众人纷纷应是，只有王月明的脸色始终不太好看。

说是不要影响后面比赛的心情，可到了第二天，那场输掉的比赛还是影响到了GD众人的心情。

GD今天的第一场比赛对手就是80Gaming，对方明显很了解GD的情况，直接把突破口定为周彦兮，上来就抢了周彦兮惯用的撼地神牛。周彦兮无奈，只能结合阵容选了冰女。虽然现在的她早就不是半年前的她了，但是一个“酱油”还是经不起一次又一次的恶意针对。好在其他队友还算给力，率先推上了对方的一路高地。

本来此时GD的优势很大，但或许是受了前一天那局比赛的影响，大家都怕夜长梦多，只想快点结束比赛，在钟铭这个大哥不在的情况下，小熊和王月明都想一把推掉对方水晶。可是此时对方英雄已经陆续复活，成功击杀小熊和王月明，最后又将跑路的周俊杀掉，直接扭转了前期劣势。

然而更可怕的是，对方虽然前期处于劣势，但是大哥炼金一直稳定发育，终于在后期有了一定的装备后，利用带线优势成功翻盘。

至此GD连输两局，气势大不如前。尤其是王月明，游戏打到最后，离他最远的周彦兮都能听到他把键盘拍得啪啪作响。

回到休息室，距离下一场比赛只有不到二十分钟，众人气势萎靡。

钟铭说：“来，说说我们输掉的这两场比赛。”

休息室里依旧是一片死寂。

钟铭继续说：“单纯说发挥，我觉得这两场比赛都可以拿到八十五分。”

对于钟铭的这个打分，小熊和周彦兮很意外，王月明神情古怪地笑了笑，周俊则是不好意思地说：“铭哥，你别开玩笑了。”

“我没有开玩笑。”钟铭说，“客观来说，这两局比赛，我们从团队配合到执行力上都过得去，特别是刚才那一局，我能看到大家争分夺秒地做视野、反埋伏、打支援。也正因为如此，我们前期才有了那么大的优势。要说扣掉的那十五分，不用我说你们也都清楚。昨天是众人目标不一致，没有抓住机会打团战，而今天刚好相反，太想赢了，反而输掉了之前打下的优势。其实昨天回防高地未必就是错的，今天抓住时机推基地也未必不能成功，如果运气好一点，昨天或许可以把战线再度拉长，我们还能找到机会反打，而今天说不准就真的一把拿下了。所以两局比赛，我们虽然有错，但不是绝对的错，对方并不比我们强多少，他们只是比我们多了一点运气。”

众人都没想到一向严厉的钟铭竟然会把输比赛归结到运气差上，不过听他这么一说大家也都觉得有点道理。这两局虽然都输了，但都是惜败，所以周彦兮乃至小熊都有点分不清了，钟铭说的这些话，到底是安慰众人，还是事实本就如此。

“换句话说，并不是我们做得不够好，而是对方也不差。而且除了我刚才说的那些，还有一些与运气无关的，就是我们的心态。刚才这局比赛，我们早早地在心里给自己判了死刑，这是比赛大忌。”

钟铭说到这里，王月明的脸色更差了。关于这一点，钟铭提醒过他不止一次，可是他就是控制不住会急躁，这也是他顺风局里的水准会比逆风局高很多的原因。

钟铭没再说下去，抬手看了看时间：“好了，下一局该怎么打，大家应该都有数了。”

或许是钟铭的话真的起了作用，在接下来对战所谓的黑马战队FNL时，GD倒是发挥不错，半个小时就顺利地拿下了比赛。

经过大半天的比赛，每支队伍都只剩下最后一场循环赛。此时，各家的积分也已经出来了：GD胜六负二，总分十二分；WAWA胜六负一平一，总分十三分；80Gaming胜六负一平一，总分十三分；EW胜五负二平一，总分十一分；FNL胜五负二平一，总分十一分。

这么看来，GD如果想要拿到冠军，接下来对战WAWA的那场比赛必须赢，而且还要80Gaming最后一场比赛赢不了。也就是说，他们有百分之二十五的概率拿到冠军。GD众人早已摩拳擦掌，一方面想着要全力应战，另一方面也祈祷80Gaming输掉最后一场比赛。

WAWA则比GD拿冠军的概率更高一点，他们只需要赢了最后这场比赛就可以去西雅图了。所以李煜城此时也已经做好了打一场硬仗的准备，因为他比任何人都清楚，自己即将面对的是什么对手。

— 02 —

积分赛的最后一场比赛里，WAWA拿出了准备已久的新战术。

这些年随着LOTK的大热，很多新的战术被开发出来，最早的四保一战术很容易被针对，所以职业联赛里越来越常见的是多核战术。不过WAWA还是根据自己团队的选手情况，保留了四保一的战术，直到这两年小飞成长起来，双核战术才出现在他们的比赛中。不过这一次，明显与以往都不同。

在李煜城最拿手的敌法师被ban掉之后，他选择了在中后期爆发力较强的熊战士，小飞选择了痛苦女王，三号位的菜菜选择了小鱼人。这三个英雄被选出来后，引来了GD这边小小的躁动。

小熊说："这是三核阵容，对辅助的要求有点高吧。"

钟铭也微微皱眉，多核阵容能够避免李煜城被过分针对，但是三核阵容对队伍的整体实力要求不低，这个打法的确是有点冒险。但是GD的情况也不乐观，因为从B/P环节就可以看出，对方是做好了殊死一搏的准备了。

WAWA先后ban掉影魔、幽鬼这两个钟铭擅长的英雄，企图在中后期靠阵容的强大爆发力拿下比赛。不过钟铭也不会坐以待毙，他给自己选了大后期英雄美杜莎，给小熊选了火女，给王月明选了蚂蚁。这绝对是比WAWA更三核的三核阵容。

这个阵容的优点是火女可以打前中期，也可以打后期，而且还能克制小飞的女王。蚂蚁可以打中后期，而钟铭的美杜莎是大后期，只要比赛时间能拖到四十分钟，那么GD的阵容就会显现出明显的优势来。

但是这个阵容的缺点也很明显，就是除了辅助以外的三个英雄都非常吃资源。好在小熊和王月明在正式打职业之前都是打一号位，基本功不错，发育能力不输很多职业队的一号位。所以只要能撑到后期，那么GD就基本拿下了比赛。

李煜城显然也清楚这一点，所以从一开始就努力掌控着比赛的节奏，一次又一次地指挥队友去gank，试图在前期争取到最大的优势。

原本局势也的确在他的掌控中，GD因为阵容的问题，前期被压得很惨。问题出在WAWA上路的菜菜身上。在开局第二分钟的时候，大树配合小飞杀掉了小熊拿下一血，本来WAWA是有优势的，但是后来菜菜竟然被王月明连续单杀两次。众所周知，王月明是顺风局里爆发力很强的选手，他越战越勇，导致WAWA的上路直接被打崩。即便李煜城打得很稳，但是不到三十分钟，三核已崩一核，劣势尽显。

对比WAWA，GD的三核阵容就要稳得多。上路的优势自不用说，中路的小熊从英雄到技术都比小飞要强，虽然没有很大的优势，但是也一直压制着小飞。钟铭就更不用说了，周彦兮的辅助也很到位，给钟铭创造了足够大的发育空间。

比赛进行到第四十分钟时，钟铭的美杜莎直接接管了比赛，连续推倒WAWA下路的两座防御塔，不到一小时就拿下了比赛。

与此同时，另外两场比赛也已经有了结果。80Gaming取得了胜利，顺利拿到前往西雅图的门票。这样一来，GD总积分排名第二，和第三的WAWA，还有第四的EW，第五的FNL将进入明天的淘汰赛。

虽然没有拿到冠军，但是刚刚打赢了WAWA，这对GD众人来说绝对是莫大的鼓舞。大家都很开心，只有钟铭看不出情绪。

周彦兮看了看有说有笑的周俊几人，又看了看一言不发的钟铭，心里突然也没那么高兴了。

记得钟铭曾经说过，既然来了就一定要拿冠军回去。但是她知道，全队怕是除了他自己，谁也没有真的认为他们可以拿冠军。相反，现在的成绩比他们的心理预期还要高上很多。但周彦兮知道，对于这个全国冠军，钟铭是认真的。所以此时，虽然他面上无波无澜，但她可以清楚地感知到他的遗憾。

“铭哥。”她轻声叫他。

钟铭回过头来看她，她立刻朝他咧嘴一笑：“你不高兴啊？”

钟铭懒懒一笑：“没有。”

周彦兮朝四周看了看，休息室里乱哄哄的，应该没有人注意到他们。

她上前扯了扯钟铭的袖子，在钟铭再一次回头看她时，有点不好意思地问他：“如果能拿到世界冠军，那拿没拿到全国冠军是不是也无所谓了？”

钟铭没有立刻回答她的问题，而是怔怔地看了她片刻，半晌才又笑了起来。

他根本没有回答她的问题，但是周彦兮知道，自己的目的已经达到了，钟铭的心情似乎真的好了起来。

回程的时候，GD的车子早早地就等在了侧门外，只是这次众人没想到，今天侧门也有这么多媒体，他们几人一现身就被人拦住了去路。还好钟铭早有准备，帽子和口罩都戴着。周彦兮一时大意没有戴口罩，等她反应过来的时候，只感觉眼前猛地一亮，不知道是哪台相机的闪光灯……

钟铭见状连忙将周彦兮护至身后，一边替她遮挡镜头，一边在众多粉丝中替她开辟出一条道来，将她护送着上了车。

除了他俩以外，GD的其他人倒是不介意这些，王月明和周俊甚至还很亲切友好地跟粉丝打招呼，在外面磨蹭了半天才上车。

一刻钟后，车子终于驶出赛场汇入滚滚车流，这才甩开了粉丝。

这时候，疲惫了一天的众人也都安静了下来，只有坐在中间一排的周俊和王月明偶尔低头交谈两句。

钟铭靠在椅背上闭目养神，而周彦兮想到刚才闪光灯闪过的感觉，心里总是毛毛的。其实她知道，比赛期间肯定有人拍照，但赛场很大，台下的粉丝应该是看不清台上的选手的，想看清选手的脸只能通过赛场上投屏的画面。

不过比较奇怪的是，这么多场比赛下来，周彦兮看过所有的回放，发现他们队只有小熊、周俊和王月明在大屏幕上出现过。也不知道为什么，摄影机每次都是匆匆扫过她和钟铭，只留一个侧影，或者是低着头看不清脸的镜头。

不管是什么原因，她都一直庆幸着，但是刚才，还是没能躲过去。

心里正七上八下，坐在她前面的周俊突然叫了一声：“姐，你要火了！”

说着，他回过头把手机递给了周彦兮。

周俊的手机屏幕正停留在某个游戏论坛界面上，周彦兮拿过来看了看，很想哭。这才多长时间，她从赛场出来的照片就被发到了网上，而且还已经被顶成了热帖。再看那几张照片，她脸上的表情足以用“呆滞”两字来形容，一点不生动，一点不可爱！而且打了一天的比赛，她的身体状态也已经到了一个极限，头发凌乱，脸色也很憔悴……周彦兮一张张地看过去，赢了比赛的好心情也一点点在消失。

“这些人怎么搞的？发人照片也不给人修修图。”

“噗！”本来还有点担心她的周俊闻言差点笑喷。

车上众人也都像看白痴一样回头看着她。

周彦兮却没有管大家怎么想，专注地看着下面的评论。

“你回首一顾，我连我们以后埋在哪里都想好了。”

“房产证写你名字，我妈会游泳，生不生随你，难产保大的，孩子跟谁姓都行，生男生女都一样，不和爸妈一起住，银行卡归你，买买买买买！”

……

这都是什么啊，周彦兮又翻了几页，内容大同小异，可是有一条回复一下子就吸引了她的注意力。

“你们没发现吗？倒数第二张里，她和影神好像是牵着手的。”

这一条把周彦兮吓了一跳，她连忙又返回去看。倒数第二张照片里，正是钟铭将一脸茫然的她护在身后，而照片的最下面露出了两个人半个手腕，可以想象，那两只手是牵在一起的。

周彦兮的脑中有一瞬的空白，她仔细去回忆当时的情形，却发现自己可能是太紧张太无措了，那几秒钟究竟发生了什么，她完全没有印象。但无论当时的情况是什么样，她的心里早已有什么东西化开了。

她的目光不由得停留在照片中那个男人的脸上，虽然戴着帽子和口罩，但是一双黑亮的眼眸依旧波光流转，只是眼睛里透着些让人不敢靠近的淡漠和不悦。

她悄悄转头看身边的人，发现他不知道什么时候已经睁开了眼，也在看手机。

周彦兮偷偷扫了一眼，他好像是在看微信，并不是她看的这个游戏论坛。她松了口气，把手机还给周俊，随口抱怨了句：“无聊死了。”

早在周俊拿着手机给周彦兮时，钟铭就已经醒了。他猜到周俊看到的是什么，忍不住去网上看看情况。就在这时，他的手机收到一条微信，是李煜城。

李某人：恭喜啊。

Shadow：你今天也不错。

李某人：别安慰我了，输给TK又不丢人。

Shadow：你这心态可以的。

李某人：一般般吧，论心态肯定不如你，情敌都千千万了，还有心思打趣我。

Shadow：……

李煜城刚在钟铭那里栽了一局，正想在别的地方补回来，于是继续道：手都牵上了还想装没事？我记得有人说过很多如今看来都很打脸的话啊，想不到我们TK教主也有今天……不过她一出现倒是把所有人的注意力都吸引过去了，你虽然脑袋上有点绿，但好歹没人注意你的身份了。

看到这里，钟铭不由得微微皱了皱眉。周彦兮作为唯一的女性职业选手，她的存在必然会随着她慢慢打出成绩而掀起轩然大波。这早在他签下她时，就已经想到了。只是真的到了这一天，仅仅是今天这样的小浪花就足以让他不爽。

李煜城的微信消息还在不断地进来。

李某人：你们确立关系了？

李某人：什么时候的事？

李某人：到哪一步了？是不是已经把人给办了？

Shadow：你见过红色感叹号吗？

李煜城一愣，回了个问号。紧接着，他发现自己发出去的那个问号前面多了一个红色感叹号，下面还有一句提示，“消息已发出，但被对方拒收了”。

他反应了半秒钟，不由得骂了一声。这就把他拉黑了？

他气冲冲地给钟铭打电话，但直接被挂断了。

他听着嘟嘟嘟的忙音，冷笑着发了条信息：别说你对人家没有什么想法，没有的话，你心虚什么？！

— 03 —

第二天的淘汰赛，GD要打第一场。众人都以为钟铭会选择和积分最低的FNL打，但是钟铭却选择了EW。不过有了上次的经验，知道EW再也不是之前的“佛系”战队，GD采取的策略也就有了相应的变化。最终EW实力不够，输掉比赛。

另外一场WAWA和FNL的比赛就打得有点艰难。比赛都持续一个小时了，李煜城才终于抓住了对方打复活盾的空当，带着队友推上高地，最后赢得比赛。

按照淘汰赛的规则，GD和WAWA进入胜者组，EW和FNL进入败者组，而在败者组的队伍再输一场的话就会被直接淘汰。所以下一场比赛将从EW和FNL中淘汰一支队伍。

休息室里，李煜城问钟铭：“你觉得下一个被淘汰的会是谁？”

钟铭扫了眼角落里气势低迷的几个少年：“你说呢？”

李煜城叹气：“看来今天以后，EW就真的没有LOTK分部了。”

结果不出所料，EW状态不佳，一场四十分钟的比赛，包括大哥锤子在内的全部队员频频失误，最后被FNL淘汰。

另一边，GD和WAWA开始了在全国公开赛的最后一战。胜则拿到进军国际赛的第二张门票，败则和败者组的获胜队伍争夺外卡赛名额。

外界不知道Shadow是什么人，只知道GD作为一支仅仅拿过平台夏季赛冠军的新战队能走到今天这一步，已经算得上是非常傲人的成绩了。比起之前打平台赛时，他们现在更默契、更专业、更有爆发力，也更让人生畏。尤其是Shadow的操作，让所有人眼前一亮，堪称所向披靡。

然而比起这一点，更让广大粉丝关注的是GD的女队员周彦兮。照片一经曝光，周彦兮一夜之间就成了众人口中的LOTK女神，淘汰赛第二场还没开始，就有广告商的电话打到她的手机上，想和她谈产品代言的事情。

外面关于GD的传闻沸沸扬扬，GD内部也不是一点都没受影响。周彦兮因为一个失误，在比赛开局第二分钟的时候，直接送掉了一血。紧接着队伍配合脱节，在第六分钟的时候小熊千里迢迢来下路埋伏，三打二却生生让李煜城逃掉了。

这样一来，GD这边的气氛就变得有些压抑。尤其是周彦兮，从昨晚到现在，只要一想到有千千万万的人在盯着她看，她就忍不住焦虑紧张，在第十分钟的时候更是连带着钟铭一起被李煜城击杀，让李煜城成功完成一次双杀。

两个人的头像双双变灰，周彦兮盯着自己英雄复活的倒计时读秒，余光却瞥见钟铭的手在台子上摸了一下。她知道这是他下意识的动作，每次游戏打得焦灼的时候，他就会想抽支烟。

周彦兮不敢看他，却听到他突然说："刚才掉以轻心，害你也死了。"

的确，如果刚才钟铭将大招放出来，结果可能会反转，但那也是她走位出错在先。

周彦兮闻言不由得看向钟铭，见钟铭也正在看她："知道我为什么会掉以轻心吗？"

"为什么？"

"我害怕。"

开什么玩笑？他也会害怕？

钟铭像是看穿了她的心思，笑了一下说："是真的会害怕，怕你输了哭鼻子。"

周彦兮的呼吸不由得一窒。她觉得自己的眼眶已经红了。

"所以我们不能输。"他说。

就在此时，两个人的英雄已经双双复活。周彦兮深呼吸一口气，点点头，目光重新放回到电脑屏幕上，跟着钟铭出发。

后半场的比赛，GD重新找回了节奏。钟铭将突破口定在小飞身上，在周家姐弟的配合下完成了几次针对小飞的gank。上路的王月明趁着中下两路发生团战时迅速推塔，早早地将上路的高地塔和兵营拔掉，派出了超级兵。

至此，WAWA的三路兵线只有李煜城的下路还坚挺着，但是越来越大的经济差距已经让所有人提前看到了比赛结局。

比赛进行到第五十分钟时，李煜城带领着自己的辅助以少敌多，力挽狂澜，完成一次三杀将局势稍稍扳回了一些。但是LOTK是个五人游戏，而如今的版本在高规格的比赛中，也不是大哥一人可以接管比赛的了。所以最终在第七十二分钟的时候，WAWA终究无法扭转败局，输给了GD。

后来有媒体评价这一场比赛，说两家carry的操作都无懈可击，只是比起李煜城，钟铭更幸运一些，遇到了属于他的队友。

所有的赛程只剩下最后一场比赛，WAWA和FNL竞争这次全国公开赛的第三名，也就是国际赛外卡赛的参赛名额。WAWA虽然前后输给80Gaming和GD，但还是比FNL更有实力，所以最后一场，WAWA毫无悬念地拿下了比赛。

比赛全部结束后是颁奖仪式，休息室里的GD和80Gaming的众人便在主办方的引导下重返主赛场。

这是周彦兮第一次领奖，而且从他们拿到亚军后，讨论她的帖子更多了，就连她那个连认证都没有的微博账号也被人翻了出来。以前不知道红是什么概念，到了此刻，她才觉得有点高兴，也有点害怕。

心里正七上八下，一回头才发现原本在她身后的钟铭竟然不知去向了。眼见着就要进会场了，周彦兮有点着急："月月，你们看见铭哥了吗？"

王月明也是才注意到钟铭不见了，他和周俊立刻开始东张西望地找人，可直到他们上台，也没等到钟铭回来。只有小熊似乎早有预料，从始至终不着急也不觉得奇怪。

直到颁奖结束，钟铭也没有出现。更奇怪的是，主办方好像也早就知道似的，全程都没有提起GD队长钟铭，最后还是小熊代表GD讲了几句话。

从颁奖台上下来，周彦兮立刻让周俊给钟铭打电话。电话通了，周俊问了句"铭哥你人在哪"，然后简单应了两声就挂断了电话。

周彦兮自始至终都在旁边听着，见周俊挂上电话立刻问："他在哪？"

"刚才他有点事就没赶上颁奖，现在在休息室等我们。哦，对了，铭哥让你不要和我们一起回休息室，直接去北门等着。一会儿我们先从东门上车，再去北门接你。"

周彦兮愣了愣，但很快就明白了钟铭这样安排的用意，心里不禁暖暖的。

李煜城刚挂断电话就听到有人敲门，他说了声"进来"，回头一看，是小飞。

小飞站在门口也不进来，低着头，像个犯了错的孩子。

李煜城轻轻叹了口气问："怎么了？"

小飞犹豫了一下说："城哥，今天是我错了。"

在今天那局关乎WAWA命运的比赛中，WAWA众人的表现都不算好，但是出错最多的的确就是小飞。要是以前，李煜城估计都等不到回基地就会把他拎出来痛骂一顿了，但是今天从那场比赛结束到现在，他都没有责备过小飞一句。

李煜城的一反常态倒是让小飞有点坐不住了。回到基地后，他在李煜城的房门外忐忑徘徊了很久，最后还是决定自己送上门来，就是为了图个心安。

然而李煜城却只是问他：“你觉得你哪错了？”

小飞想了想，把以前李煜城总说他的那几点重复了一遍。

李煜城点点头：“你的问题你自己比我清楚。强中自有强中手，以后还是要更谦虚谨慎一点。”

小飞听着这不痛不痒的劝诫，心里依旧不是滋味：“城哥，求你别来语重心长这一套了，还不如骂我几句更痛快点。”

这话倒是引得李煜城笑了：“你小子就是欠练！不过我今天没力气骂你，你赶快滚去睡吧。”

虽然还是没有挨骂，但这才是小飞熟悉的那个李煜城。小飞松了口气，也笑了：“那我先去睡了。”

临走时小飞又想起什么，回头对李煜城说：“城哥你放心，我保证这段时间会好好训练，外卡赛上一定不再犯这些错误。”

李煜城有一瞬的失神，面前这个大男孩斗志满满的神情，让他仿佛看到了几年前的自己。他突然觉得无比灰心，终究还是没有忍住，说：“如果到时候我没办法参赛，你也要记住你今天的话。”

小飞不由得一愣：“什么意思？”

李煜城无所谓地笑了笑：“我年纪大了，搞不好在那之前就退役了。”

小飞以为自己听错了：“为什么？就因为我们输给了GD？但是进入外卡赛也还有机会在国际赛上拿个好名次啊！”

“不光是因为这个。”

“那是因为什么？”

李煜城想了想说：“那场比赛，我们每个人都有责任，当然也包括我——你们把希望寄托在我的身上，可是我终究让你们失望了。”

李煜城想到刚才老板在电话里说的那些话，虽然难听，但也不全是错的。

可能他李煜城的思路的确不适合现在的LOTK版本了。

之前他总觉得WAWA的队员也不差，但在时下多核战术日趋成熟的环境下，他们大多数时候依旧还是坚持四保一的打法。一方面是队友资质有限，另一方面也是他太相信自己。

想到这些他不是不自责，但对自己的队友也不是没有想法。究竟是谁断送了谁的冠军梦？他们明明不如别人操作好，为什么不能更勤奋一点？聪明如小飞，又为什么不能再虚心谨慎一点?

但是想到这些人平日里对他的信任和依赖，这一切也都化为了遗憾和不舍。

小飞见李煜城不像是在开玩笑，眼眶立刻就红了："城哥，你要是退役了，我也不打了！"

见小飞这样，李煜城也不好受："说什么浑话？我退役是因为我年纪大了打不动了，你正是前途无量的时候，说什么退役？"

这两年WAWA的成绩虽然一般，但是今年他们一直在努力，他日东山再起不是没有希望，可是这时候他们最依仗的人却说要退出。

小飞失控地吼道："没有你我们还会有什么前途？！"

他这一嗓子音量不低，之前就隐约听到他们争吵的人此时听清楚了这句话，都从房间里出来，站在不远处看着他们两个人。

李煜城看到眼前的大男孩狠狠地抹了下眼睛，不是不难受。

小飞进入WAWA时才十七岁，李煜城是看着他成长起来，看着他年少成名的。虽然他浮躁不羁，但是对李煜城的话始终唯命是从。小飞输了比赛没有哭过，被骂得狗血淋头也没有哭过，听说他要退役的时候却哭了。李煜城不是不动容，但是他知道，自己不能表现出来。

良久，他淡淡地说："事情还没有最终确定，在俱乐部找到合适的人替代我之前，我还会留在队里，跟大家一起训练。"

说到这里，他从小飞脸上移开视线，扫了其他人一眼。这群昔日的好兄弟，一向热情开朗的家伙，此时也都沉默着。

气氛无比凝重，但李煜城还是硬着心肠没有流露出一点情绪，对众人说："都回去睡吧，其他事明天再说。"然后就不再理会其他人，转身关上了房门。

— 04 —

GD众人回到基地后才后知后觉地想起一件事："我们的奖杯呢？"

众人纷纷看向小熊，当时是他代替队长钟铭捧回的奖杯。

小熊淡淡地扫了钟铭一眼："进了休息室我就给铭哥了。"

被点到名的人似乎一点也不着急，一边往楼上走，一边回了身后众人一句："我也忘了放在哪了。"

"什么？！"周俊第一个跳了起来，"铭哥！这可是我们的第一个大赛奖杯啊！好不容易打回来的，不能就这么丢了！你可得想想究竟放哪了！"

钟铭依旧是那副不慌不忙的样子，背对着周俊摆了摆手说："没那奖杯大家也知道你拿了个亚军，有什么好着急的？"

"话是这么说，可是……"周俊话还没说完，钟铭已经进了房间并且关上了房门。

小熊见状，只是安抚性地拍了拍周俊的肩膀。

王月明深深地望了一眼楼上钟铭的房门，什么也没说，回了自己的房间。

最后只剩下周家姐弟，周俊觉得莫名其妙，回头问他姐："难道只有我在意这个奖杯吗？他们什么意思？"

周彦兮难得聪明一次，说："听铭哥那话的意思，好像觉得亚军这事儿是一种耻辱。"

周俊皱眉："可我们是第一次参加这种规格的比赛啊，第一次就能拿到亚军已经算是前无古人了。铭哥这自我要求……会不会有点太膨胀了？"

周彦兮听弟弟这么一说，也不由得迟疑了一瞬，但也只有那么一瞬间，她就又想起之前钟铭对她说过的那些话。

"既然总有人会赢，那为什么不能是我们？"

"我不喜欢淘汰赛，最好两天结束比赛。"

……

想到这些，周彦兮很坚定地选择了相信自己的感觉。

"我觉得这并不是膨胀。"她无比认真地点了点头，"我相信铭哥，既然他认为我们有能力拿冠军，那没有拿到冠军，就是我们的失误。"

周俊很少见周彦兮这么一本正经地说话，像看怪物一样看着她，正想着奚落她几句，却看到钟铭站在了她身后不远处。也不知道钟铭有没有听到自己说他膨胀那话，周俊怯生生地叫了声“铭哥”就一溜烟地钻回了自己的房间。

周彦兮不知道身后有人，被周俊这一叫吓了一跳，仓皇间回头看，正见钟铭换了身家居服，懒懒散散地站在楼梯处。

周彦兮想到自己刚才说的话，也紧张起来。她就像被施了定身咒一样呆呆地看着他由远及近，走到她的面前。好在他只看了她一眼，并没有什么不寻常的表情。

周彦兮略微松了口气，正当她以为钟铭会直接从她身边走过去时，他却突然站住了脚，微微低头看着她说：“想不到你觉悟还挺高。”

为什么要离她这么近？为什么要刻意把声音压那么低？

周彦兮愣了愣：“啊？”

钟铭已经恢复如常，笑了笑说：“表现不错。”

丢下这一句，他就没再理会还在发呆的周彦兮，走进了厨房。

周彦兮怔怔地看了他片刻，回过神来却发现自己的心竟然跳得很快。她不敢再多停留，连忙转身朝楼上走去。走到二楼时她险些跟另一个人撞了个满怀，一抬头才发现小熊正倚在楼梯扶手边，不知道已经在那站了多久了。

周彦兮没好气地道：“你们怎么一个个都来无影去无踪的？”

小熊却似笑非笑地问周彦兮：“什么感觉？”

周彦兮纳闷：“什么‘什么感觉’？”

“刚才他靠近你的时候……”小熊朝着楼下厨房的方向瞥了一眼，“有没有心跳加快、兴奋不已，甚至出汗脸红？”

周彦兮回想刚才自己是有点紧张，但她不想对小熊承认，狠狠地瞪了他一眼：“你无聊不无聊，问这个干什么？”

小熊却已换上了一副洞穿一切的表情：“爱的表现——去甲肾上腺素使你怦然心动。”

又来了……周彦兮颇为不屑地冷笑：“我知道你是学化学的，但我也知道，你就一标准学渣，装什么学霸！”

小熊也不生气，只傲娇地朝她翻了个白眼：“白痴，我们走着瞧。”

周俊对遗失奖杯一事耿耿于怀，第二天他打电话给大赛主办方问有没有人捡到被他家队长“不慎”弄丢的亚军奖杯。主办方承办大赛多年，也是头一次遇到这种事，立刻联系赛场工作人员帮助寻找奖杯。

当天下午就有工作人员联系周俊，说是昨天比赛结束后，好像有人在选手休息室外的一个公共区域见到过一个奖杯，但是不知道被谁拿走了。遗失奖杯也算是个不小的事，消息反馈到主办方后，主办方立刻在官方平台发出了寻物启事，请捡到奖杯的人联系主办方的工作人员。

这种大规模的比赛竟然会弄丢奖杯，粉丝们也纷纷觉得十分稀奇。有人猜是GD的竞争对手不怀好意，趁GD众人不备偷拿了奖杯，也有人猜是GD出了内鬼，故意丢掉奖杯让战队尴尬，当然也有极个别人猜，或许是GD对这个亚军的成绩并不满意。大家说什么的都有，这也成了继周彦兮照片被曝光后，GD又一次被带节奏。

国际赛的时间是在来年的七月份，众人还有半年的时间备战。

全国公开赛后，大多数战队都会有一个假期，GD也不例外，有七天假。但是因为大赛过后钟铭替大家又接了一些工作，所以众人虽然处于休假状态，但也都不能离开B市。像王月明这种家在外地的，就还是住在基地里。

这一天是假期的第一天，早在放假前大家就说要聚一聚，好歹他们也拿到了一个全国亚军，钟铭不能一点表示也没有。

当周俊委屈巴巴地把自己的想法说给钟铭听时，钟铭只是说：“我没意见，地方你们定。”

王月明接完一个电话从房间里出来，听到的正是这句，于是半开玩笑地问钟铭：“那是不是多贵的地方都可以？”

钟铭还是那副无所谓的神情：“选好地方告诉我。”

于是王月明和周俊就凑在一起讨论去哪好，其他的都不重要，关键是要贵，衬得起他们队长的身份！

小熊心情不错，坐在沙发上边修着指甲边听旁边两个人商量去哪，偶尔也插上一句。

“瞧你们那点出息，这种消费水准算哪门子贵？

“周俊，你跟你姐真是一对爹妈养大的吗？怎么感觉你是吃草长大的，一副没见过世面的样子。”

周俊闻言也不生气，还很坦然地说：“我们家是暴发户，跟熊哥你这种贵族没法比啊。”

众人最后决定去一家日料店吃饭，钟铭对此没有意见。但是几人收拾好正要出门时，才意识到好像少了一个人。

周俊一拍脑袋：“忘了把我姐叫醒了！”

他正要上楼，却被钟铭叫住：“一会儿我叫她吧，反正也要分开走，你们先走，我和她晚点到。”

周俊也没有多想，说了声“好”，就张罗着小熊和王月明出门了。

周俊他们走后，钟铭没有立刻去叫醒周彦兮，而是先去洗了个澡。差不多半小时以后，他从房间里出来，隔壁周彦兮的房里依旧一点动静都没有。

他敲了敲门，没有人应，干脆推门进去。

天色已黑，房间里黑漆漆的。借着走廊里的灯光依稀可以看到床上有一团东西在他推门进来时不安地动了动。

钟铭伸手打开灯，房间里骤然亮堂了起来。钟铭这才看清床上某人略微销魂的睡姿。

周彦兮的睡相一向不怎么好看，此时她上半身正背对着钟铭侧躺着，下半身却是趴着的，活生生把自己拧成了一个麻花。被子则只盖着头，一头乌黑如缎的长发杂乱无章地散落在床上。

好在因为天气冷，她穿得倒不少，一身钟铭之前就见过的粉色珊瑚绒分体睡衣。只是因为她睡姿的缘故，上衣微微卷起，露出半截白皙纤细的腰肢来。还有一双莹白的小脚，此时正光溜溜地搭在床边。

钟铭弯腰捡起掉在地上的枕头随手丢在床上。周彦兮被绵软的枕头砸了一下，几不可闻地闷哼了一声，但是始终没有醒来的迹象。钟铭就那样双手插在裤子口袋里在床边又站了片刻，然后抬起一只脚，在某人的屁股上轻轻踢了一脚。

周彦兮哼哼了两声依旧没醒。钟铭又踢了两脚，她这才把头上的被子扯了下来，转向钟铭这边。

全国公开赛从海选到最后的决赛，持续了将近一个月的时间。这一个月里，周彦兮一直处于高度紧张的状态，就没睡过一个安稳觉。终于等到比赛结束，她一放松下来才觉得整个人无比困乏。她从昨晚回到基地开始就闷头睡觉，一直睡到今天中午，一起床就是午饭时间。谁知道她吃饱了又觉得困，想着再睡个午觉，结果一睡就睡到了太阳落山。

她迷迷糊糊地睁开眼，映入眼帘的是两条穿着休闲裤的长腿。她的大脑还处于宕机状态，完全没意识到站在面前的人是谁。她顺着那双腿往下扫了一眼，腿的主人光脚穿着一双皮质的居家拖鞋。

等等，这拖鞋怎么那么眼熟？几乎是下一秒，周彦兮立刻从床上弹了起来，然后又想起什么似的胡乱地擦了擦嘴。

钟铭脸上没什么表情："赶紧收拾一下，出去吃饭。"

周彦兮瞥了一眼窗外，这才意识到自己已经睡了好久了，于是不好意思地"哦"了一声。

钟铭抬手看了眼时间："十五分钟。我在楼下等你，十五分钟内下来。"

"好。"

钟铭又瞥了一眼她身上："降温了，多穿点。"

"哦，好。"

钟铭的话让周彦兮心里暖暖的，但是又想到刚才钟铭不知道在这里站了多久，还有自己一向被周家人诟病的睡相……只能祈祷他并没有看到什么吧……

然而就在这时，已经走到房门口的钟铭却突然笑了一声。

周彦兮不明所以地抬头看向他。

钟铭似乎是叹了口气："想不到所谓的'女神'竟然是这种睡相。"

周彦兮："……"

怕钟铭等太久，周彦兮只是简单洗了个脸换了身衣服就下了楼。

钟铭见她下来，不由得皱了皱眉。

她很敏锐地察觉到自家老大的不满，可是她明明没迟到啊。

“我不是说降温了吗？”

她低头看了一眼自己身上的大衣：“开车的话，还好吧？”

“给你三分钟时间，上去换羽绒服下来。”

周彦兮很喜欢这件大衣，本来还想再争取一下，但是眼见钟铭的耐心似乎马上就要用光了，于是乖乖上楼换了件羽绒服出来。

钟铭对周彦兮的表现似乎比较满意，一路上也没再说什么。

— 05 —

日料店前面不远处的树林旁有十来个停车位，钟铭随便找了个还算宽敞的位置倒车进去。

快到日料店时，四周的光线亮了起来，周彦兮听到身后有年轻男人的说笑声。

男人甲：“没想到现在的WAWA这么菜，一帮大老爷们儿打不过一个妹子，害老子输了不少钱！”

男人乙：“妹子还好，厉害的是影神，不过那妹子长得不错。”

男人甲：“是啊，可惜到现场看了几场比赛都没遇到她。”

男人乙：“呦，你小子动心了？”

男人甲：“男人嘛，视觉动物。”

男人乙：“你想见她还不容易啊，让你家老爷子给他们投点钱，还怕见不到人？”

男人甲：“嗯，我看靠谱。”

男人乙：“不过打游戏的妹子和学校还有酒吧里的都不一样，搞不好不吃你那套。”

男人甲：“有什么不一样的，都是漂亮小姐姐，其他人喜欢什么，她自然也喜欢什么……”

听到这里，周彦兮只想快点离开，可身旁的男人却突然停下了脚步。她微微一怔，隐约猜到他要做什么，回头一看，果然见钟铭脸色不好。她连忙去拉他，然而拉了两下也没拉动。身后的人离他们越来越近，周彦兮几乎是央求地看向钟铭。

钟铭神色中闪过一丝犹豫，终究还是不情不愿地被她拉着进了店里。

直到被服务员引着到了包间门口，周彦兮的心才渐渐落回了原处。正在这时包间的门忽然被拉开，门里门外的人都不由得一怔。

门里的人意外是因为没想到门一打开看到的竟然是他家队长和辅助手挽手的样子，而门外的周彦兮则是因为看到了里面的人见鬼一样的神情。

周俊先回过神来："你们搞什么？走红毯吗？"

周彦兮这才意识到自己的手还挂在钟铭的臂弯里，连忙讪笑着抽回来说："就是想给你们一个惊喜，呵呵……"

周俊嘴角动了动："不好意思，只有惊吓没有惊喜。"

周彦兮尴尬地看了钟铭一眼，好在他倒是一副无所谓的样子，已经脱了鞋进了包间。周彦兮连忙也脱了鞋进去，在钟铭旁边的空位上端端正正地跪坐好。

不一会儿，一道道精致可口的菜就端上来了。

但周彦兮不喜欢这里，主要是因为在这里吃饭有点受罪，跪的时间长腿都麻了。她借故去洗手间，顺便活动活动双腿，可一出门才发现钟铭也跟了出来。

"这么巧啊铭哥。"

话一出口，周彦兮才觉得有点奇怪。

果然钟铭笑了笑："是啊，有点巧。"

"……"

还好他们那个包间的位置离洗手间不算远，没走多久就到了。

一进到洗手间里，周彦兮立刻打开水龙头洗了把脸，让自己冷静下来。然后她又故意磨蹭了一会儿，估摸着钟铭应该已经回去了，才从洗手间里出去。

然而一出门，她就傻眼了——靠在外面走廊墙上抽烟的不是钟铭又是谁？

看到她出来，钟铭慢条斯理地将还没抽完的半支烟摁灭在旁边的垃圾桶中，然后似笑非笑地说："这么巧。"

这梗他打算玩多久？

"呵呵……是啊……"

"那走吧，再不回去那帮家伙不知道又会想到哪儿去。"

周彦兮欲哭无泪，既然想到了会被人编派，那他为什么还要等她一起回去啊？避嫌懂不懂？

就在此时，伴随着远处一间包间的门被拉开的声音，年轻男人说话的声音也渐渐变得清晰起来。

周彦兮立刻听出来，说话的人就是刚才在路上讨论她的那两个人。这要是迎面遇上，对方肯定会认出她的！

周彦兮还没想到该怎么办，突然感觉手臂一紧，然后眼前一花，她整个人就被钟铭压在了墙壁上。那两个人此时正从他们身边走过，钟铭俯下身来微微低头，做出要吻她的样子，成功挡住了他们的视线。

周彦兮的心猛地一跳，条件反射地闭起双眼，而伴随着一声响亮的口哨声，她原以为会发生的事情并没有发生。

等她再睁开眼时，钟铭已经松开了她，轻声说了句：“走吧。”

“那个……等一下。”周彦兮叫住钟铭。

钟铭停下脚步回头看她。

周彦兮觉得自己的脸还是很热，问道：“铭哥，你刚才……什么意思？”

钟铭瞥了一眼刚才那两个人消失的方向，理所当然地说道：“帮你解围。”

啊？原来只是帮她解围？周彦兮松了口气，但很明显，她觉得自己好像有点失望……

钟铭微微挑眉：“怎么了？”

她摇了摇头：“没什么。”

“嗯，不用谢我。”

在此之前，包间里的人左等右等都不见钟铭和周彦兮回去，周俊正好也想去洗手间，就出去看看两个人是不是迷路了。然而他刚出包间，就看到钟铭将他姐压在墙上吻的情形。

他突然就不淡定了，因为这在他看来是完全不应该发生的事情。

他第一反应就是退回包间，还顺手拉上了门。

王月明见他这么快就回来了不明所以，再一看他神情就更觉得奇怪了：“你那是什么表情？见鬼了？”

“差不多……哦不，没什么……”

小熊则若有所思地皱了皱眉，视线不由得扫向门口。

— 06 —

周彦兮的脑子一片空白，也不知道自己是怎么回到包间里的。钟铭倒像个没事人一样，跟众人聊着平台冬季赛的事情。

周彦兮还在想着刚才走廊里发生的事情，等心绪终于慢慢恢复平静后，只听到大家在说什么解说的事情。

周彦兮问：“解说什么？”

王月明忍不住说：“你一直在这儿想什么呢？我和熊哥后天要去解说平台冬季赛。”

周彦兮这才了然地“哦”了一声：“那你们加油。”说完，她的目光看向周俊，周俊却像被烫了一下似的连忙错开视线。

周俊这个反应让周彦兮感到有点奇怪，再看这小孩的脸红得跟盘子里的虾一个颜色，就更奇怪了。

“周俊你很热吗？”她问。

“啊？没有啊。”周俊低头吃饭。

“那你脸怎么那么红？”

“有吗？”说完，周俊的脸埋得更低了。

周彦兮觉得他的这个举动有点莫名其妙，但是也懒得去琢磨这小孩的想法。

众人边吃边聊，直到酒足饭饱才离开。

正在这时，王月明的手机突然响了起来，可响了很久也不见王月明去接。周彦兮刚想提醒他，他已经快走几步，上了周俊的车。

回去的路上，周彦兮联想起王月明最近的反常，忍不住问钟铭：“铭哥，你觉不觉得月月最近有点奇怪？好像电话很多，还总是避着我们。”

她以为钟铭也会觉得奇怪，谁知他只是笑了笑。

周俊和钟铭的车子几乎是前后脚到的基地，王月明一进门就扎进了自己的房间。周彦兮正看着王月明的房门发呆，突然听到周俊叫她。

“怎么了？”她问。

周俊一脸纠结的表情，欲言又止，支支吾吾了半天，最后叹了口气，什么也没说就离开了。

周彦兮被搞得莫名其妙，回头看到小熊，忍不住问：“他今天怎么了？”

小熊瞥了眼正往楼上走的周俊，笑着说：“现在说周俊是你亲弟，我信了。”

“什么意思啊？有话不能直接说吗？我每天猜你们的意思就累死了。”

小熊还是不回答，只是问她：“你什么时候回家？”

周彦兮有气无力：“过几天吧。”

“那这几天干什么？”

“训练。”

小熊失笑：“这么勤奋？”

“那当然。”周彦兮往楼上看了一眼，见钟铭已经进了房间，于是才敢大着胆子说，“想拿世界冠军哪有那么容易？”

“要我看GD想拿世界冠军也挺容易的，把你换掉就行了。”

“喂！是不是好朋友啊？！”

小熊倒是认真起来：“所以我说我们现在还是先别想那么远了，毕竟从这次全国公开赛就知道了，大型比赛就该是这样高手云集。国际赛的平台更大，想要取得好成绩只会比这次更难。”

这是实话，但是周彦兮就是对GD有信心。

“虽然很难，但是铭哥说我们可以，我就相信我们可以。”

小熊看了她一眼：“爱的信号——多巴胺。”

周彦兮快疯了：“这又是什么东西？”

“只有当你遇到大脑皮层‘认可’的异性时，多巴胺会大量分泌，使人产生‘爱’的感觉，所以多巴胺也被称为‘恋爱分子’。但它也会使人上瘾，那些烟鬼酒鬼都与它有关。所以，小心你对他上瘾……”

小熊说这些话时，周彦兮始终皱着眉沉默着，直到小熊说完好久，她才困惑地摇了摇头：“没听懂。”

小熊翻了个白眼：“就当本少爷在对一只猪说话吧！”

两个人你一言我一语推推搡搡地上了楼，各自回了房间。

回到房间，周彦兮疲惫地躺在床上，随手打开微博，又是四位数的消息提醒。周彦兮像往常那样随意翻了翻，看到其中一条私信时愣住了。

“女神，答应我，不要爱上影神。”

周彦兮怔怔地看了几秒，骂了句“神经病”便将手机丢到一旁。

然而这一夜，她却没有睡好。一整个晚上，她都在做梦，所有的梦境都有一个男人出现。她看不清那个男人的脸，但觉得很熟悉。直到那个男人要低头吻她的时候，她抬起头，正撞上他的视线，这一次只看得清一双眼睛，但是她却可以确定，那是属于谁的。

周彦兮倏地从床上坐了起来，窗外已是阳光明媚，看样子差不多已经到中午了。可是刚才梦里那种心跳加速的感觉，还是那么清晰。

这算不算春梦？

周彦兮像只鸵鸟一样将脑袋埋进松软的被褥中，怨钟铭昨天那样替她“解围”，害她这么心猿意马，也恨自己没出息，竟然还有点意犹未尽……

她洗漱完下了楼，发现整个基地静悄悄的，只有厨房的抽油烟机发出的嗡鸣声。她以为是阿姨在做饭，下楼一看，却看到一个修长的身影立在灶台前。

他穿着一件白色的套头卫衣，下面搭配一条黑色的休闲裤，依旧是光脚穿着拖鞋。只是裤脚有点长，超过脚跟拖在了地面上。这一看就是他随便穿的，但是仗着身材好又皮肤白，这么穿依旧很养眼。

不知为什么，周彦兮突然想到昨晚那个粉丝发来的私信——不要爱上影神。

她的心忽然漏跳了一拍。

正当她想趁钟铭还没有注意到她之前折回房间，他却突然转过头来。

“起了？”他问。

“嗯……其他人呢？”看着空荡荡的基地，周彦兮问道。

钟铭将煮好的意大利面盛出两盘，又将做好的肉酱分别浇了上去：“平台给小熊他们订了酒店，要提前一天过去，周俊回学校了……”

说着，他回头看了周彦兮一眼：“我以为你知道。”

所以从今天起，整个基地就只剩下他们两个人了？

周彦兮讪笑：“他们之前好像是说过。”

钟铭把两盘意大利面端上餐桌，对周彦兮说：“洗手吃饭吧。”

回到餐桌旁，看着色泽诱人的意大利面，周彦兮才意识到自己是真的饿了。她挑起面吃了一口，觉得似乎应该说点什么，于是说："又让你给我做饭，真不好意思啊。"

钟铭似笑非笑地看着她："所以呢？晚上你来做吗？"

"啊？"她那水平他又不是没见识过，周彦兮犹豫了一下说，"我可以负责叫外卖。"

话刚说完，面前的盘子就被人抽走了。

"那你去叫外卖吧。"

周彦兮欲哭无泪，他们的队长大人还真是说翻脸就翻脸啊。

"那盘我吃过了。"

"没事，我不嫌弃。"

钟铭只是随口一说，然而周彦兮的脸却不由自主地红了。

她想到自己做了一整晚的梦，还有最后那个没接成的吻……因为心虚，她突然有点害怕——如果真有"心电感应"的话，那她总是想起他，梦到他，他会不会有感应？

太羞耻了……

周彦兮的脑子里正天人交战着，对面的男人突然笑了："我又没说什么，你脸红什么？"

周彦兮愣了一下，然后委委屈屈地说："气的，哦不，饿的。"

钟铭点点头："这样啊……"

他把盘子又推回到周彦兮面前："算了，你做的饭我的确也不敢吃，你还是负责洗碗吧。"

周彦兮连忙说："好啊，正好我很喜欢洗碗。"

钟铭挑眉看向她，嘴角不易察觉地勾了勾。

— 07 —

吃完午饭，钟铭和周彦兮各自回房间休息。

这天是B市入冬以来难得的一个好天气，阳光明媚，烘得房间里暖洋洋的。

周彦兮看了下时间，距离平台赛开始还有一天，小熊他们现在应该没什么事。

她趴在床上百无聊赖地给小熊发微信：熊神，忙什么呢?

没一会儿，小熊回了过来：问吧。

周彦兮愣了一下：问什么?

小熊：你难道不是想问我，他对你到底是什么感觉吗?

周彦兮对着手机的脸瞬间又红了。不愧是自称“最懂女人的男人”，不愧是她的亲人……

周彦兮斟酌再三，输入、删除，再输入、再删除，最后还是问：那到底是什么感觉?

小熊：男人看女人的感觉。

周彦兮皱眉想了想，回复道：不懂……

小熊回了个翻白眼的表情，然后直接发了条语音过来。周彦兮连忙点开，小熊不屑的声音从手机扬声器传了出来：“男人看女人的感觉，就是见到想扑倒的感觉。所以我好心提醒你，这几天最好不要和他单独在一个房间里相处，避免肢体接触……”

周彦兮完全没想到小熊会说这些，反应过来时连忙切换成听筒模式。房间里安静了下来，她也松了口气，然后戴上耳机把小熊说的话重新听了一遍。

“……避免肢体接触甚至眼神接触，睡觉前锁好房门，出房间穿得严实一点。”

周彦兮听得头皮发麻，但还记得替钟铭说话：“我看你是得了被害妄想症了，铭哥才不是那种人！”

小熊冷笑：“他没有表现出来，不代表他没有那一面。”

周彦兮把手机扔到一边，想着刚才小熊说的那些肢体接触、眼神接触，她非但不觉得要防着，内心其实并不排斥。

想到这里，她突然很想知道此时的钟铭在做什么。于是，她蹑手蹑脚地走到阳台上。

这个阳台和隔壁钟铭的阳台几乎是相通的，周彦兮刚走到阳台上，就隐约听到男人低沉的嗓音从隔壁房间传来。

“我今天刚好有空，今天行吗？”

钟铭像是在和什么人打电话，还说要见面什么的，周彦兮立刻竖起耳朵。

“也没什么，就是想早点见你。

“不用你出来，我开车方便，过去接你吧。”

对方是谁？他想早点见谁？他又要去接谁？

周彦兮的脑子里立刻冒出了一连串的问号。难道钟铭一直都有女朋友或者喜欢的女孩吗？可是怎么从来都没听他说起过？那他对自己是不是真的像小熊说的那样，是男人看女人的感觉？如果是这样，那他是不是太渣了？

周彦兮越想越生气，想到钟铭那天帮她“解围”生气，想到自己这几天的心猿意马生气……最要命的是，她发现自己想到他对电话里的女孩子说“想见她”“去接她”更生气！

周彦兮烦躁地回到房间，想让自己冷静下来，可是发现无论做什么都无济于事。她打开手机连接了音响，把自己最喜欢的几首歌加入了播放列表。听着音乐，她努力跟着哼唱，找点事做……

隔壁，钟铭和阿杰刚确定好见面的时间，阿杰就听到钟铭那边突然闹哄哄的，他忍不住问：“铭哥，你那边什么声音？好吵啊。”

钟铭沉默了片刻，笑了笑。他很想告诉这孩子这就是他每天早上的叫醒闹钟，只是今天不知道出了什么状况，在不该响起的时间响了。但是想到阿杰以后应该也有机会听到，所以他只是说：“没什么，我都习惯了。”

阿杰说：“是装修吗？今天可是周末啊，可以投诉的。”

钟铭忍着笑：“好，如果我们见面回来还这样，我就去‘投诉’。”

钟铭和阿杰、小强约的见面时间就在半小时以后，所以挂上电话没多久，他就出了门。

周彦兮一直有意无意地留意着门外的动静，听到楼下大门关上的声音，她第一反应就是冲上阳台。果然没一会儿，就看到一辆黑色保时捷驶出了车库。

真去约会了？

这个想法让她的心情彻底跌入了谷底，但转念仔细一想，自己好像也没有郁闷的理由。难道她对队长有了超过队友的情谊吗？她很快摇了摇头——充其量也就是好感吧……

不过，她或许该好好理一理他们之间的关系了。

可是理着理着，她一不小心就睡着了，再醒来时，音响里还在循环播放着那几首歌，而外面天色已黑。周彦兮看了眼时间，该吃晚饭了。想着钟铭出去约会肯定会跟人家一起吃饭，周彦兮只能自己动手，丰衣足食。

她打开手机外卖软件，看什么都胃口一般，最后点了一锅潮汕粥和几个点心。

点好了单，周彦兮想趁着等餐的时间洗个澡，可脱光了走进浴室后才发现热水器竟然坏了！今天真是诸事不顺！

没办法，她只好重新穿回衣服，先去楼下周俊的房间洗一下。

然而刚出房间，她就愣住了。本来以为只有她一个人在基地，此时一楼却亮着灯，而那个本该在外面和女孩子共进晚餐的家伙正在灶台前切菜。

什么情况？周彦兮立刻往四处看了看，确定基地里只有她和钟铭后，才叫他："铭哥？你怎么这么早就回来了？"

钟铭回过头来看她一眼："快七点了，早吗？倒是你，这么能睡。"

周彦兮撇了撇嘴走进厨房，往菜板上扫了一眼："做晚饭？"

"嗯，四季豆你想怎么吃？和山药炒，还是和肉炒。"

"山药吧。"

周彦兮随口回答了一句后突然愣住了，她意识到一个很严重的问题——她刚才已经叫了外卖。

她纠结了一会儿，见钟铭切好四季豆正要去拿山药，连忙叫住他："那个，铭哥……其实我刚才，叫了外卖。"

钟铭愣了一下，去拉冰箱门的手顿住了："叫的什么？"

"海鲜粥。"

"你想喝海鲜粥？"

"我最近正在减肥嘛，想着喝粥好一点。"

钟铭扫了她一眼点点头："那这菜就留着明天再炒吧。"

说着钟铭就要开始收拾厨房。

周彦兮纠结了片刻，还是决定实话实说："那个，我不知道你要回来，所以……"

钟铭放缓了手上的动作："所以什么？"

周彦兮一咬牙，干脆硬着头皮说："所以我只点了一人份。"

"哦……"

钟铭点了点头，看着周彦兮，用没什么温度的语气说："我说周彦兮，你身为我们队的辅助不会做饭也就算了，洗个碗还得我二次返工。我身为队长给你当了一天的厨子，你最后叫外卖却只叫了自己那份，你觉得合适吗？"

虽然周彦兮不知道这些事情跟"队长"和"辅助"有什么关系，但她确实觉得钟铭说得很有道理，让她无地自容。

不过周彦兮还是急中生智努力挽回："其实是我刚才没说清楚。我虽然叫的是一人份，但是这家店分量给的很多，所以我们可以分着吃。"

"分着吃？"钟铭挑眉。

周彦兮连忙点头："对啊，粥可以分着吃，流沙包、凤爪和糯米鸡什么的就更没必要点两份了，对吧？哦，对了铭哥，我记得你爱吃糯米鸡，专门给你点的。"

说完，周彦兮小心翼翼地看着钟铭，发现对方也看着她，而且看她的眼神竟然渐渐带了几分笑意。

这是被他看穿了吗？

正当周彦兮犹豫着要不要坦白从宽的时候，却听钟铭说："听你说的，好像没有点素菜。"

周彦兮愣了一下，拿出手机看了一眼订单，还真是。

"我忘了。"

"那不行。这样吧，我再清炒个四季豆，荤素搭配，更有利于你减肥。"

周彦兮立刻献上笑脸："对对对，铭哥你说得对。"

— 08 —

吃饭的时候，周彦兮想起自己房间的热水器好像坏了，就跟钟铭提了一句。

钟铭："那你今天……"

"我今天先去周俊房间洗。"

钟铭点点头，没再说什么。

吃完饭，也没什么事做，钟铭决定打两局排位。

身后传来拖鞋踩在地上发出的啪嗒啪嗒的声音，然后是房间门关上的声音，紧接着没一会儿，又响起了哗哗的流水声。钟铭突然有点郁闷，怎么以前他没发现这房子的隔音这么差呢?

游戏已经开始，钟铭今天的状态一般，时不时漏几个兵，走位偶尔也不够谨慎，所幸对手不强，也用不着他全力以赴。游戏打到一半，他的手机振动了两下，他随手拿过来看了一眼。

YAN：铭哥，那个……你方不方便回避一下?

钟铭觉得莫名其妙，回头看了一眼紧闭的某个房门，然后又扫了一眼墙上的挂钟，这都四十分钟了，洗得够久了。

Shadow：你想说你卸了妆所以不方便见人吗?没事，你流口水的样子我都见过。

YAN：……

YAN：我忘记带换洗的衣服……

钟铭握着手机的手不由得顿了顿。

Shadow：你记得带手机却忘了带换洗的衣服?

YAN：我错了铭哥!

钟铭想了一会儿回复说：好吧，你告诉我在哪儿，我替你拿。

信息刚发过去，钟铭的电话就响了，还是周彦兮。

“不不不，我哪敢麻烦你啊铭哥，你先回房间吧，我回房间换就好……”周彦兮说话的声音越来越小。

钟铭反应过来，她不是让他帮她拿衣服，是打算自己裸奔回房间……

少儿不宜的画面在脑中一闪而过，即便是钟铭，都忍不住红了耳根。

他清了清嗓子“嗯”了一声，直接关掉电脑，上了楼。

周彦兮在周俊的衣柜里翻了好一会儿，翻到一件以前被她吐槽过很多次的格子衬衫。这件衬衫的长度可以遮到她的大腿，为了安全起见，周彦兮又在外面套了件自己的小开衫。她对着镜子照了又照，确认不会走光后，才将房门打开了一条小缝。

她往外看了一眼，钟铭的位置上已经没有人了，电脑也关了。她又扫了一眼楼上，他的房门也是关着的。

她抱起自己换下来的衣服，以生平最快的速度冲上楼，回了房间。

钟铭的房门没有关严，他回到房间没一会儿就听到啪嗒啪嗒的拖鞋声从楼下传来。那声音经过他房门前时，他还是没忍住朝门口扫了一眼，正好从虚掩着的门缝看到一个身影一晃而过。只那么一瞬间，却让钟铭这辈子都忘不掉格子衬衫下露出一双纤细的腿。

不一会儿，隔壁又响起了音乐声，这一次是辛晓琪的《领悟》。钟铭无奈地笑了笑，不得不说她的品位还真是和她本人的形象搭不上边。

正在这时，音乐突然停了一下，响起叮咚一声，像是微信的提示音。

周彦兮最近很喜欢用手机蓝牙连接音响，唯一不方便的就是手机提示音响起时，也会从音响里传出来，这时候音乐就会停顿一下。

周彦兮看到小飞发来的微信时吓了一跳，正想装死不回消息，电话突然响了。手忙脚乱中，周彦兮竟然接通了。

“彦兮……”小飞的声音从环绕立体声音响里传出来。

“我知道你在。”他说。

周彦兮哪管他说什么，只想赶紧断开手机蓝牙和音响的连接。鼓捣了半天也没搞定，周彦兮干脆给音响断了电，房间里终于又安静了下来。

“彦兮？彦兮？你在听吗？”

小飞的声音不断地从床上的手机里传出来。

事已至此，周彦兮再想编什么瞎话也蒙不过去了。她无奈，拿起手机回道：“那个……我已经睡了，你有事吗？”

小飞沉默了片刻说：“我心情不好。”

“这样啊……要不你去吃点好吃的吧？我心情不好的时候吃点东西就好了。”

小飞的情绪依旧很低落：“我什么都不想干，只想见你一面。”

周彦兮无语，她真受不了这些多愁善感的男生，还好周俊那个神经比手指头还粗的家伙从来不会这样，不然她一定已经跟他断绝血缘关系千百次了。

“可是我真的要睡了，不太方便。”

“就这一次彦兮，或许以后我们都不会有机会见面了。”

周彦兮愣了一下问：“为什么？”

电话里沉默了片刻：“我可能不会再打游戏了。”

钟铭站在阳台上，看到一个瘦瘦高高的大男孩在别墅下徘徊，像是在等人。没一会儿，就见一个熟悉的身影从别墅的大门跑了出去。

这晚的夜色很好，万里无云，月光皎洁，加之马上就要到圣诞节了，小区的各类树木上早就被挂上了各式彩灯，灯光辉映着月光，将楼下别墅门前的一对年轻男女照得清清楚楚。

钟铭这才注意到，她的头发还是湿着的。

他在楼上犹豫了一会儿，见楼下两个人一时半会儿还没有要散的意思，于是回到房间，从柜子里翻出一条压在箱底的围巾下了楼。

刚走到一楼门口，大门就被打开了。周彦兮吸着鼻子，缩着脖子，小跑着进了门。

看到钟铭她微微一愣：“铭哥你要出门？”

钟铭也愣了一下，可还没等他回答，她又看着他手上的围巾说道：“咦，以前没见你戴过围巾呀。”

钟铭顺着她的目光看向自己手上的那条围巾，干净利落地当着她的面围在了自己的脖子上：“嗯，感觉今天晚上有点冷。”

周彦兮仰头看着他，片刻后，笑了笑说：“铭哥，你戴围巾挺好看的。”

钟铭面无表情地扫了一眼她的脸，被冻得惨白，还有几缕微湿的头发此时正贴在她的小脸上。

“你干什么去了？”

“哦，刚才WAWA那个小飞来了，估计输了比赛心情不好。”

钟铭微微挑眉：“以后不要再见那个小飞了。”

周彦兮也很不喜欢见到小飞，但钟铭提这种要求却多少有点奇怪。

“为什么？”她问。

“什么为什么？我不让你见他，你难不成还有意见？”钟铭的脸色又阴沉了下来，“国际赛马上就要开始了，他们虽然是进的外卡赛，但还是有很大机会进正赛的，到时候我们免不了和他们对战。以我对你的了解，我有理由怀疑你会把我们战队的核心战术泄露给对方。”

周彦兮听得目瞪口呆，她完全没想到钟铭也有一口气说这么多话的时候。可是等等，前面说的那些她都认可，至于后面那句以他对她的了解，她有可能泄密这个锅她可不背！

“铭哥，你是不是对我有点偏见啊？虽然外面有一些我和小飞的传言，但大家都知道那是谣言，你凭什么说我会泄露我们的核心战术？还有，我们的核心战术到底是什么？”

钟铭愣了一下，但还是板着脸说：“都这种时候了，我们的核心战术是什么你还来问我？”

周彦兮看着钟铭一本正经的神情，突然有点心虚：“哦，我其实也不是不知道，就是不那么明确。”

钟铭冷冷地扫了她一眼：“算了，国际赛还会准备新的战术。”

“哦哦，我们是该多想几套战术应付不一样的对手。可是铭哥，既然战术都要变了，你就更没理由说我会泄密了吧？”

“就算是调整战术，那也是在原来战术的基础上进行调整。所以不想被我怀疑的话，就不要再和那个小飞联系了，至于微信什么的，直接拉黑就行。”说完，他也不等周彦兮再说什么，转身朝楼上走去。

周彦兮站在原地琢磨了一会儿，总觉得她家队长这火发得有些莫名其妙。愣神间，她突然想起另外一件事：“铭哥，你不是要出门吗？”

钟铭背对着她摆了摆手：“临时改变主意，不出去了。”

— 09 —

钟铭不让周彦兮和小飞联系这点对周彦兮来说不成问题，可是架不住小飞总找她。回到房间，周彦兮纠结了好一会儿，总觉得这样莫名其妙地把人拉黑很没礼貌。想来想去，最后还真被她想到一个两全其美的办法。

周彦兮从微信的通讯录中找出小飞的名片，把备注名改成“李叔叔”。这样一来，就不用担心被钟铭看到了。周彦兮越想越得意，第一次觉得长期和一群心眼多的人生活在一起也不是一点好处都没有。

钟铭没有早睡的习惯，回房间待了一会儿，就又回到楼下打开了电脑。

此时小飞也已经回到基地，没什么其他事做，便继续单排和直播。其实这两天他的状态都不怎么好，但是所幸对手的水平也一般。

今天晚上回来，他刚排到一局，就发现对面竟然有Shadow。他立刻打了个招呼，然而Shadow并没有理他。

小飞没在意，以为钟铭没有留意到对面是他，但是后来他发现钟铭不知道发了什么神经，竟然全场追着他gank，打得他毫无还击之力。

这可还在直播呢，于是为了保住颜面，小飞抽了个空和钟铭交流了一下，试图让他注意到自己。

ww_fly：铭哥，火气这么大？失恋了？

然而不交流还好，交流过后，他发现钟铭比刚才更没人性了，堵到他家门口不让他出门，导致他在万千粉丝面前丢脸丢到了家。

小飞也不是没脾气的人，最近基地里气氛压抑，他的心情糟糕透了，晚上好不容易见到了周彦兮，可还没说上几句话她就走了。现在打个游戏也要被针对，小飞也是受够了。

正好第二局钟铭还是在对面，小飞也提起十二分精神来应对。然而两个人虽然都是职业选手，但实力差距不是一点半点，小飞根本不是钟铭的对手。很快，上一局的情形又重新上演了，而且接下来的几局都是如此。

连着输了一晚上，小飞干脆下了线，想着我打不过你，躲总可以吧？可是第二天，他吃过午饭一上线，竟然又遇上了钟铭。

过了一晚，小飞昨晚的火气早就消得差不多了，于是在游戏里小心地问钟铭：铭哥，今天可是平安夜啊，你确定要在这儿打一天游戏？

钟铭看到这句话才意识到今天已经二十四号了。他回头扫了一眼楼上，周彦兮的房门到现在还紧闭着。那家伙也不知道要睡到什么时候，不是说今天要回家的吗？

其实周彦兮已经醒了，不过是被周俊的电话吵醒的。

他们俩原本约好今天一起回家的，可是周俊学校临时有事，两个人就把回家的日期又推迟了一天。

挂上电话，她看了眼时间，竟然已经是下午一点多了！她连忙洗漱好下楼，看到钟铭在一楼打游戏，不知怎么的，莫名觉得有点安心。

正在这时，门铃突然响了。

钟铭听到声音，回头看向她："外卖？"

"我没叫外卖……可能是谁的快递到了吧。"说着周彦兮去开了门。

然而门打开的一瞬间，门里门外的两个人都是一愣。站在周彦兮面前的是一个十几岁的大男生，个子不高，微微佝偻着背，头发油腻，一脸痘痘。

痘痘男愣怔了一瞬，然后便喜出望外地大叫了一声："女神！真的是你？！"

周彦兮这才回过神来，在那男生冲向她的前一秒钟，迅速关上了门。

大概是动静太大，钟铭摘下耳机，莫名其妙地回头看她："谁啊？"

周彦兮惊魂未定，并没有听到钟铭的问话，然而当她的视线无意间扫到钟铭身后宽大的落地窗时，她立刻跑过去神经质地拉上了窗帘。

钟铭见她一副如临大敌的模样不禁皱了皱眉："大白天的，这屋里就咱俩，你想干什么？"

周彦兮完全没理会钟铭的调侃，再三确认痘痘男不可能再看到基地里的情形后，这才松了口气。

她说："铭哥，我们好像被gank了……"

钟铭以前在VBN时也遇到过粉丝gank基地的情况，不过那些粉丝也就是要个签名和合照什么的，而且当时队里都是一群老爷们儿，不觉得有什么好担心的。但是现在不一样了……

他想起周彦兮微博下的那些留言，眉头不由得皱起。毕竟哪个圈子都一样，总有一群没素质的人把低级当做乐趣。

他安抚周彦兮道："给你在微波炉里留了饭，热三分钟就可以吃了。你先去吃饭，吃饱了再说别的。"

周彦兮早就饿了，刚才看到那痘痘男后，她首先郁闷的就是外卖怕是叫不成了，现在突然听到钟铭说给她留了饭，心情好转了几分，刚才提起来的心也因为有钟铭在而逐渐平稳下来。

周彦兮说了句“谢谢铭哥”就跑去厨房热饭。

看着她走远，钟铭重新戴上耳机继续游戏，而这一局又是以小飞被吊打告终。

游戏结束，小飞私聊钟铭：铭哥，你能不能提醒我一下，我最近又做错了什么？这才两天不到，我都快掉出天梯榜了……

钟铭动了动脖子，摸到桌上的烟盒，拈出一支烟点上。要说小飞做错的事，还真不少，但是他最不该犯的错误，大概就是惦记上他钟铭的人。

但是这些都没必要跟他说。

于是钟铭敲了一行字回过去：你好好想想。

对话栏里一直显示“对方正在输入”，过了好一会儿，小飞回了过来：铭哥，他们说的是真的吗？

钟铭吸了口烟回：他们？说了什么？

其实关于这个问题的答案，小飞心里是清楚的，尤其是昨天晚上之后。

昨晚他找到周彦兮，说了些无关紧要的话，最后他问她：“你是不是有喜欢的人了？”

周彦兮没有回答他，但是她的每一个神情却都像在回答他。

ww_fly：没什么。对了铭哥，你这两天跟城哥联系过吗？

钟铭看到这话，心里隐约有不好的预感。

Shadow：他怎么了？

ww_fly：他不让我说，你自己去问他吧。

钟铭沉默了一会儿，其实他差不多已经猜到是什么事了，只是没有想到，这件事会发生在国际赛开赛前。

Shadow：我知道了，谢谢你。

小飞回了个龇牙笑的表情：那我能继续打游戏吗？

钟铭笑了笑回道：随意，我下了。

说着，他便退出了平台，关掉了电脑。

钟铭起身走到厨房，此时一楼大厅的窗帘都是拉着的，光线很暗，让人有一种已近黄昏的错觉。钟铭从冰箱里拿出一听苏打水，打开后倚在吧台前边喝边看着周彦兮欢快地扒饭。

“好吃吗？”他问。

周彦兮嘴里含着饭粒，含糊不清地“嗯”了一声，然后朝着钟铭谄媚一笑。

钟铭不屑地轻哼一声：“瞧你那点出息。”

话虽这么说，但他的嘴角还是翘了起来。

周彦兮是真的饿了，把钟铭留给她的饭菜吃得一干二净。可能是吃得太急了，她觉得嗓子有点干，目光不由自主地就看向了钟铭手上的那听苏打水。

“要吗？”他似乎是随口问道。

周彦兮正想说来一罐吧，但一想到从冰箱里拿出来的苏打水的温度，就反射性地觉得肚子不太舒服。月底了，她的生理期快到了。想到这里，她连忙摇了摇头：“我喝热水就好。”

不过话说回来，她的卫生巾好像已经没了，万一“大姨妈”今天就来，她就惨了。她想着一会儿得去趟超市，但是一想到刚才那个痘痘男，又心有余悸。

“铭哥，你一会儿有安排吗？”

钟铭想着李煜城那事，于是说：“要打个电话。”

周彦兮一脸期待地看着他：“我看到咱们冰箱空了，要不去趟超市吧？”

“过两天阿姨就回来了，这些事交给她就行。”

周彦兮见说不动钟铭，只好坦白说：“我自己还想买点别的东西……本来我自己去也没问题，可是也不知道刚才那个人走了没有。”

也就只有这种时候，她才能想到他。

钟铭轻轻松松地把空掉的易拉罐捏扁，扔进垃圾桶，然后双手插在裤袋里，慢悠悠地往楼上走去：“再说吧。”

看着钟铭离开的背影，周彦兮泄气地撇了撇嘴。

— 10 —

洗好了碗，周彦兮上楼回房间，路过钟铭房门前时，听到他正在打电话。她不由得想起昨天被她听到的那通电话，还是那个女孩子吗？

好奇心作祟，周彦兮还想像上次那样跑到阳台上偷听，但是发现这一次行不通了——钟铭关上了阳台的推拉门，他在里面说什么，她一句也听不到。

想着他可能在和另一个女孩子甜言蜜语，她也不知道自己怎么了，就觉得心像是被一只手握住了一样，让她有点透不过气来。

她打开窗户想要透透气，发现小区里有几个保安和电工模样的人在修理挂在树上的彩灯。她这才意识到，今天正好是二十四号，平安夜啊。

难怪钟铭在打电话，难怪他没时间陪她去超市！

可是钟铭在这种时候留她一个人在基地未免太重色轻友了吧？他们好歹是队友，有一起并肩作战的情谊，他竟然在她既不方便叫外卖，更不敢出门的时候抛弃她，让她饿着肚子的同时还“血流成河”，他还是人吗？

也不知道是生理期的影响，还是其他什么原因，总之此刻的周彦兮情绪很不稳定。她越想越委屈，最后干脆冲去了钟铭的房间。

门没有锁，她象征性地敲了一下，然后也不等里面的人回应，便推门而入。

然而就在门被推开的那一刹那，周彦兮的委屈和愤怒都僵在了脸上，而因为她的突然闯入，钟铭弯腰脱裤子的动作也不得已停了下来。

周遭是诡异的静，仿佛可以听得到时间流逝的声音。

片刻后，钟铭缓缓直起身来，结实赤裸的上半身毫无保留地袒露在周彦兮面前。他那条系带居家裤的带子已经解开，此时裤子正松松垮垮地挂在他的腰胯上，刚好露出印有英文logo的黑色内裤边缘。

周彦兮没敢再往下看，连忙收回了视线。

“你一定要每次都这样吗？”钟铭的语气里有几分无奈。

周彦兮终于回过神来，她连忙退出了房间：“其实我也没什么事，你你你……继续！”

她正要逃走，却被他叫住了：“什么事？”

周彦兮犹豫了一下还是说：“就想问问你一会儿要不要一起去超市。”

钟铭看向她，此时她的脸红得像个番茄，双手搅在一起，透露着她的不安，眼神一会儿看上一会儿看下，片刻的工夫把四处看了个遍，就是不敢往他这里看。他微微勾了勾嘴角：“等我洗个澡吧。”

周彦兮愣了愣，这才意识到钟铭这是答应了。难道他不和电话里的那个女孩约会了？她的心情瞬间变得很好，可是一高兴，她又有点得意忘形：“那铭哥您慢慢洗哈！有什么需要我帮忙的尽管说。”

钟铭闻言脸上笑意更深：“我洗个澡你能帮我什么？”

周彦兮设想了一下说：“万一你在浴室不小心摔了个跤什么的可以叫我，不过先把衣服穿上再叫我！”

钟铭笑着点头：“我谢谢你啊。”

“不客气，我们是队友，应该互帮互助。”

“嗯，那你现在先帮我个忙吧。”

周彦兮不解地眨了眨眼：“什么？”

“先帮我从外面把房门关上。”

周彦兮看了看外面的走廊，又看了看房门，脸上天真的笑意不见了。

“哦，那我出去了。”

从钟铭房间里出来，周彦兮对着那扇刚被自己关上的门挥了挥拳头。

“有什么了不起的？想让我出去就直说呗，拐弯抹角的有意思吗？”她一边小声嘀咕着，一边回到了自己房间。虽然嘴上还是在抱怨，但是心里却是高兴的。

过了一会儿，她突然意识到一个问题，今天既然是平安夜，那出门肯定要稍微打扮一下。等周彦兮洗完澡换好衣服，又化了个淡妆从房间出来时，钟铭正好也收拾好从房间里出来了。

他依旧穿着简单的短款黑色夹克，搭配同色牛仔裤，一双长腿一览无余。

周彦兮又想到自己在一小时前看到的那一幕，不禁感慨，还真有人是“脱衣有肉穿衣显瘦”啊！

再看周彦兮自己，她穿了件藏青色的中长款A字形大衣，一条薄薄的羊绒裤外是一双黑色过膝靴……

钟铭看到她这身打扮微微皱了皱眉：“不冷？”

周彦兮故作意外地上下扫了自己一眼：“穿这么多还会冷啊？不会的！”

钟铭又扫了她一眼，片刻后才说：“那走吧。”

刚到车库，周彦兮就有点后悔了。她搓了搓手臂，没想到今晚会这么冷。

钟铭走在前面，可后脑勺就像是长了眼睛似的，说：“现在回去换衣服还来得及。”

一阵风吹过，周彦兮的声音都有些发抖了：“不冷。”

钟铭没再说话。

还好上了车以后，就真的不冷了。

附近最大的超市在一家商场里，钟铭把车子停好，见周彦兮正要下车，把她叫住说：“把帽子戴上。”

周彦兮这才想起来自己在公众场合要小心被粉丝认出来。她连忙拿出帽子和口罩戴好，对着镜子照了照，确定把自己捂严实了才下车。钟铭也戴着一顶鸭舌帽，遮住了大半张脸。

值得庆幸的是，因为今天并非周末，又是平安夜，所以超市里的人并不多。周彦兮跟在钟铭身后认真挑选起东西来，不过最重要的东西她却一直没有去拿。推车一直在钟铭手上，她实在不好意思去拿卫生巾。

他们几次从卫生巾的货架前经过，周彦兮都只是看了几眼便走过去了。这次也是一样，她望着渐渐远去的那排卫生巾欲哭无泪。

钟铭注意到她的神情变化，问她：“怎么了？”

“没什么。”

“那你看看还有没有其他要买的，我觉得差不多了。”

男人在任何时候目的性都很强，购物也是如此。他们进来才二十分钟，钟铭就已经把要买的东西全部选好了。不过让周彦兮有点意外的是，购物车里有很多零食。

周彦兮犹犹豫豫地说：“可以了吧。”

他们原路返回去结账，这样就又有一次机会经过摆放卫生巾的货架。周彦兮正纠结，却发现钟铭在经过那几个货架时很自然地从上面拿了几包卫生巾放进推车。

周彦兮的脸立刻就红了。

“看你在这转悠半天了……是这个牌子吗？”

周彦兮看了眼购物车里的东西，百感交集地点了点头。

尽管有些不好意思，但是不知怎的，她心里却觉得暖洋洋的。

两个人从超市出来后，钟铭总有一种被窥视的感觉。搭扶梯下楼时，他无意间一抬头，就看到楼上的扶梯上有个人猛地把头缩了回去，躲在了人群里面。钟铭回头看了眼周彦兮，好在此时她戴着口罩。

钟铭把手上的购物袋换了只手拎着，然后很自然地移到周彦兮的另一侧，尽可能地挡住了那人的视线。

周彦兮以为钟铭累了，抬头问他："铭哥，要不要我帮你拿点？"

扶梯上人多，两个人几乎贴在一起，周彦兮这一抬头，额头差点蹭到钟铭的下巴。

"没事，不沉。"他说。

搭着扶梯下到负一层的车库，钟铭刚把东西放进车子的后备厢里，就看到柱子后面有人在鬼鬼祟祟地偷看。

车子开出商场车库，钟铭很快就注意到有一辆奥拓一直跟着他们。钟铭连超了几辆车，换了几条道，奥拓也只是在车流中消失了片刻，就又跟了上来。

钟铭看了眼前面的路，然后快速拐进一条小路，停了车。

车子刚刚停下，他就从后视镜中看到那辆奥拓也拐了过来。

还不等周彦兮反应过来是怎么一回事，钟铭已经丢下一句"在车里待着别动"就下了车。

小路上的光线不好，车辆也少，钟铭朝车后方的道路中央走去。迎面驶来的奥拓闪了两下车灯，明显是在警示钟铭，但钟铭不躲不避，就在那等着。

周彦兮看到这一幕，心都快跳出来了。还好最后那辆奥拓猛地打了方向盘，停在了路边。

周彦兮稍稍安下心来，回头再看，奥拓的车灯灭了，车里坐着的人好像是那个痘痘男。

她到这一刻才意识到，他们被人跟踪了。

— 11 —

不过此刻，这些都不重要，看钟铭那架势，大概真的很生气吧。

周彦兮一边拿出手机，做好随时报警的准备，一边在心里默默祈祷，最好是大事化小小事化了，毕竟钟铭的那双手可是很金贵的，无论如何也不能用来打架啊！

将奥拓逼停后，钟铭没好气地敲了敲驾驶位的车窗。车子里的人磨蹭了好一会儿，才把车窗缓缓降了下来。

“有完没完？”钟铭一开口，就和这晚的夜风一样透着寒气。

痘痘男此时还处于惊魂未定的状态，钟铭人在车外，在气场上给了他十足的压迫感。他已经开始后悔了，怎么就不懂见好就收？偏偏跟了这么久，彻底惹怒了眼前这个男人。

痘痘男朝着车外的钟铭堆出一脸笑容：“影神……”

钟铭微微挑了下眉：“你知道我是谁？”

“虽然没看过您的照片，但是和YAN在一起，再结合您这身形，不难猜。”

钟铭的脸色不见好转。

痘痘男见状连忙解释：“您别生气，这都是误会！”

“误会？”钟铭的声音冷冰冰的，“今天下午去基地敲门的人是不是你？”

痘痘男哆哆嗦嗦地说：“是我……我是你们GD的粉丝啊，今天这么做是有点过分，但是真的就是出于对偶像生活的好奇。真的，影神你相信我，我没恶意。”

钟铭一手搭在奥拓的车顶上，为了配合痘痘男坐在车里的高度，还特意半弯着腰：“没有恶意？非法跟踪他人，监视他人住所，偷拍他人私生活照片……你说你没有恶意？那我是不是可以先报个警？请警察叔叔来判断一下？”

“别别别，有话好好说。我是真的太喜欢GD了，一时脑子发热……”

“身份证。”钟铭打断他。

痘痘男愣了一下：“什么？”

“我说，把身份证给我！”

痘痘男有点为难：“今天没带……”

钟铭一把拽住痘痘男的衣领，将他整个人从车子里拖了出来。

坐在保时捷里的周彦兮看到这一幕，第一反应就是要下车，但是一开门才发现自己好像被钟铭锁在了车里。

痘痘男的半个身子被拖到车外，眼镜也歪歪斜斜地挂在脸上。

此时的他已经彻底慌了：“影神！影神！别别别动手……我想起来了，我带了，我带身份证了！”

钟铭闻言松了手，痘痘男跌坐回车里，颤抖着手重新戴好眼镜，这才掏出身份证递给钟铭。

钟铭拿过身份证扫了一眼，又扫了眼痘痘男，确定身份证没问题，拿出手机拍了张照片，这才把身份证还回去。

痘痘男见钟铭拍了自己的身份证，继续求饶道：“影神，我真的再也不敢了，您就放过我这一次吧！”

“放过你这一次可以，但是万一我们基地的地址被曝光，或者再被我发现有什么人跟着我们，我就只好请你喝茶了，不过是在公安局。”

痘痘男一听，立刻苦着脸说：“别啊，万一是其他人呢？”

钟铭没接这一茬，向他摊开手：“手机拿来。”

痘痘男知道自己之前拍的那些照片肯定保不住了，但是经过刚才那一下，还是觉得小命要紧，于是乖乖递上了手机。

钟铭打开相册看了下，发现他下午拍的差不多都是自己和周彦兮两个人的合照。或许是因为偷拍的缘故，他并没有拍到两个人的正脸，但是单从照片上看，两个人看上去很亲密。

钟铭从头到尾一张一张仔细检查，又从尾到头一张一张回味一遍。手机还给痘痘男时，他还难得心情不错地说了句“拍得不错”。

在钟铭看照片的这段时间里，痘痘男想象的摔手机、摔车、摔人等一系列暴力行为非但都没有出现，最后他竟然还捞了句夸奖。

突然被这样温柔对待，痘痘男满脑子问号。但看着钟铭已经离开，上了前面的车子，他不由得松了口气，低头再去看手机，惊喜地发现，那些他花了一下午时间拍的照片竟然一张都没少！

钟铭回到车上，周彦兮的第一反应就是去看他的手。

钟铭任由她拉着自己的手翻来覆去地看，末了说：“便宜不是这么占的吧？”

她都担心死了，他还有心情开玩笑？！她立刻没好气地说：“你怎么能这么冲动呢？万一受伤了怎么办？国际赛还要不要参加？谁带着我们去拿世界冠军？”

这是周彦兮第一次用这种态度跟钟铭说话，话一说完她才意识到自己有点失态。但刚才他去拦车，还有他扯着痘痘男衣领的时候，真的把她吓坏了。

钟铭的神色由最初的意外到微微动容，最后渐渐平静下来。他就那样看了她片刻：“你就担心这个？国际赛？世界冠军？”

周彦兮直觉他有点不高兴，却依旧梗着脖子说：“对，你那么努力，付出那么多，顶着那么大的压力不就是为了那个世界冠军吗？我们这些人谁都可以不拿冠军，但是你不可以啊！你跟我们不一样，你有梦想,也有配得上那个梦想的实力……”

周彦兮越说越激动，到后来不知怎么的，眼眶都热了：“我一直都知道，以我的实力根本捧不起冠军神盾。或许说出来会让你失望，但是事实就是我从来没有把世界冠军当成自己的目标。我一直在努力，努力追赶你的脚步，不是因为冠军，而是我说过的，你是我的信仰……”

周彦兮话还没说完，突然感觉眼前光线一暗。原本陷在阴影中的那张脸突然靠近，那张好看却总是爱说刻薄话的嘴就那样毫无征兆地覆上了她的，将她后面的话结结实实地堵了回去。

过了好一会儿，钟铭稍稍退开，看着依旧目瞪口呆的周彦兮，不禁笑了。

“原来你喜欢睁着眼。”

周彦兮是第一次接吻所以没经验，刚才事发突然，她完全忘了闭眼这回事。不过，似乎有一件比闭不闭眼更重要的事。

“我以为是甜的……”她几乎想都没想就脱口而出，待看到钟铭脸上更浓的笑意后才意识到自己说了什么蠢话。

对于她的蠢话，钟铭的回答却是：“不甜吗？我觉得挺甜的，要不你再尝尝……”然后不等周彦兮反应过来，他便又吻了上来。

这一次周彦兮闭上了眼睛，嗅觉和触觉变得尤为敏感。钟铭身上洗发水混合着须后水的味道，还有那若有若无的淡淡烟草气息，让她的每一个细胞都为之悸动。

她觉得自己大概快要死掉了——窒息而死，幸福而死……

— 12 —

直到被钟铭带到一家西餐厅，周彦兮才渐渐回过神来。怎么逛个超市，事情就发展成现在这样了？对比自己此时的忐忑不安，罪魁祸首却仿佛没事人一样，正拿着菜单点菜。

大厅的角落里有个姑娘在弹琴，周彦兮转过头去看，正好避开了和钟铭的目光对视。

耳边传来一声轻笑，他说：“行了，我知道你是第一次。”

“谁说是第一次？” 一听这话，周彦兮几乎想都没想就立刻反驳道。

虽然他猜得没错，但她二十岁了，还在国外待了几年，让他知道她连接吻的经验都没有，岂不是说明自己太没有魅力了。

钟铭笑意更甚：“不是吗？我还以为你是第一次做别人的女朋友。”

周彦兮正要再反驳，但想了想，好像哪里不对。

“你说什么？”

钟铭敛起笑意，他目光柔和，带着几分认真的神色：“我本来没想这么快坦白的，毕竟我们后面还有几场硬仗要打。我害怕你分心，更害怕自己会分心。但是彦兮，我已经尽力了，那种时候，我真的没办法控制我自己。”

这是在对她表白吗？这么说他是认真的了？那究竟是从什么时候开始的？周彦兮满脑子的问号，但是有一点她可以肯定——他吻她的时候她是愿意的，而此刻他看着她说出这些话，她是高兴的。

“小时候做乖小孩的时候我曾狂妄地认为，只要自己够努力，就可以掌控这世上所有的事情。可是后来我开始打职业，发现越来越多的事情是无论自己如何努力也控制不了的，眼下又多了一件……既然感情无法控制，那就顺其自然吧，所以彦兮，做我女朋友，好吗？”

周彦兮早就在心里转起了圈，她很想立刻就点头同意，却突然又想到了一件事：“可是，你不是有喜欢的人了吗？”

这话问得钟铭一头雾水：“什么喜欢的人？”

周彦兮把她那天在阳台上听到的内容说了出来，越说越生气，结果却见对面的男人脸上的笑意更浓了：“你就从这个电话断定我有喜欢的人？”

周彦兮突然有点不确定了。

钟铭笑够了，叹了口气说：“行了，事情不是你想的那样，而且电话里的那个人你过两天就能见到了。不过……”

钟铭话锋一转：“你偷听我打电话？什么时候开始的？经常这样吗？”

周彦兮一听这话，好像看到自己跳进了自己挖的坑里，悔得肠子都青了。

周彦兮连忙解释：“不，不，不是的。那天是第一次，我就是想在阳台上吹吹风，结果隔音不好，就不小心听到了。”

“那么冷的天，你在阳台上吹风？”

“那个……”

周彦兮正搜肠刮肚地想合适的理由，钟铭却笑了：“你就算承认也没关系，至少说明你对我也早就有想法了。”

周彦兮竟然无法反驳，只能尴尬地低头切着盘子里的牛排。

钟铭说：“早知道是这样，我就……”

周彦兮愣了一下抬起头来：“你会怎么样？”

他会怎么样？他大概就不会把宝贵的精力浪费在防小熊、防小飞，还有其他人身上……他只需要引导她一步步地了解自己的感情，正视自己的感情。

“没什么，”钟铭笑了笑说，“吃饭吧。”

周彦兮悄悄松了口气，却听钟铭突然又说：“你不用这么快就给我答案，好好想一想。”

周彦兮不由得又看向他，只见他正低头切着牛排，像是不经意说出的那话。

她不情不愿地“哦”了一声，低头去切自己盘子里的牛排，然而盘子却突然被人抽走，换上了一份已经切好的。正是钟铭刚才切的那一份。

周彦兮在心里叹气，别说她不想拒绝，就算她真的对他没有感情，也不忍心拒绝这么好的他吧?

钟铭突然又说：“不过都这样了，再说不是男女朋友好像又矫情了点。”

“都哪样了？”周彦兮想都没想就脱口而出，话一出口才意识到自己好像说错了话，于是红着脸低下头，不再说话。

钟铭笑：“就是你想的那样，所以只要你是愿意的，我们就在一起吧。”

周彦兮沉默了片刻，抬眼看他："你想好了？"

他点头："想好很久了。"

吃过晚饭，钟铭跟周彦兮商量，干脆直接送她回家。毕竟今天刚刚被人gank了基地，谁知道还会不会有其他偷窥的人。

其实钟铭这么着急把周彦兮送回家还有一个原因。之前他们之间什么都没说破，他还勉强能控制住自己，现在偌大的基地只有他们两个人了，他真怕自己会做出什么出格的事。毕竟现在国际赛迫在眉睫，他必须足够专心、足够强大，才能不辜负自己，也不辜负她。

周彦兮拿了全国亚军的事情，周爸和周妈早就知道了。他们甚至还知道女儿如今已经成了"电竞女神"，在年轻人多的地方就和明星没什么差别。这一方面让他们觉得颜面有光，另一方面又忍不住担心。所以周爸和周妈都想早点见到一双儿女，问问他们最近的情况。

周彦兮早就料到了这一切，所以一进家门就以头疼为由躲进了房间。但她深知躲也躲不了太久，于是连忙发微信给周俊：我已经回家了，你什么时候回来啊？想跟你一起看平台冬季赛。

周俊看到信息还得意洋洋地以为他姐离不开他，想着眼下也没什么事了，干脆就今晚回去。

大概是惦记着和周彦兮一起看冬季赛，周俊不到九点就到家了。然而不幸的是，他一进家门就被父母拦下，拉着他问长问短，却始终不见他姐出来支援一下。

前前后后问了一大堆，最后周妈和周爸对视了一眼，终于问出了他们最关心的问题："那你姐现在这么受欢迎，就没交个男朋友？"

周彦兮正趴在房门上偷听，听到这里，她不由得有点紧张，偏巧刚才还对答如流的周俊此时却没了声音。

知子莫若母，何况周俊还是个把什么都写在脸上的傻蛋，周妈妈一见他闪烁的眼神就知道有情况。周爸爸更是脑中警笛大响，不知道自己养了这么多年的白菜被哪家的猪盯上了。

"我不知道。"周俊说。

房里的周彦兮松了口气，但周妈妈立刻不高兴了：“什么叫‘你不知道’？你天天跟你姐在一起，她有没有男朋友你会不知道？”

不过周彦兮却注意到一个细节，正常情况下弟弟应该是说“没有”，“不知道”是什么意思?

“我真不知道，爸妈你们别问了！” 周俊讨饶道。

周妈妈突然想起什么来：“是不是你们那个队长？”

周俊闻言先是一愣，然后很快扫了眼周彦兮的房门，最后只是说：“你们要问问我姐去！”

周妈妈一见这情形就知道自己猜对了。

周爸爸立刻问老婆：“你见过？人怎么样？家里什么情况？”

周妈妈对着自己老公微微一笑：“人是挺不错的，只不过上次没聊多久，对他家里的情况不清楚。”

周爸爸说：“那就再约过来了解了解。”

听到这里，周彦兮实在绷不住了，她才刚和钟铭确立关系，父母就要把人提来查户口，这太尴尬了吧！而且最重要的是，国际赛迫在眉睫，她并不想这么快就公开两个人的关系。

于是周彦兮在父母开始琢磨在哪宴请未来女婿的时候从房间里冲了出来：“你们能不能不要这么武断？我和他没什么，还没搞清楚状况就去约人家，太丢脸了吧？！”

周爸周妈都看向周俊。周彦兮努力做出一副痛心疾首的样子说：“周俊这种单细胞动物，他知道什么啊！”

周俊一听这话，觉得自己受到了侮辱，于是什么也不管了，说道：“周彦兮！你说谁单细胞？我什么都知道！别以为庆功宴那天他在走廊亲你的时候没人看见！”

周彦兮只觉得脑子里“嗡”的一声，什么反驳的话都想不出来了。

第六章

后会有期

— 01 —

周彦兮怎么也想不到，上次钟铭替她“解围”的情形竟然被周俊那家伙给看见了。再想到今天发生的事情，周彦兮抱着被子在床上打了个滚——原来他一直喜欢自己啊，可怎么总是对自己那么凶，让自己一度以为他很讨厌她呢！难道他也是像自己一样对感情这事儿后知后觉吗？可是又不太像啊，毕竟他是那种喜欢掌控一切的人，怎么可能连自己的想法都不清楚？

周彦兮翻来覆去地把认识钟铭以来的那些点滴琐碎都回忆了一遍，这才发现，以前不觉得有什么的小事，如今看来都是破绽。

周彦兮越想越觉得心里甜滋滋的，恨不得立刻昭告天下，她终于不是单身狗了，而且男朋友还是又帅又上进的闷骚大神。

想到这里，周彦兮拿出手机，也不管时间已经很晚了，发了个微信给小熊。

YAN：熊神，聊两句？

熊熊：三更半夜的，要打发时间不是应该找你家影神吗？

YAN：嘿嘿，其实想聊的事情是和他有关。

熊熊：你别告诉我这两天趁我们不在，你们孤男寡女发生了什么不可描述的事情。

YAN：嘿嘿，差不多吧……他今天跟我表白啦！

这条信息发出去后，只见对面的小熊一直是“正在输入”状态，但是迟迟不见有消息发来。隔了好久，他才回了个“果然”。

周彦兮想到前几天小熊还说过钟铭看她是男人看女人的感觉，当时她还不以为然，现在看来小熊看人果然还是有两把刷子的。想到这里，周彦兮立刻奉上马屁：熊神真是料事如神啊！

熊熊：只有你这种傻子才会看不出来。

周彦兮完全不理会“闺密”的揶揄，忍不住把脸埋进被子里咯咯咯地笑起来。

过了一会儿，小熊又问她：你们进展到哪一步了？一想到有些人表面上一本正经，背地里却打着你的主意，哥就不爽！

YAN：消消气！消消气！

一边是自己的男朋友，一边是自己的“闺密”，他俩要是不对付，自己也难做，于是她问：你是不是不喜欢铭哥？

熊熊：倒不是不喜欢……

周彦兮正要松口气，小熊又说：我就是觉得他对我们好像有所隐瞒，并不是看上去那么简单。

完了，看来误会还不浅……

周彦兮突然有点惆怅：我是不是不该那么痛快地答应他？

小熊发了个鄙视的表情：行了，我知道你心里其实早就乐开花了。都快十一点了，别打扰你哥我睡美容觉了，带着我的祝福滚吧！

YAN：好的，那小的退下啦！

接下来的几天，无论周爸和周妈怎么盘问，周彦兮就是一口咬定周俊看错了，她和钟铭没什么。

其实在周家父母看来，周彦兮明显比周俊靠谱多了，所以在她澄清几次之后，周爸和周妈也开始怀疑会不会是儿子出于某种很幼稚的原因在编瞎话？毕竟他可是前科累累啊。这样一来，约见钟铭的事情也被搁置了下来。

周彦兮侥幸逃过一劫，但却结结实实地得罪了周俊。两个人一起返回基地时，周俊还在和她冷战。周彦兮只好把钟铭那套“解围”的说辞说给他听。

本来周彦兮还担心周俊不相信，可没想到周俊一听竟然露出一副恍然大悟的表情，说：“我就说嘛，铭哥那种人浑身一点缺点都没有，不可能眼神不好看上你。”

周彦兮此时看着窗外，听到这话只“哼哼”了两声，也懒得跟他计较。

周彦兮和周俊回到基地时，钟铭正从房间里出来。

他穿着单薄的咖色居家休闲裤，搭配白色长袖T恤，领口有点大，能看到若隐若现的肌肉线条……不知怎的，周彦兮仿佛又闻到了那种须后水混着淡淡烟草气的味道，心跳也随之漏了一拍。

周俊兴高采烈地和钟铭打着招呼，而周彦兮只是和他对视一眼，什么也没说就往二楼自己的房间走去。

在楼梯上，和钟铭擦身而过时，她分明感觉到自己的小指头被人轻轻地勾了一下。就像是触电一样，她不自觉地颤抖了一下，回头再看“始作俑者”，竟然像没事人一样，大大咧咧地朝着楼下自己的位置走去。

“别磨蹭了，早点下来训练。”他背对着她说。

周彦兮朝着他的背影撇了撇嘴，谁知他却突然回头，脸上虽然还是没什么表情，眼里却分明有笑意。

周彦兮总觉得这人后脑勺长了眼睛，每次总能抓她个正着，但还是咧嘴一笑：“好的，铭哥。”

一直在“专心”打游戏的小熊，将这一切都看在了眼里。他竟破天荒地主动跟王月明搭话：“老月，你觉不觉得今天这太阳有点刺眼啊？”

这些天王月明一直有点心不在焉的，此时听小熊这么问也没多想，看了他一眼说：“不会吧熊神，你是背对着太阳坐的。”

“对哦，那就是其他东西刺到我的眼了。”

钟铭勾了勾嘴角，随手点了支烟，边进游戏边笑呵呵地对小熊说：“要不要放你半天假去看看眼科？不过眼睛的事情可大可小，最好连脑科也一起看了。”

小熊这人除了游戏打得好，还有个优势就是嘴上功夫也好，吵架从未遇上过对手，谁知道今天竟然败给了一直对他还算客气的钟铭。

小熊差一点就要质问钟铭了，他到底懂不懂套路啊！在男女关系建立的初期，男方难道不应该为了巩固关系讨好一下女方的朋友吗？

周彦兮把从家里带来的东西放好，就从房间里出来了。刚到一楼，她就听到钟铭说什么看眼科的事情，于是随口问道："谁要去看眼科？"

小熊刚刚才被钟铭呛了一下，见到周彦兮免不了要迁怒，冷哼了一声说："还能有谁？就属你眼神最不好！"

周彦兮无语："我又怎么了？"

钟铭说："行了，小熊今天有点不舒服，他说的话你别当回事。"

周彦兮愣了一下，看向小熊："哪里不舒服啊？"

小熊一头雾水地看向钟铭，钟铭笑了笑对周彦兮说："大概是……心里？"

人终于聚齐了，钟铭开了个五人排位。一周没碰游戏，大家打起来明显都有点生疏，所幸默契都还在，打了一会儿也就顺手了。唯独周彦兮迟迟无法进入状态，开局一刻钟了，经济始终倒数第一。她状态不好倒不是因为别的，只是突然觉得肚子不太舒服，迟迟没来的"大姨妈"难道真要来了？

钟铭也注意到她的状态不对，抽空低声问了句："没事吧？"

周彦兮正想答话，突然感到下腹一热，惊得她立刻扔了鼠标朝楼上跑去。再看她操作的英雄撼地神牛，此时已被敌方甩来的各种技能送上了西天。

周俊说："我姐这是怎么了？还在团战呢，突然跑了？"

钟铭皱眉扫了眼楼上，想着一会儿得上去看看她。正在这时，周彦兮落在桌子上的手机突然响了。他扫了一眼，来电人是"李叔叔"。他没有理会，但是这位"李叔叔"非常执着，第一个电话没人接，紧接着又打了第二个。

周俊不耐烦了，扯着嗓子朝楼上喊："周彦兮！电话！"

楼上没人应声。

没一会儿，钟铭感觉桌子振动了两下，放在旁边的手机上有一条微信进来。

钟铭随意扫了一眼，锁屏上正巧显示出一半的信息内容。

李叔叔：彦兮，有些话我怕我现在不说以后会后悔，我对你的感情……

后面的内容没有完全显示，但是已经不重要了。

此时周彦兮已经把自己收拾好从楼上下来了，她先去厨房端了杯热水，才想起刚才似乎说有她的电话。于是她一边端着水杯回座位，一边随口问了句：“谁来的电话啊？”

其他人自然是不知道，只见身旁的男人笑着对她说：“李叔叔。”

周彦兮先是一愣，还在脑子里搜索究竟是哪个“李叔叔”，但很快想起自己把小飞的名字改成了这个。

一点不心虚是不可能的，她坐回位置上对钟铭讨好地笑了笑。

钟铭见她笑，也跟着笑：“想不到你好这口。”

周彦兮不明所以地看着他。

他朝着手机屏幕扬了扬下巴：“不好意思，不小心看到的。”

说完就不再理周彦兮，继续后面的游戏。

周彦兮拿起手机，习惯性地按下home键，只见那条微信通知正挂在屏幕上。她一看“李叔叔”发来的微信内容，脑子里只冒出“大事不妙”四个字来……

一眨眼的工夫，周彦兮已经出了一脑门的汗。余光里，一旁的钟铭在专注地打游戏，好像没事人一样。但回想起刚才他那诡异的笑，以她对他的了解，不可能没事！

她低头琢磨了一会儿，到底怎么跟他解释好。说实话吧，怕他误会自己对小飞真的有什么想法，不说实话吧……好像后果更严重……

她心里正天人交战，就听对面的周俊又是一阵哀嚎：“都怪我姐，这局明明能赢的！看来我还是单排吧，跟我姐一起，太不安全！”

周彦兮扫了眼电脑屏幕，刚才那局已经结束了。正在这时，她的手机又响了，还是“李叔叔”。她飞快地看了钟铭一眼，见对方没有任何反应，带着点祈求的意味小声说：“铭哥，我……”

钟铭也不看她，自顾自地从烟盒里抖出一根烟：“五分钟。”

周彦兮愣了一下，立刻喜笑颜开，抱着手机小跑着上了楼。

周俊看到他姐的举动有点莫名其妙，自言自语道：“什么人来的电话啊，这么神神秘秘的？”

钟铭叼着烟半开玩笑地说：“你李叔叔。”

周俊皱眉："李叔叔？我什么时候多了个李叔叔？"

钟铭渐渐敛了笑容，默默地又抽了两口烟，然后起身往楼上走去。

好不容易打通了电话，小飞开门见山地说："彦兮，我知道现在跟你说这些有点奇怪，但我就怕我现在不说以后会后悔。"

小飞在电话另一端告白，周彦兮心里叫苦，转身就要去关房门，然而房门却被某人伸手一挡又开了。她愣怔的一瞬，某人已经进了房间。

电话里，小飞还在继续剖析自己对周彦兮感情的由来，从他们的那局solo，到他第一次见她，再到后来的每一场比赛……

周彦兮见钟铭进来，也不知道他能不能听到电话里小飞在说什么，但因为心虚，她只想让小飞先停下来。

可小飞偏偏不如她的意，无论如何也要把话说完，而钟铭干脆从她手里抽走了手机，按了免提扔到床上，然后将还在愣怔中的她压在了床上。

"彦兮！彦兮！你在听吗？"

周彦兮怕小飞听出什么来，努力凑到电话跟前回了句："我在。"

小飞似乎松了口气，然后又开始讲述自己的心路历程："我知道现在说这些或许会让你困扰，其实我也大概猜到了你的心思，但是我还是不死心，就想跟你本人确认一下……"

这是钟铭第二次吻她了，起初她有点心不在焉，但是他身体的重量，他透过单薄的衣料传递给她的体温都让她觉得，这一次比之前的那个吻更加真切。那种独属于他的味道，让她心悸，又让她陶醉。她的手臂攀上他结实的肩膀，手指轻轻插入他脑后的短发中，将这个吻加深……

小飞突然问周彦兮："我知道你有喜欢的人了，我想确认一下，是铭哥吗？"

听到这句话，钟铭稍稍从周彦兮的身上抬起头来，然后轻声说："回答他。"

周彦兮伸手摸过身旁的手机，双眼却始终看着面前的男人，然后一字一顿地说道："是他。"

然而话一出口，周彦兮就被自己的声音吓了一跳。她不知道自己会发出这样的声音，缱绻喑哑，魅惑撩人，甚至像是纯粹的喘息……

小飞也听出来了，有点担心地问："彦兮你怎么了？怎么听上去有点累？"

刚才那种旖旎的气氛彻底不见了，而罪魁祸首此时正伏在她的胸前，肩膀微微颤抖……

他还好意思笑？周彦兮没好气地抬手将身上的人推开。

钟铭被推开也不生气，靠坐在床头，饶有兴致地看着她。

她稍稍平复了一下情绪，然后关掉免提，认认真真地对着电话说："小飞，说实话我对你没有一丁点别的想法，甚至觉得我们并不熟悉。你喜欢我大概也就是一时兴起。至于我和铭哥……"

周彦兮想了一下说："现在对我们来说还有更重要的事，国际赛马上就要开始了，我们谁都想交出一份满意的答卷。"

挂了电话后，周彦兮看向钟铭，他正懒懒地靠在她的床头，嘴角噙着笑意，目光温柔地看着她。

周彦兮被他看得不好意思："怎么了？"

"国际赛是什么意思？"

周彦兮想了想，坐到他面前说："我知道国际赛对你来说意味着什么。我挺怕耽误训练的，我可不希望被你的粉丝和GD的粉丝说成是祸国妖姬，而且我更想看到你能如愿以偿。"

虽然钟铭也一直觉得两个人的关系还是等大赛结束后再公开比较好，可当这些话从周彦兮的口中说出来时，他还是有点动容。

他伸手揽过她："如果我拿不到世界冠军呢？"

周彦兮在他胸前蹭了蹭，他身上的味道可真好闻啊……

"那我就陪着你，等明年再战！"

— 02 —

基地的门铃突然响了，是周俊去开的门。一打开门，他就看到两个和他年纪差不多的男生站在门口，见到他一脸惊喜道："是Jun神吗？"

周俊愣了一下，心说不会是粉丝gank基地吧，然后问道："你们是？"

"我是阿杰啊！"其中一个小个子的圆脸男生说，"这是小强！"

以前他们就经常一起排位，这回周俊听声音也听出来了。他立刻激动地把人请进门：“你们怎么来了？”

阿杰没有回答，只是问：“铭哥呢？”

周俊说：“你们找铭哥啊？你们先坐下，我上去叫他。”

小熊和王月明正在打排位，听到他们和周俊的对话，也知道来的是谁了。小熊隔着老远和他们打了个招呼，而王月明只是在人进门的时候回头看了一眼，一点多余的反应都没有。

周俊正要上楼喊钟铭的时候，钟铭正巧从楼上下来。

阿杰和小强见到钟铭下来，也都高兴地迎过去。

钟铭笑了笑，招呼众人集合，这才开始介绍阿杰和小强：“之前都打过交道的，以后就是队友了。他们俩暂时作为队里的替补，平时和大家一起训练。”

听到“替补”二字时，周彦兮正从楼上下来，她一时没留意，最后一节台阶踩空，差点摔倒。

这一下的动静有点大，小强立刻注意到她，激动地叫了声“女神”。

周彦兮回过神来，皮笑肉不笑地哼哼了两声算作回应。没办法，知道对方是来干什么之后，她就不能由衷地笑出来了。倒不是讨厌他们，而是害怕。

几人又寒暄了一会儿，然后就各忙各的去了。

周彦兮心里越琢磨越心慌，见众人走了，便偷偷上楼找钟铭，想问个清楚。

因为心里有事，她忘了敲门，推门进去时，钟铭正好从洗手间里出来。

钟铭看到她只微微掀了掀眼皮，脸上没有多余的表情：“你再早几分钟来我正好在卫生间，每次都这么凑巧，我都要怀疑你是不是故意的了。”

周彦兮心里沉甸甸的，也就没理会钟铭这句玩笑话。

钟铭此时才注意到她情绪不对：“怎么了？”

周彦兮犹豫了一下问：“铭哥，我想问你一件事。”

钟铭看了她片刻：“关于阿杰和小强的事？”

周彦兮点了点头：“你说阿杰和小强是替补，但阿杰是这次平台赛的最佳选手……”

“所以呢？”

“其实你签他们，是想让我当替补吧？”

钟铭愣了愣，过了好一会儿才理顺了自家女朋友的脑回路：“你以为我签他们过来是想让他们在国际赛上替你上场？”

“不是吗？”她小声问。

钟铭想了想说：“阿杰是打carry的，他资质好只打辅助有点可惜。小强倒是现成的辅助，意识和技术都不俗，如果加上专业的训练，不出一年肯定是圈里数一数二的辅助。这么说来，让小强替你好像也确实不错。”

果然是这样……虽然钟铭说得对，但一想到自己这么久以来的努力，想到自己陪伴着GD从默默无闻到一战成名，再到现在的全国亚军，还有以后要奔赴的更大的舞台，她就委屈，也不甘心！

对面那家伙好像看不出她心情不好，还在火上浇油地说：“这样安排是挺不错的。”

周彦兮的眼眶开始发热。她鼻子一酸，再抬头看向他时，视线都是模糊的。

没想到那人却突然笑了：“不过不合规矩。”

周彦兮闻言一愣：“什么规矩？”

钟铭缓缓走到她面前，一副“我就知道”的神情：“你的心还真大。你究竟打算什么时候好好看一下你那合同？合同上白纸黑字地写着，如无意外，至少这一年，你的首发位置是安全的。”

周彦兮愣了一下：“真的？”

“嗯，真的。当时我挺不愿意签你的，但确实是因为有你才有当时的GD。现在我们要去国际赛了，把你换掉，你把我钟铭当什么人了？”

周彦兮吸了吸鼻子问：“可是你也说了，小强是现成的辅助，技术比我好，意识比我强，把他换成我对GD只有好处没有坏处……”

钟铭“哦”了一声说：“这样啊，不过我是说他是不错的辅助人选，但没说他适合当我的辅助。毕竟除了你说的技术和意识，做我的辅助还需要有一项很重要的素质，那就是和我配合默契。”说到这里，他突然暧昧一笑，“你觉得论默契，谁比你更适合我？”

听钟铭说了这么多，周彦兮的心情已经大好。但想到刚才她进门时他还故意逗她，她立刻换了一种态度：“那签替补这么大的事你怎么不早说？怎么看都像是有阴谋！”

“本来就决定得比较突然，再说我不是早就跟你说过了。”

“什么时候？”

“放假那几天，你偷听我打电话，还问我对方是谁。我记得我说过，过几天你就能见到人了。”

原来是这样……她还以为是哪个女生，真是太窘了……

她不由得干咳两声：“我都忘了……”

但很快她又想到一个重要的问题：“你说只保证我今年的首发，那以后呢？”

钟铭理所当然地说：“如果到时候小强还是四五号位的替补，当然是你和他竞争上岗。不过……”

他突然抬起周彦兮的下巴，有几分不怀好意地说：“不过你可以试图讨好我一下，或许能考虑给你走走后门。”

周彦兮愣了一下，随即反应过来自己被调戏了。来而不往非礼也，于是她恶狠狠地勾着钟铭的脖子，纵身一跳，双腿缠上他的腰。

钟铭被猛然扎进自己怀里的力道撞得往后倒退了两步，但双手很快就将怀中的人托住，顺利稳住了身体。

脸被某人捧起，对上对方不怀好意的笑，他也笑了：“这么快就知道要投怀送抱了？怎么打游戏的时候不见你悟性这么高？”

“少废话！”说着，周彦兮便低头吻上了男人的薄唇。

— 03 —

晚上吃饭时，周俊像往常一样，边吃饭边刷微博。突然，也不知道他看到了什么大新闻，“哇哦”一声把周彦兮手上的筷子都吓掉了。

周彦兮没好气地道：“你干什么大惊小怪的？”

周俊怔怔地抬起头看向钟铭：“铭哥，我们什么时候有官博了？”

钟铭无所谓地回答说：“之前是没时间，放假那几天正好没什么事就去弄了一下，以后这些杂事有人专门打理了。”

“那铭哥，你是不是也有微博了？我来关注下。”

钟铭扫了一眼正举着手机一脸期待的周俊：“我不需要那种东西。”

“别啊铭哥！你不知道你那些迷妹有多疯狂！自从上次我直播时不小心拍到了你，她们就天天在我微博下面嚷嚷着让我去偷拍你洗澡……”

“咯咯……”周彦兮被饭粒呛到。

周俊也意识到自己可能说得有点多了，讨好地朝钟铭笑了笑说：“当然，我怎么可能干这种事，我是那种人吗？”

但钟铭显然不信，在周俊还没反应过来时，直接抽走他手里的手机，随便翻了翻就丢还给他，盖棺定论道：“你就是那种人。”

众人闻言也都很好奇，尤其是周彦兮，立刻拿出手机去看周俊的微博。

周彦兮自从照片被曝光后就很少上微博了，此时她打开微博一看，心情立刻晴转多云。要不是有这么多人在场，她非要教训教训某个不长进的家伙！

周俊的微博里除了他自己偶尔的自拍，更多的则是周彦兮或者钟铭的照片。好在这家伙的良知还在，发出的照片倒是没有正脸，多半是侧脸或者背影。

周俊见“东窗事发”，也不好说什么，摸了摸鼻子悻悻地说：“我就是发现发你俩照片涨粉快，也没干别的什么……”

“不然你还想干什么？”周彦兮很无语，“赶紧给我删了！”

周俊委屈巴巴地看看他姐又看看钟铭，拿过手机不情不愿地删起微博来，边删还边试图辩解：“我这不也是为了宣传我们战队吗？”

钟铭说：“嗯，这部分工作以后有人接手了，就不劳你费心了。”

周俊还在试图找补自己丢了一地的脸面：“说实话铭哥，你是我们团队的核心啊，代表我们GD的脸面，总这么低调可不行！”

然而没人再搭理他。

但或许是他的一再控诉起了作用，第二天直播时，竟然有粉丝说看到了钟铭的微博。于是周俊在粉丝的指路下，看到了“GD_Shadow”这个ID，注册时间是前一天，而就在这一夜之间，这个微博账号的关注人数竟然已经有十几万，人气直逼如今的LOTK女神周彦兮。

周俊觉得这都是自己的功劳，自豪之余还忍不住对钟铭感慨：“铭哥，我发现你的女粉比小飞的恐怖多了。”

钟铭开博后只发了一条微博，内容言简意赅到只有一个句号。可就是这个句号竟然都有几千上万的转发、评论和点赞。除了夸赞他技术超群的，最疯狂的就是那些表白要嫁给他的女粉。

周俊说：“铭哥，你说她们也没看过你的脸，怎么就那么笃定你不是麻子脸或者大小眼呢？”

钟铭冷冷地扫他一眼，什么也没说。

阿杰说：“Jun神，你这就不对了。你怎么知道那些女生不是崇拜铭哥的游戏打得好？”

周俊不屑：“她们能懂什么呀！不过这群女生还没看到铭哥长什么样就这么疯狂，万一哪天见到了，还不直接扑上来啊。”

两个人你一言我一语地聊着，完全没留意到此时有人已经很不开心了。作为一个辅助，周彦兮破天荒地抢了钟铭好几个兵。

这种时候，钟铭也不好像平时那样教训某人。这事虽说不是他的问题，可到底有点心虚，于是只好把火气撒在那俩罪魁祸首身上：“还打不打了？我看你们是又想加练两个小时了。”

周俊和阿杰立刻不再说什么。

然而，周彦兮抢那几个兵只是个开始。正在这时，她看到游戏里钟铭正在用她购买的信使传送装备。

她立刻“福至心灵”地点开来看了一眼，里面是一件价值三千多元的神装！一个小兵才三十五块钱，要合成这件神装得补多少兵啊！想到这里，她不由得勾了勾嘴角，暂时取消了信使共享，然后把信使拉入了敌方野区。

钟铭看到信使突然改变方向立刻感觉不妙，点了几下鼠标后才发现自己竟然没有权限使用信使了。他立刻扭头看向周彦兮，说出的话也满含警告：“周彦兮，你可想清楚你在干什么。”

周彦兮却好像没听到他说的话一样，在他错愕的目光中，把那件神装扔在了对方野区，然后眼睁睁地看着神装被对方英雄发现并毁掉。

显然GD的其他人也看到了这一幕，各个都屏气凝神，不敢出声。

钟铭望着电脑屏幕出了两秒钟的神，然后缓缓转过头，一字一顿地问某人：“搞什么？”

钟铭在队里一向很有威慑力，周俊不由得同情地看向他姐，然而他姐死到临头还浑然不知，竟然还敢朝着他家队长笑！

周彦兮说：“不好意思啊，失误！”

基地里静悄悄的，甚至能听到有人倒吸一口凉气的声音……结果自家老大只是无所谓地说：“没事，我再打一件。”

就这样？有人毁了队长的神装，队长就这么轻描淡写地来了句“再打一件”？

周俊和阿杰他们面面相觑，小熊和王月明却没什么特别的反应。不过这个小插曲过后，周彦兮也打得还算认真。

这局游戏结束，钟铭去楼上接了个电话。王月明等了一会儿，趁其他人没注意也跟着上了楼。

二楼钟铭刚挂断电话，见到王月明也不意外，问他：“什么事？”

王月明耸了耸肩：“也没什么事，就是想跟你说一声，我打算转会了。”

主力选手突然转会，还是在国际赛前夕，这对GD、对钟铭来说本来是件很重大的事情，但钟铭听了却一点都不意外，几乎是立刻就点头说：“好，新来的战队经理会接手这件事，他会根据合同来，确定违约金和后续的手续。”

今天王月明是抱着打击报复的想法，想看一向淡定的钟铭恐慌、愤怒，甚至是不爽。可谁知道他竟然会是这副不冷不热的样子！

王月明面上依旧保持着笑容，问道：“铭哥，你就不问问我为什么想离开吗？”

这时楼下传来周俊的声音：“铭哥，好像是你的快递！”

钟铭起身往外走，经过王月明时笑了笑说：“人各有志，你既然想好了，大概也是觉得有更适合你的地方吧。”说完就不再理会王月明，径直往楼下走去。

一楼的玄关此时正堆着两箱东西。

周俊好奇地问：“这是什么呀？”

钟铭说：“拆了吧，应该是小强和阿杰的队服。”

钟铭话音刚落，就听到身后传来一声冷笑。众人不由得回头看，只见王月明正从楼上下来，眼里仿佛没有其他人，只有钟铭。

钟铭也看着他，神情比刚才在房间时冷漠了许多。

半晌，王月明扫了一眼其他几人，颇有几分不屑地说："是啊，我看任何地方都比这里适合我。"

这话一出，在场的人除了钟铭和小熊，都是一怔。

王月明并不在意众人的想法："我说错了吗？我来打职业是为了拿冠军，可不是来陪别人玩的。"

虽然还不清楚事情的原委，但周彦兮直觉不该任这事闹大，于是连忙出来打圆场："月月你说什么呀？我们都想拿冠军，铭哥更是。"

王月明的目光冷冷地扫到她的脸，然后不屑地扯了扯嘴角："有你在，你觉得我们还有希望拿冠军吗？"

这话让周彦兮不由得一怔，原来他是冲着自己来的。

面对这样的嘲讽，周彦兮不知道如何辩驳，毕竟她的确是队里实力最差的一个。她不敢去看其他队友，尤其是钟铭。

"王月明你发什么神经啊？我姐招你惹你了？！"周俊想得没周彦兮那么多，他只知道这话一点都不友好，也一定让周彦兮很难受，而这样毫不顾忌队友感受说出这种话的人，竟然是一直被他当成队友和哥哥的人。

王月明却好像没听见，只是看向钟铭："铭哥，说句良心话，你当初为什么会签下她？不就是看上她了吗？她什么水平，配和我们做队友吗？可是你为了泡妞根本不顾我们其他人的职业发展，一意孤行地让她一直拖着团队的后腿。我们全国公开赛没拿到冠军你没有责任吗？"

"王月明，你放屁！你少往铭哥和我姐身上泼脏水！枉我以前还当你是队友！"周俊说着就要冲上去，还好被阿杰和小强拉住了。

周彦兮自始至终都不愿意相信这是王月明的心里话。经过那么多次并肩作战，在他心里她竟然只是队里的毒瘤。

是这样吗？她一遍又一遍地问自己。

这时，沉默许久的钟铭突然开口："对于全国公开赛没拿到冠军这件事，我的确负有责任，但不是你想的那样。"

王月明只当这是狡辩，不屑地笑了笑。

钟铭见状也不生气：“你刚才说了那么多，但我可以告诉你，你刚才说的每一句话我都不认可，除了一句，那就是你确实不适合这里。”

王月明先是愣了一下，反应过来钟铭话里的意思后立刻恼羞成怒地指着周彦兮质问他：“你敢说你跟她没什么？你敢说你对她没什么龌龊的想法？”

钟铭冷笑：“如果在你看来喜欢一个人也是龌龊的想法，那就是有吧。”

王月明显然没想到钟铭这么坦荡，但很快像是抓住了他话里的破绽，对着基地的其他人说：“看吧！你们心里最拎得清的人，你们的铭哥，其实就是在拿着你们的职业前途泡妞而已！”

周俊也被钟铭的那番话惊得不轻，但很快回过味儿来，立刻又维护起他姐：“你有病吧！人家谈恋爱跟你打职业有什么关系！再说现在我姐的辅助打得比好多一流战队的辅助都好，你在这放什么屁啊！”

王月明不以为然地撇了撇嘴：“别说她，你也强不到哪去。”

周俊心里直冒火，如果不是阿杰和小强拉着他，他发誓一定会把王月明揍得他亲妈都认不出来。

钟铭却没有跟他继续纠缠下去的意思：“你爱怎么想就怎么想吧，我没办法去在意每一个人的想法。”

这话的意思就是在说你怎么想那是你的事，我根本不关心。

钟铭也的确这么做了。丢下这句话后，他就没再多看王月明一眼，绕过他直接上了楼。回房前，他似乎又想到什么，回头看了眼楼下白着小脸的周彦兮，几不可闻地叹了口气说：“你过来。”

小熊朝楼上瞥了一眼，知道他是在叫周彦兮，于是推了推她。

周彦兮的脑子此时正乱糟糟的，听到有人叫她，她也没管其他的，心不在焉地朝楼上走去。然而就是这样茫然无措的她，让钟铭心里那刚刚压下去的火气猛然又涨了起来。

钟铭转头对着楼下的王月明冷冷地说道：“我不计较你在非转会期联系其他战队，只是给昔日队友留点余地罢了，如果你不稀罕，我也无所谓，尽管作下去。”

说完，他拉起已经走到他面前的周彦兮，进了房间。

— 04 —

听了钟铭最后这句话，王月明果然没有再和其他人起冲突，回到房间收拾东西去了。

或许是因为王月明已经被钟铭教训过了，所以周俊的气也消了不少。几位“事件主角”离开后，他突然想起一件事，于是问小熊：“铭哥真的喜欢我姐？”

小熊长叹一口气：“你这反射弧可够长的，祖传的吧？”

“什么意思，熊哥？莫非你早就知道了？”

小熊一脸无奈地看着周俊说：“你们家这基因可真强大啊，姐弟俩一个样。”

这一回周俊听出来了，看来钟铭是真的对他姐动了心，只是他姐没看出来，他更没看出来……

他脑子里立刻浮现出日料店里钟铭吻周彦兮的那一幕，再想想后来周彦兮给他的解释，说是什么“解围”。如今看来解围办法多得是，用得着耍流氓吗？

这一天下来，周俊觉得自己被所有曾经无比信任的人给骗了，于是越想越气。可最让他生气的还是当周彦兮给出那个荒谬的解释后，他竟然信了！

不过没人愿意承认自己蠢，周俊也一样。于是他把这一切的过错都归结为钟铭的不正常：“谁知道铭哥那么英明神武的人竟然会看上我姐。熊哥你凭良心说，他们俩是不是怎么看都不搭？”

“要我说实话吗？”小熊问。

周俊虔诚地点头。

小熊无比惋惜地说：“实话就是我看铭哥的房门好像没有关严，你刚才说的话，他应该都听到了。”

小熊的话音还没落，周俊倏地抬头看向二楼，果然看到钟铭的房门没关严……之前说了什么都不重要了，重要的是里面那两个人究竟听到没有。

听到周俊那大嗓门说的话，刚才还失魂落魄白着小脸的周彦兮此时脸已经彻底黑了。

钟铭却笑了：“你们家的基因……好像真挺强大的。”

周彦兮欲哭无泪：“连我弟都这么说，看来确实是我耽误你了。”

钟铭没有回应她这句话，而是朝她招招手："过来。"

她犹豫了一下，最终没精打采地挪了过去，她刚走到他面前就被他拉着坐到了他的腿上。那个刚才还在别人面前霸道地维护她的男人，此时却像个大男孩一样，有些疲惫地将脑袋埋在了她的肩窝里。

这一刻，周彦兮也彻底安下心来——他呼出的温热气体，他刺猬一样的短发，他身上独有的气味……这一切都让她安心。

"铭哥，"周彦兮抬起手，轻轻拨弄他脑后的头发，柔声问他，"你后悔吗？"

与她依偎着的人一动不动，但周彦兮能够感受到他略显干燥的唇有意无意地擦过她颈侧的皮肤。

他说："我记得这话你已经问过很多次了。"

"所以答案是什么？我还想再听一遍。"

良久，钟铭终于抬起头来。

对上她略显不安的眼神，他忽而一笑，说出的话却无比认真："周彦兮，和你有关的一切决定，我都不后悔。从不后悔，永不后悔。"

王月明当晚就离开了基地。紧接着第二天一早，WAWA的官博就宣布了原GD主力王月明转会WAWA的消息。正当粉丝们还在努力消化这个消息时，又一个重磅消息像午后惊雷一样，炸翻了整个电竞圈。

WAWA官博宣布，李煜城退役。

昔日的天才LOTK选手李煜城，他曾率领WAWA出战第四届国际联赛，并在首次出战联赛就拿下冠军。他将一手敌法师用得出神入化，被LOTK的地图制作者内森评为史上最厉害的敌法师。可是就是这样的李煜城，在他拿到世界冠军不足两年的时间，在他二十二岁的黄金时期，竟然宣布了退役！

李煜城的退役，没有正式的粉丝告别会，没有一句对他过往成绩的肯定，就只是一句轻描淡写的陈述。

很快，有知道"内幕"的人爆料称李煜城退役并非自愿。"非自愿"是什么意思？众人忍不住联想到WAWA的那个富二代老板。紧接着，一些关于WAWA老板对李煜城态度反差的蛛丝马迹被人从微博上扒了出来。

粉丝们群情激奋，替偶像打抱不平。顷刻间，WAWA的官博评论区几乎被粉丝们的谩骂攻占。这样的情况一直持续到晚上，最后是李煜城本人出来澄清，说退役是自己的决定，与俱乐部无关，这才结束了这场骂战。

在粉丝轰炸官博的这段时间里，WAWA的其他队员没有一个人站出来替俱乐部说话，只有李煜城发出声明后，小飞评论了一个哭泣的表情。

第二天是休息日，晚上钟铭把周彦兮送回家后，就去见了李煜城。

李煜城开始打职业电竞以后，就从老家的一个三线城市来到了B市。如今退役了，他决定回老家生活，这次和钟铭见面就是想趁着回家前再和老朋友聚一聚。

两个人约在李煜城临时落脚的小旅馆附近。

钟铭因为送周彦兮回家绕了点路，晚到了几分钟。钟铭赶到的时候，李煜城已经点了一桌子菜，自己吃了起来。

钟铭走过去，坐到他对面："你倒是想得开。"

李煜城笑呵呵地替钟铭倒酒，不以为意地说："你堂堂TK教主，一声不吭地跑回国，不管不顾地拉了个草台班子从头开始。你都没想不开，我有什么好想不开的？"

钟铭端起酒杯和他碰了一下："以后打算怎么办？"

李煜城朝他咧嘴一笑，从旁边的包里拿出一份文件扔到他面前。

钟铭打开看了一眼，是和VV平台的签约合同。

李煜城说："难怪有人说，职业选手的拦路虎一是淘宝，二是直播平台。早知道直播收入这么高，我就去当专业主播了，还打什么职业啊？"

说这些话时，李煜城始终是笑着的，但钟铭的脸色却好不到哪去。

虽然现在的大环境正如李煜城说的那样，很多曾经很有天赋的职业选手因为各种各样的原因离开了，但这个圈子里依旧有一群人有着自己的执着。如果能站在世界舞台身披五星红旗，谁又甘心拘于一个小小摄像头后的方寸之地呢？

钟铭很清楚，李煜城和自己一样，是那一群人中的一个。不然他当初也不会为了拯救不复往日荣耀的WAWA费尽心思地拉自己加入，更不会在被质疑、被辜负后干脆选择了退役。

当初有多珍重，现在大概就有多失望吧。想到这里，就连钟铭都觉得惋惜：“其实你不用离开，至少GD随时为你留着位置。”

李煜城举着酒杯的手顿了顿，半晌，他无奈地笑了笑：“说实话，我决定退役后，第一个想到的人就是你。我总算明白你当初为什么会离开VBN了。所以你应该理解我现在的心情吧，我对打职业真的心寒了。”

钟铭在来之前也没抱着能劝动好友加入GD的想法，所以此时听到李煜城拒绝，他也就没再多说。

李煜城喝了口酒，朝钟铭笑了笑：“不说这些了，说点有意思的。我那彦兮妹子最近怎么样啊？”

钟铭笑了笑：“你倒是一直挺关心她的。”

“那必须的啊，我关心你自然就会关心你关心的人。”

钟铭依旧只是笑：“那我还得谢谢你。”

李煜城：“那倒不用，不过我就是好奇啊，你脾气这么臭，她受得了吗？”

钟铭：“我也好奇，你这样的人，有什么资格跟我聊姑娘。”

李煜城是典型的“网瘾少年”，他把所有的青春都奉献给了游戏。这样的人一年到头也见不到几个异性，确实没什么资格和别人谈感情的事。

李煜城被戳中软肋，也不恼，而是问：“你平时对她也这么凶吗？”

钟铭不禁认真想了想，算凶吗？或许算吧，但是以后恐怕越来越难凶起来了。毕竟只要一想到她，他就感觉心里的每一个角落都是柔软的。

钟铭的情绪变化，李煜城不会看不出，他不禁哈哈大笑道：“有生之年啊，我总算见到能降得住我们TK的人了！”

钟铭闻言，并不否认。以前的他是真的无所畏惧，无所谓挫折，无所谓孤单，无所谓信任，也无所谓失去。可是自打认识周彦兮以后，好像一切都不一样了。以前他不在乎的那些，如今在和她相处的过程中都被他一一珍视。

是她让他变得更柔软、更鲜活，更像一个普通人，也是她让他变得更洒脱、更无畏，更像他自己。

— 05 —

李煜城在见过钟铭后的第二天就坐上了回老家的火车。他退役的事情在被粉丝们讨论了几天后，也就这么过去了。回家之后他就风生水起地直播起来，时不时还会和一些非正式的战队打打小规模的比赛，在VV平台的人气倒是不错。

GD内部在王月明走后立刻做出了阵容调整。钟铭考虑再三，决定让小强去打三号位。

每一次的战术调整，其实主要调整的就是三号位的打法，这就要求三号位的打法足够灵活。新加入的两名队员中，阿杰打惯了一号位，脑子里carry的打法早已根深蒂固，而小强就相对灵活一些。在钟铭看来，必要的时候，三四五号位小强都可以胜任。

当然，阿杰也不是没有优势。阿杰是钟铭的粉丝，在过去很长一段时间里他似乎都在刻意模仿钟铭的打法，因此对钟铭惯用的英雄，对钟铭的节奏，阿杰几乎了如指掌。所以作为钟铭的替补，在与周彦兮和周俊的配合上，阿杰是绝对没有问题的。只不过，钟铭后来才发现，阿杰的英雄池比他想象的还要浅。拿出他用得好的那几个英雄，绝对可以克敌制胜，但是如果那几个英雄被对手禁掉，他就差不多丧失了战斗力。

钟铭意识到这些后，一方面开始着手指导阿杰开发新的英雄，另一方面，只要有阿杰参与的训练赛都不允许队员们直播。为的就是防止有人专门针对他。所以他惯用的英雄，他的打法，都成了GD的机密。

就这样训练了一段时间，GD在大赛前因主力出走造成的劣势也得到了挽救。对于世界冠军，他们依然满怀期待。

但是周妈妈却突然在这个时候打电话让周彦兮回家一趟。听电话里周妈妈的口气，好像事情很严重，所以虽然不那么情愿，周彦兮还是决定第二天休息日回家一趟。

周彦兮一进家门就感觉家里的气氛不对，周爸难得白天也在家，却是和周妈一起坐在沙发上唉声叹气。

见到她回来，周妈妈的情绪也不高："最近还在准备比赛？"

“是啊，您叫我回来什么事？”

周妈妈看了看女儿，似乎不知道要怎么开口。

周彦兮的心里突然生出一丝不好的预感。她看了看周爸的神情，然后坐到妈妈身边，试探地问：“我爸公司出事了？”

“不是你爸的。”话是这么说，但周妈妈还是叹了口气，就连周爸爸也像是想到了什么，无奈地摇了摇头。

周彦兮继续问：“那到底是什么事？”

周妈妈不答反问：“小熊最近怎么样？”

周彦兮仔细想了想，自从公开赛后，小熊就好像是惹到了什么人，总觉得有什么人在骚扰他，但是看他情绪又没什么不对劲。

周彦兮想了想说：“还是那样呗。”

周妈妈说：“小熊他爸的公司出事了，估计熊家还瞒着那孩子呢。”

周彦兮看向爸爸：“他爸公司出了很大的事吗？那咱家能不能帮帮忙？”

周爸爸看了女儿一眼：“之前能帮的都帮了，他爸现在人都不在国内了，据说已经欠了不少钱，躲出去了。”

周彦兮完全没想到，事情竟然已经严重到这个地步了。她心不在焉地听着父母又聊了几句，最后周爸爸嘱咐她道：“有时间你好好安慰一下小熊吧。”

周彦兮魂不守舍地回到房间，拿出手机来想了想，不知道要怎么开口。

熊家和周家虽然关系不错，但是两家的情况却大不相同。小熊家的生意在他爷爷那一辈就已经做得很大了，所以他算是富三代，跟周彦兮这种小学以后家里条件才渐渐好起来的完全不一样。小熊总开玩笑说她家是暴发户，实际上也确实如此。

一向养尊处优惯了的小熊，又要面子又骄傲的一个人，突然遭逢这样的变故，他受得了吗？犹豫许久后，周彦兮发了条微信给小熊：熊神，忙啥呢？

熊熊：……

熊熊：你害你哥漏掉一个兵……

周彦兮看到这回复，也不知道是欣慰还是心酸。欣慰的是看来他还不知道家里的情况，心酸的是这种事情又能瞒多久。

与其到时候外人都知道了，只有他被蒙在鼓里，或许不如早点暗示他一下，让他有点心理准备。

这么想着，周彦兮问小熊：今天休息你没回家吗？

熊熊：回去也是一个人，还不如留在基地和几个小崽子打排位。

YAN：要不下午去逛街？你生日快到了，上次你不是说喜欢那块表吗？我送你呀！

熊熊：无事献殷勤非奸即盗……

YAN：不不不，纯属小的一片孝心，请您老人家笑纳。

熊熊：那家伙欺负你了？

YAN：哪个家伙？没人欺负我啊……

熊熊：周俊那小子又给你找麻烦了？

YAN：真不是……

熊熊：好吧，你哥我中午要睡个美容觉，起来后再联系你。

YAN：好的。

然而一直等到晚上，周彦兮都要返回基地了，还是没收到小熊的消息。她打电话也没人接，最后对方直接关机了。

周彦兮心知不妙，立刻赶回基地。路上她打了个电话给钟铭。

钟铭说小熊家里有急事，请假回家了，末了他问："是不是出了什么事？"

周彦兮叹了口气，觉得钟铭早晚会知道，也就把小熊家的情况细说了。

电话里钟铭也沉默了，片刻后，他说："别着急，等他回来再仔细问问。"

然而这天之后的一周里小熊都没再露面，无论是钟铭还是周彦兮，都没能联系上他。GD众人也人心惶惶，毕竟离国际赛的时间越来越近了，小熊是队里的二号位，没有他，GD的训练也不能正常进行。可是知道内情的周彦兮和隐约猜到内情的钟铭，担心的却不只是训练的事情。

整整一周过后，小熊终于露面了，他回来就直接进了钟铭的房间。

小熊和钟铭单独谈了很长时间，这期间周彦兮一直在楼下等着。关于楼上两个人谈话的内容，她有很多猜测，可是似乎每一种都不是好的。

她越想越坐不住，干脆跑上楼，想去问个清楚。就在这时，周彦兮面前的房门突然被人从里面拉开，她抬起头，对上的正是小熊冷漠的神情。其实他以前对不熟悉的人就是这样，只是这一次，对她也是如此。

周彦兮正想说什么，小熊却已经从她身边走过，径直回到自己的房间，关上了房门。她怔怔地看了片刻，又回头看向钟铭的房间。房间里的男人正站在窗前看着窗外，手指间的那根烟的烟灰已经积得老长，可他却浑然未觉。

"铭哥。"她轻轻叫了一声。

钟铭回过头来朝她笑了笑，可眉宇间是掩藏不住的无奈和落寞。

— 06 —

周彦兮怔了怔，回过神来后问钟铭："我听错了吗？他是要跟王月明一样转会到WAWA吗？为什么啊？为了钱吗？那我去劝劝他！留在GD不会比WAWA差！"

周彦兮正要去敲小熊的房门，却被钟铭叫住："你回来。"

她停下脚步，有些犹豫，想到刚才小熊冷漠的态度，又看了看他紧闭的房门，最终还是不甘心地走进了钟铭的房间。她以为钟铭会回答她的那些疑问，可是当她坐到他身边时，他却一句话也没说。

此时已是傍晚时分，满室的落日余晖无人欣赏。周彦兮突然也觉得累了，就那样和钟铭并排坐着，看着窗外，各自想着心事。

残阳如血，让人有点睁不开眼，然而晚霞虽然绚烂，却终究持续不了多久。很快，房间里的最后一丝光亮也被黑暗吞没。

直到这一刻，周彦兮才真正意识到，对于周遭发生的一切，她什么都做不了，而她身边的男人，终究也有无能为力的时候。

似乎是感受到了她的目光，钟铭突然开口说："别去找他了，他现在最不想见到的估计就是你。"

周彦兮不能理解："为什么啊？"

钟铭无奈地笑了笑："因为他大概觉得最对不起的人就是你吧。"

周彦兮气结："如果觉得对不起我就不要去WAWA啊？他为什么要签WAWA？"

钟铭："你说呢？"

这个答案并不难猜。

周彦兮说："是为了钱吗？如果是想多赚点钱，留在GD也可以啊，何必要去WAWA？”

钟铭摇头：“WAWA对他志在必得，其实对方早在公开赛结束后就联系了他，只是小熊这人我们都了解，他没有同意。这次他家里出了事，正好WAWA那边还没放弃他，他就开了很高的价钱，结果那边同意了。”

周彦兮问：“很高是多高？”

钟铭：“是目前的GD负担不起的。而且……我不能单独对他开格外高的价格，这对其他人不公平。可作为我个人的帮忙，他那么骄傲的人，也不会接受。”

虽然心里知道小熊就是这么一个人，但是周彦兮还是会在心里埋怨——这都什么时候了，面子真有那么重要吗？他就算不接受别人的帮忙也不接受她的吗？他们从小到大的关系难道还比不过那点转会费吗？

又或许在她看来无比重要的东西，于他而言无非只是太平日子里的一点消遣，真的遇到了事情，她就是个彻彻底底的外人了。他不但不需要她的帮忙，还会担心她因此而怜悯他、同情他，甚至嘲笑他……

两个人又坐了一会儿，直到楼下响起周俊叫他们吃饭的声音。

周彦兮坐着没动，钟铭劝她：“你先去吧，我抽根烟，一会儿就下去。”

周彦兮本来也想说没胃口，但又想到楼下那几个孩子大概早就担心死了，于是只好说：“好吧。”

周彦兮离开后，钟铭疲惫地揉了揉眉心。对于小熊的这个决定，他无权干涉也没有理由干涉，甚至非常理解，而且作为朋友更是希望他家里的情况能够因此好转。然而小熊离开后的GD，距离那个世界冠军的位置，好像又远了一点。

门外响起行李箱滑轮滚动的声音，由远及近，最后停在了他的房门前。他伸手去摸吊灯的开关，按下的一瞬，房间里猛然亮起，让他的双眼有短暂的不适应。

敲门声响起，他走过去打开门，正是小熊。

钟铭扫了眼他脚边的行李：“都这么晚了，怎么不明天再走？”

“没事，我开车了，方便。”说到这里，小熊似乎犹豫了一下，最后还是问钟铭，“铭哥，你真的不怨我？”

钟铭坦然道：“有一点，但毕竟还是你家里的事情更重要。”

小熊笑了笑：“都说傻人有傻福，那家伙傻得可以，所幸遇见的是你。”

钟铭：“难得，能从你这里听到这样的话。”

“我实话实说，不过……”小熊突然话锋一转，“那件事，你打算什么时候告诉她？你不说，我怕她一辈子也想不到。”

钟铭脸上依旧是笑着的神情，倒像是真不明白一样问：“你指什么事？”

小熊看着他，过了好一会儿才说：“三年前的那天，其实我也在西雅图。当时在赛场门前，一起去的同学帮我拍了张照片，巧的是正好拍到了VBN的队员入场。那时候的TK还没拿冠军，也没有太多人认识他……”

小熊这话的意思很明显。对于小熊的这个发现，钟铭也不觉得意外，只是小熊的这一番话，却也成功让他的那段记忆掀起了一个角……

那时他刚刚加入VBN，也是他刚从天之骄子堕落成网瘾少年的时候。那段时间仿佛全世界都在跟他对着干，如今回想起来，其实那时才是他迄今为止的人生中最恣意快活的时光。

然而，他也是从那一年起，因为选择了一条与以往截然不同的人生道路，不得不背负着许多的不认同和质疑。所以他比别人更执着努力，就是期望有一天能把那些质疑的声音远远地甩在身后。可是几年过去了，那些声音非但从未消失，反而愈演愈烈，以至于有时他在夜里醒来，都开始怀疑这份坚持究竟对不对。

但是有些事情，不到最后一刻就无从验证对与错。所以他义无反顾，哪怕是认错，也要等撞到南墙头破血流的那一天，否则没有人能让他钟铭后悔。

良久，钟铭说：“我会找机会说的。”

他承认了，但小熊却更加无奈：“我知道我从来不会看错人，所以这次做决定时我就知道，去了那边，冠军于我而言也是奢望了。”

钟铭倒没他那么笃定：“赛场上的事，不好说。”

小熊苦笑：“其实，我最觉得对不住的还是那傻丫头。我知道这段时间她没少找我，还想方设法地帮我解决家里的事情，但是你也知道，这种事情别人帮不了我，既然如此干脆我自己扛下来。”

钟铭说：“你放心吧，她早晚会理解你的。”

楼下的周彦兮早就看到小熊拎着行李箱进了钟铭的房间，她一直等着他出来，等着他给自己一个离开GD的解释。可是小熊从钟铭的房间出来后却没有看周彦兮一眼，也没有看其他人，径直朝大门走去。

“熊哥。”是周俊在叫他。

然而小熊只是脚步一顿，最终也没有停下来向大家告别。

周彦兮的目光一直追随着他，直到视线中的身影渐渐变得模糊。她狠狠地擦了下眼睛，一回头，正对上楼梯上的钟铭平静的目光。他双手插在裤子口袋里，懒懒地站在那儿，不知在想什么。

很快，GD的其他人也知道了小熊转会去WAWA的事情，所以这天晚上大家都无心训练。而且不知道是两家中的谁走漏了风声，当晚小熊离开GD后，网上的粉丝们也开始讨论起这件事来，而这个消息在第二天，就得到了WAWA官方的确认。

至此，众人再说起GD都只剩下遗憾，而提及不久后的国际赛，似乎也都达成了一个共识——握在GD手里的那张西雅图门票，怕是要浪费了。

这天钟铭一上线，就遇到了许久未见的陈宇。

陈宇问：哥，我听说你们队走了两员大将，以后你有什么打算?

钟铭想了想回复：今年不行就明年。

陈宇沉默了片刻回复说：可是铭哥，你没有那么多时间可以浪费了。

职业选手的黄金年龄一般是十八岁到二十六岁之间。这段时间，人的反应速度和判断力都到达一个巅峰，相应的心理承受能力也足够强。但是在二十六岁之后，人的各项身体素质就开始下滑，以至于无法应付高强度的训练和高规格的比赛。所以，哪怕是经验老到、技巧纯熟的顶尖选手，职业生涯一般也不会超过二十六岁。更何况还有伤病一说。

所以陈宇说他没有时间可以浪费，哪怕是一朝一夕都浪费不起。

钟铭犹豫了一下，正想随便回点什么，却见陈宇又发了一条消息过来：或许就这样了吧铭哥，毕竟人也不能总是顺心如意地处在巅峰。

看到这句话，钟铭若有所思地坐了一会儿，但片刻后他又无所谓地笑了笑，回复：你也说了，只是或许。

这一次，破天荒的，陈宇没有再回复。

第七章

殊途同归

— 01 —

因为小熊的突然离开，钟铭不得已又调整了GD的阵容。为了让阿杰发挥出最大的能量，他思量再三，决定把一号位让给阿杰，自己去打二号位。

这无疑是很冒险的做法。因为在GD众人看来，有钟铭的一号位在就有希望，不管前期如何失利，只要想到后期有钟铭在就总觉得还有翻盘的机会。但是如果一号位换人了，众人的心里也就没了底。

钟铭解释说："其实二号位是仅次于一号位的资源占有者，适合这两个位置的英雄路数都差不多，对我而言影响不大。而且我早就说过，随着赛场形势的变化，不一定是谁最后接管比赛，一号位也好，二号位、三号位也好，都有可能成为最后的赛场主宰。所以以前怎么打，以后继续就好。"

在钟铭的再三解释下，众人也渐渐觉得有点道理。然而这个被逼无奈下的决定，却在日后将那个早就被人提出却始终没人能发挥出它巨大威力的"多核阵容"彻彻底底地发扬光大了。

就这样训练了一段时间，在GD众人渐渐适应了现在这个阵容的时候，有人来约训练赛了。

是之前在公开赛上打过一次照面的黑马战队FNL。当时在积分赛中GD曾赢过

FNL，后来两支队伍一同进入了淘汰赛，按照一般人的思路，第一轮比赛钟铭应该会挑选成绩最末的FNL，但是当时他却选了成绩更好一点的EW。

现在FNL的队长是中单小武，他在网上碰到钟铭问的就是这个问题——当初淘汰赛时为什么不和他们打？

钟铭实话实说道：“感觉你们更难缠。”

小武听了哈哈大笑，然后就听他在语音房间里对其他人说道：“听到没有，铭哥都觉得我们比EW难缠。就凭这句话，这场训练赛我们要给铭哥留下更深刻的印象！”

“不过有个事情想麻烦你和其他队员说一声。”钟铭对小武说。

“铭哥你说。”

“考虑到战术保密的情况，我不希望这次训练赛有视频流出。”

GD的阵容刚刚发生了重大变化，紧接着又要去参加国际赛，他这话说到一半，其实小武就已经明白了他的意思，于是爽快地答应了下来。

这场训练赛采取BO3的赛制，率先取得两场胜利的队伍胜出。

原本FNL认为王月明和小熊双双离开后的GD早已不足为惧，所以对这次训练赛，他们可以说是胸有成竹。但是第一场比赛开局没有多久，小武就意识到是自己把GD，或者说是钟铭，看得太简单了。

钟铭竟然出现在中单的位置去打二号位，而且开局几分钟后，小武就发现全场的节奏差不多都是钟铭在把控——几乎是他在哪一路，哪一路就有团战和收割。而且和以往不同的是，周俊出现在上中两路的次数特别多，所以上中两路基本是在钟铭、周俊和小强的掌控之中。

当FNL反应过来应该去下路抓阿杰的时候，才发现阿杰的装备已经成了气候，周彦兮又总在他附近，想杀他已经不容易了。所以还没等GD真的推上FNL的高地，小武就已经打出了GG。

比赛很快进入了第二局。小武吸取教训，一开局就特别“关照”下路的阿杰，可是周俊好像知道他的想法似的，一直都在下路附近徘徊。中途双方有过几次短兵相接，除了一次辅助和周彦兮的一换一，FNL没有讨到一点好处。除此之外上路又被人早早地拔掉了门牙塔，GD开始推上高地。

第二场比赛结束了好一会儿，小武才回过神来。

“铭哥，我真的佩服，好像什么样的队伍在你手里都能释放出最大的能量。”

钟铭只是笑了笑，他很清楚自己这套战术能用几次，一旦被对手找到阿杰的破绽，怕是最后连他都无法应对。

然而，真是怕什么来什么。虽然这场训练赛前钟铭再三提醒FNL那边不要有训练赛视频流出，但是不久后，网上还是出现了那两局训练赛的视频。

一时间，各大游戏博主纷纷转发点评。

“看来今年的国际赛GD也不是全无希望啊！”

“知道什么叫真正的三核打法吗？今天GD告诉你。”

“影神不打一号位，依旧很牛！”

……

这个视频被钟铭看到后，小武连忙来道歉。后来才知道是FNL那边一个当天不在场，没听到小武嘱咐的工作人员泄露了训练赛视频。

视频已经泄露，再说什么也没用了，钟铭只能把心思放在研发新战术上。不过从贴吧和微博这些地方的评论可以看出，粉丝们对GD的态度也从两员大将离开后的失望和同情，重新变成了信任和期待。一时间，无论是钟铭还是GD，又成了国际赛的夺冠热点。

与这边GD重回神坛风头正劲截然相反的是，远在老家的李煜城又出了状况。一个标题为“大师赛三连败是水平倒退还是打假赛”的帖子在不知不觉中火了起来。

李煜城退役后打过几场民间主办的线上比赛。这类比赛的选手一般是有名气的路人王或者已经退役的职业选手，因为比赛奖金丰厚，所以也备受关注。

这一次打假赛事件源头就是在这个大师赛的决赛上，李煜城所在的队伍竟然0：3输给了一支路人队。所以有人就怀疑这并非李煜城的真实水平，而是因为某些利益原因故意输给了对方。

钟铭看到那个帖子后，专门把李煜城那几局比赛的视频找来看了。平心而论，确实输得很惨，但是说他打假赛也不至于，只是这需要比较专业的人才能看出来。

钟铭翻了翻评论，虽然大多数都是在对李煜城表示“不爽”或者“失望”，但确实也有那么一两条从很专业的角度说明了李煜城应该没有打假赛。可是这种声音很快就被其他声音盖过。

舆论永远都是这样，大家只相信自己愿意相信的。

钟铭拿出手机给李煜城发了条微信。这还是李煜城离开后，他们第一次联系。

Shadow：还好吗？

李某人：一帮蠢货的雕虫小技而已，还伤不到我的金刚不坏之身。

Shadow：对你没有影响吗？

李某人：我早就不是职业选手了，打个民间赛还能把我禁赛还是怎么的？

李煜城回完一条，似乎更生气了，继续回道：我是拿过世界冠军，可是世界冠军怎么了，还不许世界冠军输比赛了？堂堂TK教主还输给过我呢，不仅输给过我，还输给过EW那群水货呢，被那些人知道了岂不是要吵翻天？

Shadow：……

Shadow：不要转移话题好吗？

李某人：好吧，你找我什么事？

Shadow：没事了……

— 02 —

虽然李煜城说这种事情对他不会有影响，但钟铭却总觉得是这位老哥太单纯，把别人想得太简单了。

果然，事情愈演愈烈，李煜城本人虽然不在意，但没过几天VV平台竟然公开宣布，在打假赛这件事情没搞清楚之前要求李煜城暂时停播。

众所周知，很多知名主播和平台的协议都是年薪制的，但是要拿到这个年薪也有个前提，就是完成直播任务，而直播时长是最基本的指标之一。

打假赛这种事情本来就不好查证，更何况李煜城本来也是尽全力打了，但偏偏结果确实不好。在这种情况下，无论是要证明他打假赛还是证明他没打假赛，都是难事，而VV要等的那个所谓的“结论”，根本就遥遥无期。

李煜城这一停播也不知道会停多久，可是不播就没有工资，最后李煜城一怒之下干脆和VV平台撕破了脸。一时间这事又被闹得沸沸扬扬的，在大多数粉丝认为平台公正严明的同时，也有少数人感慨人情冷暖。

当年李煜城还没退役的时候，各家平台都因为他争着抢着要和WAWA签署直播协议。后来哪怕是他宣布退役，也有不少平台开出高价请他入驻。当时平台除了看中他的人气，还有就是意在收获与WAWA老板截然不同的好名声。沽名钓誉，商人也爱。所以当李煜城宣布和VV签约的消息后，那些骂WAWA老板过河拆桥的粉丝们自然也夸赞VV有真情怀。

可是如今李煜城的名声一天不如一天，VV终于也坐不住了，急着和他撇清关系，原先答应好的年薪也后悔了，所以才想出禁播这一招来。

“打假赛”风波持续了好些天，李煜城昔日的朋友里只有小飞发了一条微博疑似在回应这件事。内容言简意赅，只有两个字——放屁！

尽管如此，这条微博发出去几分钟后还是被删掉了。

李煜城在这短短的一个月里真的成了孤家寡人。

在这段时间里，周彦兮却发现一向不在乎外界言论的钟铭也会去看看贴吧、翻翻微博，而且每次看过之后心情都明显不怎么样。

周彦兮提议说：“铭哥，要不我和官博妹妹说一声，支持一下城哥吧？”

钟铭沉默了片刻说：“只是公开喊个话实在太没诚意了。”

周彦兮似乎猜到了什么，眼睛亮晶晶地问：“那铭哥你的意思是？”

钟铭垂眸，含笑看着眼前的人：“嗯，这次我得亲自去一趟。”

几个小时之后，钟铭就在千里之外的一个小机场见到了李煜城。

一个多月而已，李煜城比之前看上去更加黑瘦了，但是看得出，见到钟铭，他是真的高兴。

正值晚饭时分，两个人就在机场附近的一家小饭馆吃了个便饭。

李煜城一边把啤酒倒进钟铭面前的塑料杯中，一边问他：“大赛在即，影神不坐镇基地，跑我这来干什么呀？”

钟铭只是笑盈盈地看着他：“你明知故问。”

李煜城端着酒瓶的手明显一顿，但很快，他朝着钟铭咧嘴一笑：“是哥们儿今天就别说让我烦心的事，玩儿两天就回去吧。”

钟铭闻言依旧只是笑。他看了看窗外灰突突的土路，又看了看这破破烂烂的小饭馆，问道：“这里距离市区有多远？”

李煜城不知道他为什么问这个，随口答道：“十来公里。”

“十来公里，在B市也就是一脚油的距离。”

他说得隐晦，可李煜城却已经明白了他的意思——这里当然和B市没法比，他自己回来的这段时间也还没有完全适应。没有快递、没有外卖、没有移动支付，偶尔想吃个麦当劳和肯德基都难。

李煜城的眼神黯淡了几分：“也就这两天不习惯吧，再过段时间应该也就习惯了。再说了，游戏也不可能打一辈子，早晚都得脱圈，早一天晚一天有什么区别吗？”

“有。”

李煜城没想到钟铭否定得这么干脆，不由得抬头看他。

钟铭说：“早一天就是你现在这样，不情不愿，一无所有，而晚一天无论结果如何，至少你了无遗憾，因为你已经尽力了。但是现在的你离‘尽力’这两个字还差很远。”

这话让李煜城有片刻的失神，可片刻过后，他却只是摇了摇头说：“算了，我年纪大了，有些事情还是顺其自然吧。”

钟铭不以为然地笑了：“什么叫顺其自然？”

李煜城说：“就是有些事情不能强求，TK，你不能要求每个人都像你一样，可以抛开一切从头开始……我做不到。”

钟铭说：“那你还是不懂什么叫顺其自然。真正的顺其自然是什么？如果我说的那些你都去试过了，那叫顺其自然，如果遇到一点麻烦就两手一摊，这叫逆来顺受。你说你不能像我一样，并不是因为你真的不能，而是你已经找到了敷衍自己的理由，就是你所说的‘顺其自然’。”

李煜城烦躁地喝了口酒，半晌一句话也说不出来。

钟铭继续说：“我们每个人走到今天都不容易。LOTK对大多数人而言只是兴趣爱好，可是我们却把这份兴趣爱好变成了职业。在这个过程中，我们要争得周遭每一个人的认可，兴趣变成了工作，花园变成了战场。可是上战场就会流血流汗，哪怕马革裹尸也要殊死一搏。可你呢？你只厮杀一阵，大战还没结束就当了逃兵……这不是我认识的李煜城。”

钟铭很少一口气说这么多话，这大概还是他们认识这么多年以来的第一次，生生地让李煜城听红了双眼。

钟铭继续说：“所以你好好想想，要不要跟我回去。”

然而出乎钟铭意料的是，李煜城依旧固执地摇了摇头：“TK，我到现在才知道你回国从头开始是下了什么样的决心，我真心佩服你，但是也仅限于此。我真的对这个圈子彻底失望了，寒心了……”

其实李煜城和前老板之间的恩怨钟铭也有所耳闻。说实话，钟铭不觉得他们谁有错，只是他们都误解了彼此。

前老板把李煜城当员工、当玩物，李煜城却把前老板当朋友、当知己。

半晌，钟铭无奈地笑了笑：“可是，既然是哥们儿就不该见死不救。”

李煜城已经收拾好了情绪，听到钟铭这么说，既不笑也不恼：“TK，你能来，能跟我说这些话，我很高兴，但是现在我真的不需要谁来救我。”

钟铭依旧看着他，还是那副不紧不慢的口吻：“我看你可能搞错了，我是说你不能对我见死不救。”

李煜城不由得诧异地看向他：“你们现在不是好好的吗？之前和FNL的那两场训练赛我也看了，别说粉丝们说你是‘化腐朽为神奇’的一把好手，就连我看过之后也很服气。”

“别人那样说也就算了，想不到你也就这点见识……”

“什么意思？”

钟铭抬眼看他：“你对小强和阿杰的情况了解多少？”

李煜城回忆了一下说：“他们参加的大赛好像并不多，去年的大学生联赛他们虽然是冠军，但是那一届大家的水平都谈不上多好。后来平台赛里他们的表现倒是进步不少，是可造之才。”

钟铭却摇了摇头说：“刚才你也说了，他们参加的大赛并不多，而实际上也就是你知道的那几场。这两个人虽然资质都不错，但是如果想把他们训练成成熟的职业选手，并且是打一号位和三号位，那没有个一年怕是难。你看到的那两场训练赛，其实有很大的偶然性。”

“怎么会？”

“我当初签下他们时，是想着让小强来顶替王月明，阿杰做我的替补。选阿杰是因为他的打法跟我很相似，和彦兮的配合也不需要花太多时间磨合，在我不能上场的时候应该也能发挥奇效。可是没想到后来小熊家里出了事……所以你在训练赛上看到的阵容实在是我没其他办法了。”

“你是说阿杰不行吗？”

“也不能说是不行。让阿杰打一号位是因为他不会打其他位置，一时半会儿carry的打法还改变不了，但是即便让他打一号位，正式比赛中他最多也只能打三场。”

“为什么？”

钟铭有点难以启齿：“因为他拿得出手的英雄不超过三个，在高水平的局中，用其他英雄打一号位，他还真打不了。所以三场过后，他的套路很快就会被对手所熟悉，一旦比赛时对方ban掉那几个英雄，或者选了压制他的英雄，那我们就束手无策了。这也是我要求训练赛对外保密的原因。”

李煜城听到这里也不由得皱起眉来，不用多想也知道，钟铭让出一号位，在GD内部肯定是件不得了的事情——这就相当于抽走了大家心里的定海神针。可他依旧这么做了，看来确实也别无他法。

但是国际赛上，加上外卡赛晋级的队伍一共有十六支，都是高水平的专业队伍，三局就露底的GD必定走不远……

想到这里，李煜城确实有些犹豫了。

钟铭端起盛满啤酒的塑料杯说：“你也知道，我TK没求过什么人，对你这是第一次，也是最后一次。”

李煜城看着悬在空中的那杯酒，想到昔日年少轻狂时的相遇，想到这些年为了同一个梦想所付出的努力，还有他所遭受的背叛和质疑，或许他真的该再“尽力”一次。

片刻后，李煜城也举起酒杯，与钟铭手上的那杯轻轻一碰，然后将杯中的酒一饮而尽。

匆匆吃完了这顿饭，李煜城家都没有回，给爸妈打了个电话就直接跟着钟铭登上了返回B市的飞机。

钟铭在登机前和周彦兮通了个电话，所以在李煜城抵达B市时，GD众人已经知道了他会加入的这个好消息。

由于航班延误，两个人深夜才到达基地，可是基地里却灯火通明，所有人都没有睡。基地的桌上放着一个大蛋糕，墙上挂着大家临时自制的欢迎条幅。

周彦兮笑嘻嘻地说："城哥，谢谢你。"

虽然钟铭说只有他出山才能救GD，但其实李煜城自己也知道，就算他不来，钟铭应该也还有别的办法，只是要花的时间可能更长一些，重新站上那个位置可能也要等得更久一些。但是大家依旧像看救世主一样看着他，小心翼翼地捧着他那颗早已碎过一次的心。李煜城想，这大概才是真正的队友，真正的兄弟吧。

周俊见到偶像早就激动得语无伦次了："我是不是在做梦？我竟然和堂堂Lee神成队友了！Lee神答应我，请让我这辈子都为你包鸡包眼吧！"

李煜城哈哈一笑说："没问题，只要你家铭哥不吃醋，以后我就靠你包养了！"

对于李煜城的加入，大家都很高兴，尤其是阿杰，连日来让他打一号位的那种压力终于在这一刻消失了："城哥你来我就放心了，你不知道最近这些天我的压力好大，感觉自己都快要得心脏病了……"

众人说说笑笑，又吃了蛋糕，直到天快亮才散了伙各自去睡觉。

李煜城被安排在小熊原来住的房间里，正对着周彦兮和钟铭的。

安顿好一楼的几个小的，三人上楼回房间时，他无比意外地说："呦，原来你俩不住一个房间呀？浪费资源啊！"

周彦兮正毫无形象地打着呵欠，被他这么一说，立刻闭上嘴，红着脸说了句"晚安"就回了房间。

钟铭知道李煜城这人就是这样，只要心情不是太差就会想着搞点事。想到这里，他觉得有必要出点新"家规"约束一下某些人了。

于是钟铭说：“少废话，明天十点开始训练，不许迟到。”

李煜城无所谓地摆摆手：“放心，我才不会迟到。”

钟铭点点头：“那就好，不然我们这里有条‘家规’你怕是要了解一下了。”

李煜城好奇：“什么家规？”

“迟到一分钟，禁言一小时。”

李煜城无所谓地耸了耸肩：“我还当是什么厉害的家规呢。没问题，入乡随俗！”

钟铭笑：“那就好。”

约好了明天训练的时间，两个人这才各自回了房间。

然而就在几分钟后，钟铭那个空有几十万粉丝却犹如僵尸号一样的微博，继一个句号之后竟然破天荒地更新了。

GD_Shadow：欢迎加入，@李某人。

— 03 —

这一夜，注定是个不眠夜。

虽然钟铭发微博时是大半夜，但电竞圈一半的人都是夜猫子，所以这条微博一发出来，就令半个电竞圈沸腾了。

GD尚未入睡的众人纷纷转发表示欢迎李煜城。几分钟后，李煜城本人也转发了微博，还附上了一句很耐人寻味的话。

李某人：生活中总是充满意想不到的gank，而我们必须要拥有一颗耐打击的心。

这是李煜城被黑以来第一次公开发言，像是对过去所有事的回应，也像是在告诉大家，此时的他对打职业、对生活依旧充满了希望。

从世界冠军到跌落尘埃，再到从头来过，没有谁比李煜城更适合说出这句话了。一时之间，众人心中的Lee神又回来了，之前那些支持他却被埋没的声音再一次集体爆发出来。这夜过后，他的这条微博被无数人转发。

或许是因为睡得太晚，第二天一早，李煜城一觉醒来就看到挂钟的指针堪堪指到十点钟的位置。他暗叫一声糟糕，紧赶慢赶下到一楼时还是晚了几分钟。

基地里的其他人都已经坐在自己的位置上了。钟铭听到身后的声音回头看了他一眼，又看了一眼手腕上的手表：“看来今天大家的耳朵可以清静清静了。”

李煜城正要说话，但很快又想到什么，悻悻地闭上嘴，走到自己的位置上坐下。

周彦兮不明所以地看着两个人，过了一会儿，问李煜城：“城哥，你怎么不说话？没睡好？”

李煜城看了她一眼没说话。

钟铭见状，不由得勾了勾嘴角。

周彦兮更觉得奇怪了，看李煜城大概是不会理她，只好去问钟铭：“铭哥，城哥他怎么了？”

钟铭无所谓地说：“迟到了六分钟，按照‘家规’禁言六个小时而已。”

而已？李煜城这种程度的话痨，六个小时不说话，差不多可以憋出内伤了！

周彦兮仔细在脑子里搜索了一下这条所谓的“家规”，发现要么是自己失忆了，要么就是钟铭记错了，于是又问：“话说铭哥，我们什么时候定的这种家规？”

钟铭面不改色地道：“昨天晚上。”

李煜城原本正闷闷不乐地喝水，却听到这条“家规”竟然是昨天晚上才有的。这分明就是某人临时起意，故意整自己！正喝水的他一下子没控制好，被水呛得咳个不停。

见他这反应，钟铭不紧不慢地扫了眼周俊他们几个：“你们都和城哥学学，在这个圈里混，最重要的还是要懂规矩，不要赖。”

李煜城的脸色更难看了，而一天的训练也就这样安安静静地开始了。

如今的GD算上李煜城在内，正好五个首发一个替补，六个人可以3V3地打训练赛。

因为李煜城的加入，队伍正处于最初的磨合阶段，所以训练赛无须对外保密，大家还是开着直播混时间。只不过自从李煜城和VV闹翻后，钟铭就带着GD的其他人将直播间搬到了与VV流量旗鼓相当的另一家叫作狼牙的直播平台。

今天是换平台后第一次直播，而GD在两局训练赛视频流出后又签下已经被“黑”得发亮的李煜城，这一系列的事情让GD又一次成为舆论的焦点。一时间，GD人气暴涨，原来在VV看他们直播的七八成粉丝竟然都跟着GD转战到了狼牙。钟铭和李煜城、周彦兮几人的直播间观看人数更是一下子达到了狼牙平台自开始运营以来的最高峰。

不过这样播了大半天，粉丝们才发现好像有点不对劲。因为某个很爱说话、很爱发牢骚骂人的主播，今天竟然破天荒地一句话也没说过……

意识到这一点的众人都觉得一定是发生了什么了不起的大事，纷纷在GD各选手的直播间里发弹幕询问原委。最后还是周俊悄悄给了众人答案。

周俊说：“城哥今天训练迟到了六分钟，所以禁言六小时。”

众粉丝：哈哈哈哈哈，禁言六小时，谁想出来的？

周俊：“铭哥呗，还能有谁？”

众粉丝：铭哥威武！不过不让城哥说话这不等于要他的命吗哈哈哈哈哈……

众粉丝：想不到有生之年也能遇上城哥直播间这么安静的时候，我还以为自己走错了地方……

众粉丝：那是不是我们现在说什么，城哥都不会反驳？

大家刚来了兴致，正跃跃欲试，却突然听到一个阴森森的声音响起：“我是可以不反驳，但是城哥的小黑屋你们可以了解一下。”

众粉丝：呀！六小时到了啊，城哥终于解禁了！

众粉丝：快检查一下，有没有憋出内伤？

李煜城：一个个很皮是不是？管理员干活了！

众粉丝：别别别，我们千里迢迢跟着城哥来，就是为了正片而来，喷喷城请不要让我们失望！

李煜城不耐烦地嚷嚷道：“管理员！管理员！”

就这样一直训练到阿姨开始做饭了，钟铭才提议再娱乐一局就吃饭休息。

因为是娱乐，所以分组也是随机的，李煜城、周彦兮和小强一组，剩下的人在另一组。

其实无论是职业联赛还是路人赛，大家选英雄都遵循着“二八定律”——百分之二十的英雄占百分之八十的出场率。所以LOTK中的许多英雄在被创造出来的那一天，就注定是不会被青睐的。但是钟铭却突发奇想，选了一个他几乎没用过的地穴刺客。

因为完全不懂这个英雄的出装套路，所以他趁着进游戏前的空闲时间专门去查了一下这个英雄的装备。

但是他显然没意识到，在他的那群粉丝们眼里，他是无所不能、无所不会的。看他查英雄出装，大家都问：铭哥查什么呢？

刚好钟铭这边的一举一动全都被他身边的李煜城看到了，还不等钟铭回答大家，李煜城已经替他对着直播间里的万千粉丝回答了："还能查什么？当然是查查出什么装备打老婆更顺手咯。"

打老婆？直播间一片哗然……

再一看两边的阵容，钟铭对面的是李煜城、周彦兮和小强。

众粉丝：什么意思？城哥你给我说清楚！

众粉丝：哈哈哈哈哈，铭哥打老婆，打哪个老婆？城哥还是我女神？

众粉丝：打老婆哈哈哈哈哈哈……

粉丝们正上蹿下跳地等着他们无论是谁好歹给个回应，然而很快，大家就发现钟铭的直播间关了声音，周彦兮的直播间也关了声音，而李煜城干脆关了直播。

可是众人难得抓到点八卦的苗头，哪肯善罢甘休，于是都挤到最可能会和大家说点什么的周俊那里。

众粉丝：Jun神，哥哥们的直播间怎么都没声音了？

周俊扫了一眼对面的几个人，压低声音说："城哥又被禁言了。"

众粉丝：哈哈哈哈哈。

众粉丝：这次又是为什么呀？

周俊想了想，有点难以启齿地说："传播不健康信息，禁言一小时。"

众粉丝：不健康信息？哈哈哈哈哈，这又是什么鬼？

周俊叹气："新家规。"

李煜城刚来的第一天就莫名其妙多了两条家规，以后还不知道要怎么办呢！

众粉丝：铭哥家教好严哦，以后城哥有得受了哈哈哈哈哈哈！

众粉丝：不过话说GD现在有点乱啊，难道男女一号不是影神和我女神吗？

其他众粉丝：那是昨天之前的情况了，昨天之后，多了城哥这个男一号，开启双男主剧情。

GD重新整装磨合了一段时间，很快就确定下来新的阵容，由钟铭打一号位，李煜城二号位，小强三号位，周彦兮和周俊辅助，阿杰作为一号位替补。

李煜城的加入让GD实力大增，但同时也带来了新的困扰。

比如钟铭渐渐发现，自从李煜城加入后，他的直播间里总会有一些奇奇怪怪的弹幕，让他摸不着头脑。就比如这天他刚一上线，粉丝们不问别的，只抓着一个问题纠缠不休。

众粉丝：影神，听说你和我女神住到一起了？

这个问题在刚暴露周彦兮的性别时就被大家追问过，但是一直没有得到回应，渐渐地也就没人关心了。可是此时不知道为什么，大家又开始对这件事充满了兴趣。

热心粉丝：铭哥，注意身体啊，大赛在即，还是比赛更重要，其他的事情来日方长啊！

眼看着大家越说越不对劲，钟铭冷冷地扫了一眼身边的某人："你又跟他们说什么了？"

某人早就憋笑憋出内伤了："实话实说而已。"

周彦兮作为当事人之一也被闹得不得安宁，不过她比钟铭有经验多了，直接登录微博去看李煜城最近发了什么。结果一看，她也急了："城哥！拜托你说话不要这么模棱两可好不好？！"

李煜城依旧笑着："彦兮妹妹，生什么气呀？你城哥我实话实说而已，莫不是你想歪了？"

钟铭黑着脸拿过周彦兮的手机看了一眼。

原来昨天晚上有粉丝在微博上问李煜城在GD生活得怎么样，结果李煜城很会挑重点地回答：我就住在他俩的房间对面，每天……啧啧啧……

粉丝们的想象力何等丰富？大家被他这么一误导，都不由得大开脑洞……

钟铭随便翻了几条评论，眼看着他脸色越来越难看，李煜城却假装没看见，继续眉飞色舞地跟直播间里的粉丝们互动。

然而几分钟之后，他就笑不出来了。

钟铭说："训练时间这么紧张，为了让大家能够专心训练，我看很有必要让官博妹妹统一打理一下大家的微博。"

周俊和小强他们闻言叫苦不迭："铭哥，我们几个是无辜的！"

钟铭面无表情："有个词叫'连坐'，你们要怪就怪他。"

罪魁祸首坐不住了："喂！不带你这么挑拨离间的！"

然而钟铭话虽这么说，不过最后考虑到官博妹妹的工作量，还是只让她接管了李煜城一个人的微博。

自那以后，粉丝们就发现李煜城的微博画风突然变了。除了转发GD官博发过的内容，还会一本正经地发些训练赛的视频，顺便附上"影神好帅呀""确认过眼神，是我家影神""嘤嘤嘤"等让众粉丝恶寒的文案……

至于回复众粉丝的话，与过往那种糙汉风格也完全不同了，俨然一副官博那样的软妹风。

至此之后，李煜城是彻底记恨上了钟铭。

第二天是休息日，这段时间忙着准备比赛，钟铭和周彦兮也没什么时间独处，于是放假的前一天，两个人就约好第二天去看个电影吃顿饭。

说起来这还是两个人确定关系后第一次约会，周彦兮一早就起来选衣服化妆，折腾了大半天总算把自己收拾好后，一开门看到的却是李煜城那张无比灿烂的笑脸。

她的房门正对着李煜城的房间，而此时李煜城的房门大开着，他本人就坐在朝门的单人沙发上，像是一直等着她一样，见她出来就问："彦兮妹妹这是要去哪呀？"

周彦兮还没来得及回答，李煜城就已经迎了上来："我一个人在基地怪无聊的，你去哪玩，方不方便带上你城哥？"

"不方便。"

一道声音从身后传来，正是不知道什么时候已经从房间里出来的钟铭。

周彦兮原本还正为难，还好钟铭来得及时！

但被人拒绝的李煜城一点被嫌弃的自觉都没有，依旧不依不饶地跟着钟铭和周彦兮："哦，不方便就算了，那顺路捎我一程总行吧？"

钟铭依旧态度冷淡："你知道我们去哪吗就顺路？"

李煜城的态度无比诚恳："我就是想出去买点东西，这大冷天的，你们去的地方又不可能是郊外，那就是商圈嘛，肯定顺路！"

钟铭顿了顿说："经你这么一提醒，我倒是觉得人少点的地方也不错，再说今天也不冷。"

李煜城装不下去了，干脆骂道："你当初请我来的时候可不是现在这个态度！"

钟铭："当初是当初，现在是现在。"

眼看着李煜城似乎真不高兴了，周彦兮连忙出来打圆场："我们不是去看电影吗？那附近好像确实有个大超市，顺路顺路！"

李煜城冷哼一声："这还差不多。"

钟铭看了看一脸单纯的周彦兮，又看了看身后某人奸计得逞的笑脸，最后无奈地叹气，心说这二人世界应该是不用指望了。

— 04 —

三个人到了地下车库，李煜城很自然地坐上了副驾驶的位置。钟铭正在系安全带，瞥到身边的人眉头就皱了起来。

李煜城假装没看见，可是被这样盯了片刻，他自己先受不了了，心不甘情不愿地解了安全带推门下车，还不忘丢给钟铭一句："你这样对兄弟，会遭报应的。"

落后几步的周彦兮看到李煜城上了车又下来，奇怪道："城哥你不去了？"

李煜城没好气地走向车子的后排："坐错位置了，有人不高兴了。"

"做错"什么了？周彦兮看了眼被愤愤摔上的后座车门，有点蒙。

不过和李煜城接触这段时间以来，周彦兮已经发现了，李煜城非常孩子气，一会儿高兴，一会儿生气，然而让他高兴的点和让他生气的点都让人非常摸不着头脑，绝对不是周彦兮这种境界能领悟到的。

这次果然也是，周彦兮还不知道他为什么生气，没多久他就又嘻嘻哈哈，恢复如常了。

到了目的地，停好了车，三人上了楼。

照理说这时候就该分道扬镳了，可李煜城显然没有要走的意思，提议道：“这都中午了，要不咱们先找个地方吃饭，吃完了再分头行动。”

说着也不管另外两个人乐意不乐意，迅速锁定一家淮扬菜馆，走了进去：“哎哎，就这家吧，今天周末哪哪都是人，难得有空桌。”

服务员很快跟上李煜城，问他几个人，李煜城回答说：“三个。”

店外周彦兮抬头看了眼钟铭，钟铭似笑非笑地扫了眼店里那位已经坐定开始点菜的人，说：“走吧，你要说不在这吃，他还有别的招等着咱们。”

他们一进去，李煜城就热情地把菜单推到他们面前：“今天城哥请客，不要客气。”

钟铭把菜单递给周彦兮：“对，多点一些，我挺饿的。”

周彦兮有点意外，他早上打电话叫她起床那会儿明明才吃早饭，这才过去不到两个小时吧，就饿了？

周彦兮低头点菜，钟铭的手机突然响了，店里有点吵，他就拿着手机到店外去接。

钟铭刚一离开，李煜城的话匣子就打开了。

“彦兮妹妹，你和那小子什么时候认识的？”

周彦兮对一旁的服务员报了几个菜后随口答道：“去年平台赛前吧。”

“哦，那你们在一起没多久吧？”

周彦兮动作一顿，含糊地“嗯”了一声。

李煜城哈哈一笑：“这有什么不好意思的？其实我第一次见你就知道那小子对你图谋不轨了。”

理智告诉周彦兮，李煜城这人说话完全没谱，但她还是忍不住问：“为什么这么说？”

“我和他认识好几年了，对他太了解了。在大多数人眼里，他肯定是既成熟稳重又大度神秘，哈哈哈哈笑死我了，其实他啊，是呆板别扭、自私闷骚才对。”

钟铭已经挂了电话往回走，与周彦兮和李煜城只隔着十来米。偏巧李煜城的嗓门又大，所以刚才那些话，钟铭一字不落地听到了。

周彦兮暗叫不妙，为了避免发生不必要的“流血事件”，她好心岔开话题：“城哥……你看看我点的这些够不够，要不要把点好的菜给你复述一遍？”

李煜城正说到兴头上，被人打断很不高兴，大手一挥，对旁边的服务员说了句“赶紧下单”，然后也不管周彦兮变了的脸色，继续说道：“上次小飞的事差点把我笑死，你看他平时对什么事情都不理不睬，一副无所谓的样子，你能想象他看上的人同时也被别人看上时，他就会变得小气自私、睚眦必报吗？”

眼见着钟铭的脸色越来越差，周彦兮连忙说：“不会的，铭哥不是那种人。”

李煜城闻言则是一脸的痛心疾首：“你这智商遇到他就是被完虐的命！我早就说过，他一早就喜欢你啊。偏偏小飞那臭小子运气不好看上他看上的人，你见过有人第一次见面就毫不客气地仗着自己岁数比人大恐吓人家的吗？”

“啊？”这一次周彦兮也好奇了。

“就是那三局solo过后，我们不是在那家音乐餐厅遇上了吗？小飞就多看了你几眼，结果后来就被那家伙恐吓了。据说他原话说的是‘毕竟这才只是个开始，所以千万别再掉以轻心’。哈哈哈哈，我没在现场都能脑补出他说这话时一本正经的样子，这分明就是小狗护食的感觉嘛！”

周彦兮想了想，那天她好像确实和小飞在洗手间门口遇到过，还交换了联系方式，也确实被钟铭看到了。不过这比喻也是绝了……她不由得瞥了眼李煜城身后，刚才还勉强维持着笑容的某人，现在完全已经不笑了。

李煜城沉浸在自己的爆料中无法自拔：“后来小飞作死发那些酸溜溜的微博，他更坐不住了，估计是没有理由再去教训小飞，就跑来恐吓我。我李煜城又不是被吓大的，他想装模作样，我就戳破他的心思，他‘口嫌体正直’，我就给他个打脸的机会。所以后来我就想着得多制造几次小飞和他碰面的机会。”

周彦兮彻底傻了：“所以那次两队聚会是因为这个？”

“不然你以为是因为什么？”李煜城继续说，“那次真是不后悔啊，让我见识到了不一样的某人。当时我可是看得清清楚楚，基地那厨房虽然小，但也不至于那么小，就你们两个人，他用得着离你那么近吗？又是吹气又是肢体碰触的……啧啧啧，那些骚操作够我们小飞学个七八年的。而且啊……他从来不吃辣你知不知道？”

这信息量有点大，周彦兮彻底蒙了。就在这时，钟铭似乎也不打算再听下去了，在某人的肩膀上轻轻地拍了拍。

钟铭的力道明明很轻，可李煜城却被吓得一哆嗦。下一秒，钟铭已经俯下身在他耳边说：“虽然不是训练时间，但如果我想让你闭嘴，办法还是挺多的。”

李煜城说了那么多，也不知道钟铭听到了多少，他终究还是有点心虚，只讪讪地干笑了两声。

钟铭拉起对面的周彦兮往外走去，临走前，他对李煜城说：“刚才忘了说，电影快开场了，而且我只买了两张票，所以饭还是你自己吃吧。”

李煜城望着他们离开的身影出了片刻的神，待回过神来时才意识到刚才好像点了不少菜。

他连忙叫服务员：“刚才我点的菜还能不能退啊？”

服务员摇头：“不好意思，您的菜都已经开始做了。”

李煜城郁闷：“怎么平时没见你们效率这么高啊？”

服务员委委屈屈地低着头不敢接话。

服务员离开后，李煜城冷笑，想到刚才钟铭去接电话前还特意嘱咐周彦兮让她多点。恐怕在那个时候，钟铭就想好要这么整自己了吧！

黑心啊，明知道他退役以后手头拮据，竟然还这么下狠手！

想到这里，李煜城无奈地拿出手机，开始给基地的其他人挨个拨打电话。

— 05 —

周彦兮被钟铭拉着走到店外，离那家淮扬菜馆越来越远。钟铭问她：“想吃什么？”

周彦兮：“电影不是要开场了吗？”

钟铭笑：“我瞎说的，我们换个地方吃饭。”

“铭哥。”周彦兮突然停下脚步。

钟铭不明所以地回头看她，但没想到一回头正对上她一脸狡黠的笑。

周彦兮平时很少这样笑，甚至很少笑，所以不了解她的人都觉得她这人冷漠。但钟铭知道她那不是冷漠，是迟钝。

事实上她笑起来的时候远比她不笑的时候更好看。钟铭乍一看到这笑容，不由得愣了一瞬，待反应过来她为什么这么笑时，脸色就好看不到哪去了："欠揍是不是？"

说着就不再理会周彦兮，径自往前走去。

周彦兮见他要走，立刻快走几步拉住他，难得有几分撒娇地说："我还什么都没说呢！"

"那我得谢谢你，请继续保持下去。" 钟铭冷哼一声，朝着电梯间走去。

"不行，其实也没什么，就是想问你几个问题而已。"

"不许问。"

周彦兮假装没听见："铭哥，你真的恐吓过小飞？"

"我要做什么还用得着'恐吓'这种手段吗？"

"那你第一次见到他为什么会说那种话？"

钟铭没好气地道："能输给你的职业选手，是个人见了就该教训教训！"

周彦兮忍着笑："那不一定吧，我的资质是差了一点，但'名师出高徒'，其实也不算太差吧？"

这句"名师出高徒"明显让钟铭很受用，脸上的神情也柔和了许多。周彦兮趁热打铁道："其实我一直想问，为什么你不吃辣不早说？烤鱼那次，还有在基地里聚餐那次。"

不说这个还好，说起这个钟铭更生气了："作为别人的女朋友，你难道不该自我检讨一下吗？"

在这件事上，周彦兮确实觉得有点说不过去。李煜城和钟铭虽然认识得早，但毕竟两个人不常见面，跟他们这种在一起生活了大半年的比不了。可偏偏李煜城知道钟铭不吃辣，而周彦兮把钟铭的"投其所好"当成了他真正的喜好。

但是话说回来，这也不能全怪周彦兮。钟铭这人虽然看上去对什么事情都很挑剔，但如果涉及其他人，比如饭菜口味这种，他又好像什么都可以，很迁就别人。所以要摸清他真正的喜好也没有那么容易。

不过周彦兮还是从善如流地承认错误："我检讨……那城哥说的其他事情

是不是真的？”

钟铭尴尬地咳嗽了一声：“他那张嘴，十句话里有一句是真的就不错了。”

钟铭说得义正词严，斩钉截铁，但周彦兮却想起两个人之前相处的细节——他说话时温热的气息，那些有意无意的肢体碰触，有那么几个瞬间，她真的心跳加速。如今听李煜城这么一说，他当时很有可能是故意的啊。

“铭哥你脸红了？”

钟铭目不斜视：“你看错了。”

正在这时，电梯门叮的一声缓缓打开。等里面的人出来后，钟铭率先走了进去。周彦兮跟在他身后，忍笑忍得有点辛苦。

在这个过程中，钟铭只凉凉地扫了她一眼，依旧面无表情。电梯下到三楼时，其他人都下了电梯，轿厢里只剩下他们俩。周彦兮再也忍不住了，笑得前仰后合。

钟铭微笑着看她：“看样子你好像挺喜欢的？”

她边笑边问：“什么……”

话还没问完，就见某人突然靠近：“好像挺喜欢我做过的那些事，既然如此……”

后面的话他没有说，但已经用行动告诉她——既然如此，不如再来一次。

被吻上的那一刻，周彦兮的脑中只有一个念头闪过——完了完了！这电梯里肯定有摄像头！保安大哥非礼勿视啊！

这个吻可以说是惊心动魄，在电梯停靠提示音再度响起时，钟铭似乎都没有要放过她的意思。她推他，他纹丝不动，她欲哭无泪，只想就地消失。

好在电梯门打开时，钟铭终于不紧不慢地放开了她。外面的人说笑着进了电梯，周彦兮惊魂未定的同时只顾低着头，生怕露出什么马脚来。然而再看某人，一副淡定自若的模样，好像刚才发生的一切都与他无关一样。

终于到了车库，经过刚才那么一闹，周彦兮没敢再惹钟铭，乖乖地任由他拉着，朝他们停车的方向走去。

走了一会儿，车还没找到，却突然听到前面的人没头没脑地说了一句：“其实差不多就是从那个时候开始的。”

“什么？”周彦兮问。

钟铭回头看向她，笑了笑说：“具体是什么时候我也不知道，但是是从那个时候开始，我才知道我会因为你生气，不仅仅是在游戏中。”

周彦兮怔了片刻，转瞬便明白了钟铭的意思——他说他不知道究竟是什么时候对她上了心，但小飞的出现让他开始正视自己的感情。

周彦兮想了一会儿，突然意识到一个问题：“所以铭哥，你以我可能将我们队核心战术泄露出去为理由不让我和小飞联系，也是因为吃醋？这么冠冕堂皇的理由你是怎么想出来的？”

钟铭深情的表情瞬间僵在脸上，下一秒他甩开某人，二话不说掉头就走。

与此同时，周彦兮又忍不住笑了起来。可笑过之后，她也知道得罪钟铭不会有好果子吃，赶紧追了上去。她撒着娇去拉他，他却像个闹脾气的孩子一样依旧不给她什么好脸色。

这样两次过后，周彦兮也急了。就在钟铭打开车门要上车的前一秒，她追到他的面前，“砰”的一声把车门关上，然后不管三七二十一地将他猛地一推。

钟铭一时没有防备，被她推得一个踉跄，撞在身后的车身上。还不等他反应过来，周彦兮已经踮起脚，双手捧起他的脸，吻了上去。

这还是周彦兮第一次这么主动。钟铭对她这一系列的举动感到吃惊，但很快就环住了面前的人，全神贯注地回应起这个吻。

一道白色的光束一扫而过，伴随而来的除了呼啸而过的引擎声，还有好事者的口哨声。但在车前拥吻的两个人却浑然未觉，无所畏惧。

看完电影，两个人又在外面吃了晚饭，差不多晚上九点才回到基地。

钟铭停好车子也不急着下车，见周彦兮正要去开车门，一把将她拉住。

周彦兮不明所以地回头看去。

他一只手握着她的手腕，整个人懒懒地靠在椅背上：“不想这么早回去。”

两个人都不说话，车内的呼吸声显得格外清晰。周彦兮注意到时想调整一下呼吸，至少听上去显得更从容一点。但不调整还好，一调整反而适得其反。车里的气氛一下子有点紧张，就连空气都仿佛凝固了一般。

她尴尬地轻咳一声，刚想换个姿势，却感觉握在她手腕上的手突然紧了紧。

“坐上来。”

“啊？”她还没反应过来，就被人拉了过去。再落座时，她已经坐在了他的腿上，和他面对着面。

这个姿势太暧昧了，周彦兮一时有点手足无措。但钟铭没有给她适应时间，就在她坐上来的下一秒，他微微一歪头便含上了她的唇瓣。与之前的几次蜻蜓点水不同，他环在她身上的手臂不断收紧，像是要将她整个人嵌入他的身体里一样……

此时一阵突兀的手机铃声响起，是周彦兮的手机铃声……

周彦兮本来没打算理会，但打电话的人却无比执着，铃声刚停没多久，很快又响了起来。她这才想起去看一眼到底是谁打来的。

钟铭注意到她的分心，很不满地在她的唇上重重地咬了一下。

周彦兮疼得闷哼一声，彻底清醒过来。她撑起自己的身体稍稍离开他：“算了，我还是接吧。”

说着，她就要爬回副驾驶位上去拿手机。钟铭却不怎么高兴，当即拉住她的手腕又将她拉了回来。周彦兮刚刚拿到手的手机应时脱手，掉到了座位底下。下一秒钟，周俊的声音就从车里的某个角落传了出来：“姐！你们还没回来吗？刚才我就看到你们进车库了，是不是遇到什么事了？电话怎么也这么久才接通？需不需要我过去……喂？喂喂？”

周彦兮愣了愣，估计是她刚才不小心按到了接听键。

电话的另一端，周俊喂过几声发现没人应后，还真出了门。

周彦兮在电话这一头清清楚楚地听到了开门关门的声音。想到周俊要来，她突然就慌了，不管三七二十一地推开身边的车门，连滚带爬地从钟铭的身上下来，跑了……

看着某人落荒而逃的背影，钟铭在短暂的郁闷过后不禁笑了一声。

脚边的手机里依旧传来周俊不懈的“喂喂”声，钟铭不紧不慢地把手机捡起来，慢条斯理地应了一声。

手机里安静了片刻，周俊问：“铭哥？”

“嗯，你姐把手机落在车上了，我回来替她拿一下。”

周俊松了口气："我说嘛，怎么半天没人接电话。"

刚说完，周俊很快意识到问题所在："不对呀，电话早接通了，但就是没人说话。"

沉默了片刻，钟铭说："我接通的，但接通后不小心把手机掉进座椅旁边的夹缝里了，刚拿出来。"

"哦哦哦，这也行。"

说话间，周俊的声音突然隔远了一些，钟铭听到他似乎在和什么人打招呼。

"你怎么这么粗心？手机掉了都不知道，害别人操心……咦，你脖子上那是什么？啧啧啧，肯定是出去胡吃海塞吃到过敏的东西了吧！"

钟铭听到这里，一边挂断电话一边叹气——论迟钝，这姐弟俩还真是有得一拼，就是不知道这么强大的基因会不会影响到下一代……

— 06 —

周彦兮故意岔开话题，问周俊："你们也刚回来吗？"

"是啊，今天我和小强他们去唱歌了，想不到他们俩都是麦霸……咦，对了，我看你们和城哥一起出去的，怎么后来分开行动了？"

周彦兮这才想起李煜城，有点尴尬地问周俊："城哥也回来了？"

"早回来了，他中午的时候还打电话叫我们去吃饭呢，但当时我们离得有点远就没过去。不过我刚才回来看到厨房里有一大堆打包的饭菜，城哥也是，我们没去还点那么多菜。"

"……"

周彦兮有点心虚地摸了摸鼻子，想到那地方也不便宜，李煜城这次大出血，接下来的日子还不知道要怎么整她和钟铭呢……

不过回到基地后，李煜城却仿佛不记得中午那件事了，见她回来依旧乐呵呵的："哟，彦兮妹妹回来了啊。"

周彦兮皮笑肉不笑地应了一声，然后就灰溜溜地回了房间。她刚一进房间，就听到有人上楼的声音，这脚步声她一听就知道是谁，脑中忽然又想起刚才两个人分开时的情形，不由得心跳漏掉了一拍。

门外，李煜城像没事人一样笑嘻嘻地和钟铭打招呼，但是钟铭似乎没理他，在李煜城打过招呼之后，只听到钟铭关门的声音。

走廊里重归平静，周彦兮缓缓地吐出一口气，扫了眼墙上挂钟的时间，快十点了。她开始卸妆、洗澡，等她从浴室出来已经过了一个小时。

头发还有些潮湿，但她懒得再爬起来吹干，身体已经很疲惫，可躺在床上一闭眼，想到的都是某人不断靠近并放大的脸，就连他身上的味道都仿佛还萦绕在她的鼻端，让她心跳不已。

她翻了个身，把脸埋进被子里，好一会儿，眼前看到的和心里想着的依旧还是那个人。她索性放弃，干脆屏气凝神，竖起耳朵听隔壁有什么动静。

他睡了吗？他在做什么？

像是特意回应她似的，放在枕头边的手机在这时突然振动了几下。她立刻拿过手机打开来看，果然是钟铭。

Shadow：睡了？

周彦兮无声地咧嘴笑着。

YAN：还没有。

消息刚发出去，她就觉得这话明显把天给聊死了，应该再说点什么才对。

打了删，删了再打，反反复复想了好几个话题，一条信息编辑了好多次，周彦兮最终还是不满意。

钟铭看着屏幕顶端一直提示“对方正在输入”，不由得轻笑一声，打了几个字回过去。

周彦兮正抓耳挠腮地想着再说点什么好，就又收到钟铭发来的信息。

她看了一眼，手像突然被烫了一样，把手机丢了出去。

Shadow：想亲你。

啊啊啊……他怎么可以说得这么露骨？让她怎么回？

她把自己裹在被子里，仿佛只要这样就没那么害羞了。

墙上的挂钟嘀嗒嘀嗒地证实着时间的流逝，过了好一会儿，一只纤细白皙的手从被子里伸出来，左摸右摸终于摸到之前被丢出去的手机。

周彦兮一边总结自己是男人见得太少，积累的实战经验太少，才会遇到这么点事情就这么不淡定，但一边又开始新一轮的踌躇——到底回什么呢?

她正纠结着，钟铭很快发来“选择题”。

Shadow：是我过去还是你过来?

周彦兮的手又抖了抖，但好歹这回稍稍冷静了一些，认真思考起这个问题来。

钟铭看着依旧是“对方正在输入”的状态，无奈地叹了口气，直接给出了答案。

Shadow：还是我过去吧。

回复了周彦兮，他起身打开房门，结果一开门就吓了一跳。

“呦，还没睡？”

钟铭看了看对面房间里的人，又看了眼时间。这都十一点多了，他大敞着门在干什么?

李煜城用行动回答了钟铭。他对着手机屏幕指了指钟铭这边说：“你们的影神出来了。”

然后他的手机屏幕上立刻飘过很多文字，看不清具体是什么内容，但是数量多到已经盖过了李煜城的那张脸。

李煜城立刻笑呵呵地对身后的钟铭说：“哎呀，还是影神魅力大，你一出现我这弹幕数量都翻了几倍。”

钟铭明白了，这家伙竟然还在直播！大半夜的把镜头正对着他和周彦兮的房门！所以，无论是他进了周彦兮的房间，还是周彦兮进了他的房间，都会被万千粉丝看得清清楚楚。

李煜城仿佛在提醒他：“影神这大半夜的，出来干什么？”

钟铭冷冷地瞥他一眼，朝楼下走去。

身后，李煜城继续嘻嘻哈哈地跟粉丝们聊着天。

钟铭下了楼直奔厨房，打开冰箱拿出一瓶矿泉水，一边拧开一边用手机登录了狼牙平台。他其实就是想确认一下自己的猜测对不对。不出他所料，李煜城的镜头果真对着周彦兮的房门。

“咦，刚才进房间的那个鎏金ID不正是我们的影神吗？”李煜城的声音从手机里传来。下一秒钟，只听某人扯着嗓子朝楼下喊道：“我说影神，咱俩门对门的，你想看我用得着跑直播间来看吗？”

钟铭拎着矿泉水瓶回到二楼，看到那张小人得志的笑脸，他第一次有点心疼自己千里迢迢把他请了回来。

“知道什么叫扰民吗？”

如果声音可以杀人，李煜城现在一定已经被他冻成冰雕了。

李煜城装模作样地做出一副后知后觉的样子，然后刻意压低了声音说：“好像确实让某些人不太方便了哈。”

钟铭没再搭理他，转身回了自己的房间。

李煜城和钟铭的说话声音不小，周彦兮在房里早就听得清清楚楚了。

所以钟铭刚一进门，就收到了周彦兮的信息。

YAN：想不到城哥休息日都坚持直播，真是勤奋啊……

Shadow：……

YAN：那早点睡吧铭哥，晚安。

钟铭没再回她。

周彦兮捧着手机叹了口气，一想到钟铭不能过来找她，本来以为自己会松口气，没想到更多的竟然是失落。她把手机丢到一边，调整了一下姿势，打算睡觉。就在这时，阳台上传来咚的一声。

她吓了一跳，第一反应是有贼，立刻就从床上弹坐了起来。还不等她有下一步动作，就听到“哗”的一声，是滚轮滑过轨道的声音，房间和阳台之间的玻璃门被人拉开了。她不由得“啊”的一声叫了出来。

下一秒，刚才还站在阳台上的人就已经上了床。周彦兮感觉眼前一花，唇上就盖上了一只温热的大手。

他什么也没说，只一声若有若无的叹息。但是周彦兮已经知道来人是谁了，正是她刚才还想了无数遍的人。

她心里正狂喜，外面突然响起了李煜城的敲门声：“彦兮妹妹，出什么事了？”

周彦兮缓了片刻，和钟铭对视一眼说：“没事，手机差点掉厕所。”

李煜城回道：“没事，掉进去让你铭哥去捞。”

周彦兮忍着笑，钟铭冷哼一声：“再笑？”

周彦兮还是笑，可紧接着就笑不出来了……某人一向如此，说到做到，说亲就亲。

周彦兮承受着钟铭身体的重量不由得往后倒去，两个人就这样滚倒在柔软的被褥中。

还没入春，B市的夜晚依旧有些寒凉，可钟铭身上却只穿着一件白色的T恤和单薄的居家裤。周彦兮不小心触碰到他露在外面的小臂，都能感受到今夜外面的温度。但是很快，她就发现那种冰冷的触感渐渐变了，变得滚烫起来。

周彦兮不知自己是缺氧还是动情，只觉得脑子里混混沌沌的，倏然醒过神来时才留意到腰上有种干燥温热的触感——钟铭的手不知道什么时候伸到了她的睡裙里面。

感觉到他的手在一点点上移，她的心不由得收紧。因为已经打算睡了，她根本没穿内衣……突然觉得好危险……

当那只四处点火的手徘徊着打算继续上前时，她突然有点无措、有点害怕，最后竟然脑子一热一把将身上的钟铭推开了。

钟铭被她推开后愣了一下，撑起一只手，低头看着她。此时那双漆黑的眼眸中难得的有几分不解，还有几分尚未褪去的情欲。

她突然萌生一丝愧疚，说道："那个……铭哥，你冷不冷？"

面前的男人没有回话，但通过肌肤相触的地方她能感受到，他不仅不冷，而且还热得要死。

周彦兮见钟铭不说话，继续用她以为得体的方式化解着尴尬的气氛："不知道城哥是不是还在直播……"

钟铭依旧没有任何反应。周彦兮搜肠刮肚地渴望找到一个能继续下去的话题，却听他突然闷闷地笑了一声："你到底想跟我说什么？"

周彦兮一时语塞："没什么……就聊聊天……"

"聊天？"

他若有所思地挑了挑眉："你以为罗密欧千辛万苦爬进朱丽叶的窗子就是为了跟她聊聊天？"

这是什么意思？是在变相征求她的意见吗？周彦兮不知道该怎么回答他，

可是钟铭却也只是亲了亲她，然后翻了个身躺在了她的身边。

周彦兮有点意外，转过头看着他。他哑然笑了笑说：“别这么看我，我会理解成你很失望。”

周彦兮的脸又红了。

过了好一会儿，他说：“等国际赛结束后，我有些事情想对你说。”

“嗯。”周彦兮心不在焉地应着。

“你不好奇是什么事？”钟铭问。

“好奇，可你说了国际赛后告诉我。”

钟铭满意地点点头：“真听话。”

说完，他翻身坐起，也不开灯，借着如水的月光替她拉起被子盖好，然后摸了摸她的头顶：“早点睡吧，明天还得早起。”

周彦兮点点头：“那你爬窗子的时候小心点。”

钟铭嗤笑出声：“不爬窗了。”

“啊？”

还没等周彦兮反应过来，钟铭已经拉开房门走了出去。在她的房门被关上后，紧接着门外又有关门声传来，只不过这第二声很暴力，咣当一声，怕是整个基地的人都听得清清楚楚。

李煜城杀猪般的声音也随之响起：“钟铭，大半夜的你发什么神经啊？突然进来又突然出去，吓得我魂都没了！”

其实刚才钟铭进来没一会儿，外面吵吵闹闹的直播声就没了。当时周彦兮没留意，现在想来应该是李煜城以为钟铭不会再来找她所以提前结束了直播。现在这会儿他怕是睡得正香，结果就被突然闯入的人吓得半死……

周彦兮无声地咧了咧嘴角，又把被子往上拉了拉，盖住半张脸，这才安心地酝酿起睡意来。

— 07 —

天气渐渐转暖，而真正让大家感觉到大赛就在眼前的，是俱乐部的工作人员已经开始帮几人办理护照了。

但是就在这个时候却又出了一件事——贴吧上有个名叫“原来我们都被他们骗了”的帖子一夜之间火了起来。

钟铭不太关注贴吧，而李煜城早上醒来的第一件事就是坐在马桶上刷微博和贴吧。不过自从他的微博被人“接管”后，他就彻底转战贴吧了，所以贴吧有个什么风吹草动，他都是基地里第一个留意到的人。

这个帖子里只有几张照片和一段文字，照片上是一对身材养眼的青年男女，通过亲昵的举止不难看出，应该是情侣关系。只可惜两个人都戴着帽子和口罩，没有一张拍到正脸。但尽管如此，熟悉他们的人还是可以看出，照片上的人正是钟铭和周彦兮。

几张照片过后，是一段酸溜溜的文字：我还真以为这妹子确实有什么我们看不出来的过人之处，所以才被Shadow看上并重点培养，原来我们并没有看错妹子，只是看错了Shadow。队长大人，拜托你专业一点好吗？女朋友放在家里就好，放在队里不合适吧？

这帖子是昨天半夜发出来的，到了早上李煜城看到的时候已经盖了几百楼了。他激动不已地爬完楼，发现跟他预想的差不多——除了个别正常人觉得选手谈个恋爱没什么大不了的之外，其他人一半是和楼主一样把自己当成GD衣食父母的，指控钟铭公私不分，辜负了他们的喜欢，而另一半就比较冷静了，完全是抱着手臂等着看热闹的态度。

如果是平时，李煜城肯定自动把自己划分到看热闹的那群人中，但当他注意到那几张照片上的拍摄时间正是公开赛结束后的那几天时，他觉得自己不能只看热闹了——那几天可是他和WAWA的老板闹得最凶的几天，他躲在角落里对人生感到绝望的时候，钟铭竟然还有心思谈情说爱？

想到这里，李煜城决定加入骂人的大军。

他暗搓搓地编辑了好几段文字，但看来看去都觉得不够给力，最后又全部删掉换成了几个字回复上去：果然狗男女！

回复之后，他觉得还不解气，于是把这帖子的链接发到了GD几人的微信群里。

此时时间尚早，基地里的大多数人都还没醒，所以这个重磅炸弹丢出去了将近一个小时，才收到周俊一个震惊的表情，然后是小强和阿杰担忧地问李煜城该怎么办。

李某人：那得问问当事人咯。

过了好一会儿，当事人之一的钟铭应该是刚刚起床看完帖子，回给众人的却是驴唇不对马嘴的一句话。

Shadow：你掉马甲了@李某人。

李煜城一开始还没明白是什么意思，想了一下突然意识到什么，回头去翻自己刚刚回复的那一条，瞬间冷汗就下来了——他竟然忘了切换账号，用了Lee的账号。所幸发现得及时，应该还没有被其他人看到，于是他赶紧删掉后，才回到群里回复钟铭。

李某人：明人不做暗事，那就是我李某人对此事的态度。

Shadow：呵呵，那你删掉是几个意思？

李某人：我虽然可以不顾你的面子，但不能不给GD面子。

Shadow：还挺有集体荣誉感的，是不是该给你发朵小红花？

李某人：小红花不用了，微博号倒是可以考虑还给我。

Shadow：原本是要还了，现在看来还是算了。

李某人：你别欺人太甚！大不了我再去注册一个！

周彦兮一大早醒来就听到叮叮咚咚的手机提示音，迷迷糊糊打开微信一看，整个人彻底清醒了过来。

照片上的背景和俩人穿的衣服，一看就是上次那个跑来基地的痘痘男拍的。可是他不是已经被钟铭搞定了吗？怎么又把照片发到贴吧上了？

群里的几人依旧在讨论着。

Jun：这些照片早不出现晚不出现，现在跑出来，肯定是有人故意搞事情，想动摇我们的军心！

小强和阿杰纷纷表示赞同。

李某人：不是人家现在刻意放出来，是有些人刚摸到国际赛的门就膨胀了。

阿杰：城哥，你真敢说……

Shadow：总比有些人连门都摸不到的强。

周彦兮看着群里的火药味越来越浓，心乱如麻，都是因为她，害得基地内部不团结了。

她弱弱地跳出来：这个，抱歉啊，给大家添麻烦了！

李某人：还是彦兮妹妹懂事，不过没关系，哥哥陪你挺过去。

YAN：……

Shadow：@YAN，你一天到晚麻烦的人也只是我，为什么跟一群不相关的人道歉？

周彦兮只想说，铭哥，这时候你就不要计较那么多了啊……

李某人：谁是不相干的人？我们难道不是相亲相爱的一家人吗？

Shadow：我跟在贴吧和黑子一起骂我狗男女的人没办法成为一家人。

YAN：什么意思？？？

李某人：你听我解释彦兮妹妹……

Shadow：你们是不是忘了一件事？

小强：呀！快十点了！

Shadow：我已经到楼下了，迟到的家法处置。

微信群里聊得正嗨的几人瞬间作鸟兽散。

下了楼，几个人随意聊了几句，就没再关注刚才的话题，自动进入训练状态。

自从国际赛开始倒计时以后，众人就基本停止直播了，所以大家的状态倒是不会被看了帖子的粉丝影响。

不过中午吃饭的时候，钟铭还是接到了战队经理伍老板的电话。

这个伍老板是前两年退役的职业选手，之所以叫他“伍老板”并不是因为他真是什么老板，而是因为他原来打职业时的ID是“qiqi521”，有点名气之后就多了“伍老板”这个称号。

钟铭和他认识也是机缘巧合，聊过之后他觉得这人虽然未必能成为很出色的职业选手，但是他本人的综合素质和在圈里的人脉都不错，代替钟铭去联络一些训练赛，以及帮忙打理团队出席大型比赛相关事宜的能力都有。

伍老板在圈里混久了，对什么事情都觉得稀松平常，可是贴吧这件事情却让他如临大敌。

钟铭觉得好笑：“又没人被禁赛，算什么大事？”

伍老板苦笑："铭哥，不带这么咒自己的……"

钟铭："官博是不是被烦得够呛？"

伍老板："你说呢？其实我打电话来也是想问问你的意见，怎么处理这件事？"

如果让钟铭说，他认为这根本不算什么事，更用不着刻意处理。不过他想了想还是说："那就不回应吧，没人搭理的话过段时间这帮人也就消停了。"

伍老板叹息："但愿吧……不过队员那里，还得铭哥你约束一下。"

钟铭："我懂。"

钟铭这边刚挂上电话，周俊就"哇哇"大叫起来："这才一上午的工夫，竟然盖了几千楼了……"

周彦兮的脸色更差了，都没勇气去看那些评论。

钟铭面不改色地坐到餐桌前，对周俊伸出手："拿过来。"

周俊以为他要看，立刻乖乖奉上自己的手机："对对对，铭哥你该好好看看。"

本来以为没个半小时是看不完那些评论的，谁知道钟铭接过周俊的手机后只在屏幕上轻轻点了几下就还给了周俊。

周俊不由得一愣，再看手机，这才发现贴吧和微博竟然都被删了。

"啊，铭哥你怎么能随便删我东西？"

"不光你，"钟铭抬眼扫了一下其他人，"你们也都删了。国际赛回来后你们爱干什么干什么，但在那之前都给我老实点。"

小强和阿杰一向听话，周彦兮本身也没勇气去看那些东西，唯独李煜城不以为然："多大点事，至于吗？"

钟铭看他一眼，冷冷地一笑："我看你还真是不见棺材不落泪。"

不过这件事很快就有了新的转机，有个ID叫"我真的不是故意的"的粉丝在这个帖子里上蹿下跳，以一人之力舌战几万粉丝。

他的观点总结下来就是几点：人家男未婚女未嫁，谈个恋爱犯法吗？我女神肤白貌美身材好，是个男人也选她而不是你！我男神钱多人帅技术好，是个女人也喜欢他而不是你！谁说选手谈恋爱一定影响成绩，国际赛还没开始，你有什么资格在这放狗屁？

这家伙舌灿莲花，精力旺盛，很多粉丝跟他吵了几天，最后都被他这几句箴言怼得毫无还击之力。这样一来大家也渐渐觉得没什么意思了，帖子的热度也终于降了下去。

这天，钟铭刚出基地就看到前面不远处的梧桐树后闪过一个人。他微微勾了勾嘴角，假装没看到，继续往前走。走出一段路后，钟铭停下脚步回头看，乍一看还是没什么人，但是一棵大树后有一片衣角正迎风招展。

他笑了笑，朝那棵树走了过去。

那人显然没想到钟铭已经发现他了，所以抬头发现钟铭就在自己面前时，差点吓得叫出声来。

钟铭居高临下地看着面前的这个人，黑黑瘦瘦，一脸痘痘，正是曾经被他“教育”过的那个痘痘男。

钟铭慢条斯理地拿出烟，抖出一根叼在嘴里：“你胆子不小啊，我没去找你，你还敢自己找过来？”

痘痘男见钟铭要点烟，连忙狗腿地从自己的口袋里翻出打火机来，按了两下凑到钟铭面前。

钟铭叼着烟，似笑非笑地看他一眼，这才低头凑上被他拢在手掌中的小火苗。

见钟铭缓缓地吸了口烟，似乎不像要发火的样子，痘痘男才赔着笑解释起来：“铭哥，不管你信不信，那照片真不是我发出去的。”

“你是说有人拍了和你一模一样的照片？还是有人用你的手机发了贴子？”

痘痘男擦了把莫须有的汗，结结巴巴地回答道：“我承认，这、这事儿是我不好，但真不是你想的那样。”

“那是哪样？”

痘痘男挠了挠头：“就是有一天我们几个总在一起打游戏的朋友在群里聊天，说到了GD……我当时就想着都是自己人，也都是GD的粉，就把那几张照片发给大家看了……不过我发誓，我当时确实警告他们了，千万不能外传！可是谁知道那帮孙子……还是有人传了出去……”

其实上次被钟铭那么一警告，痘痘男还是挺害怕的，但他又不舍得把照片删了，于是就自己留着，偶尔吹牛的时候翻出来给人看看，结果事情就演变成了如今这样。

他战战兢兢地看了眼钟铭："铭哥，真不是我，不然我也不会主动跑来让你抓到了。"

钟铭笑了笑，要不是当初留下了他的身份证信息，他才不信这痘痘男会这么自觉。不过当初他没要求他删掉照片，其实就做好了准备，并不怕这些照片被曝光。不过他不怕是一回事，有人不守约又是另一回事。

钟铭弹了弹烟灰："那个'我真的不是故意的'是你吧？"

痘痘男有点意外："铭哥你怎么知道的？我正想说呢！虽然知道照片流出无法挽回，但是我已经在努力挽救了。"

钟铭似乎想到了什么，微微勾了勾嘴角："嗯，不错。"

"啊？什么不错？"

钟铭转身往回走："行了，这事就这样，你回去吧。"

痘痘男喜出望外："铭哥，你真不怪我？"

"我是说这件事就这样，但如果以后你再不请自来那就难说了。"他回头看着痘痘男，手却指着身后的别墅，"这房子附近有十几个摄像头，你这几天鬼鬼祟祟的样子应该都被拍到了。"

痘痘男一听这话，立刻明白了钟铭的意思："你放心，你放心，我一定不会再给GD造成困扰了！真的！"

钟铭点了点头，转身继续往回走，却听身后的痘痘男突然又叫他的名字。

"铭哥！"

他不明所以地回头。

痘痘男笑了笑："国际赛你们一定要加油啊，在我心里，GD的实力远不止全国第二。我知道你不是那种自我的人，不会为了自己高兴不顾GD的前途。"

钟铭看了他片刻，笑了笑说："说得你好像很了解我。"

痘痘男深吸一口气，像是下定了什么决心："我知道我说出来你可能又会觉得困扰，但我还是要说，我肯定比其他人更了解GD。我从平台赛就关注你们了，我知道全国第二你并不满意，不然也不会故意把奖杯扔在赛场了。"

痘痘男用了"关注"这个比较含蓄的词，但他和钟铭都知道，他是如何关注GD的。所以他说这话时是有些害怕的，但没想到钟铭并没有生气。

钟铭笑了笑说：“你没有自己的工作吗？”

痘痘男愣了一下，挠了挠头说：“开了个网吧。”

钟铭：“既然不是什么事情都没有，就不要把时间过多地浪费在别人身上了，保持适当的距离是对你喜欢的人的一种尊重。”

痘痘男愣了一下，突然觉得脸上有点烧得慌，却听钟铭又说：“不过，谢谢你的喜欢和维护。”

说完，他也不再多说什么，转身走进了别墅。

— 08 —

因为GD对这次的爆照事件没做任何回应，时间一长大家觉得无趣，也就不再关注了，而钟铭他们也早就把注意力全部放在了备战国际赛上。

然而就在GD为国际赛做最后准备的时候，却又起了新的风波。这一次发帖的是那个靠着爆料TK和李煜城，被称为“电竞百晓生”的YOYO。以前他只是纯爆料，这次却走起了情怀路线，在微博发了篇文章，名叫《论信仰的倒塌》。

文章洋洋洒洒铺垫不少，从世界LOTK的发展史到中国LOTK的崛起，讲述了LOTK如何先在北美盛行起来，可是第一次世界级的大赛却被中国人折桂。

文章里还说，不仅如此，那一年除了冠军，前八强中还有三支中国队伍。可是那种盛世好像只是昙花一现——在接下来三年的大赛中，中国战队的表现并不理想，最好的一次也只拿到个第四。

说到这里，他不禁发问：从最初的“一方霸主”，到如今的“没落贵族”，这其中的原因究竟是什么呢?

按照这篇文章里的说法，这和资本的注入脱不开关系。

什么叫“资本的注入”？无非就是电竞作为一个趋于成熟的新兴行业，显然已经成为中国富商眼中的潜力股。很多富二代也沉迷于此，渐渐地造成了一个现象——不少俱乐部，甚至是所谓的国内一流强队，已经沦为了某些富二代的玩具。在这个地方，他还特意提到了某支如今炙手可热的俱乐部，而这支俱乐部的老板兼队长就是富二代。

关于这位富二代的描写，他文中原话是：对LOTK的确有几分自己的见解，又投重金到俱乐部里，看似很有情怀是真的热爱LOTK，但是谁又知道他的真正目的是什么？这支队伍从最初意气风发的黑马草根到现在剩下的伤兵残将……有理想的职业选手无不选择离开，而与比赛无关的花边新闻从他们组队到现在就没有断过……以上种种是不是该引起我们的一些思考？这位富二代究竟想要做什么？拯救中国LOTK？不能够的，我怕他只是为博红颜一笑而已。

说到这里，再不会有人猜不出他指的是谁了。打游戏的本来大多都是容易被蛊惑上头的年轻人，被他这么一忽悠，原来不粉GD的早就骂开了，而有些就算是粉GD，看到这种批判，也表达了自己的失望。

而GD这里没有别的，只有愤怒。

李煜城大发雷霆："放屁！说谁伤兵残将呢？！"

周彦兮看着几乎一面倒骂她的评论，一时之间有点蒙。因为是女生，所以自从她打职业以来，大家对她都是争论不断，小飞公开向她表白那次，她还被小飞的女粉人身攻击。但是没有哪次像这次一样，让她感受到了来自众人的赤裸裸的恶意。

有人说她仗着男朋友宠爱，玩弄中国LOTK于股掌之中，说她践踏、毁灭他们的信仰，说她自私、可恶，不顾及队友的前途……当然这些都算是好听的，而更多的则是毫无遮掩的谩骂。这些人一瞬间化身为中国LOTK的卫道士，毫不客气地让她滚出LOTK圈。

这种感觉就好像她被人扒光了衣服当街游行一样，让她觉得耻辱又恐慌。她虽然并不怀疑钟铭做这一切的初衷，但是她也害怕自己会在不知不觉中影响他的判断。她不得不去怀疑，自己留在队里是不是真的有错？她突然发现自己好像陷入了一个破不了的魔咒中——不管她多努力，都避免不了扮演一个拖人后腿的角色。

小强："这人说话好过分！"

阿杰："对啊，铭哥把打职业当成命，怎么能说是玩具？"

周俊："想不到啊，这个YOYO的文笔这么好！"

众人齐齐瞪向他，他这才后知后觉地干笑一声："不过这家伙绝对是我最讨厌的人，之前不遗余力地黑我TK，现在就算他说的是真的我也不信！"

众人的表情更加难看了，周俊摸了摸脑袋有点不解：“怎么了？”

李煜城一巴掌拍在周俊的后脑勺上：“我看今天应该把你禁言！”

众人你一言我一语，让周彦兮本就乱糟糟的脑子更乱了。

趁着众人不注意，她悄悄起身回了房间。

钟铭的视线一直没从她身上移开过，直到她的身影消失在二楼的房门后，他才起身上了楼。

他敲了敲门，里面没人应声，推门，门被人从里面锁上了。他也不离开，低头拿出手机，拨打她的电话。打到第四遍时，电话终于被接通了，可是依旧没有人说话。

“开门。”他说。

过了好一会儿，电话里才有回应：“我没事铭哥，我就是想自己待一会儿。”

她一开口他才明白，她并不是故意不应他，她是怕他听出来她哭了。

钟铭的心像被什么东西扎了一下，本来还想再说什么，但想想还是顺着她说：“别想太多。”

“我明白。”

挂上电话，钟铭重新回到一楼。他让周彦兮别想太多，可这一个下午他自己却也心烦意乱。这篇文章的影响力远远超出了大家的预料，一时间好像有LOTK的地方就有人在谈论这篇文章。

下午的时候，疑似被YOYO提到的因为“有理想”才离开GD的职业选手也发声了。

明月归：道不同，志不合，不相为谋。

王月明这条语义暧昧的微博好像是在回应YOYO的那篇文章，众人稍稍一想就能明白，事实或许真如YOYO说的那样。

不过同样被认为是有志青年的另一位发的微博，画风就有点奇怪了。

纵观小熊的微博，电竞圈除了钟铭就他的微博气质最高冷，但是这天下午，他竟然破天荒地爆了粗口。

熊熊：放什么狗屁？

这倒是让原本GD的粉丝有了点底气：“看熊神的态度就知道转会的事情必然另有内情，大家不要被人煽动！”

不过接下来，不管粉丝再说什么，都没有选手再回应了。其他人或许是怕事，但GD内部却是按照钟铭的要求，统一不做任何回应。

晚上吃饭时，周彦兮依旧没有下楼，众人已经有点坐不住了。

钟铭起身朝楼上走去，他刚走到她的房门前，还没敲门，门就被人从里面慢慢打开了。

让他意外的是，周彦兮见到他的第一个表情，是她专属的那种没心没肺的笑。

— 09 —

周彦兮仰着脸，朝门外的男人笑了笑。她每次一笑眼睛就会微微眯起，和不笑时的冷艳相比，笑起来则更像个小女孩。可即便是这样的笑容，也掩饰不住她苍白的脸色和微微浮肿的眼睛。

钟铭几不可闻地叹了口气，这一刻，他是真的心疼了。

他抬手揉了揉周彦兮的头发："不饿吗？"

周彦兮摇了摇头让他进门："睡了一下午，一点都不饿。"

钟铭瞥了眼乱糟糟的床，倒真像是有人刚在上面睡了个大觉。

周彦兮看到自己的床乱糟糟的，也不好意思让钟铭坐，就拉着他到阳台上去。阳台上挨着玻璃门的墙边放着一个长条凳，看样子是被原来的主人当花架用的，但周彦兮没耐性养花，干脆就当凳子使。天气好的时候，或者心烦意乱的时候，她就会坐在这里晒晒太阳或是看看星星。

两个人并排坐着，谁也不说话。这个时候的天气已经渐渐转暖，但夜里还是有丝丝凉意。

"冷吗？"钟铭问。

周彦兮缓缓地把头靠在身旁男人的肩膀上："这样就一点都不冷了。"

两个人都没再说话，就这样又过了一会儿，钟铭感觉肩膀上的人动了动，低头一看，才发现她还是哭了。他叹了口气，伸手去揽她的肩膀。

被钟铭圈进怀里的一刹那，周彦兮"呜呜"地哭出声来。钟铭轻轻地搂着她，拍着她的背。过了很久，她才渐渐从呜咽转为有一下没一下的抽泣。

"铭哥，我真的很想打职业，如果说我以前不知道什么是打职业，可在我们一起经历了这么多场比赛之后，我已经明白了……我知道自己的资质不算好，但我很努力，我不想成为你们的负担，也希望可以独当一面……你们都说我一直在进步，我……”

钟铭替她顺了顺有点散乱的头发：“别总是妄自菲薄，资质这东西，你或许不如李煜城，但也比很多职业选手强。不说远的，就说近的，WAWA的那个菜菜就不如你。”

周彦兮愣了愣：“真的？”

“嗯，真的，不是为了安慰你。”

周彦兮略感安慰，可想起粉丝那些不堪入目的话，她的心里又一阵难受：“后来我们有了点成绩，他们对我的态度也不一样了，可我在面对他们的时候，还是会小心翼翼，不知道该怎么与他们相处，很珍视，也有点害怕。之前还叫我女神的人，一夜之间就让我滚出电竞圈了……有时候我真的不理解，人和人之间的关系怎么可以这么脆弱。”

她说的这些钟铭怎么会不懂？他年少成名，一时之间风光无限，多少人追捧？即便是那么不在意别人看法的他，在那时候也会沾沾自喜。以为自己会成为别人的榜样、别人的信仰。可他只是行差踏错一小步，曾经追捧他的人好像一夜之间就都不见了，多了很多与他针锋相对的人。

没有人是真的冷血无情，就算他表现得再冷漠，也不妨碍他会对一群和他朝夕相处又为了共同目标而努力的人产生一种叫作“信赖”的感情。然而，那些他曾经认为无比亲近的人——亦师亦友的战队老板，同进同退的队友兄弟，却在他最彷徨无助的时候彻底击碎了他对他们的最后一点期待。

他说：“不要在意他们说什么，不是让你彻底不理会，而是你要把你的善意、耐心、包容和尊重用在那些值得你这样对待的人身上，而不是那些无关紧要的人。”

是啊，她的善意、她的耐心、她的包容、她的尊重，都应该留给她最亲近的人，留给信任她、包容她的队友，留给真正喜爱GD的人。当然，还有这个在她每一次无助无奈时都会出现在她身边的男人。

“谢谢你铭哥。”她的脸在他的袖子上蹭了蹭，蹭掉还未干透的眼泪，

“如果那些妹子知道你私下是这样的，恐怕会为了你着魔吧。”

头顶上传来低低的笑声：“这么说知道内情的某人已经为我着魔了？”

“是的，我为你着魔。”

一个女人对一个男人说这样的话，偏偏还是在这种时候。她说得无比认真，让他有些微微动容。

钟铭拍了拍她的肩膀：“也不早了，如果真的不饿就去睡吧，明天还要训练。”

“好。”

送走了钟铭之后，周彦兮洗了个热水澡，然后舒舒服服地躺在床上。她一翻身就看到被自己丢在一旁的手机。下午那会儿她就是一边翻着微博一边流着眼泪睡着的，但是现在她觉得无所谓了。

她不会再向钟铭求证，他究竟有没有哪怕一丁点的迷失，因为没有必要。她相信他，相信他分得清梦想和爱情，相信他可以权衡好一切。当然，人非圣贤，他也有不够理智的时候，或许真的会迷失，但是那也没关系，她要做的就是用实际行动告诉他，他没有做错。

这一觉睡得很解乏，第二天周彦兮早早地就醒了，洗漱好后就下楼去吃早饭，等着其他人一起训练。

最先从房间里出来的是周俊和小强他们。几个家伙大惊小怪地冲出房间，看到她周俊先是一愣，然后兴冲冲地跑到她面前说：“微博看了吗？我就说不能忍气吞声！铭哥真是帅呆了！哎，我是不是该考虑叫姐夫了？”

阿杰和小强也在一旁附和，说的内容差不多也是这些。

看着众人一系列的反应，周彦兮意识到可能昨天那事有转机了。她刚登录微博，就收到一大堆系统提示，果然比昨天刚出事时更热闹。周彦兮看了几条留言，看到其中一个粉丝截图的时候，她几乎以为是自己看错了。

她连忙找到钟铭的主页点进去。

原来就在昨晚他从她房间离开后，要求所有人都不许登录微博回应粉丝的人，竟然跟粉丝在微博上打起了口水战……

黑粉甲：说实话，队员们的私生活粉丝们管不着，所以影神，你要不要谈恋爱、跟谁谈都无所谓，但是请把打职业和私生活分开好不好？我想如果换一位更专业的辅助来配合你，GD的实力绝对会大幅提升！

Shadow：顺风局打腻了，想感受一下逆风局不行吗？

黑粉乙：看来是有人膨胀了，一手好牌被打得稀烂！明明可以轻松拿下比赛，非要作死。

Shadow：这游戏也出了这么多年了，现在还在打easy模式会不会太弱智？喜欢hard模式有错吗？

黑粉丙：不是我说，那位小姐姐的技术真的菜得抠脚。看了她的操作，我觉得我周围随便一个兄弟都可以冲刺世界冠军了。

Shadow：她要是厉害要我干什么？

女黑粉丁：好心疼影神啊，每局比赛都那么拼。倒是有些人，躺在那儿等人carry，脸不会红吗？

Shadow：她辅助我，我carry她，脸红什么？

除此之外，还有各种各样的质疑和谩骂，但明显钟铭已经没什么耐心了，没再理会任何人。

周彦兮看得心里暖暖的，想把他说的那些话再看一遍，刚重新刷新页面，就发现评论区顶部又多出来一条博主留言。

Shadow：谢谢大家关心，不过就算全世界都反对我和她在一起，我也会在“睡服”她的同时说服你们所有人。

周彦兮以为自己看错了，于是又重新刷新了一遍，发现留言时间就是刚才。

她仔仔细细地读了一遍，心里别提多甜了，可是……那是错别字吗？

突然想到某些不可描述的场景，她的脸又不争气地红了。

正在这时，有脚步声从楼梯上传来，没一会儿就到了她面前。她当然知道是谁来了，可是她不敢抬头看他，怕对上他的眼睛，泄露了心底的情绪。其他人也很配合的什么也没说，只是如果能忽略掉那几个家伙让人尴尬的憋笑声就更好了。

第八章
盖世英雄

— 01 —

大赛将近，用于备战的时间越来越少，之前网上那些乱七八糟的八卦都被即将到来的大赛相关话题所取代。大家都在预测今年的夺冠热门，讨论今年的奖金池比以往又大了多少。

GD进入了强度适中的备战状态，与日常训练不同的是，钟铭还安排了很多次培训。说是培训，其实就是钟铭对战队经理伍老板整理出来的最新对手资料进行复盘分析和战术讲解，目的就是知己知彼。

他们这几天分析的战队，也是粉丝们讨论的夺冠热门，比如拿过两次世界冠军的VBN，上一届的世界冠军韩国的NONO战队，以及国内老牌强队80Gaming。

周俊问："WAWA有没有可能？"

毕竟他们老板花重金请到了小熊和王月明，不想赢是不可能的。

周俊这问题一出口，就听李煜城冷笑了一声。

钟铭把白板笔的笔帽盖好，慢条斯理地说："他们的carry不如我们的carry，辅助不如我们的辅助，老板的眼光又远远不如我，他们凭什么跟我们打？凭钱吗？我们也不一定会输。"

周俊他们几个立刻被这话鼓舞到了，连日来绷在心里的那根弦也松了下来。

李煜城拍着钟铭的肩膀说：“我就说咱哥俩该合作，看名字就知道啊，‘功城铭就’！今年说什么也要好好打个漂亮仗！”

钟铭微微低着头。他的头发有点长了，这一低头，差不多遮住了眼睛，但却突显出了他挺直的鼻梁，略显单薄的唇以及刚毅又流畅的下巴弧度。

周彦兮看得有点出神，觉得自己这男朋友哪哪都好，随便说句话都有股让人窒息的霸气。最让人服气的是，大家对他说的话都深信不疑。

这么想来周彦兮翻了翻刚才做的笔记——看来他们这一次至少会进四强吧。

比赛地点在美国华盛顿州西雅图市的钥匙球馆，这是一个足以容纳一万七千人的超大型体育馆。

GD的经理伍老板也曾多次和老东家踏足西雅图，因此对比赛相关的事情还算熟悉。考虑到赛程会持续半个月，再加上队员们需要倒时差的时间，所以在征得钟铭的同意后，他提前去踩了点，在附近租了一套别墅。

别墅的面积比GD在B市的基地还要大一些，里面的生活器具一应俱全，可以自己做饭，还有宽敞的训练环境……所以当GD大部队风尘仆仆地赶到后，还真有点回家的感觉。

周彦兮把楼上楼下看了一遍，始终在琢磨一个问题：“一人一间明显不够啊，这房间怎么分配？”

这次来的除了五名首发队员和一名替补外，还有伍老板和他的媳妇官博妹妹。众人似乎也意识到了这个问题，目光却在钟铭和周彦兮的脸上徘徊。

最后还是不怕死的李煜城替众人戳破了这层窗户纸：“这还不简单吗？伍老板两口子一间，钟铭和彦兮妹妹一间，其他人自由组队。”

周彦兮一听这话脸立刻就红了，钟铭也从电脑上移开视线抬起头来。他的目光在她脸上扫了一下，最后又往说话的李煜城身上冷冷地看了一眼，然后看向众人说：“两个姑娘一间，周俊你替咱俩挑一间，其他人自由组队。”

李煜城立刻表示反对：“欸！你这样很没人性啊，拆散人家夫妻两口子，你过意得去吗？”他说得委屈，好像被拆散的人是他一样。

伍老板见状连忙出来打圆场说自己无所谓，官博妹妹也说没关系。

但李煜城对于这样的分配依然很不满意，说道：“就算两个姑娘一间房，那剩下的也应该你跟我一间才对啊！”

说者无心，但听者就不一定了。当周围开始有人窃笑时，他才意识到自己好像说错话了。

钟铭再度抬眼看他，脸上有几分故作的错愕：“我是不是有什么事让你误会了？”

众人笑声更大。

李煜城轻咳了一声说：“我这一把年纪了，好久没跟别人睡过了，也就跟你还稍微自在点。”

钟铭说：“不好意思啊，我跟你还没熟到能同床共枕那份儿上。”

李煜城干咳一声：“那咱俩在一起还可以商讨战术嘛！”

钟铭说：“算了，大赛期间我还是希望耳根子能清净点，也请你为大局考虑，别毒害我和其他人。”

大家此时已经无所顾忌地笑了起来，李煜城也满不在乎，手指向笑得最大声的小强说：“算了，就你了！笑得后槽牙都露出来的那个，今天给爷暖个床！”

跟GD同一天到达西雅图的还有WAWA。他们提前赶到倒不是为了适应环境，主要是因为他们要和其他赛区的第二名争夺最后两个进小组赛的名额。结果还算不错，WAWA最后以第一的成绩晋级小组赛，十六支队伍至此最终确定下来。

第二天，小组赛正式开始。小组赛根据抽签结果分为A、B两组，每组八支队伍，进行BO2积分循环赛，胜出得三分，平局得一分，失败不得分。

之前GD关注的几支队伍中，80Gaming和VBN被分到和GD一起的B组，WAWA和韩国NONO被分到A组。

按照拿到的赛程表来看，GD今天会有两轮比赛，每轮打两场，一共就是四场。时间最早的一轮差不多要从下午三点开始，这一轮的对手倒还好说，但是后面六点那一轮遇上的正是80Gaming。

80Gaming这支队伍就是YOYO口中所说的曾经主宰LOTK界的中国战队，在第一届国际联赛上将北美和欧洲的众多强队打得毫无还手之力。虽然后面几年没再拿过冠军，但是四强八强的成绩还是有的。

— 02 —

今天是正式比赛的第一天，输或赢除了影响成绩，更重要的是影响心态。

当钟铭他们吃过午饭赶到体育馆时，下午的第一轮比赛刚刚开始。经过了上午的两轮比赛，有些队伍的积分已经发生了变化。

韩国强队NONO果然有备而来，连胜两轮四场。WAWA的运气一般，在第二轮与他们相遇，两场连败。所以到目前为止NONO已经获得六分了，而WAWA则是三分。

周彦兮看了眼目前场上的队伍，80Gaming也在，这是他们的第一场比赛，但看场上的形势，不太乐观。

周彦兮问钟铭："铭哥，和他们打的那个SUM是韩国的吧？"

钟铭环着手臂仰头看着显示屏里的大赛直播说道："对，这一两年才冒头的队伍。"

周彦兮："能把80Gaming这种队伍打得这么被动，可见也是实力不俗的。"

钟铭："能到这里来打比赛的，没有哪个是平庸之辈。"

周彦兮深以为然，继续安静地看着比赛。最后，这一场80Gaming输给了SUM。

从某种意义上来说，80Gaming代表着中国队的水平，然而他们第一场就败给了一个名不见经传的后生晚辈，无疑给接下来同样要迎战SUM的队伍带来了很大的压力。

周彦兮几人的脸色也都不好看，原本只想着80Gaming很棘手，谁知道并没被他们放在眼里的SUM也这么难缠。

钟铭看了周彦兮一眼："不用担心，这一场应该是80Gaming轻敌了，看下一场吧。"

果然，在接下来的一场比赛中，80Gaming重新找回了状态，很顺利就拿下了比赛。众人见状，这才松了口气。

很快就进入了下午的第二轮比赛，GD对战SUM。

上场前，周彦兮早就观察过了，场上会有六支队伍同时进行比赛，GD又被安排在一个比较角落的地方，而且玻璃隔音房会彻底将他们和其他队伍以及观众隔绝开来，所以她倒是没紧张。

不过上场时，她注意到有一个其他战队的人往他们这边看了一眼，像是发现了什么了不得的事情，又去拉他的队友看。但因为两队所在的玻璃隔音房距离较远，等其他人回头看时，周彦兮他们已经进入隔音房了。

周彦兮问周俊：“那是哪个队？”

周俊看了一眼说：“VBN你都不知道啊？他们队那个亚裔面孔的小帅哥看到了吗？是中国人，现在的一号位Conqueror，中文名叫陈宇，人称C神。”

说话间他们已经坐到了自己的位置上，刚戴上耳机，就听见钟铭的声音从耳机里传来：“一会儿重点留意中路，不要被他们带节奏就没有问题。”

GD这边是李煜城走中路，听到钟铭这么说，他颇有点不满意地“哼”了一声，那意思仿佛是在说，这还用你说吗?

对方明显也针对GD做了不少工作，B/P环节首先“致敬”了一下李煜城的敌法师，其他的倒是没有刻意针对。不过这也不难想明白——钟铭的英雄池太深了，从平台赛到全国赛再到普通线上赛，适合一号位的英雄几乎就没有他不会用的。

和SUM的这两场比赛，就如钟铭说的那样，对方队员的状态好像很依赖他们中单的节奏。但李煜城是谁，没等钟铭这个后期起飞，比赛就已经有了结果——GD顺利拿下第一轮比赛。

小组赛很快进入到下一轮，下一轮GD要应战的正是80Gaming。之前GD和80Gaming在国内公开赛上有过一次交锋，最后GD输给了80Gaming。而且当时李煜城带队的WAWA也没逃脱同样的命运，可见80Gaming实力不俗。

但是GD今非昔比，和80Gaming的这一场对决，谁胜谁负还真不好说。

两队的第一场对决可能有怕输的顾虑，GD开局打得有点拘谨，前期被压制得厉害。后期钟铭打回了点优势，但还是无法挽回局势，最终遗憾地输掉了这一场。

紧接着第二场比赛开始，这也是今天的最后一场比赛，观众和参赛选手都已经露出疲态。但是GD在刚才那场比赛的后半段已然找回了状态，对80Gaming的实力也有些底了。所以这一次一开局，李煜城的节奏就带得又快又猛，到第四十分钟时钟铭已然打出一套神装，80Gaming再无翻盘机会。

第一天的比赛结束，GD一胜一平，在预料之内，算是一个好的开局。

根据主办方的赛程安排，小组赛一共要持续六天。在第六天之前GD的成绩一直不错，但也并非那么轻松。

正如钟铭所说的那样，能出现在这里参加比赛的队伍，实力都不容小觑。所以这几天交手下来，GD虽然没能像在国内打比赛那样，对赛场形势形成碾压式的控制，但也是胜多败少，除了与80Gaming和一支俄罗斯战队打成平手外，其余四轮全部获胜。截至目前的积分榜上，GD竟然和韩国NONO暂时并列第一。

不过越是没吃过败仗就越怕吃败仗，尤其是GD众人都知道，他们即将面对的是能够代表世界水平的国际一流强队VBN。

周俊作为资深的VBN粉，如临大敌地给阿杰和小强科普VBN的几位队员擅长的英雄和战术。小强和阿杰虽然在钟铭的培训课上听过一次，但显然没有周俊记得这么清楚，都无比崇拜地听着他滔滔不绝。

对于和VBN的这场比赛，伍老板是替GD捏一把汗的。

以前说起VBN大家想到的肯定都是TK，那时候的VBN是毋庸置疑的强。后来TK因代打被禁赛，VBN曾没落了一段时间，但是就在去年，VBN竟然在没有TK的情况下也拿到了亚军。这说明哪怕没有TK，VBN的实力也是不容小觑的。

想到这里，伍老板叹了口气："这VBN确实是厉害！"

他话音刚落，李煜城就笑了："厉害什么厉害？少了个什么鬼TK连冠军也拿不到了叫厉害？"说着李煜城挑衅地看了眼钟铭。

周俊很快找到了李煜城话里的破绽："不对啊城哥，我记得外界传言，你和TK是莫逆之交，怎么听你这么说好像你俩关系不怎么样啊？"

李煜城瞥了眼身边的钟铭，咬牙切齿地笑了笑说："你也说了是外界传言，我跟TK是很熟悉，但熟悉不代表关系好，他那人心胸狭隘、锱铢必较，还喜欢过河拆桥、重色轻友……"

李煜城口若悬河滔滔不绝，周俊听得云里雾里。

周彦兮起身去拿冰镇好的柠檬水，众人起先没注意到她，但见她无论是关冰箱门，还是倒水，又或者是放水杯的声音都比平时大，众人这才意识到，她可能在生气。

可是为什么生气呢？

李煜城正说到兴头上，被周彦兮这一连串的噪音打断，一抬头就见她脸色不善。他有点不解地问：“我说TK你急什么？”

周彦兮不笑的时候一脸高冷，让人看着就有几分不自在。此时的李煜城就是这种感觉。

他听到她说：“没什么，就是看不惯。”

李煜城愣了愣：“为什么？”

周彦兮说：“照你那么说，TK这人人品这么不好，又跟你关系不好，那他应该会跟别人说你的不好才对。可这么久以来，除了你之前被传打假赛那次，你的名声都好得很，可见他并没有在别人面前说过你的不好。可反观你，之前我听小飞说你经常在基地讲TK的事，还以TK好友自居，现在他隐退了，你就这么说，是不是有点太过分了？”

说到这里，她又看向周俊：“还有你，偶像就是这样维护的吗？以后也别说自己是TK粉了。”说完，她不再理会目瞪口呆的李煜城和周俊，端着柠檬水上了楼。

看她离开，周俊不解地嘀咕了一句：“难道我姐被我耳濡目染，也成了TK粉了？”

李煜城回过神来撞了撞钟铭的肩膀，问：“她知道了？”

“不清楚。”钟铭起身，也朝楼上走去。

李煜城连忙叫住他，似乎是想起什么要说，但看了眼周围又没有说下去，而是跟着钟铭上了楼。

到了二楼，他压低声音说：“我打听了一下，VBN那边也没什么动作。那天你是不是看错了？可能那几个人没看到你，或者他们还不确定？”

钟铭摇头：“不会的。”

在小组赛的第一天，GD曾和VBN有过一次比较近距离的接触，就是选手上场的时候。虽然当时两队的距离离得有点远，但是他分明看到之前在VBN给他打辅助的Mark看到他了。不过VBN的其他人看没看到他，他就不清楚了。

其实钟铭早就做好了准备，这一次他肯定会被前队友，甚至是以前近距离交锋过的对手认出来。可是那又怎么样？他想着卷土重来，重新站到那个位置上，为的就是让别人知道那是TK，而TK就是他。所以他并不担心身份被揭穿，只是一想到要以新的身份面对周彦兮，他还是会有点担心。

TK也好，Shadow也罢，虽然都是他钟铭，但是谁都知道，感情最怕的就是不够坦诚。

最初钟铭没有坦白TK的身份是觉得没有必要，当时他对周彦兮和对周俊他们并没有什么不同。后来他跟周彦兮在一起后，也一直在考虑坦白自己的过去，然而却有一个新的难题摆在了他面前。

TK的名声实在太差了！虽然以前他从不在乎别人怎么评价他，可当他想到要和她说起TK这个人时，有那么一瞬间，他竟然有点难以启齿。于是他做了一个决定，他说国际赛后有话要对她说。其实那时候他就想到，不用等到赛后，他的身份应该就会被曝光。既然不知道怎么解释，既然觉得每一个时机都不合适，那么就等这一刻自己到来吧。

但想到她刚才的表现，他突然觉得有点头疼。

他正要回房间，发现李煜城还在身边，于是说："放心吧，我上网查过了，网上各大论坛暂时都没什么消息，但是明天过后，就不好说了。"

周彦兮回到房间打开电脑，在网页搜索栏里再度输入"Tombkeeper"这个名字。无论是作为北美第一电竞豪门的缔造者，还是YOYO口中的团队毒瘤，又或者是因代打断送职业生涯的天才carry……他都是神秘的，而这些标签又让他变得那么矛盾。

想到明天就要迎战VBN了，其实她也很好奇，这个一手成就VBN的人，一个能让弟弟那样佩服的人，究竟是什么样的呢？

— 03 —

GD和VBN的这轮比赛是小组赛的最后一轮，众人早早地就来到选手休息室等着上场。

周俊几人大约是想到一会儿要面临的对手，都是一脸的紧张，而钟铭此时却还捧着手机，低头玩着手游。坐在不远处的李煜城一会儿看看他，一会儿看看门外，看上去倒不像是紧张，更像是兴奋。

相处久了，周彦兮对李煜城这状态再熟悉不过了，就是看热闹不嫌事大的样子！可是一会儿能有什么热闹？一会儿只有一场硬仗！

周彦兮扫了眼钟铭的手机屏幕：“铭哥，你真的一点都不紧张吗？”

钟铭没有立刻回答，等手机屏幕里的小人顺利通关，他这才抬起头来：“我为什么要紧张？”

周彦兮闻言一愣：“因为对方是VBN啊。”

钟铭无所谓地笑了笑：“之前他们有TK，如今GD有我，我为什么要紧张？”

钟铭这话说得有几分猖狂，可是要命的是，无论这话在别人听来多么猖狂，在周彦兮看来，他都是在陈述一个事实而已。

心里突然就有了底，她朝他露出一个笑容，然后快速向前探了下身，在他唇上轻轻吻了一下。只是蜻蜓点水般的一触即分，还不等眼前的男人反应过来，她就已经重新坐好不再看他。

钟铭回过神来时，眼前的女孩已经又换上那副冷冰冰的样子，仿佛刚才什么也没发生一样。但是，她红通通的耳根却出卖了她。

他缓缓笑了笑，也顺着她的目光看去，用只有两个人才能听到的声音说：“你再这样扰乱军心，一会儿我可就不保证能赢了。”

很快，工作人员来通知下一轮的参赛队伍可以上场了。

GD几人起身往门外走，一出门正遇到隔壁休息室出来的人，看队服是VBN没错。

他们当中有人先看到了GD的几个人，那人先是表现得很意外，然后又如临大敌地去叫前面的人……这情形，跟上一次周彦兮在场内看到的一样。

走在前面的VBN几人纷纷回头，看到GD几人的表情都和刚才那人如出一辙。唯独那个亚裔面孔的人在看向他们时脸色不像其他人那么难看，反而挺高兴地朝他们笑了笑。顺着他的视线看过来，周彦兮发现那人看着的正是钟铭。

钟铭虽然还是神情懒懒的，但见到那人回头看过来时也朝那人勾了勾嘴角。

周彦兮有点不解：“铭哥，你们认识啊？”

钟铭“嗯”了一声没再多解释，因为此时他们已经走出选手通道，步入赛场了。

观众席上传来一阵震耳欲聋的欢呼声，毕竟VBN也算是东道主了，所以这体育馆里至少有七八成的观众都是他们的粉丝。

想到这里，周彦兮立刻感受到了极大的压力，再往玻璃隔音房里走时，动作都有点僵硬。就在这时，她感觉有人从身后轻轻拍了下她的肩。还不等她反应过来，那人已经从她身边经过，留下一句“加油”。

周彦兮看着钟铭神态自若地坐到自己的位置上，调整设备，拿起耳机。再看VBN，好像自从刚才见到钟铭后他们就有点不大对劲了……

接下来的这一场比赛像是在刻意印证周彦兮的感觉，从B/P环节开始，VBN的套路就有点让人捉摸不透。他们并没有ban掉李煜城的敌法师，反而被GD选到，然后也不针对敌法师去选英雄，而是接连ban掉影魔、幽鬼、美杜莎……这根本就是不按套路出牌。虽然在玻璃隔音房中听不到也看不到外面观众的反应，但是众人的诧异也可想而知。

耳机里李煜城冷冷一笑：“看来你在他们心中地位超然啊！”

这必然是对钟铭说的，不过经李煜城这么一提醒，众人也意识到这些英雄都是钟铭爱用的，看来对方很忌惮他。

钟铭无所谓地笑了笑：“这我倒是不清楚，但是可以看出来他们根本没把你放在眼里。”

李煜城哪能受得了这种气，一拍桌子咆哮道：“我今天就让他们看看什么叫世界第一敌法师!”

钟铭的英雄还没有锁定，替他选英雄的周彦兮听着两个人不紧不慢地聊天只觉得着急：“铭哥，你到底用什么？”

钟铭扫了一眼剩下的一号位英雄，也没什么好用的，于是说：“随便吧。”

周彦兮头都大了：“这个版本没有‘随便’这个英雄！”

钟铭说：“那就闭着眼睛选，这一局你城哥扛着，用不着我。”

周彦兮无奈，依稀记得钟铭用过几次小娜迦，于是给他锁定了小娜迦。

然而B/P环节还只是个开始。游戏开局以后，也不知道是为什么，VBN打得缩手缩脚，频频犯错，完全没有一个一流强队的素质，而李煜城又从头强势到尾，在游戏刚进行到第三十分钟时，就趁着上路的小强拖住对方两名英雄，一个人单枪匹马推上了对方高地。

在接下来的第二场比赛中，VBN倒是吸取了上一局的教训，先ban掉了李煜城的敌法师。

李煜城见状冷哼一声:“现在才知道我厉害?晚了!我又不是只会一手敌法师。”

于是,他对正在选英雄的周彦兮说:“快快!彦兮妹妹先帮我锁定卡尔!”

周彦兮没有动，钟铭也怀疑地看了李煜城一眼：“没见你用过卡尔，你行不行？”

李煜城说：“我经常用好吗？!”

周彦兮像是想到了什么，说：“可是城哥，你那是用小号打路人局，这毕竟是国际赛啊。”

李煜城依旧不以为然，信心满满地说：“听我的，给我卡尔，输了剁手!”

听他这么说，众人也就没再说什么，替他锁定了卡尔。

此时，VBN经过刚才那一场败仗后，很快调整好状态，虽然禁用英雄主要还是针对钟铭和李煜城，但是在自己选英雄时拿出来的却是最拿手的阵容。尤其是VBN的中单Paper，更是拿出了他为了这次比赛特意秘密苦练的英雄修补匠，从实力上绝对碾压对面的卡尔。

不用说，这场比赛最终在李煜城和VBN的共同“努力”下，成功让VBN扳回一局。这样一来，这最后一轮比赛，GD就和VBN打成了平手。

离开体育馆时，GD又和VBN几人狭路相逢。这一次对方看到钟铭倒是没有之前那么震惊了，不过表情还是有点古怪，像是在刻意回避什么。唯独陈宇很热情地和钟铭打了个招呼：“铭哥!刚才你们很厉害啊!”

钟铭只是微微一笑，没有说话。

陈宇又问：“对了，你们是住在主办方指定的酒店吗？”

“没有。”

“小组赛结束后有几天休息时间，你们怎么安排的？”

钟铭说：“要准备后面的比赛，所以没什么特别的安排。”

周彦兮正走在他们的前面，他们说话的声音别人或许听不到，但她却刚好能听到。不知道为什么，周彦兮感觉钟铭好像并不想搭理这个陈宇，但看陈宇跟钟铭说话的这个态度，就知道他们应该很熟悉才对。

果然，只听陈宇突然压低声音说：“回头有时间的话我约哥出来吃饭哦!”

听到这话，周彦兮一时没忍住，不由得回头看了他们一眼。钟铭笑容浅淡，像是同意了，而陈宇见她突然回头，竟也像是认识她一样朝她灿烂一笑。

周彦兮偷看被人发现，讪讪地回了一笑，这才转过头去。

可事后想想又觉得有点不对劲，那个陈宇刚才是在跟她笑吗？不应该啊，明明不认识的……这边周彦兮还没想明白，只见钟铭不知什么时候已经走到了她的身边，再看陈宇，早就回到他队友那边去了。

周彦兮问身边的男人："铭哥，你跟他很熟吗？"

她想知道的真的只是字面意思，谁知道某人的想法总是与正常人不同，尤其是在面对一些特殊的事情上。

钟铭脸色不太好看："熟又怎么了？就是你对他笑的理由吗？"

"啊？"

— 04 —

因为最后一场比赛明明是有希望赢的，可最后还是输了，所以从体育馆出来的这一路上，众人间的气氛有些诡异。

没人有心情闲聊，但罪魁祸首却没那么沉得住气，拉住人就解释刚才那阵容他选择卡尔是多么的英明神武。然而等他的目光扫向车里的其他人时，其他人立刻装睡的装睡，装傻的装傻。

李煜城只好愤愤不平地去拍前面座位上的男人："喂，我跟你说，刚才那一局选卡尔真的没错！"

周彦兮本来正靠在钟铭的肩膀上神游，被李煜城这一嗓子吓了一跳，条件反射地坐直了身子。

钟铭微微皱了下眉，侧过头问李煜城："所以呢？"

李煜城厚着脸皮说："所以选卡尔没错啊！"

钟铭说："谁说是选卡尔的错了？"

说话间，他刻意扫了眼李煜城搭在他椅背上的手，然后一字一顿地说："不是卡尔的错，是你这个手残的错，剁、手、李。"

"噗……"

车内响起此起彼伏的嗤笑声，刚才还在装睡的人又都“活”了过来。

毕竟赛场上李煜城那句“给我卡尔，输了剁手”的豪言壮语还言犹在耳！刚才没提醒他是给他留面子，偏巧这人脸皮厚，明明是他轻敌自大选了一个不会用的英雄，却被他说成是不得已的选择。

李煜城见众人这反应，也不生气，往座位里一瘫，耸耸肩说：“你们笑吧，随便笑！”

钟铭却在众人笑声渐渐收敛时正色道：“你们真以为今天这就是VBN的真实水平吗？”

周俊若有所思地问：“第一场比赛他们的表现是挺水的，可是为什么啊？故意让我们轻敌吗？”

小强说：“大概是吧，所以第二场我们上了卡尔。”

众人又是一阵哄笑。

李煜城阴森森地扫了小强一眼：“今晚你睡地上！”

小强委屈：“城哥，你这叫打压后辈……”

周俊叹气：“唉，看来本赛季内，咱家中单是不会在上路出现了。”

伍老板有样学样：“你经常去照顾下小强就好了，毕竟城哥年纪大了，照管中路已经很不容易了，尤其是还时不时会有卡尔这种英雄出现。”

李煜城：“小崽子们很皮是不是？！”

听着后排的笑闹声，周彦兮小声问钟铭：“铭哥，我也觉得今天第一场比赛VBN的几个人表现得有点奇怪，为什么啊？”

钟铭垂眸看了她一眼：“你猜。”

周彦兮摇了摇头表示不知。

他勾了勾嘴角说：“因为，他们怕我。”

车子没一会儿就到了基地，伍老板叫住钟铭：“对了铭哥，小组赛的排名刚才出来了。”

众人闻言都停下脚步。

伍老板说：“B组我们第一，十五分，VBN十三分，80Gaming九分。A组那边还是NONO第一，十七分，WAWA十三分。所以除了80Gaming以外，我们关注的其他几个队伍应该都会进入淘汰赛的胜者组。”

周俊叹气:“要是最后一轮我们赢了,那现在我们就是小组赛第一了……”

众人齐齐看向某人。

剁手李怒道：“看我干什么？我都解释一路了，你们还有完没完！”

众人又看向别处。

钟铭皱眉：“不过80Gaming是怎么回事？”

伍老板说：“我听说他们几个队员有点水土不服吧，加上第一场比赛就输了，对选手的士气和心态都有影响，所以后面几轮的发挥也一般。”

众人听了都有点遗憾，虽说是竞争对手，可毕竟也是中国的战队。不过赛场上就是这样，决定结果的因素太多，所以不到最后一刻，谁也说不准。

众人纷纷回到各自的房间，李煜城正要走，却被钟铭拉住。他心里暗叫不好，还没等钟铭开口，就直截了当道：“我承认，我错了还不行吗？”

这倒是让钟铭愣了一下，转瞬明白过来李煜城以为自己要兴师问罪，所以才主动低头。但事实上钟铭并没有把晚上这轮比赛太当回事。

他把手机递给李煜城：“自己看吧。”

李煜城拿过来看了一眼，是一个英文网站。

他没好气地把手机还给钟铭：“明知道我英文还不如我们体育老师呢，成心埋汰我是不是？”

钟铭倒是忘了这一茬，悻悻地收回手机：“那算了，不跟你说了，兵来将挡水来土掩吧。”

说着就往楼上走去。

李煜城在后面叫他：“你给我翻译一下会死啊？”

钟铭头也不回：“不会死，但浪费时间。”

就在十几分钟前，他们还在车上讨论李煜城的新“封号”时，VBN的一名选手发了Twitter，只有简单的一句话——It′s exactly him（果然是他）！

或许等不到几天后的淘汰赛开赛，Shadow就是TK的消息就会尽人皆知。

钟铭正上楼，一抬头就看到一个黑影晃了一下。他勾了勾嘴角，继续往楼上走，上到二楼，发现靠南边的一个房门是虚掩着的。他的脚步顿了顿，然后走向与他房间相反方向的走廊尽头，靠着半开的窗，摸出一支烟来点上。

过了一会儿，那个虚掩着的房门被人从里面拉开，一个小脑袋从门缝里探出来，先是伸着脖子看向他房间的方向，片刻后才回过头来。

无意间扫到走廊尽头有一个人，周彦兮被吓了一跳，但看清那人是钟铭时，又松了口气。

钟铭笑："你找我啊？"

周彦兮若无其事地摸了摸鼻子："没，我找官博妹妹，说是和伍老板去买夜宵，都好半天了。"

她应该是刚洗了澡，头发还湿漉漉地贴在脸上。她的身上穿着一件款式简单的棉质睡裙，是清新的浅蓝色，只不过此时看上去有点斑驳。因为水珠正顺着她的发丝落在那睡裙上，一会儿的工夫，她的胸前就湿了一大片。

钟铭低咳一声，把烟蒂按灭在窗台上的烟灰缸中。天气是有点热了，他也想赶紧洗个澡。可偏偏有人不想遂他的愿，就在他从她身边经过时，她拉住他问："这么早回去干什么？"

钟铭目不斜视："睡觉。"

周彦兮不满："这才几点？我睡不着。要不……你进来陪我聊会儿天？"

其实周彦兮是想让钟铭给她讲讲后面会遇到的那些战队，毕竟光靠她这段时间的恶补还远远不够。钟铭对圈里的这些人都熟悉，她多听听对比赛发挥肯定更有帮助。

她把自己涂得乱七八糟的小本子拿出来给钟铭看："B组这些队伍我们都交过手，我还算有点底。但A组这几个厉害的……铭哥你不是看过他们比赛的复盘吗，有没有什么心得？给我讲讲呗？"

钟铭把她拉到自己身边坐下，心不在焉地应付着："你想听哪场比赛的？"

周彦兮说："你等我去拿一下pad！"

钟铭趁她离开，迅速编辑了一条信息发给伍老板。信息刚发出去，周彦兮就捧着pad回来了："就NONO的这几场吧。"

别墅门外，伍老板和官博妹妹拎着两盒炸鸡正要进门，看到手机上发来的信息后，他立刻拉住了准备去按门铃的官博妹妹。

官博妹妹不解地回头：“怎么了？”

伍老板：“先别回去了，再出去转转吧。”

官博妹妹：“这么晚了还去哪转？再说周俊他们还等着吃炸鸡呢！”

伍老板也没回答，直接拉起自己媳妇的手往外走：“他们少吃一顿饿不死，我们现在回去却得死。”

“喂喂，老公你什么意思啊？”

“没什么意思，奉旨溜达而已！”

钟铭和周彦兮一起看了几场比赛的复盘，钟铭边看边给周彦兮讲解，除了解析比赛局势，还有NONO的几位选手，比如他们的一号位JN、中单Zhiyu、上单Lang。

周彦兮问钟铭：“铭哥，你觉得NONO厉害一点还是VBN？”

钟铭顿了一下说：“从目前来看，大多数人可能认为是NONO……”

“实际上不是吗？”

钟铭摇头：“不知道，跟你们一样，其实我也觉得今晚VBN表现出来的水平不是他们的真实水平。”

周彦兮小声嘀咕：“你不是说因为怕你吗？”

钟铭笑：“或许怕着怕着就不怕了。你看他们第二局，不就打得很好吗？”

周彦兮想了想问：“那个陈宇厉害吗？”

钟铭：“算是厉害吧。”

周彦兮突然来了兴致：“你好像跟他很熟，他是什么样的人啊？”

他是什么样的人？钟铭想起过去那几年同吃同住一起训练的日子，还有他离开VBN时其他人都不理不睬，唯独陈宇对他还有依赖和期待……可是，他究竟是什么样的人？好像他也不清楚。

钟铭有点疲惫地仰躺在身后的大床上，双手交叠枕在头下，睨视着周彦兮傻乎乎的笑脸问：“你怎么对他这么感兴趣？”

周彦兮爬上床，趴在他身边，用手撑着下巴嘻嘻一笑说：“还不是因为你。”

钟铭挑眉。

周彦兮说：“因为他跟你熟悉呀。”

钟铭低声笑了笑，抬手替她拨开挡在眼前的几缕碎发，对她这样的坦白很是受用。

“没你想的那么熟。”他说。

“这样啊……不过说起来还是件挺骄傲的事，VBN这么厉害的队伍，两届carry竟然都是中国人。”

“这确实是。”

“那铭哥你说，是他厉害还是TK厉害？”

“你说呢？”钟铭挑眉看她。

她明明就是随口一问，可看钟铭这态度，好像还挺在意她的答案似的。可是他刚刚才说他和陈宇没有那么熟悉，难道是在意TK？

想到这里，周彦兮不确定地问：“铭哥，城哥和TK很熟悉，你和城哥关系也好，而且你又认识VBN的人，是不是………你也认识TK？”

她此时趴在他的身边，双手撑着下巴，歪着脑袋看着他。橘黄色的灯光在她身后，让她脸上的表情不那么真切，但一双眼睛还是亮晶晶的，看得出里面有期待。

他一直想找个合适的机会跟她说说自己的过去，眼下或许就是个好时机。可是他还是忍不住问自己——要从何说起呢？从哪里说起更能让她谅解呢？她听了以后又会是什么反应呢？会意外、高兴、失望，还是会觉得被欺骗了？

想到这里，钟铭就又犹豫了，他“嗯”了一声：“是认识。”

周彦兮似乎并不意外，只是看着他。

这反应倒是让钟铭有点奇怪，他问她：“同样是跟我熟悉的人，你问陈宇是什么样的人，怎么不问问TK？”

“他是什么样的人？”周彦兮干脆翻身坐了起来，“我猜啊，他应该是个很矛盾，很不接地气的人。”

钟铭愣了愣：“矛盾？不接地气？”

周彦兮：“嗯，不真实。”

钟铭若有所思地沉默了。

周彦兮看了眼时间有点着急了：“都这么晚了，官博妹妹他们怎么还没回来？不会出什么事了吧？”

说着她就翻出手机要打电话。

钟铭站起来说：“一会儿我去问，你先睡吧。”说着就走出了周彦兮的房间。

官博妹妹坐在路边啃了半盒炸鸡，又看了眼时间，问伍老板：“还要溜达多久？”

伍老板想了想，像是下定了什么决心，拿出手机打给钟铭。过了好一会儿，电话终于被接听，伍老板立刻换上一副笑脸问：“铭哥，我们能回去了吗？”

钟铭的声音冷冰冰的：“回来吧。”

伍老板连忙应下：“好的，马上就到了。”

伍老板这边刚挂断电话，官博妹妹就一脸期待地问：“可以回去了吗？”

伍老板皱眉：“铭哥心情不好。”

官博妹妹立刻垮下脸来：“不会吧，我好困呀老公！”

伍老板拍拍她：“可以回去了，不过你回头旁敲侧击地问问彦兮，看看什么情况。”

官博妹妹松了口气：“总算可以洗澡睡觉了。”

伍老板在她身后提醒：“别忘了问啊。”

官博妹妹摆摆手，进了别墅。

— 05 —

官博妹妹又困又累，根本没把伍老板交代的事情当回事，而且她回到房间后发现周彦兮已经睡下了，也就直接洗漱好上了床。

可刚要睡着，冷不防听到身边的周彦兮说道：“回来了？”

官博妹妹被周彦兮吓了一跳，睡意立刻少了一半：“你还没睡啊？”

周彦兮“嗯”了一声：“睡不着。”

官博妹妹突然想到进门前伍老板说钟铭心情不好的事，于是问：“和铭哥吵架了？”

“没有。”周彦兮顿了顿，“你觉得铭哥是什么样的人？”

官博妹妹想了一下说：“铭哥啊，好得有点不真实。”

“不真实？”

“对啊，你看他，人长得帅又有钱就不说了，技术也那么好，听说还是名牌大学毕业的。这是来打职业了，就算不打职业干点别的什么肯定也不会差吧。”

周彦兮安静了片刻，再开口却是问了个没头没脑的问题：“伍老板骗过你吗？”

“骗我？他应该不敢。”

周彦兮似乎笑了笑：“睡吧，聊了会儿天终于有点困了。”

官博妹妹却在心里打鼓，总觉得周彦兮这表现有点奇怪，想着明天一定要和伍老板好好合计一下。

然而第二天一早，却没有人有心情再关注这种小事了。因为就在不久前，VBN的几名选手，除了陈宇，都相继发了Twitter，说如今GD的Shadow就是他们的前队友TK。

那个YOYO也像生怕事情闹得不够大似的，同时发布了Twitter和微博，分析Shadow出现在国内的时间正好是TK离开VBN后不久，而TK以前虽然没有正面照流出过，但是也有一些网上流传着的侧脸照和背影照。再对比如今Shadow流出来的那些照片，分明就是一个人。另外，Shadow的打法也和TK非常相似，只是水平大不如前。当然，最重要最有力的证据还是TK的老队友，真正见过他，和他朝夕相处过的人，纷纷确认他就是Shadow，Shadow就是他。

职业选手跳槽后换个ID重新再来是常见的事情，可是偏偏这人是TK。

要说这电竞圈里最惹人争议的选手，那必定是TK。其实在第四届国际赛之前，外界关于他的评价都是好的。粉丝们对他的崇拜，也在他第二次带领VBN拿下世界冠军时达到了一个巅峰。可是一切的改变，都从他因代打被禁赛那件事后开始了。

因他代打被禁赛，导致VBN在第四届国际赛中连四强都没进。这种成绩对一般的战队来说或许不是什么大事，但是VBN不但连续拿了两届世界冠军，而且在那几年里，差不多包揽了所有比赛的冠军。这样一支队伍竟然因为主力选手犯错，在那一年里几乎什么成绩都没有拿到。这样一来，越是对VBN抱有希望，就越会对TK失望。所以自那以后，外界对TK的质疑就多了起来，也可想而知，他承受着什么样的压力。

所以眼下他这做法大家倒也理解，无非就是想抛开TK的光环，重新证明自己的实力呗。可是回看GD一路走来的成绩，如果Shadow只是一名普通电竞新贵还好，可惜他是TK，这成绩就实在算不上好了。

YOYO要说明的也是这些。

这个消息简直是电竞圈里的重磅炸弹，一下子让还在回顾小组赛的粉丝们把注意力全部放在了GD这里。

李煜城他们几个人的微信和微博早就被各种留言“轰炸”了，如果越洋电话和短信不收费的话，搞不好现在几人的电话也会被打爆。就连伍老板这边都是应接不暇，全部都是昔日队友来打探情况的。

官博妹妹问自家老公：“官博那边已经炸了，怎么办？”

伍老板愁眉不展：“先别做任何回应吧。”

周俊呆呆地从手机屏幕上移开视线。这消息他都看了几遍了，还是有点不敢相信地问道：“铭哥真的就是我TK吗？原来我一直在和我偶像一起打职业？”

阿杰：“以后谁也别跟我说替补如何如何，替补怎么了？我可是TK的替补！”

小强：“难怪铭哥说我们该拿冠军，原本我还觉得有点困难，现在看来就是名正言顺，毕竟VBN没了TK也拿不到冠军。咦，城哥，你怎么都没什么反应？”

周俊看着一脸淡定的李煜城恍然大悟：“城哥你早就知道了！”

李煜城不耐烦地瞥了他一眼：“大惊小怪，亏你还是TK粉，世界第一影魔在你面前亮出了影魔，这不就等于告诉你他是谁吗？你可真够迟钝的！”

周俊想了想：“那我姐也不知道啊！”

众人这才意识到，钟铭对于其他人来说是TK还是Shadow都不重要，但对周彦兮来说就不太好说了。

伍老板看向自家媳妇：“彦兮怎么还没起？”

官博妹妹正想说上楼去看看，就见周彦兮已经从楼上下来了。不过看她的神情，好像没什么不对劲的。

众人纷纷交换眼神——难道还没看到网上的爆料？没看到也好，大家也都装作没看到就好！

官博妹妹笑了一下说：“来来来，彦兮坐这吧，喝豆浆还是喝牛奶？”

周彦兮说：“我自己来。”

众人见她神色如常地给自己倒牛奶，也就自动跳过了刚才那个话题，聊起了别的。

伍老板说：“小组赛结束，距离淘汰赛有四天的休整时间，不过淘汰赛第一天是败者组的比赛，也就是说算上今天我们还有五天的准备时间。之后我们是和WAWA打。”

说起WAWA，周俊就想到了小熊和王月明那两个昔日的小伙伴，有点郁闷地说：“怎么就这么巧他们第一场就和我们打，不然还能多挺两轮，拿个好一点的名次。”

其他人都还没说话，就听有个声音从楼梯的方向传来：“以后遇到的熟人多了去了，如果对谁都心慈手软，我看我们今天就收拾东西回家得了。”

众人回头，见钟铭正从楼上走下来。但很快众人又想到他刚才说的话——熟人，除了WAWA和80Gaming还有谁？不用说，那就是VBN了。

众人都刻意不提这事，可钟铭自己却仿佛并不避讳。难道周彦兮早就知道了？众人又看向周彦兮，她依旧只是低头吃饭。

伍老板轻咳一声说：“铭哥说得对，比赛还是用实力说话。这几天大家调整好心态好好准备一下，吃完早饭也别磨蹭了，赶紧开始训练吧。”

早就吃完了的几人纷纷往训练区走，周彦兮这会儿也吃完了，正要走，却突然被钟铭拉住：“等一下。”

周彦兮：“怎么了？”

钟铭：“陪我出去走走。”

周彦兮：“可是马上要开始训练了。”

钟铭已经站起来：“训不训练我说了算。”

这还是钟铭第一次这么任性地对待训练，周彦兮只好跟着他出了别墅。

门外不远就是一条林荫路，偶尔有车从这里经过，越过林荫路，再走不远可以看到一条河。钟铭拉着周彦兮穿过斑马线，越过路边的矮墙朝河边走去。

河面波光粼粼，给人一种安静祥和的美。

河边有个破旧的长椅，钟铭走过去坐下。周彦兮见状，停下脚步犹豫了片刻，也走过去坐到他身旁。两个人就这样坐着，望着河面各自出神，就像之前在基地里她的小阳台上那样。

良久，钟铭才问：“生气了？”

“嗯。”

其实即便到了这一刻，钟铭都没有想好要怎么跟她解释，觉得说什么都显得苍白无力。

钟铭：“不想知道我为什么没有早点说？”

其实在知道这件事以后，周彦兮想了很多。在他们的这段感情里，钟铭始终很强势，强势地掌控着一切。

她在他面前就是张连细微褶皱都被看得清清楚楚的白纸，可他却对很多事情遮遮掩掩。身边的每一个人对他的评价都不同，可每一个人说出来的他都不是她所认识的他。她困惑了，矛盾了，同样也觉得受到了伤害。

她没想到第一次这样认真谈恋爱，却是在这种不平等的情况下。

他问她想不想知道他为什么没有早点对她坦白，她当然想知道，但是心里隐隐缺了以往的那种自信，总觉得他未必会解释。

周彦兮说：“想知道，如果你愿意说的话。”

钟铭看了她一眼，自嘲地笑了笑：“TK的那些黑料你看过吗？”

周彦兮坦白：“这些天没少看。”

钟铭：“其实那些人说的那些乱七八糟的事情我都没仔细去看过，因为我一直以为我不在乎。”

这一点周彦兮是相信的，无论是外界传言的TK，还是她认识的钟铭，都是不在乎别人的眼光，只活给自己看的那种人。可是刚才他说了“以为”。

周彦兮：“那现在呢？”

钟铭想了一下说：“没那么轻松了吧，因为一想到你可能会看到，心里还是会不太踏实。其实我跟你差不多，也是最近几天才把那些陈年老帖翻出来看了一遍……”

这倒是让周彦兮有点意外：“为什么要去看那些？”

“怕你问起我的时候，我不知道怎么解释或者反驳，提前看一下，有个心理准备。”

周彦兮怔了怔，这和她想象中的情况完全不一样。她一直以为，他之前不坦白是因为他自己根本不在乎，他自己不在乎或许就认为她也不需要在乎。可是她万万没想到，钟铭对她隐瞒的原因竟然是怕她因为那些黑料而对他有所误解？这显然不是她所认识的那个不羁的、无畏的、强势的钟铭了。

“所以他们说的是不是真的？”周彦兮挑眉看他。

钟铭愣了一下，不自在地咳嗽了一下说：“有些可能是……”

周彦兮点了点头。

钟铭皱眉：“点头是什么意思？”

周彦兮：“表示认同。”

钟铭无奈：“好吧，我承认，可能就像他们说的那样，我有一大堆坏毛病。也正因为这样，我才一直不觉得TK这身份对我来说有多么光彩。可是我对自己想要什么、在做什么，一直都很清楚。所以对于你，对于打职业，我是认真的。”

周彦兮静静地听着，她想起之前看到那些帖子时，她的第一反应就是心疼。想到他过去经历的被孤立、被误解……她确实觉得心疼。可是他就是那种人，纵然早已生出了翅膀，也能生生斩断，再重新熬过化茧为蝶的痛。然而经历这一切无非就是放不下LOTK，舍不下这份被世人不解甚至耻笑的执着。

钟铭很少把主动权交给其他人，而这一次，他却在等她一个答复。可是她只是静静地看着他，沉着冷静，眼中无一丝波澜地看着他，看得他难得地心慌、无措，还有失望。

就在钟铭的神情由期待转为失望，再由失望转为自嘲前。周彦兮展颜一笑，看着远处的河面：“其实我早猜你可能是TK，只不过一直没有刻意去证实。但是自打开始怀疑后，我就会去翻他过去的比赛视频，想了解有关他的一切，心里也渐渐生出小小的期待……”

“期待什么？”

“少女总喜欢做梦，我小时候就希望自己将来能嫁给一个盖世英雄，而在我认识的这个圈子里，TK就是盖世英雄。”

年轻男人的脸上缓缓浮上笑意，再看向身边的女孩，竟然有几分无奈：“唉，怎么办？我就喜欢你这副没见过世面的样子。”

— 06 —

两个人正往别墅的方向走去，钟铭的手机突然响了。他看了一眼来电显示，眉头不自觉地皱了皱，但犹豫过后还是接通了电话。

陈宇的声音有点着急：“哥，你没事吧？”

钟铭淡淡地“嗯”了一声。

陈宇：“其实这也是早晚的事，淘汰赛开始全是老熟人，你应该也做好准备了吧？”

钟铭看了眼身边的周彦兮：“确实。”

做好准备了。

陈宇似乎松了口气：“那些流言蜚语也不是一天两天了，别搭理就好。对了，晚上有没有空，一起吃个饭吧？”

钟铭犹豫了一下，半晌回复说：“好。”

看钟铭挂上电话，周彦兮问：“怎么了？”

“有些事情是要处理一下了。”

“怎么好像心情不好？”

“嗯。”钟铭若有所思地看了眼周彦兮，“所以作为女朋友，你是不是该做点什么？”

周彦兮先是愣了愣，然后看到某人不怀好意的神情时，面不改色道：“我该拍手称快！”

钟铭笑了笑，但周彦兮却分明从那笑容中看到些许无奈和疲惫。周彦兮不由得心疼起来，在男人拉开别墅大门的一刹那，踮起脚在他的脸上轻轻吻了一下，然后一个闪身，若无其事地在他前面进了门。

钟铭在原地愣了片刻，然后扬起了唇角。

晚上陈宇约钟铭见面的地方是一条酒吧街。

钟铭到时他已经到了，桌上摆着点好的啤酒。

钟铭见状微微皱眉：“比赛还没结束，喝酒不怕误事？”

陈宇爽朗一笑，给钟铭倒上酒：“这几天不是休息嘛，打了好几天的比赛了，该放松放松了。”

钟铭垂眼看着酒杯中荡漾的液体，笑了笑说：“也是。”

陈宇抬眼，这才意识到钟铭的脸色有点不好：“有心事啊，哥？”

钟铭不置可否。

陈宇继续追问：“还是因为网上那些事吗？”

“是啊。”

钟铭承认得这么干脆，倒是让陈宇有点意外，毕竟以前他们也没少遇到这种事情，但是那时钟铭的反应可不是现在这样。有人说他内心强大，担得起赞美也经得住诋毁，陈宇从不否认，可是这次，他没想到钟铭竟然也在意了。这倒是让他的心情突然变得复杂起来。

他坦言：“哥，这可不像你。”

钟铭举起酒杯，和他手中的酒杯轻轻碰了一下说：“所以什么样才像我？”

陈宇说：“当然是无所畏惧才是哥啊。”

“所以，就什么脏水都能往我身上泼吗？”

陈宇正在替钟铭倒酒，闻言，端着酒瓶的手不由得顿了顿。酒水正好从酒杯的边缘溢了出来，可他却似乎没有看到。

“满了。”钟铭提醒他。

陈宇这才回过神来，连忙拿纸巾去擦钟铭面前的酒。擦完他抬头朝钟铭笑了笑：“其实别人怎么说都无所谓，哥你是什么样的人，你身边的人都清楚。”

钟铭看着他，也在笑：“是啊，我身边的人都了解我，但我却不了解他们。”

陈宇不解：“你是说现在的队友？”

钟铭摇头：“说起来这事儿还都是因你而起。”

陈宇闻言不由得一愣，半晌才勉强挤出个笑容：“铭哥，你这话什么意思？”

钟铭抬眼看了陈宇一眼，只这一眼就让陈宇有些不安。可是钟铭并没有立刻回答陈宇的问题，他从桌上的烟盒中拈出一根烟来点上，懒懒地靠着身后的椅背吸了一口，然后缓缓吐出一个烟圈。隔着袅袅烟雾，他看向对面少年的脸说：“所有人都知道，TK职业生涯的转变是从那次代打风波开始的。”

再听到当年的代打门事件，陈宇的笑容立刻僵在了脸上。

钟铭像是没看见，随手弹了弹烟灰："知道当年那事我为什么要担下来吗？"

陈宇没有说话。

钟铭说："因为我知道真正参与代打的是你。"

当年那个线上赛遭人举报，主办方着手找人调查，调查出来的代打IP正好定位在VBN俱乐部所在的区域，而代打的打法和惯用英雄都和钟铭如出一辙。如果不是钟铭，那个人会是谁几乎不言而喻。钟铭当时就猜到是陈宇，所以在被问责的时候，他没有为自己辩解一句。

倒不是说自己多么大公无私，无所畏惧，只是那时候年轻气盛，想法也简单。他想自己好歹也有点成绩了，这样的错误不会对自己的未来有太大的影响。但如果换成一个还没有取得过成绩的新人，那可能对他的职业生涯是毁灭性的打击。然而钟铭不曾想到，就是他的这一念之差让他走上了一条彻底不一样的路。这个时代，这个圈子不会永远眷顾任何一个人，哪怕是他。

陈宇尴尬地笑了笑："这还没开始喝，你就醉了。"

钟铭没接他的话，继续说道："可能当初是我太自负，没想到事情会发展成后来的样子。但是说实话陈宇，重新来一次，我还是会替你扛下来。"

陈宇闻言意外地看向钟铭，但很快又不屑地笑了笑。这样的笑容，在钟铭认识陈宇的这些年里，还是第一次见到，不过他并不意外。

钟铭说："你一定觉得随便说说谁不会？可我说的是实话，对于这件事我并不后悔——如果没有后面那些事的话。"

"后面的事？"陈宇挑眉。

"你可能忘了我是学什么的，虽然后来因为打职业荒废了原来的专业，但是想查那些帖子是从哪里发出来的，不算什么难事。"

陈宇终于明白了，难怪钟铭今天的态度这么反常，原来他什么都知道了。

"所以为什么？你为什么要作为YOYO发那些东西？"

陈宇没有立刻否认，他只是静静地看着钟铭。其实他知道，早晚会有这么一天。他担心被发现的同时又期待着这一天的到来，毕竟谁不喜欢坦坦荡荡地做自己？这样两面三刀的日子他也过腻了。

他缓缓地露出一个轻蔑的笑容："为什么？那要问问你自己！当年我当你

是神，可你把我当什么？我加入VBN大家都羡慕我，虽然是替补，但那是做你的替补，所以我还是觉得高兴。我退学专门去打职业，家里人不同意，女朋友一开始觉得新鲜，后来看我没出息也离开了我，而你在俱乐部里呼风唤雨，要什么有什么。可你都拥有那么多了，你还不满足，把我按在替补席上整整半年，一次也没有让我上场！你知道我女朋友走的时候说什么吗？她说让我以后不要跟人说我在打职业了，没有人是坐在休息室里打职业的！”

这些话让人震惊。在钟铭的印象里，陈宇一直是个温顺内敛的大男孩。或许是因为同为中国人，他又是自己的替补，所以自打陈宇入队后，钟铭就有意照顾陈宇。可谁想得到，那些他看在眼里的队友情、兄弟情，竟然都是假的。

“你认为当时不让你上场是我故意打压你？”

“不是吗？”

其实比赛时安排队员上场一般都是作为教练兼老板的艾伦决定，但是第三届国际联赛那次确实是钟铭自己要求从头打到尾的。因为那一届的参赛队伍水平都很高，VBN不敢大意。而且当年的陈宇就如同现在的阿杰一样，他的存在是一个保险，如果钟铭有不得已的情况无法上场，那陈宇将是VBN的最后一张王牌。可惜这张王牌见光死，打法路数非常单一，所以不到万不得已不能换他。

这些原因陈宇未必想得到，他所记住的只有自己被按在替补席上的耻辱。

钟铭问陈宇：“所以那次代打的事情是你故意搞出来的？”

陈宇并没有回答他，但是答案是什么已经不重要了。如果陷害他代打还可以解释成是无意、无奈，那么YOYO的事情却没什么解释的余地。他们的关系早在陈宇记恨上他的那一刻起就破裂了。钟铭知道陈宇不能回头也不敢回头，因为回头就是承认自己的错。

“既然如此……”钟铭指了指这一桌子的酒菜，“这又是什么意思？”

陈宇无所谓地说：“闲着也是闲着。”

钟铭点了点头，看来是戏还没演够。人生中第一次，他觉得自己挺蠢的。他拿人家当兄弟，人家拿他当傻子。

半晌，钟铭说：“酒也喝了，你走吧。”

这话里的意思，大家再清楚不过。过往的队友情谊没有了，再见面，只能是竞技场上你死我活的较量。

到了这一刻，陈宇有一瞬的茫然。他看着面前垂眸抽烟的男人，突然想说点什么，然而最终也只是沉默地起身离开。

陈宇走后，钟铭心烦意乱地坐了一会儿，一根烟还没抽完，就听到前面的人群里传来几个男人的叫骂声。

钟铭循声看过去，有点意外的是，被几个当地人围着的正是陈宇。不知道他和那群人发生了什么冲突，看样子几人还有动手的意思。

钟铭也不想再管闲事，叫来老板埋了单。可他刚走出酒吧就听到陈宇愤怒的叫骂声。骂的是中国话，那几个小老外虽然听不懂，但看样子也都猜出不是什么好话，作势就要动手。这一次陈宇倒是不傻，扭头就跑，正朝着钟铭的方向跑了过来。

然而当陈宇看到钟铭时，脚步却不自觉地停了下来。那几个小老外看见陈宇的神情，也不由得看向钟铭。

钟铭有点无奈，本来真的想袖手旁观的，偏巧这群人还往他跟前撞。既然没躲掉，可能就是不该躲吧。对方三个人，他们两个人，如果打起来也不一定谁输谁赢。不过钟铭不想打架，尤其是为了陈宇，但让他转身走人，他也做不到。

他朝陈宇身后的三人抬了抬手，本来是想安抚一下，再调和几句将人打发走。但可能今天就不宜出门，他这边刚一有动作，那边就一拳打了过来。还好他反应够快，一个闪身躲了过去。紧接着场面就变得混乱起来，一场斗殴终究还是莫名其妙地拉开了序幕。

钟铭一开始还只是闪躲，但毕竟对方的人多，没一会儿，他的脸上就挨了一拳。就是这一拳彻底激怒了他，也是这一拳，让他对陈宇、对那狗屁兄弟情义的失望和愤怒被激发了出来。

钟铭不记得自己多久没有和人打架了，但好歹身手没有生疏。他本身的身体素质就不错，作为职业选手，反应速度又很敏捷，所以没一会儿形势就有了转变。三个当地小混混被打得直不起腰来，钟铭也觉得出了口恶气。

他转过头看向陈宇，抹了抹嘴角说：“最后一次。”

然而他话音刚落就见陈宇的脸色倏地转白。钟铭似乎意识到什么，转过身去，就见刚才还倒在地上的一个小混混不知从哪里找来一个棒球棍，正劈头盖脸地挥向他。他第一反应就是抬手去挡，下一秒就觉得右手小臂处传来刺骨的疼痛。不过他也没让对方讨着好，一脚将人踢翻在地，再也爬不起来。

见几人彻底倒地，周围已经有人报了警，钟铭不想再多耽误，转身要走。

“铭哥。”是陈宇在叫他。

钟铭只是脚步顿了一下，就头也没回地离开了。

看着钟铭离开的背影，陈宇的心情无比复杂。他刚才叫钟铭想说些什么呢？怕是没什么可以说的了吧。只是他知道，钟铭这次离开，就再也不是他以前熟悉的铭哥了。

— 07 —

手臂疼得厉害，一动就是钻心的痛。钟铭知道，事情可能有点严重，所以他没有回别墅，而是直接去了医院。

伍老板接到钟铭电话的时候正在打瞌睡，一听到“医院”两个字，整个人都清醒了。这可是大赛期间，一点纰漏都不能出！可偏偏是自家战队的核心人物进了医院！这意味着什么，伍老板比谁都清楚。

他一颗心正七上八下，电话对面的钟铭却还是用那副无波无澜的口吻嘱咐他先别让其他人知道。

伍老板无奈，想着先见到钟铭看看情况再说。然而情况远比他想象的还不乐观——这种要命的时候，他家carry竟然伤到了手臂！

“铭哥，到底发生了什么事？”

其实如果可以，关于他和陈宇的事情，钟铭是再也不想提起了。但是眼下他在这种时候受了伤，这就不再是他一个人的事，必定会影响GD后续的成绩。想着总要给大家一个交代，钟铭也就没隐瞒什么，把晚上见陈宇的经过告诉了伍老板，只是没说陈宇就是YOYO的那档子事。

但伍老板是什么人，听说钟铭因为陈宇出了事，可眼下陈宇并没有陪在他身边，再结合TK在VBN的一些传言，就已经猜到个七七八八。

“铭哥，咱这是着了他们的道了！他们以前那样对你，这次谁又知道那群人是不是陈宇那臭小子找来做戏的！”

钟铭笑了笑说：“算了，哪来那么多阴谋论，就是一次意外。”

伍老板不以为然：“那是你不知道，有的人心有多脏……”

伍老板骂得不解气，但钟铭始终沉默着。伍老板见状也渐渐骂不下去了，他知道，这种时候没有人比他更难受。

被信任的人辜负和伤害，他没有绝望，抛开一切重新来过，这期间吃过的苦和承担的压力是常人无法想象的。如今他又是GD的Shadow，是全队的希望……被辜负的感觉固然不好受，可是辜负人的感觉对他这种人而言怕是更难熬吧。

想到这里，伍老板叹了口气：“铭哥，你也别想太多，这种事情谁也想不到。咱们今年是第一次参加国际赛，积累经验最重要，至于拿冠军，明年也来得及。”

“是第一次吗？”钟铭苦笑。

是啊，对于其他人来说可能确实是第一次，但是对于他和李煜城，这一次却可能是他们职业生涯的最后一次。然而这么重要的一次比赛，却因为他变的结果难料。

伍老板还想再劝劝钟铭，但是发现此时说什么都显得苍白无力。

伍老板陪着钟铭做了几个检查，他英语不好，听不懂钟铭和医生的对话，但那张X光片还是让他最后的一点希望也破灭了——果然还是伤到了骨头。伤筋动骨一百天，哪怕只是轻微的骨裂，短期内也是无法再参加比赛了。

可没有钟铭的GD还能走多远呢？

处理好伤口再回到别墅时，已经是晚上十一点多。GD众人此时正围在一楼的餐桌边吃夜宵，见他们回来，正要招呼他们也过来吃。可看到钟铭手上的绷带时，众人都愣住了。

周彦兮直接跳下高脚椅快步走到钟铭面前：“这是怎么了？”

钟铭垂眸看了她一眼，这才抬起头对着屋子里神色各异的众人说：“抱歉，后面的比赛我可能没法上场了。”

说完也不等众人反应，用左手拍了拍周彦兮的肩膀，朝楼上走去。

钟铭刚一离开，李煜城就急忙问伍老板：“到底发生了什么事？”

周彦兮本想跟上去看看钟铭，听到他这么问，也不由得停下脚步回头看着伍老板。伍老板把事情一五一十地说给众人听，话只说到一半，李煜城就知道大概的情况了。

“我看那几个小老外也不是偶然出现吧，不然陈宇那孙子平白无故地叫他去干什么？他受伤了，那孙子却跑了？”

伍老板点头：“我也是这么猜的。不过我看铭哥那意思，不想追究这件事啊。”

李煜城冷笑：“我看TK上辈子就是欠了艾伦的，给他打下了江山，结果还让一群小崽子排挤他！没有TK谁知道VBN是哪根葱，说不准几年前就散伙了……说来说去也怪TK，对他那老东家还是太心软！”

他这一番话说完，有人唏嘘感慨，有人愤愤不平。周俊看了李煜城一眼说：“别说铭哥了，城哥你老人家不也是吗？”

“啧……这能一样吗？WAWA是老板不行，但兄弟们都是好的，VBN呢？”

小强问：“那后面的比赛怎么办？铭哥伤得很严重吗？”

伍老板叹气：“严不严重也打上石膏了，阿杰，你好好准备一下……”

阿杰面色沉重地点了点头。

众人又讨论起结果难料的几场比赛，周彦兮却什么也听不进去了。她上了楼，钟铭的房门此时正虚掩着，有光从门缝中投射出来。

周彦兮走过去，象征性地敲了敲门，门顺势敞开了一半。她歪着头看向房间里的人，此时钟铭正赤裸着上身，昏黄的灯光在他结实的肌肉上镀了一层淡淡的光晕。

钟铭正要去洗澡，刚脱掉上衣解开裤扣就听到了敲门声。

回头看到周彦兮，两个人无奈地相视一笑——又是这样。

周彦兮耸了耸肩：“其实也不能怪我，谁让你每次洗澡都不锁门的。”

钟铭拿她没办法：“可我要脱裤子了，你确定要在这？”

周彦兮红着脸犹豫了一下，最后她走进屋内，走到了钟铭的面前。

钟铭有点意外地看着她：“干什么？真要看啊？”

周彦兮扫了眼他右手手臂上的石膏，不答反问：“伤得很严重吗？”

钟铭：“还好，轻微骨裂。”

“那会不会影响以后？”

“以后？不会。”钟铭说，“骨裂不算严重，一个月就可以拆石膏了，而且受伤的地方离手腕比较远，所以不会影响打游戏。”

“那现在……不方便吧？”

他挑眉：“你指什么？”

周彦兮不看他的眼睛，说道：“我帮你吧。”

钟铭还是那副表情看着她。

周彦兮被他看烦了：“我是说，洗头发的话，一只手不方便吧？”

钟铭笑了笑：“哦，你指这个啊，那确实不方便。”

周彦兮没心思想他话里的那些弯弯绕绕，她调好花洒的水温，轻轻将钟铭的头发打湿。他的头发黑而浓密，都说一个人的头发能折射这个人的性格，以前看着他的头发就觉得他这人性格很强势，现在看来确实如此。

想到这些，周彦兮刚刚平复了一点的心情又难受起来。钟铭从晚上回来到现在都表现得跟没事人一样，甚至还像平时那样和她开玩笑。可是她知道，他把这次比赛看得有多重要。

他把它当做TK重生后的第一场硬仗，他要用这次的成绩粉碎众人的质疑，也要用这次的成绩给自己多年的坚持一个交待。可如今却发生了这样的事，更何况造成这一切的还是他昔日的队友。

周彦兮低头看向安静地坐在她面前的男人，此时她才注意到，他的身上除了右手手臂的伤，还有大大小小的多处淤青。

浴室里静悄悄的，除了哗哗的流水声，就是她的指肚摩擦他头皮的声音。周彦兮突然很讨厌这种粉饰出来的太平。她和他是什么样的关系？她为什么要和其他人一样配合他装出一副没什么大不了的样子？

“铭哥，一般男人难受的时候会做什么？”周彦兮顿了顿说，“周俊不高兴的时候就打游戏，小熊不高兴的时候就买买买，我爸不高兴的时候就骂人，所以你不高兴的时候做什么？”

“怕我不高兴？”钟铭的声音闷闷的，他似乎笑了一声。

“嗯。”

“这么关心我？”

周彦兮觉得自己的火气就快要压不住了。她只是想帮他分担一点，无论让她做什么，只要能让他稍微轻松一点，可是他却一直在回避。

周彦兮没再说话，替他将头发上的泡沫冲掉，关掉了花洒。

浴室里瞬间安静下来，钟铭坐直身子，任由周彦兮用干毛巾替他把头发擦到半干。因为身高的原因，他坐着也不比站着的周彦兮矮多少。她替他擦头发时，他就那样看着她的每一个动作，还有脸上一丝不变的神情。

“怎么了？”他终于察觉到了她的不对劲

周彦兮手上动作不停，语气平静地问：“我是你的什么人？”

他笑：“队友。”

她直接把毛巾扔在他身上：“那你自己擦吧。”

他笑意更甚，把毛巾重新递到她手上，换了个答案：“女朋友。”

周彦兮的脸色这才好看一点，虽然还是不太满意的样子，但也继续帮他擦起头发：“女朋友是什么人？”

钟铭说：“当然是我的人。”

这一次她终于被逗笑了，可是不知道为什么，笑起来时却觉得眼睛有些酸涩。

怕他看出自己的情绪波动，周彦兮借着双手帮他擦头发的动作缓缓地环住他的脖子，下巴搁在他的肩膀上，让他看不到她此时的神情。

“我这可是因祸得福了，受点小伤就有人主动投怀送抱。”

他越是说得这么轻描淡写，她就越是难过。她突然低下头，在他肩膀上狠狠地咬了一口，可是他却仿佛毫无知觉，任由她咬。

片刻之后，周彦兮感觉身上一紧，是他的拥抱。

本来不想在他面前哭的，可是眼泪还是流了出来。

“面对诋毁会愤怒，面对误解会失望……再强悍的人都会有这些情绪。我不知道你是不是习惯了一个人吸收消化这些情绪，但是人不可能一直强悍，有些东西不能一直憋在心里。以前你或许找不到人来陪你释放这些情绪，但是现在你有我了，我想替你分担。”

抱着她的男人没有说话，好一会儿，她才听到他叹了口气说：“你让我说什么？说我知道自己没办法继续比赛的时候有多绝望？我爸不同意我打职业的时候我没绝望，被禁赛的时候我也没绝望，甚至后来兄弟倒戈我也只是不太好受。可是今天在医院的时候，我真的挺绝望的。

“我劝李煜城来GD的时候还和他说，这世界上唯一扛得住岁月摧残的就是对梦想的坚持。可是今天，当我回想起这些年经历的这些事的时候，我突然开始怀疑这份坚持究竟有没有意义。没有家人，没有队友，甚至没有成绩，我就这么坚持着，究竟是不是对的？”

周彦兮连忙抬起头来打断他的话：“现在已经不是那样了！你有我们，有队友，也有新的追随者，他们看着你带领着GD一步步走到今天，这就是你坚持的意义！”

钟铭苦涩地笑了笑：“你记不记得我们第一次线上排位那次，我住的酒店网络不好，我也没专心打，后来你退出游戏后和周俊说了句话，你说你在我身上看不到希望。如果说我钟铭还有什么怕的东西，那我最怕的就是听到这样的话。无论是队友、亲人，还是你，我怕你们从我身上看不到希望。”

她双手捧起他的脸，认认真真地告诉他：“如果你只是怕这个，那就真是没必要了。你从来都没有让我失望过，你可是我心中的影神啊！如果说周彦兮的人生还有什么追求，那就只有两样，钟铭和LOTK。”

周俊本以为房间里只有钟铭一个人，进门就往卫生间走，结果就看到赤裸着上半身的自家老大和他姐正抱作一团的场景，那叫一个香艳暧昧。他被吓得不轻，不过还好他反应够快，没等喊出声来就捂着嘴巴跑出了房间。

楼下正愁眉不展的李煜城看到周俊去而复返，还一副撞了邪的神情，揉着额头问：“又出什么事了？”

周俊苦着脸：“那个，城哥，你看今天晚上方不方便收留我一晚啊？”

李煜城先是一愣，很快便明白过来，朝楼上的方向扫了一眼，末了无奈地叹气：“也好，赛场失意只能情场找补了。”

— 08 —

李煜城想的事情到底是没有发生，还害得他和周俊挤了一晚上。不过这天过后，大家都很有默契地不再提钟铭受伤的事情，按部就班地进行接下来与阿杰的配合训练。

几天后，残酷的淘汰赛正式开始。开赛的第二天，也迎来了GD在淘汰赛的首秀。因为钟铭作为TK的身份实在敏感，既然不能上场，他干脆也没跟着众人去赛场，留在家里看直播。

候场时，周彦兮悄悄溜出休息室打电话给钟铭。其实第一次和阿杰在大赛上配合，她多少还是有点紧张的。

钟铭倒是不担心这场比赛："你就把他当成是我，打WAWA这种水平的队伍没什么问题。"

周彦兮说："可我还是觉得心里没底。"

钟铭一针见血地说："你介意的是小熊和王月明吧？"

在淘汰赛遇上昔日队友，真的有点不是滋味儿。

周彦兮感慨："还是城哥的心理素质好。"

钟铭笑："他只会比你更纠结。"

两个人又随便聊了几句，这才挂了电话。周彦兮正要返回休息室，一回头就看到前面的走廊上站着一个男人。她立刻意识到，WAWA的休息室也在这附近，而前面那个人，虽然背对着光看不清脸，但两个人从小玩到大，看个身形就能确定是他了。

说起来这还是小熊离开GD后，周彦兮第一次在私下里见到他。

见周彦兮看过来，小熊下意识就想离开，但还是晚了。

"熊熊。"她叫住他。

小熊的脚步顿了顿，只是这片刻的工夫，周彦兮已经走到了他面前。

再见面，却是厮杀开始前。小熊一时不知道该怎么开口，还是周彦兮先和他打招呼："你……最近还好吧？"

她明明也在生小熊的气，觉得这么多年的感情不该这么脆弱，但真的见面了，却还是忍不住去问候。

小熊有点不自在："挺好的。"

不过转瞬，他似乎是想到了什么，笑得有几分讥诮："知道铭哥就是TK后，WAWA可算是炸了。其实说起来我挺羡慕他的，每一次出现都能让这个圈子沸腾一阵。"

周彦兮看着他："其实你早就知道了吧？"

小熊不置可否："他是不是TK我都不关心。"

这话说得有点狂妄，但是周彦兮知道，这就是他的心里话。

外人靠TK过往的成绩来衡量GD潜在的能量，但小熊却不需要。他和钟铭一起训练的时间不短，在离开GD前他就对钟铭的能力非常清楚，所以那时候他就知道GD有多厉害，而他选择离开几乎就是放弃了拿冠军的机会。

可是在其他人眼里，他却和王月明没什么两样。

周彦兮说："我知道你不关心那些，不过他今天不会上场。"

周彦兮紧接着又补充说："我们这次为了打赢你们精心准备了几套战术，阿杰是秘密武器之一，你如果觉得铭哥不上场你们就能赢，那你还是别想了……"

小熊抱着手臂看了周彦兮片刻："为什么跟我说这些？"

周彦兮耸了耸肩："怕你掉以轻心呗，毕竟我们真的很强。"

小熊又岂会不明白周彦兮的用意，一方面是想告诉他钟铭不会上场——虽然不知道为什么，但另一方面分明就是为了照顾他的面子。

想到这些，小熊不是不感动。他没好气地笑了："你放心好了，原本哥还有点下不了手打你，但既然你都这么说了，哥就不会心慈手软了！"

周彦兮听他这么说就知道，在过去这段日子里，横亘在他们中间的那道屏障不见了。虽然他们不再像以前一样可以在赛场上共同进退，但是还可以像以前一样一起逛街、聊八卦。

这届大赛的两个主持人一个是游戏主播出身，一个是刚退役的职业选手，之前对TK都是"早有耳闻但无缘见面"。

Shadow就是TK的事情一被爆出，几天之内整个电竞圈里都在讨论这件事。GD比以前更受人关注了，所以今天这轮和WAWA的比赛也成了众人关注的焦点。

看着选手入场，主持人甲叹气："果然，今天他没有上场。"

他说的是谁众人都心知肚明，大家的目光都不由得扫向GD几人。阿杰初来乍到就受到这种待遇，走路都差一点同手同脚。

周彦兮拍了下少年的肩膀说："放心吧，铭哥说今天这轮稳赢的，你还不信铭哥吗？"

虽然赛前做了充足的准备，但阿杰还是有点担心，这毕竟是他第一次参加这么大型的比赛。

周彦兮继续安抚道：“我第一次来这儿的时候就你这样，不过你放心吧，一会儿进了玻璃房你就知道了，隔音效果很好的，外面这些人完全影响不到你，所以不用担心发挥不好，正常操作就ok。”

然而游戏刚开局几分钟，阿杰还是受到了状态的影响。王月明的干扰很成功，但是他本身也打得很拘谨，从经济上就能看得出一二。相对的，WAWA的一号位，小熊的表现就惊艳得多。前几分钟他的补刀几乎是刀刀不落，没多久就在经济上碾压了阿杰。

不过比起上下两路的优势，WAWA的中路就比较惨了。小飞遇上昔日的队长李煜城，本来实力上就悬殊，所以连心理上也输给了对方后，几乎是被按在地上摩擦。等辅助意识到要保一下中路的时候，拿了几个人头的李煜城已经起飞了。所以，还不等小熊接管比赛，WAWA的中路已经被推上了高地。游戏刚刚进行三十四分钟，GD就率先拿下一分。

紧接着，在接下来的第二场比赛里，WAWA很快做出了改变——选阵容时只刻意针对李煜城，而且比赛一开始他们的两名辅助就频繁在中路出现，不给李煜城一点喘息发育的机会，并且在游戏进行到第四分钟的时候，成功配合小飞收掉李煜城，拿下一血。

“行啊，小子们长进了啊！”头像变灰，李煜城忍不住呛了一句，但怎么听都不像是生气，倒像是欣慰。

阿杰经过上一局的比赛，已经调整好了状态，而且又拿到了自己擅长的英雄幽鬼，所以发育得还不错。虽然没有人头，但是也没让王月明占到便宜。

然而王月明一个人就牵绊住了阿杰和周彦兮，这就导致中路和上路变成了三打四的局面，再加上一个无比强势的小熊，因此游戏进行到第十六分钟时，GD已然露出败势来。

就当所有人都认为很快就能进入第三场比赛的时候，不被众人期待的阿杰却以惊人的打钱速度为自己打出了一套神装。

小熊回泉水整理装备的时候顺便看了眼众人的数据，这一看就发现幽鬼已经打出了神装辉耀。再将视线拉回到地图上，只见自家视野范围内的幽鬼刷野、刷兵线的速度比起钟铭也毫不逊色!

小熊刚发了个信号想去抓人，就看到周俊的冰女在视野中出现，然后很快，他们的视野就被拔掉了。

场外的主播也惊呆了："这个小弟弟是谁？这基本功太扎实了，打钱速度不比TK差，有那么一瞬间我真以为是TK在打！"

很明显越拖到后期对WAWA越不利，但是小熊打响的几次团战都没讨到便宜，倒是又送了幽鬼几个人头。渐渐地，WAWA众人不得不承认，此时赛场上的幽鬼已经无敌了。

游戏进行到第四十六分钟，GD再度拿下一场比赛，以2：0的成绩，顺利将WAWA送入败者组。与此同时，阿杰也声名鹊起，曾经名不见经传的少年，如今一战成名。

— 09 —

赢了和WAWA的这场比赛，对GD来说无疑是场及时雨。原本还因为TK受伤而觉得前途渺茫的GD众人，在这场比赛之后仿佛又看到了希望。阿杰更是成了各大游戏论坛讨论的主角，什么"新一代carry王""小TK"，都是在说他。

伍老板一边喝着咖啡一边津津有味地念着前一天比赛的报道，读到"看来GD派出'小TK'而非TK是早知两队实力悬殊"时，还点评道："这都被他们看出来了？确实，我们阿杰出马就能打得他们屁滚尿流!"

小强和周俊无比赞同这说法，倒是阿杰本人有点不好意思了。

那边众人嘻嘻哈哈地聊着，这边沙发上周彦兮则手捧着最新的战报给钟铭看。昨天GD打WAWA之前，NONO也以2：1的成绩将一支乌克兰战队送进了败者组，而今明两天的四场败者组比赛，将淘汰四支队伍。WAWA和80Gaming能不能留下来就看这两天的比赛了。

周彦兮问钟铭："铭哥你怎么看？"

钟铭说："WAWA和80Gaming今天遇到的对手都不算很强，不出意外的话都可以留下来。但是明天，WAWA怕是要对战80Gaming了，不用说，打不过的。"

周彦兮想的也差不多，但是一想到小熊他们可能就要止步于此，她又有点遗憾。她这点小心思没有逃过钟铭的眼睛。

“昨天见到小熊了？”他问她。

“嗯，聊了几句。”

“看样子是没事了。”

“我们毕竟从小一起长大，当然不会一直记仇。”

钟铭似乎对她这话不太满意：“不管怎么样，他现在是对手了，你们以后还是少联系。”

自从两个人在一起后，周彦兮就发现钟铭偶尔会有这种蛮横不讲理的时候，不过她已经习惯了，可以做到直接无视。

“这个以后再说，先说昨天的比赛。你觉得小熊发挥得怎么样？”

钟铭认真回忆了一下：“是进步了。他天分不错，自己也够勤奋，只是……可惜了。”

这话周彦兮无比认同：“是啊，越是优秀的选手越需要优秀的队友。”

钟铭看着她勾唇一笑：“所以我没你不行。”

他说话的声音不大不小，周彦兮生怕被别人听到，没好气地白了他一眼说：“说正经事呢！”

“我说什么不正经的了？我还不能夸一下我的辅助了？”

他们正说着话，身后突然传来一阵做作的咳嗽声，好像生怕别人听不到一样。

李煜城趴在沙发背上，脑袋探到钟铭和周彦兮之间，直接无视两个人不太好看的脸色，笑嘻嘻地问：“说什么呢？带我一个？”

周彦兮说：“城哥，我记得你说过你现在是我们队的门面担当，门面担当难道不应该抓紧时间训练吗？干吗偷听别人说话？”

李煜城不以为然：“你们有什么话是我不能听的吗？再说，你城哥用得着那么勤奋地训练吗？把小的们撒出去就够那群菜鸟喝一壶的了！”

他一副洋洋得意的样子，钟铭却完全不给面子：“很膨胀是不是？你那手是怎么剁的这么快就忘了？”

每一场比赛都有采集选手们的语音对话，一般来说没什么特别的话是不会被放出来的，但偏巧那一次李煜城说“给我卡尔，输了剁手”的豪言壮语被后台的工作人员注意到了，还放到了网上。因为太过膨胀在赛场上选了个不会用的英雄卡尔而被冠以“剁手李”这事，如今已经替代“假赛门”，成了李煜城职业生涯的最大污点！

“我说有完没完？这梗你还打算玩多久？”李煜城愤愤地看着钟铭。

钟铭拉起周彦兮往楼上走：“腻了为止。”

李煜城存心报复，于是故意嚷嚷道：“我说TK，你别太过分！大白天的上楼干什么去？这可是比赛期间，小心出事！”

周彦兮问钟铭：“会出什么事？”

钟铭面不改色：“人命关天的大事……”

几秒钟过后，周彦兮终于明白过来。明白过来的同时，她已经被钟铭拉进了房间。

钟铭房间的窗帘没有拉开，把早晨的好阳光都隔在了窗外，而浴室里的灯却是开着的，暖黄的光线投射出来，就像夜晚一样……

周彦兮突然就想到了那天晚上和钟铭在浴室里的情形。

那天她坐在他的腿上，像只八爪鱼一样攀附在他的身上。浴室里热气蒸腾，她被他吻得意乱情迷。那感觉和过去的每一次都不一样，很新鲜也很刺激……如果不是她后来不小心撞到他的手臂，疼得他够呛，可能那天他们真会发生点什么……

周彦兮突然不想再在这个房间里待下去了。

“铭哥，我好像该去训练了。”

钟铭不予理会：“不急，先陪我看场直播。”

周彦兮没办法，只好努力控制自己不去瞎想。

后来的比赛正如钟铭料想的那样，WAWA挺过了第一轮淘汰赛，却在第二轮遇到了80Gaming，结果1：2被淘汰，止步八强。

输掉比赛的当天晚上，WAWA就买好了第二天返回B市的机票。在他们离开西雅图之前，李煜城一直把自己关在房间里。听阿杰说是在打电话，一会儿笑骂对方，一会儿又唉声叹气……周彦兮很理解，其实李煜城对WAWA还是有感情的。

就是不知道在未来面对VBN时，钟铭会是什么样的心态。想到那些他曾以诚相待，最后却在他身上扎刀子的人，周彦兮就恨得牙痒痒。

她突然抱住钟铭：“铭哥能不能答应我一件事？”

钟铭挑眉：“我怎么有种不好的预感？”

周彦兮不理会他语气中的揶揄，兀自沉浸在自己的情绪中：“以后可不可以不要那么轻易地对别人付出真心。”

静了半晌，钟铭笑：“难得啊，我家辅助长大了，也懂得吃醋了。”

她一本正经，他却还有心思开玩笑！

周彦兮从他胸前抬起头来怒视他：“我说正经的呢！”

钟铭将那颗小脑袋又按回怀里：“我也说正经的。怕我再犯错误，这颗真心就先存在你这儿吧。”

周彦兮被钟铭搂在怀里，瓮声瓮气地说：“我会好好保管的。”

GD接下来的一场比赛是对战一支俄罗斯战队，这支队伍每年都能进入十六强，但是每年都是成绩平平。

这天的比赛钟铭依旧没有到现场，但有了之前那场胜仗，GD的其他人心里也有了底，即使钟铭不在，也都信心十足。

开局B/P时，对方首先就禁用了阿杰擅长的幽鬼，其次就是李煜城擅长的敌法师。李煜城对此非常不满，觉得自己受到了莫大的侮辱，但GD众人都假装不知道，只认真讨论着选什么英雄。很明显对方对阿杰并不了解，所以让阿杰选到了他一样擅长的美杜莎。

正常发挥的情况下，对方的实力和WAWA差不多，但是对方还不如WAWA了解GD，所以这一场比赛也没什么悬念，还没等到阿杰发挥，比赛就结束了。

因为第一场比赛阿杰的美杜莎没给众人留下印象，所以第二场阿杰又选到了这个英雄。历史总是惊人的相似，被李煜城打怕的众人开始重点针对中路，美杜莎则伺机崛起，最后横扫战场。

两战两捷，继幽鬼之后，阿杰又有了新的代表英雄。

同一天，VBN也以2：1的成绩顺利将NONO送入败者组。

这个结果无疑让VBN夺冠的呼声更高了，毕竟NONO可是上一届的世界冠军。

GD内部的气氛也越来越紧张，因为他们两天后即将面对的正是拥有着强大实力的VBN。

— 10 —

随着越来越多的队伍被淘汰，这一届国际赛也进入了倒计时阶段。如今的GD已经进入四强，胜者组的冠军也即将在GD和VBN之间产生。最终胜者组冠军会和败者组冠军进行最后的总冠军角逐。

其实GD作为一支新战队，无论接下来的几场比赛结果如何，第一次参加国际赛能拿到这样的成绩已经很不错了。只不过这支队伍里有两位曾拿过世界冠军的顶级carry，所以众人对他们异常期待。在阿杰名声大噪后，大家更是觉得，连一个替补都能有这样的水平，这次冠军怕是非GD莫属了。

别的战队对他们是又羡慕又忌惮，但只有GD众人知道，在钟铭受伤的情况下，他们能走到今天这一步实属不易，夺冠的希望不是没有但是非常渺茫。所以眼下大家越是期待，GD的压力就越大。阿杰就更不用说了，恨不得不眠不休地训练，生怕自己输掉比赛成了GD的罪人。

和VBN的这场比赛还是来了，原本大家以为钟铭还是会像之前几场比赛一样留在别墅里看直播，但今天出门前众人却发现他也打算一起去赛场。

李煜城第一个不同意他去："这都半决赛了，肯定有很多媒体。你还是在家里待着吧，免得你这样子又让人借题发挥。"

周彦兮也很担心："是啊铭哥，你跟着去我们更紧张。"

钟铭："别人说什么我管不着。不过这一场我就在休息室，离你们近点，中场休息时也方便商量对策。"

众人知道钟铭做的决定，别人劝也没用，只好由着他去了。

路上大家都不怎么说话，气氛难得有些凝重。

周彦兮靠在钟铭的肩膀上，小声问："铭哥，我们今天会输吗？"

钟铭微微挑眉："为什么这么说？"

"如果不是会输，你就不会跟着来了。"

她倒是很了解他，钟铭无奈地笑了笑，不置可否。

今天的比赛的确不容乐观。其他人或许看不出阿杰的问题，但陈宇是个很聪明的人，他对钟铭也足够了解。钟铭之前把阿杰捂得那么严，真的是把阿杰当秘密武器藏着吗？或许陈宇早就猜到了，钟铭不让阿杰出现在众人面前，主要是阿杰的弱点太过明显。至于是什么弱点，陈宇随便看几场阿杰的比赛就会发现。

车子很快就抵达了体育馆，和李煜城预料的差不多，不少电竞媒体早就蹲守在了入场的各个通道。钟铭的手臂上裹着石膏和绷带，知道这事应该是瞒不住了，他也就没想遮掩，大大方方地跟着众人入场。

虽然这些媒体还不知道TK长什么样，GD的几个人又都戴了帽子和口罩看不清脸，但钟铭的身材最出挑，不用多想也猜得到他就是TK。然而当大家看到他右手小臂上的石膏时，明显都很震惊。震惊之后，有人了然，有人惋惜，也有人怀疑。

动作快的媒体在看到GD队员入场后就把“TK受伤所以无法参赛”的消息发到了网上，还配上了钟铭打着石膏的照片。不过这一次主办方给各支队伍准备了独立的休息室，所以在入场时的那阵风波过后，钟铭倒也没再被媒体骚扰。

很快，比赛开始了。VBN并没有按常理出牌，在B/P环节时，他们没有优先禁用阿杰擅长的幽鬼和美杜莎，而是先把李煜城擅长的敌法师选走了。随后他们又禁掉了李煜城擅长的死灵法师和周彦兮擅长的撼地神牛，所以让阿杰顺利选到幽鬼。

阿杰明显松了一口气，可周彦兮总觉得VBN的这个套路有点反常：“他们这个阵容有点奇怪啊。”

李煜城的脸色明显不好，他也看得出来，对方并没有把阿杰放在眼里，而是想通过限制周彦兮来制约阿杰发育，然后再重点针对他李煜城。这样一来，两个可能在后期接管比赛的人都发育不起来，GD也就再没什么胜算了。

果然，和李煜城预料的差不多，开局两分钟，他就被在河道里埋伏着的两个VBN的“酱油”击杀，丢掉了一血，第六分钟时又被对方的中单联合辅助击杀。虽然此时周俊已经在赶来支援的路上，但终究是晚了一步。

看出VBN的意图是要压制李煜城，所以接下来的比赛，周俊的主要活动范围也锁定在了中路附近。但是这时候对方却不再进攻中路，而是直接消失了。李煜城刚发出一个中路miss的信号，就见对方的两名辅助出现在了下路。与此同时周彦兮被秒杀，对方的中路英雄又将正在逃跑回城的阿杰击杀，完成了一个漂亮的双杀。

周彦兮安慰阿杰："没事，我们慢慢发育可以打后期。"

阿杰虽然点头应下，可是心里也知道，打后期，陈宇的敌法师怕是更厉害。原本李煜城也是"二核"之一，如果自己发育不起来还可以指望他，可现在李煜城明显也被压制了。上路倒是被放任的状态，奈何小强选的英雄不是后期英雄，没办法靠一己之力挽救GD现在的局势。

GD众人渐渐有点力不从心，而最让人感到绝望的是，对方很快三人成团，仗着装备和等级优势横扫他们的野区。周彦兮这种一直在野区出没的人无疑是最惨的一个，差点就"超鬼"了。

这一局几乎是从开局就没有悬念，最终以VBN的胜出结束了比赛。

中场休息时，众人回到休息室，神色都很凝重。谁也没有力气说出安慰彼此的话，因为大家心知肚明，这一局输得很彻底。

周俊不甘心："铭哥，下一局我重点关照中下路，保一下城哥和阿杰。阿杰和城哥好好发育的话，我们还是有机会的吧？"

钟铭没说话，因为他有预感，陈宇不会一个套路用两遍。但是他此时也没有更好的对策，毕竟LOTK主要还是拼实力、拼操作。他们这边因为有李煜城在，中路无疑是有优势的，而且李煜城的操作水平在陈宇之上，团战时也能打一拨输出。可是GD的其他人比起VBN就差了一些，尤其是阿杰和小强。阿杰在周彦兮被限制以后没办法独当一面，小强更是，虽然在对方放任不管的情况下发育得不错，可惜他打不了后期。所以他清楚得很，这个局无解。

接下来的比赛中，GD率先替李煜城选到了敌法师。VBN明显也很忌惮他的敌法师，所以并没有像上一局那样打得很激进，而是很稳健，好像在等什么机会。

在游戏进行到第四分钟时，阿杰按照习惯推兵线到河道附近。因为他一直在模仿钟铭，而钟铭在前几分钟都是不允许自己有漏刀的，所以这最后一个小兵阿杰也没打算放过。然而就在这个时候，VBN的两名辅助不知何时出现在了下路，还没等他反应过来，就已经被对方的两个技能带走。紧接着他们又将跑路不及的周彦兮顺利收掉。

周俊看到这一幕无比郁闷：“他们怎么知道阿杰会收这最后一个兵？”

众人没说话，但李煜城和周彦兮都明白，因为陈宇对钟铭的习惯很了解，间接地也就对阿杰的习惯很了解。可是阿杰毕竟不是钟铭，钟铭那么要求完美是因为他有完美的资本，而阿杰还是欠点火候。

在接下来的比赛中，对方像是知道阿杰的想法一样，总是会在他出现的地方蹲到他。这样被抓了几次后，阿杰的心态率先崩了，后半场的比赛漏洞百出，下路的资源完全被VBN掌控着。

中路在李煜城的控制下虽然还有优势，但毕竟李煜城打的不是一号位，前期让出了不少资源。最后想靠他翻盘，几乎没有可能。

游戏进行到第五十分钟时，GD的上路高地被破，小强和周俊战死。这边两个人还没有复活，下路的高地又被破。GD被连破两路高地，回天无力，最后0：2输给了VBN，掉入败者组。

VBN则拿到胜者组的冠军，保住了世界TOP2的位置，至于能不能拿到本次大赛的总冠军，还需等最后一战。

— 11 —

因为TK的双重身份，GD被VBN“剃了光头”的消息成了各大游戏论坛最热门的话题。结合电竞媒体爆出的TK受伤的照片，一时间有人替他惋惜，也有人觉得他是假受伤真懦弱，甚至还有人认为以他现在的水平即便不受伤也打不过陈宇……

GD因为输了比赛，整队的状态都很低迷。

钟铭今天也有点累，所以一回到房间就睡了，不过没多久又被电话铃声吵醒。

他眯着眼睛看了眼手腕上的表，竟然都快十二点了。此时的他不想听到任何人的声音，但看到来电人的名字时，他愣住了。

不是“爸爸”，也不是其他的什么，就是名字，钟启山。

手机铃声不依不饶地响着，钟铭最终还是接通了电话。

钟启山中气十足的声音从听筒里传出来：“你小子是不是想气死我？”

伴随着钟父的声音，似乎还有钟母在旁边劝丈夫的声音。

钟铭沉默，这是他们一家三口最“正常”的状态。

似乎是钟母的劝说起了作用，钟启山再开口时，语气确实缓和了一些：“手伤得严重吗？”

钟铭缓缓勾了勾嘴角：“想不到您还会看电竞新闻啊。”

这一句话无疑把钟启山刚刚压下的火气又鼓动了起来：“什么新闻？老子问你话，你就好好回答！”

“轻微骨裂。”钟铭说。

电话那边的两个人似乎都松了口气。过了一会儿，钟启山似乎有些责怪地说：“既然那比赛那么重要，怎么还这么不小心伤到了手？”

钟铭无所谓地笑了笑：“运气不好没办法，可能老天爷也觉得您是对的吧。”

明明只是句玩世不恭的玩笑话，比这更过分的话钟铭以前也没少说，那时候只会遭到父亲更严厉的责骂，可是这一次，电话的另一头却沉默了。沉默到钟铭以为是国际线路不好。

他不确定地叫了声“爸”，那边传来中年男人略显嘶哑的声音：“臭小子还知道管我叫爸？你以为你爸就那么想跟你过不去？咱爷俩再怎么意见有分歧，那也是人民内部矛盾，不是什么阶级矛盾。你以为看到你现在这样我就高兴了？”

这么多年来钟启山第一次和他说这样的话。在钟铭的印象里，父亲强悍、霸道、好面子、不讲道理，他没想到父亲也会说这样的话，心里越发矛盾。

他回忆这些年，他荒废了学业，消磨了时光，在所有人认为“错”的道路上越走越远。可是只要想到万人欢呼的体育馆里，他带着VBN夺冠的时候美国国旗在那几个美国队友手上传递的情形，他就觉得自己还有个愿望没有实现。那就是让五星红旗像那时候的美国国旗一样，飘扬在体育馆的上方。

所以无论有没有后来的事情，他都会回国。只是因为后面的那些事，他不得不抛开TK的身份，在实现那个梦想的同时也为自己正名。

可时至今日，他开始怀疑了，或许对他而言打职业并不是最好的选择。至于那个梦想，就算没有他来实现也会有其他人去实现。多年之后再回看现在的自己，或许一向不信邪不信命的他也会后悔吧……

他站在卧室的落地窗前，光可鉴人的玻璃窗映照出他此时的样子，与平时没什么不同，只是那挂在胸前的绷带显得有点可笑。

钟铭："或许您说得对，有些东西真的不能强求。我之前努力过了，也该释然了。"

没想到钟启山不但没有开心，反而无奈地叹了口气："年轻人怎么这么容易就放弃？你不是骨头最硬，主意最正，最不会轻易放弃吗？"

钟铭怔了怔，这话是什么意思？

钟启山用一副恨铁不成钢的口吻说："今年拿不到冠军就算了，既然手没事，明年再拿也是一样！"

钟铭看到玻璃窗中愣怔的自己，然后缓缓露出了笑容，笑得苦涩、无奈、释然、欣慰……他不知道如何形容自己此刻的心情，三年多了，他以为自己在这条路上越走越孤独，没人支持、没人理解，甚至有时深夜醒来他会产生自我怀疑。然而就当他以为自己走到人生绝境时，却发现他并非一个人，身后还有父母和朋友。

钟启山说完，电话就被钟母抢了过去，母亲温柔的声音缓缓传来："你这孩子，从小到大遇到什么事情都不和家里说。"

钟铭："你们不是一向神通广大吗？"

钟母："你爸找人查你不是为了监视你，而是担心你过得不好。上次你俩在医院大吵一架后，他是真的不想再干涉你了。不过这次是有人告诉你爸你受伤了。"

这倒是让钟铭有点意外："有人？"

钟母笑了："也是个好事。其实你爸一直都以你为荣，只是他年纪大了接受新事物比较慢。这次这个事也让他对你打职业的事情彻底改观了。"

原来前不久钟启山和一个生意上的朋友一起吃饭时，对方正好带着他上高中的儿子。席间随便聊了几句那孩子的兴趣爱好，就说到了电竞上。当时钟启山的态度还挺不屑的，觉得那男孩跟自家儿子一样玩心太重。可没想到对方的父亲非但不反对，还跟儿子讨论起他的偶像来，说着说着就说到一个英文名字。

钟启山的英文词汇量非常贫乏，但是因为"Tombkeeper"是钟铭的游戏ID，所以他一直记得。

突然从别人口中听到这个名字，他不确定地问了几句，没想到还真是自己的儿子，还是被很多人敬仰的电竞大神。

钟启山这才真正想着去了解一下钟铭所谓的"打职业"到底是怎么回事。

他开始让秘书搜集关于TK的资料。秘书只当他是考虑投资电竞圈，还称赞他与时代接轨，另外也说，如果是TK的战队，那确实可以投点钱进去。

当时钟启山很意外地问秘书：“你也知道这个TK？”

秘书刚大学毕业不久，有点不好意思地说：“他是我男朋友的偶像，我平时耳濡目染，也知道一点。”

钟启山作为一个父亲，第一次感觉到了前所未有的挫败——他一直以为最了解的儿子，其实是自己最不了解的人。他以为儿子不学无术、不务正业，可是这样“不务正业”的儿子却是那么多人眼中的成功典范。

钟启山这一生中犯过不少大大小小的错误，但是这一次，却让他感受到了前所未有的恐慌——他怕自己真的错了，误会了儿子这么多年。

钟母笑着说：“你爸那老顽固开窍不容易，现在好了，他说起你来可得意了。”

钟铭也无奈地笑了。

钟母轻轻叹了口气：“你这孩子就是太要强，要是一般人，估计觉得拿个第二第三也不错了。不过有些事情急不来，就像你爸说的，今年不行还有明年。”

半晌，钟铭说：“谢谢爸，也谢谢您。”

挂上电话，钟铭抬起头来。他发现此时的玻璃窗上，除了他还有一个人。女孩身影修长，穿着一条粉蓝色的睡裙，正环着手臂靠在门上看着他。

两个人的目光对上，她朝他明媚一笑。

有那么一瞬间，钟铭突然觉得自己是这个世界上最幸福的人，有家人支持，有喜欢的人陪伴，还有一个与队友们共同坚持的梦想。

— 12 —

在GD输给VBN的同一时间，80Gaming以0：2输给了韩国的NONO，只拿到第四。所以接下来就是GD与NONO争夺败者组的冠军了。

虽然GD少了主力钟铭，但还有一个顶级carry李煜城坐镇，而NONO虽然整体实力也不差，但是少了一位能够主宰比赛的选手。

两支队伍实力相当，各有各的优势，所以接下来他们每场比赛的时长都在五十分钟以上，而且足足打够了三场。

在最后一场比赛中，李煜城带领队友逆风翻盘，最终拿下败者组的冠军，晋级总决赛。

这三场比赛众人打得酣畅淋漓，连观众和主持人都沸腾了。GD太需要打一场胜仗了，不然在接下来的很长一段时间里，他们恐怕都无法重拾信心了。

总决赛就在第二天，大家却好像提前放假了一样，这一晚过得尤为轻松。因为明知道会是亚军，所以也就没什么好紧张的了吧。尤其是没参加过国际赛的几个人，都觉得这已经是个超乎预料的好成绩了。

在众人的嘻嘻哈哈声中，李煜城问钟铭："你这手怎么样了？有二十天了吧？什么时候能拆石膏？"

"医生说还要再等一周。"

李煜城叹气："本来想着咱哥俩'双剑合璧'，一雪前耻拿个世界冠军回去，谁知道又出了这种事。这就说明啊，我李煜城没抱大腿的命！万丈高楼平地起，靠谁不如靠自己！"

钟铭笑："能让你意识到这一点，晚一年拿冠军也不亏。"

李煜城挑眉："你这心态不错啊，那明天的比赛我也就没什么压力了。今年咱运气不好，明年再战。你放心，只要你一天不退役，我老李就陪你熬下去！"

钟铭拍了拍李煜城的肩膀起身道："谢了。"

对兄弟他从来不会说太多煽情的话，但是既然是兄弟，彼此自然心知肚明。

李煜城也站起身来伸了个懒腰，临走前又想到什么，问他："明天你要不要跟我们一起去？后面有个颁奖，你怎么打算的？"

以前的几次颁奖，钟铭因为不想露脸，所以一次都没参加过。不过这一次，李煜城也不清楚他的想法，所以特意问了一下。

钟铭看向周彦兮，发现周彦兮正一脸期待地看着他。

他笑了笑说："当然要去。"

可是第二天，众人集合准备出发时，却迟迟不见钟铭的人影。

伍老板打电话给他也始终没人接，眼看着比赛时间快到了，只好招呼其他人先坐车离开，再给钟铭留言让他自己单独赶去赛场。

可是直到比赛开始，钟铭都没有出现。

李煜城怕这事影响大家发挥，于是安抚众人说：“铭哥那么大人了，不会出什么事的，大家不要担心。至于今天的比赛，虽然我们现在的整体实力比VBN稍逊色一点，但是谁还没有个失误是不是？所以今天这场比赛，谁胜谁负还不得而知，不到最后一刻，还是不能放松。”

周俊笑了：“城哥，还是你心态好。”

伍老板也说：“搞不好还就被城哥说中了，他们要是真有失误呢，或者我们超常发挥呢，哈哈。”

众人纷纷应声，这才士气满满地上了场。

然而接下来第一场比赛，并没有出现VBN失误或者GD超常发挥的情况。相反，VBN来势汹汹，而阿杰的发挥却并不理想，比赛刚过三十分钟就结束了。

众人回到休息室，没有钟铭，李煜城就充当队长兼教练的角色，立刻抓紧时间给众人分析刚才那一局他们每个人的失误，还有对方的破绽。

周彦兮听得心不在焉，说一点都不担心钟铭，是不可能的。

再上场前，李煜城像是看出了她的担心，安慰她说：“别担心，他一向有分寸。”

周彦兮点点头，跟着众人上了场。

钟铭赶到体育馆时，第二场比赛已经过半，场上的形势依旧不乐观。

双方拿到的人头数虽然相差不多，但是VBN在总体经济上远远领先于GD。虽然没看前半场，但钟铭也猜得到，阿杰怕是被针对得厉害。

游戏持续到第五十分钟，李煜城还没有放弃。奈何对方的双核阵容已经开始发挥优势，GD三路告急，最终还是难改败局。

总决赛采取的赛制是BO5，也就是五局三胜制。如今GD已经连输两场，如果第三场依旧如此，那么比赛就可以提前结束了。

众人的心情随着第二场比赛的结束也跌到了谷底。大家垂头丧气地回到休息室，却意外地发现钟铭正坐在椅子上，专注地看着电视屏幕中的主持人解说刚才的比赛。

周彦兮惊喜地叫了声“铭哥”，但想到刚才那局不怎么精彩的表现，她又高兴不起来了。

她安安静静地坐到他旁边，钟铭从电视上收回视线看向她：“很累？”

周彦兮怕自己的情绪影响他的心情，故作轻松地笑了笑说：“还行吧，就是这局打得太久了。”

“这就累了，后面几场还怎么打？”

周彦兮刚想说怕是还比一场就可以结束比赛了，但又怕影响大家的士气，所以只是笑了笑，什么也没说。

正在这时，工作人员来通知选手上场。阿杰正要起身，却被钟铭按回沙发上：“这场你休息。”

已经走到门口的众人不明所以地回头看。周彦兮这才注意到，钟铭手臂上的石膏竟然不见了！

她很快意识到什么：“铭哥，你怎么能这样？！”

钟铭笑着拍了拍她的脑袋：“没什么大事，休息了太久，该活动活动筋骨了。”

就算周彦兮没受过伤，但也知道此时的钟铭根本就不是他说的那样“没什么大事”。以前周俊踢球伤到腿，打了一个月的石膏，后来按时拆掉后他还疼了好久。钟铭才二十天就拆掉了石膏，还要马上进行高强度的比赛，到时候他要忍受什么样的痛苦可想而知。

周彦兮的眼眶瞬间就热了：“铭哥，你怎么能对自己这么不负责任呢？怎么能提前拆石膏呢？打比赛也不是闹着玩，几个小时你受得了吗？”

其他人也说：“是啊铭哥，一次比赛事小，可别落下什么毛病。”

钟铭安抚地朝众人笑了笑，又去哄周彦兮：“你还不信我吗？我说没事就不会有事。刚才你们没回来的时候我活动好一会儿了，没有不舒服。”

周彦兮不买账：“你少骗人了！”

她难得像个孩子一样，他却仿佛心情很好似的笑了起来：“别人我不敢说，我什么时候骗过你啊？我说真的，我不但要上场，还要赢。”

他说这些话时难得地带着笑意，像是在开玩笑，但是没有人敢把那些话想成是玩笑，反而像是看到了希望……难道今天他们还有翻盘的机会？！

周彦兮知道在有些事情上，钟铭决定了就不会再改变，也只好让步道：“那得提前说好，你一会儿在场上可得悠着点，如果不行也不要勉强。真的，输赢不是最重要的，我们已经是第二了。”

众人听了周彦兮的话也纷纷附和，钟铭却只是催促大家：“走吧，上场吧。”

李煜城最后一个出门，看着前面那人的身影，忍不住叹气。他知道钟铭此时的想法，如果TK不上场，GD还有输的理由，可如今TK都上场了，那他们就再无退路了。

今天的这场比赛无疑是LOTK一年一度最重要的比赛，将近两万人的体育馆几乎座无虚席。早就听说今年来看比赛的中国留学生特别多，远远看去果然有不少人举着GD的应援牌，还有无处不在的五星红旗。

明知道TK不上场，GD这场比赛必输无疑，可是这些人依旧来了。可见对于所有热爱LOTK的人而言，这场比赛的输赢早已没那么重要了。这或许早已不是一场比赛，更像是一场惊心动魄的战斗，一场郑重的仪式，而这些中国观众的出现，也代表着中国电竞呈现给全世界电竞迷们的态度。

像是为了印证这一想法，GD入场时，观众席立刻沸腾了。整齐划一的口号，晃动着的各式各样的应援牌，让整个体育馆里的气氛瞬间达到了高潮。

过了好久，久到钟铭他们已经进入玻璃隔音房，观众席才渐渐安静下来，两位主持人似乎也才回过神来。

“是我看错了吗？”主持人甲问，“那是TK？”

主持人乙笑：“你看观众的反应就知道了。”

主持人甲还是不敢相信：“可是我听说他的手是淘汰赛前才受伤的，不会好得这么快吧？”

主持人乙半开玩笑地说：“这或许就是LOTK精神？”

有工作人员跑到了主持人所在的舞台上，把一张字条交给了主持人甲。

大屏幕上，主持人甲打开字条，刚看了一眼就发出“哇哦”的声音。随后，他难掩激动地朝观众席扬了扬手上的字条说道：“或许历史性的一刻会在今晚诞生，不过至于会发生什么，我暂时还不能说。只能祝福TK，祝福GD，希望他们今晚能取得一个满意的成绩。”

— 13 —

TK的突然出现，明显让VBN有些措手不及。从禁用英雄这个环节就可以看出，VBN用时要比平时久，看样子是队伍的内部意见不够统一。不过看最后的结果，他们还是倾向于重点针对李煜城，针对钟铭只禁掉了一个影魔而已。

或许在VBN看来，TK的出现只是强弩之末。

不过GD在选英雄时也出现了意见分歧。钟铭选到美杜莎，周彦兮选了神牛，周俊是冰女，小强是飞机，但到了李煜城，就有点为难了，因为他在大赛上用得好的英雄几乎都被禁掉了。

犹豫了片刻后，李煜城说："替我选卡尔。"

众人："……"

周俊带着哭腔提醒他："城哥，再输一局我们就回家了。"

李煜城有点不耐烦："哥说卡尔就卡尔，给哥卡尔，输了剁手！"

又来……

钟铭什么也没说，直接锁定卡尔。其他人见老大都这么做了，也不敢再多说什么。

VBN这边第一时间抢到了大魔导师，但因为陈宇曾经在大赛用过的物理输出核心英雄基本都被禁掉了，所以他只选到一个火女。不过火女也是陈宇用得不错的英雄，再加上这个游戏版本的大魔导师比较强势，这就导致GD前期被VBN全面压制。

GD这边钟铭打得中规中矩，没有什么亮眼的操作，对团队的贡献也不大。可能是因为这个原因，VBN也渐渐确信这样的TK不足为惧，所以把注意力都放在了中路的李煜城身上。

这个情况一直持续到VBN去打复活盾。VBN的行动其实早就被周俊布的眼发现了，所以GD这边也早就采取了行动。李煜城的卡尔留在中路占线扰乱敌人的视线，但其他几人都慢慢向复活盾靠近，就等对方打到盾后立刻上去抢盾。

眼看着陈宇的火女就要去拿盾，蹲守许久的周彦兮立马放出一道沟壑将VBN的几名英雄分在两边。紧接着，钟铭和周俊跳进人群中疯狂输出，轻松完成一次三杀。另一边，李煜城早已在开团时包抄敌人后方，一套技能成功击杀对方的辅助，但却让陈宇剩下一丝血跑掉了。

这一次VBN差点被团灭，GD彻底扳回了之前的局势，而这之后，卡尔也渐入佳境。相反的是VBN因为没有物理输出核心英雄，前期强势的英雄很快失去了优势，渐渐露出疲态。随后GD又一次抓住对方人不齐的机会，强行打上对方的高地。李煜城靠着自己完美的操作完成一次三杀，同时破掉了对方两路高地，奠定胜局。在接下来的几次团战中，VBN已是毫无还手之力，最后只得打出GG。

随着比赛的结束，观众席上爆发出一阵高过一阵的呐喊声，起初杂乱无章，渐渐地节奏统一起来。这一次所有人都听得清清楚楚，他们喊的是TK。

赢了比赛，周彦兮激动地去拥抱钟铭。之前对他的担心，也被这小小的胜利喜悦暂时抵消掉了一半。大家都很高兴，虽然现在还是1：2的劣势局面，但是因为有了这场胜利，他们和冠军就不是绝对无缘了。

“铭哥，你太厉害了！”周彦兮激动地抱着钟铭说，却没有注意到他微微皱起的眉头。

周俊和小强也跟着拍马屁道：“果然铭哥一回来就不一样了。”

李煜城冷笑：“你们这帮不开眼的小子，刚刚那局的功臣明明是我的卡尔好吗？跟他的美杜莎有什么关系？”

周彦兮力挺自家男人：“铭哥往这一坐，对VBN就是威慑，懂吗？”

李煜城无语：“好好好，你说的都有道理。”

说到李煜城的卡尔，周俊狐疑道：“我说城哥，你什么时候练的卡尔？感觉比小组赛的时候强了好多啊！”

李煜城露出一个高深莫测的笑容：“小组赛那只是个烟幕弹罢了。”

众人都对他露出膜拜的神情：“城哥你藏得好深啊!”

只有钟铭冷冷地道：“小心风大闪了舌头。”

李煜城不满：“你什么意思？阴阳怪气的！”

傻子都能看出来小组赛那场比赛中，李煜城的卡尔确实有不少失误，但是也能看出他之前说自己练习过，并不是瞎说的。今天的发挥，要归功于他这些天的勤恳练习。而且他这人天赋本来就高，刚才那局又很适合卡尔发挥，有这个结果并不是偶然。

钟铭说：“没什么意思，就是说你这双手总算是保住了。”

两个人你来我往地互相调侃，在一阵高过一阵的欢呼声中回到了休息室。

周遭总算安静下来，周俊搔了搔耳朵有点无奈：“粉丝这么热情，突然觉得压力好大。”

钟铭说：“VBN刚输了比赛，压力更大。”

周俊：“也是。对了铭哥，我估计他们下一局会重点限制你了，要不我和我姐开局都去下路吧？”

钟铭摇头：“上一局我表现得很一般，但你城哥可成为他们的眼中钉了，你还是留在中路辅助他吧。”

周俊点头。钟铭又对李煜城说：“到时候你还是选个后期有输出的英雄。”

李煜城：“明白。”

众人对钟铭的安排一向不会质疑，只有周彦兮注意到，如果是以前，有钟铭在的阵容里，李煜城一般是选中期的英雄，钟铭才是正统的一号位。前几天的比赛中，因为阿杰发挥不稳定，李煜城才不得不重操旧业，作为双核之一伺机补位。

可是现在钟铭回来了，李煜城却依旧要选后期英雄这意味着什么？是不是说明，他的伤还没恢复好。

想到这里，她小声问钟铭：“下一局我们能不能不打后期？前期强势一点早点结束可以吗？”

周彦兮这么一说，众人也明白过来，她是在担心钟铭的手撑不了太久，于是也都纷纷赞成她的提议。

谁知道钟铭的态度异常坚决：“不，我们必须打后期。”

周彦兮意外：“为什么？”

钟铭说：“刚才那一局，VBN可以选的英雄里并不是没有可以打后期的。”

李煜城回忆了一下说：“能用的也就剩下一个猴子了。”

钟铭：“对，别人或许以为陈宇不会用猴子，但是我知道，他用得不错。可他还是选了火女，这说明什么？”

周彦兮不确定地说：“他们也想速战速决？”

钟铭点头：“我这才打第一场，你城哥也不是每一局都打carry，但是陈宇却一直在打carry，这都是他今天的第三场了。”

众所周知，打carry需要很精细地补兵，在一场比赛中，一个操作可能要重复无数次，这对选手的心态和身体素质都是一个极大的挑战。所以一般队伍里打carry的选手手腕多多少少都会有些伤病，需要通过定期理疗缓解。很明显，陈宇的状态并不好。

想到这里，众人先是惊喜，但很快又意识到自己队的状况也好不到哪儿去，也就高兴不起来了。

一直环着手臂默不作声的李煜城不满地哼了一声：“你们几个家伙把你们城哥放在眼里了吗？我打了这么久的carry，怎么今天就不能carry你们了？是谁领着你们打得NONO满地找牙的？都忘了是不是？”

周俊闻言，立刻一脸堆笑地拍起马屁：“哪能忘啊，跟着城哥有肉吃嘛！下一场城哥carry我们也是一样的。城哥你放心，一会儿我就住在中路不走了，生是中路的人，死是中路的鬼，而且绝对不碰中路一点资源，只做贡献！”

李煜城皮笑肉不笑地说道：“这还差不多，有个做‘酱油’的觉悟。”

第二场比赛很快开始，在影魔、卡尔和敌法师相继被禁用之后，李煜城选到了适合打后期的英雄死灵法师，而GD也故意放出了陈宇擅长的几个后期英雄。

这样一来，双方的阵容都十分中规中矩，前期打得很是安静。不过周彦兮却有些心不在焉，因为她注意到身旁钟铭的脸色随着比赛时间的推移越来越差了。

她不敢说什么，生怕影响其他队友的比赛状态，但看钟铭的样子，又特别心疼。正当她再一次看向他时，他却像有感应般地突然转过头对她做了个口型。周彦兮愣了愣，待明白那句话是什么时，眼睛蓦然酸涩起来。

他说的是“我没事”。

她点点头，努力让自己把注意力放在比赛中。可是慢慢地，她发现前期钟铭还能压制着和他对线的英雄，越到比赛后期，他就越吃力。

游戏持续到第六十三分钟时，钟铭握着鼠标的手突然抖了一下。鼠标瞬间脱手，掉在桌上发出“啪”的一声。但是很快，他又重新调整好状态，继续比赛。

周彦兮假装没看见这一切，但眼前的视线却渐渐模糊了。

这样的持久战对双方都是一种折磨，在比赛进入到第七十分钟时，在两边都有死伤的情况下，李煜城不负众望，一人单枪匹马杀上对方高地，抢在对方英雄复活前推掉了对方的水晶。

比赛分数变成了2：2平。这无疑是所有人都没有料到的结果，本以为注定败北的GD，在队长钟铭回归后竟然奇迹般地逆转了局势，连续扳回两局。国际赛开赛以来第一次，在总决赛的赛场上，出现了第五局。

选手离场时，钟铭早已经调整好了状态，刚才比赛过程中那短暂的狼狈仿佛没有出现过。

一路上，周俊和小强没心没肺地讨论着刚才那一局打得多么惊险畅快，钟铭也在旁边含笑听着。只有李煜城和周彦兮知道，钟铭的身体状态，并非他表现出来的那样乐观。

她故意放慢脚步，悄悄扯了扯钟铭的衣服。

钟铭回过头，她小声说：“既然陈宇的状态也不好，要不我们换阿杰上吧，未必打不过他们。”

钟铭垂眸看着她，片刻后说：“我要的不是这个‘未必’，如果最后这一场会输，那前两场我也不用上场了。”

周彦兮怔了怔，突然感到一丝无力。钟铭说得没错，好不容易扳回了两局，那接下来的这一局必须要赢才对得起他这两局的辛苦付出。

“那你的手臂还能撑下去吗？”

钟铭笑：“当然。其实活动手腕没有影响，不过说实话，刚才一不小心动作有点大，还真挺疼的。”

何止是挺疼！周彦兮没好气地瞪他一眼。他总是这样，再大的事都被他说得轻巧。

“放心，”他抬起左手摸了摸她耳边的碎发，突然柔声说道，“其实无论结果是什么，今天的一切都值得，因为我们真的尽力了。”

— 14 —

有人讨论着GD下一局该怎么打，VBN的下一局又会怎么打。其实大家心里都清楚，两队交锋了多次，彼此擅长的战术以及备用的战术都已经用过了，至于这决定性的一战，无论是GD还是VBN，谁都不清楚对方会有什么打算。这也正是观众们最期待的，因为未知就意味着惊喜。

然而就在最后一场比赛的开局，观众们就收到了这场比赛带来的第一个惊喜——不知道出于什么原因，VBN竟然放出了影魔。

当GD为钟铭选到影魔时，整个体育馆里的人都沸腾了。

主持人甲感慨："好久不见，世界第一影魔。"

主持人乙："这难道就是你说的历史性的一刻？"

主持人甲："那倒不是，不过也差不多了。毕竟世界第一影魔再度现世，有些结局早已被写好了。"

主持人乙："话别说太满，上一局大家都看得出TK状态不佳，看来手伤并没有完全恢复。"

主持人甲："所以说这才是LOTK精神。"

紧接着，第二个惊喜就是VBN的陈宇竟然选了从未在大赛上用过的猴子。

主持人甲："看来大家都是有备而来啊！"

主持人乙："生死局嘛，胜败在此一举！"

很快，双方阵容锁定，钟铭去了中路，下路则留给了李煜城和周彦兮。

其实影魔这个英雄打偏路和中路都可以，钟铭以前在VBN时也没少打中路，而李煜城就更不用说了，下路比中路打得更顺手。所以这个换路对他俩几乎没什么影响。唯独周彦兮，她一直以来都在辅助钟铭，对钟铭的节奏很清楚，什么时候拉野，什么时候杀人，什么时候推塔，她都心领神会。可是突然换了李煜城，她就有点措手不及了。不过她相信钟铭，既然是他的决定，那就一定有他的道理。

李煜城的声音在耳机里响起："彦兮妹妹不用怕，一会儿听指挥就行。"

周彦兮比了个"ok"的手势说："没问题。"

号角声吹响，双方开始出兵。

与钟铭的影魔对线的是蓝猫，其实蓝猫本来是很飘逸灵动的英雄，但是在更飘逸灵动的影魔面前却像是失去了灵魂一样，显得有些生硬。影魔的走位、补兵和技能的释放都精准细致，打钱速度自不用说，压制对方也非常有效。

不过与中路截然不同的是，GD的上路就有点惨了。游戏进行到第四分钟时，VBN的两个“酱油”配合陈宇的猴子，轻松收掉小强和周俊，完成了一次双杀。至此，陈宇的经济和等级瞬间成了全场最高。猴子发育良好，后来竟然在没有辅助的情况下又单杀了小强两次。猴子如此强势，GD渐渐显出劣势。

主持人甲：“看来VBN不打算和TK正面对抗，而是想在其他路打出优势。”

主持人乙：“这个想法倒是不错，毕竟TK再厉害，但现在这个版本的影魔已经无法靠一己之力拿下比赛了。把TK以外的人个个击破，最终TK也会被队友拖垮。”

主持人甲：“但是最终能不能实现，我们还得拭目以待。”

在接下来近半小时的时间中，双方又进行了几次大大小小的团战，结果几乎都是VBN赚到。有那么几次，GD也试图找回节奏，主动出击，但是陈宇的猴子发育得实在太好了，GD节节败退。

游戏进行到第四十六分钟，当影魔也在团战中倒下时，将近两万多人的体育馆里静得出奇——这不是众人想看到的。世界第一影魔在告别世界巅峰后再度现身，难道就是为了证实之前那些对他的质疑吗？这不是众人想看到的！

第四十七分钟时，GD的上路高地终究被破，VBN派出超级兵。超级兵一出，GD更加捉襟见肘。钟铭的影魔直接买活，但兵线始终徘徊在自家门前。GD别说进攻，就连守城都十分困难。

然而这样的情况没持续太久，又一次团战爆发。周彦兮首先被秒杀，李煜城第二个阵亡，剩下的人寡不敌众，GD的下路高地也没能守住。好在钟铭最后打出一系列反击，完成一次三杀，剩下陈宇和一名VBN的辅助双双残血跑路。

局面虽然是暂时稳住了，但是连续两路高地被破，两路的超级兵也不好对付。在其他队友复活前，钟铭只能不停地清兵。此时，游戏已经进行了五十三分钟。

周彦兮的英雄头像依旧是灰色的，等着英雄复活的空当，她忍不住偷偷瞄了一眼身边的男人。看到他的脸色越来越差，额角甚至还有细密的汗珠渗出，她觉得呼吸都困难起来，可是她却没有办法叫他停下来……

此时的GD只有中路还没有被破，而VBN这边，陈宇和他的两名队友已经重新整装，正向中路推进。一切似乎都在朝着众人猜测的剧情发展——钟铭一人终将抵挡不住最后这一次攻击，哪怕GD还有个周彦兮即将复活，但对方三名英雄外加两路超级兵，最终会让GD向他们俯首称臣。

周彦兮的目光锁定在自己英雄复活的倒计时上，三秒、两秒、一秒！

周彦兮一刻也不敢耽误地冲出泉水，同时对钟铭说：“你去吧，我守家。”

她知道这样拖下去对钟铭没有好处，他们需要一次反攻的机会，或许就是现在，哪怕希望渺茫也要再试一次。

GD的其他三人虽然也很着急，但是自己的英雄都还没有复活，只能看着钟铭单枪匹马地和对方三人短兵相接。难道这一战真的凶多吉少？

可是LOTK的魅力就在于没有什么事情是一定的，哪怕前一刻你还有十足的优势，下一秒也可能被人逆风翻盘！就像此刻，钟铭的影魔一个漂亮的走位成功躲过了对方辅助甩来的控制技能，紧接着立刻开启魔法免疫，放出两道影压直接收掉一个人，打残其他两个人，然后几乎是同时，摇出了漂亮的魂之挽歌！系统提示音响起“Triple Kill”，VBN被团灭！

这一切都发生在短短的几秒钟之内，一时间，观众席上爆发出雷鸣般的呐喊声。

李煜城激动地拍着桌子大叫道：“三打一还被反杀，世界亚军你们好！”

周彦兮始终紧皱的眉头在这一刻也没有舒展，她只想快一点将兵线带过去，好与钟铭会合。

VBN的几人似乎都没料到会是这样的结果，提前复活的两个人一时间还有些愣怔，似乎不知道下一步该怎么办。就在此时，GD几人已经全部复活，周俊和小强留在基地清理兵线，李煜城和周彦兮带着兵线和钟铭会合。

终于，在比赛进行到第六十八分钟时，双方爆发了最后一次小规模的团战，VBN再次团灭，GD顺利推上高地！

在体育馆里一阵高过一阵的欢呼声中，VBN纵使再不情愿，最后也不得不打出了GG。

一场看似充满变数实则早已注定了结局的比赛，终于让众人意识到——TK，Tombkeeper，他回来了。

就在比赛胜利的下一秒，在GD众人起立欢呼的时候，周彦兮直接扔掉鼠标，跳进了身边男人的怀抱中。

钟铭被她这一撞疼得闷哼一声，但还是眼疾手快地用左手托住了她。下一刻，还不等他脸上的笑容绽放，嘴唇就被人轻柔地含住。

与此同时，场上的十二个大屏幕上，也呈现出了同样的画面——年轻男人单手托着一个女孩，而他怀中的女孩此时正双手捧着他年轻英俊的脸，吻得无比动情。

隔音房里是口哨声和笑闹声，隔音房外是惊叫声和欢呼声。毕竟在场的大部分人都从未见过TK的真容，而第一次见竟然就是这样一幅画面。

主持人乙莞尔一笑："这难道就是你说的'历史性的一刻'？"

主持人甲："你猜呢？"

主持人乙："所以那张字条上写的是什么？"

主持人甲："他说'如果我们赢了比赛，请给我和我的女友一个镜头'。"

主持人乙："哇哦，有生之年，想不到TK会主动要求给他一个镜头！这难道就是LOTK的力量？"

主持人甲："这或许是爱情的力量。"

— 15 —

这一晚注定是个不眠的狂欢夜，而这场狂欢从西雅图的钥匙球馆一直蔓延到了地球的另一边。

与此同时，在天刚亮起的B市，有两对中年夫妻正看着电视转播激动不已。

周妈妈看着电视上拥吻在一起的年轻男女无比陶醉地说："哎，年轻真好，我都想回到二十年前了，好好再爱一回。"

周爸爸嫌弃地看了眼妻子："再爱几回你也只能是我老周家的人。不过我女儿真厉害！一看就是随爸爸！"

周妈妈笑："周俊也不错。"

"勉勉强强吧……"说到这里，周爸爸皱眉道，"同样是男孩子，他还不如那臭小子！"

周妈妈叹气："你也不看看有几个人能比得过那臭小子。"

在城市另一边的电视机前，钟母的脸上挂着欣慰的笑容："老钟，如今看来，之前真是我们错了。”

钟母感慨完却半天没听到钟启山的回应，不由得回头看了一眼，这一看，立刻“噗”地笑出声来：“不是吧老钟？这都多少年了，我还是第一次见你抹眼泪。”

钟启山被妻子说得老脸一红，很快调整好情绪，瞪了妻子一眼：“瞎说什么？我看你是老眼昏花了！”

此时，在西雅图的钥匙球馆里，在那个缠绵悱恻的吻过后，在久久不能平息的欢呼声和雷鸣般的掌声中，GD几人被请到了领奖台上。

这还是自打国际赛开赛以来，周彦兮第一次这么坦坦荡荡地去看台下的人山人海。她发现自己不再惧怕了，或许是因为身边有那个男人。相反的，她能够清楚地感受到来自心底的激动，那种因为和千万人共鸣而产生的激动。

她终于明白，他为什么不惜一切代价也要重返这里——不来到这里，她此生也无法想象，在这个世界上会有这么多人拥有着同一份热爱和同一份执着。

手被人轻轻地捏了捏，周彦兮回过头，正对上男人温柔的目光。

“谢谢。”她说。

她的声音湮没在台下的欢呼声中，但是她知道，他会懂。她要谢谢他的不离不弃，谢谢他的包容和信任，谢谢他带她来看这空前的盛况。

在主持人再三的安抚下，台下终于安静了下来。

主持人问钟铭：“可以叫你TK吗？”

钟铭：“可以，但我更喜欢Shadow这个ID。”

主持人：“时隔两年，再次捧起冠军神盾，和之前有什么不同的感受吗？”

以前虽然也是拿冠军，但是那是他在实现自己的梦想。可是这一次，他不再只是他自己，他代表着GD，甚至代表着WAWA和80Gaming。他是代表着他们这一群中国LOTK人去实现大家共同的梦想。

要说感受，自然是不同。他看了眼身边的队友说：“在我看来，中国LOTK是最好的LOTK。”

场下又一次爆发出了山呼海啸般的欢呼声，有人在声嘶力竭地喊着Shadow的名字，喊着GD的名字。那个曾经在赛场上叱咤风云的神秘电竞少年又回来了，三年充满争议的职业生涯并没有磨去他的棱角、抹杀他的韧性。相反，在一次次攀上高峰后，他找到了自己真正的目标——带领中国电竞站在世界之巅。

此刻他做到了，正如过去的每一次一样，他从未让他们失望。

他们想说，我们从未离开，正如你也从未离场。

主持人看着观众们的反应无奈地笑了：“你是冠军，你说什么都对。对了，听说你的手臂之前受伤了，现在好了吗？”

“差不多了。”

“差不多？所以你是提前拆掉石膏的？是什么让你对自己这么狠心呢？”

“大概是因为太想赢了吧。”

主持人唏嘘：“那现在还会疼吗？”

“不提拿重物的话还好。”钟铭说着，还有意无意地瞥了眼身边的周彦兮。

主持人见状像是想到了什么，哈哈一笑：“看来刚才伤得不轻。”

周彦兮听清这句话后，恨不得找个地缝钻进去。但钟铭没给她这个机会，握着她的手腕，片刻也不曾松开。

主持人继续问：“众所周知，你抛弃了TK的身份回国重新开始，原因也是想证明中国LOTK更强吗？”

“是的。”

“那回国后，除了收获成绩，你还收获了什么？”

“正如大家所看到的，优秀的队友，还有……”钟铭顿了顿说，“女朋友。”

众人哄笑，周彦兮还没从刚才的尴尬中缓过神来，此时听钟铭又把自己推到了众人面前，干脆把脸埋在他的胳膊上。

“嘶……”

听到钟铭抽气，周彦兮立刻弹开，慌张地抬头看着他，却见他不怀好意地勾了勾嘴角说道：“假的。”

她不由得愣了一下，男人又说：“傻子。”

这回她是真的要发火了，可是想到现场有这么多他的粉丝看着，还有无数摄影机三百六十度无死角地拍着，周彦兮只好回以一个没什么威慑力的眼刀。

主持人早就把俩人的互动看在眼里，笑着问钟铭：“回国前有想过会恋爱吗？”

“没有，不过人生总是充满了意外，就像赛场一样。”

主持人又看向周彦兮："那我可否问这位女孩几个问题？"

被点到名的周彦兮立刻整理好表情说："当然。"

主持人："你对女孩子打电竞有什么想说的吗？"

周彦兮想了一下说："没什么特别想说的，因为我觉得，电子竞技，没有性别。至少在我们队，没有人因为我是女孩子对我有什么不同。"

主持人意外："你确定？包括你们家队长？"

周彦兮看了一眼钟铭，犹豫了一下说："是吧？"

"好吧。"主持人笑着说，"我只能说你太不了解男人了。"

台下又是一阵夹杂着口哨声的笑声，而钟铭也在笑。

主持人："再问最后一个问题。你也知道，TK身上的标签太多了，名牌大学毕业、网瘾少年、恃才傲物的怪咖等等，那么你如何评价你的这位队长男友呢？"

如何评价他？周遭的笑闹声仿佛渐渐远去，周彦兮沉默下来。

她想到和钟铭相识后的种种。在这个过程中，她见过他的拼搏，见过他的坚持，见过他的沉默，见过他的灰心，当然也见过他像今天这样的爆发……

当所有人都认为热爱LOTK就是不学无术、自甘堕落的时候，刚满二十岁的他带领着他所在的战队拿到了普通人一辈子也赚不到的巨额奖金，而TK这个名字也在一夜之间红遍全球。当有人开始质疑他取得成绩后的态度，质疑他的能力时，他急流勇退从零开始，在短短一年的时间里一手将GD推上了世界冠军的领奖台。

这是一个别人不知道的TK，却是她一直认识的钟铭。

良久，周彦兮抬起头来，看着观众席上闪动着的灯光，以及数不清多少面的五星红旗，说道："荣誉不属于第一个发现新事物的人，而属于第一个说服全世界接纳它的人。在我看来，他就是那个可以说服全世界的人。"

周彦兮相信，在电竞的发展史上，钟铭的出现绝非只是浓墨重彩的一笔。他的矛盾、他的执着、他的态度，都将影响着一代电竞迷对电竞的认识，而她就是那被他影响的千万分之一。

周彦兮的声音最后被淹没在欢呼声中，她看着观众席上五星红旗一面连着一面，随着众人的挥动如红海般壮观，就想到了上台前，钟铭说的那句"无论结果是什么，今天的一切都值得"。

是的，一切都值得。

主持人颇有感触地调侃钟铭：“看来你回到中国，不但收获了队友和女友，还收获了头号迷妹。”

钟铭笑：“是我的荣幸。”

在世界的另一边，随着城市的苏醒，关于GD夺冠的消息也迅速传了开来，各大电竞媒体平台都在争相报道着这场大战的结果。

GD，或者说TK，让人意外却又不意外地再一次站到了那个位置上，而他那句“中国LOTK是最好的LOTK”也被无数人提起。

回到住处，李煜城总算拿回了自己的微博账号，第一时间就把刚刚拍好的他们手捧神盾身披国旗的照片发了上去，同时附了四个字——功城铭就。

周彦兮被钟铭拖进房间，继续着赛场上没有做完的事情。吻到正情浓时，她突然想到了领奖时主持人的问话，忍不住又问了一遍：“回国时，你真的没想过谈恋爱吗？”

钟铭将她拉入怀中：“真没有，不过人生总有意外，也挺好的。”

周彦兮看着他：“原来我在你眼里只是个意外。”

他哑声笑了笑，盯着周彦兮殷红的嘴唇说：“是意外，但却是最美的那个。”

说着，便又吻了上去。

楼下，周俊抱着被子敲开了李煜城和小强的房门，在他们面面相觑下毫不客气地进了门。

李煜城问：“走错门了吧你？”

周俊嘻嘻地笑着：“挤一挤，挤一挤，今晚的情报绝对没错！”

守一份信仰，修一个正果，战之有因，以你之名，以梦想之名。

——钟铭

（全文完）